清代宮廷大戲叢刊初編

# 勸善金科【下】

（清）張照 編寫
詹怡萍 校點

北京大學出版社
PEKING UNIVERSITY PRESS

# 第六本卷上

## 第一齣　呈法寶海藏騰光（蕭豪韻）

〔雜扮八水卒，各戴水卒臉，穿蟒、箭袖、卒褂，執旗。雜扮四捧寶夜叉，各戴套頭，穿蟒、箭袖、排穗，捧聚寶盆、珊瑚樹、招寶旛、牟尼珠。引雜扮四海龍王，各戴龍王冠臉，穿蟒，束玉帶。雜扮四水卒，各戴馬夫巾、水卒臉，穿蟒、箭袖、卒褂，執節幢，隨從上場門上。四海龍王唱〕

【仙吕調隻曲·點絳唇】萬丈銀濤㊇，龍宮海嶠㊇，波光皎㊇。赤鯶文鰩㊇，擺列驅前導㊇。

〔分白〕五玉諸侯秩祀同，分司天一効神功。爲霖爲雨周塵界，如帝如天鎮海宫。吾乃東海龍王是也。吾乃南海龍王是也。吾乃西海龍王是也。吾乃北海龍王是也。〔同白〕我等身居水府，職在安瀾。薦幣牽牲，受累朝之將享；沉圭燔帛，荷百代之懷柔。〔東海龍王白〕今乃六月十九日，香山教主得道之辰。我等同去參賀一番。衆位有何寶物，帶往香山進獻？〔南海龍王白〕我獻的是牟尼珠。〔西海龍王白〕我獻的是珊瑚樹。〔北海龍王白〕我獻的是聚寶盆。〔衆同白〕敢問東海龍王，所進是何寶物？〔東海龍王白〕我獻的是招寶旛。捧寶夜叉何在？〔衆捧寶夜叉應科。東海龍王白〕我等今往朝賀香山教主，可小心同去進奉者。〔衆應科。場上設水紋椅，四海龍王各上椅立科，衆遶場科，同唱〕

【仙吕調隻曲·混江龍】俺只見波光騰耀(韻)，飛濤疊浪拍天高(韻)。有多少雲騰霧擁(句)，雨嘯風號(韻)。望十洲數星石塊(句)，走萬里幾箇浮泡(韻)。識得破眼空一切(句)，看不穿智計千條(韻)，也有把烏江船棹(韻)。也有把赤壁屯燒(韻)。也有箇羊裘垂釣(韻)，也有箇鴟革乘潮(韻)。也有箇求魚行孝(韻)，也有箇奪馬施豪(韻)。也有箇乘鯉才傲(韻)，也有箇祭鱷文高(韻)。總只是一般天地一般人(句)，那裏是無些勞碌無煩惱(韻)。俺待要(句)，吸乾苦海(句)，着一箇涸鮒遊濠(韻)。〔四海龍王白〕前面已近香山，我等就此趨赴。

〔四海龍王各下椅，隨撤椅科，衆遶場科，同唱〕

【煞尾】雖則是琳宮未許凡人到(韻)，看隊隊鸞旗皂蓋祥風繞(韻)。蝦兵蟹吏在波心跳(韻)，明珠翠羽在潮中落(韻)。是處的輸誠來拜禱(韻)，待叩謁蓮臺(讀)，說寶偈把昏愚曉(韻)。〔同從下場門下〕

## 第二齣　覩亡靈酆都受譴（尤侯韻）

〔雜扮金童，戴紫金冠，穿氅，繫絲縧，執旛。雜扮玉女，戴過梁額、仙姑巾，穿氅，繫絲縧，執旛。引外扮傅相，戴紮紅紗帽，穿蟒，束玉帶，帶數珠，從上場門上，唱〕

【越調引·霜蕉葉】空拳素手（韻），積蓄歸何有（韻）？只有陰功不朽（韻），別人禽只争念頭（韻）。〔白〕堪羡梁王敬世尊，曾將一笠蓋金身。但得人行方便路，果然陰騭滿乾坤。吾神傅相，在陽間積德施仁，壽數既終，蒙三官大帝，將我善果呈奏玉帝，封我爲天曹至靈至聖勸善太師。奈因妻房劉氏，違誓開葷，造下許多業冤。司命奏上玉帝，玉旨降下酆都，閻羅即差鬼使捉拿。五日前，我妻又到花園罰誓。我因巡遊塵世，偶至南耶王舍城，因到自己花園。恰恰那日，只見那些差鬼，把我妻劉氏的遊魂拿去。妻，你這惡報，却怎生逃躲？我且按住雲頭，細看家鄉光景何如？〔唱〕

【越調集曲·山桃紅】【下山虎】（首至四）故園非舊（韻），觸目堪愁（韻）。〔白〕你看花陰下埋的東西，〔唱〕熏染梵天垢（韻），腥羶氣浮（韻）。〔白〕只有孩兒呵，〔唱〕【小桃紅】（六至合）果素食斷葷酒（韻），把我語記心頭（韻）。敬百神（讀），孝二親（句），俯仰心無疚（韻）也（格），【下山虎】（八至末）不向根塵隨逐走（韻）。〔合〕天地無私祐(韻)，善行果修(韻)，定然福果綿綿無盡頭(韻)。〔白〕你看陰雲黑霧中，一隊鬼卒來也。〔場上設雲椅，傅相上立科。雜扮五差鬼，各戴犄角、鬼髮，穿鬼衣，繫虎皮裙，持器械，帶旦扮劉氏魂，穿衫，繫腰裙，從右旁門上，遶場科，從左旁門下。傅相下椅，隨撤椅科，白〕仔細看來，我妻靈魂被拿，怎生是好？〔唱〕

【又一體】披枷帶杻(韻)，垢臉蓬頭(韻)。衆鬼相牽走(韻)，汪汪淚流(韻)。要救你也難救(韻)，好教我痛還羞(韻)。今日裏降汝災(讀)，降汝殃(句)，須知孽報應該受(韻)也(格)，地獄原無心造就(韻)。〔合〕這苦誰來剖(韻)？〔白〕只是我和你夫妻之情，豈不可慘。〔唱〕此事怎休(韻)？且向菩薩跟前虔懇求(韻)。

〔白〕明日六月十九日，乃南海觀音得道之辰。我且到彼，哀求救度，且看如何？〔唱〕

【慶餘】陰司法度難堪受(韻)，善惡昭昭不自由(韻)，惟有積善施仁這便是良謀(韻)。〔同從下場門下〕

## 第三齣　顯慈悲旨傳救母（寒山韻）

〔場上設紫竹山、蓮花座。雜扮四沙彌，各戴僧帽，穿僧衣，披袈裟。小生扮善才，戴線髮，軟紥扮，持浄水瓶。小旦扮龍女，戴過梁額、仙姑巾，穿宮衣，臂鸚哥。引旦扮觀音菩薩，戴觀音兜，穿蟒，披袈裟，帶數珠，持拂塵，從上場門上，唱〕

【仙吕宫正曲・風入松】日飛金彈月銀環(韻)，普陀巖紫竹林間(韻)。白茫大海無邊岸(韻)，鎮曉昏波濤滿眼(韻)。〔合〕蕩不盡人心險奸(韻)，悲同體怎舒顔(韻)。〔内奏樂，轉場，陞座科，白〕長風東卷海潮音，難寫人間悲苦心。八萬四千清浄目，不聞聞裏淚盈襟。我乃觀音大士是也。今乃六月十九日，是吾得道之辰。早見四海龍王各駕祥雲來也。〔場上設香几，上設爐、瓶等件。雜扮四捧寶夜叉，各戴套頭，穿蟒、箭袖、排穗，捧寶，引雜扮四海龍王，各戴龍王冠臉，穿蟒，束玉帶，從上場門上，分白〕玉妃唤月歸海宫，碧浪疊山埋早紅。爍破千年珊枕夢，來朝大士竹林中。〔作參見科，同白〕吾等恭賀菩薩。〔觀音菩薩白〕有勞衆神降臨。〔四海龍王各取寶物呈獻科，四沙彌各接寶物，設香几上科，四夜叉從兩場門分下。四海龍王同作參拜科，唱〕

【仙呂宮正曲・桂枝香】蓮風輕泛(韻),曇花初綻(韻)。塔間替戾鈴音(句),共稽首慈雲香案(韻)。恭逢此日(句),恭逢此日(疊),光開震旦(韻),敬獻瓊瑶光燦(韻)。〔合〕寸忱殫(韻),齊登這清浄澄圓地(句),願掛在寶珠瓔珞間(韻)。〔觀音菩薩作梵音誦咒科,白〕唵嘛呢叭彌吽,麻偈倪牙納,積都特巴達,積特些吶,微達哩噶,薩而幹而塔卜哩,悉呾噶納,晡囉吶吶卜哩,丟忒班吶,哪麽囉咭,説囉耶娑婆訶。〔四海龍王作跪聽科,同白〕感蒙菩薩,梵語垂慈,金經演教,吾等雖不能領略,曷勝欣幸。敬啓菩薩,那塵世愚昧,擾攘紛纭,苦戀紅塵,難抛業海。想菩薩當時身居宫院,不戀榮華,今爲萬法教主,實乃慈悲願力所致。仍望菩薩開方便門,説如是法,度化愚蒙一番。〔場上設桌椅,四海龍王各入桌坐科,四沙彌向下取香茗,隨上,分送科。觀音菩薩唱〕

【仙呂宮正曲・皂羅袍】慾海滔滔難返(韻),任三身迷夢(讀),小劫儔寒(韻)。膩香妖翠染心肝(韻),處籠樊裏忘其患(韻)。〔合〕覓心何處(句),爾心可安(韻)。徵心無處(句),汝心不還(韻)。只這潮音便是心王贊(韻)。〔雜扮金童,戴紫金冠,穿氅,繫絲縧,執旛。雜扮玉女,戴過梁額、仙姑巾,穿氅,繫絲縧,執旛。引外扮傳相,戴紥紅紗帽,穿蟒,束玉帶,帶數珠,從上場門上,白〕累世清修超浩劫,一身解脱證諸天。〔金童、玉女仍從上場門下。傳相作參拜科。四海龍王起,隨撤桌椅科。傳相白〕參賀菩薩。〔觀音菩薩白〕太師請起。有何事到此,請道其詳。〔傳相白〕容禀。〔唱〕

【仙呂宮正曲・醉扶歸】皈依浄土餐香飯(韻),還且是全家腦髓悉皆檀(韻)。〔白〕豈知弟子回首之後，我妻劉氏呵，〔唱〕頓忘了信誓盟言重似山(韻)，顛倒的茹葷驀把神明嫚(韻)。〔合〕祈求菩薩憫癡頑(韻)，想陀羅臂力慈無限(韻)。〔觀音菩薩白〕汝妻劉氏，冒犯天威，罪業難逃。但你兒子羅卜，乃上界金剛星，降生凡塵。此子善孝雙修，必能救度其母。況劉氏也不是壽數當終的，只因罪業深重，以致陰司活捉其魂。吾當廣行方便，令彼肉身不壞，仍得還陽。然必須點化羅卜，前往西天見佛，方可救度，成此一段奇因果也。太師請回天府。〔傅相白〕幸得慈悲施救度，免教狴犴永沉淪。〔仍從上場門下。四海龍王白〕請問菩薩，那傅羅卜，雖是天星降凡，恐他迷却本來，如何點化西歸？吾等再求菩薩法諭，示明詳細。〔觀音菩薩白〕他乃善門之子，容易點化。善才聽者。你可化作凡間道人，前到傅家，將羅卜所畫母像題詩點化。〔善才應科。觀音菩薩白〕龍女聽者。你可前往傅家，運汝神通，試其道念果否堅固。可將前詩寫在他門首池塘白蓮葉上。〔善才、龍女白〕啓菩薩，詩句怎麽道？〔觀音菩薩白〕聽者。莫道幽明感應遲，孝心天地已先知。兒居塵世空懷母，母墮陰司更憶兒。南海觀音垂庇佑，西天活佛可皈依。母容安頓行囊裏，竟往西天叩佛慈。他自然解得，往西天求佛也。仍當吩咐當方土地，好生保護其母屍骸，不可支散，將來成此還陽一段善緣。〔善才、龍女應科，同從下場門下。四海龍王白〕菩薩實乃大慈大悲也。〔唱〕

【仙呂宫正曲·傍粧臺】想塵寰(韻)，誰人勘破了這機關(韻)？雖則是佛力神通大(句)，怎奈那地網没遮攔(韻)。他日閻浮界(句)，結這喬公案(韻)。〔合〕從前事(句)，一筆删(韻)，方信道滿林花雨散旃檀(韻)。

〔觀音菩薩下座科。四海龍王唱〕

【情未斷煞】孝心安慈願殫(韻)，半珠甘露柳梢翻(韻)，便化了穩送慈航十丈瀾(韻)。〔四沙彌引觀音菩薩從下場門下，四海龍王仍從上場門下〕

# 第四齣　折奸佞身請勤王（古風韻）

〔佛門上換「建章門」匾科。小生扮黃門官，戴紗帽，穿圓領，束金帶，執笏，從上場門上，白〕晨鐘初啓建章宫，天樂遥聞在碧空。禁樹無風正和暖，玉樓金殿曉光中。下官黃門是也，職居紫禁，身侍丹霄，口播綸音，目瞻天表。恐有百官奏事，只得在此伺候。道猶未了，衆官早到。〔從下場門下。生扮陸贄，戴紗帽，穿蟒，束玉帶，執笏。末扮李泌，戴幞頭，穿蟒，束玉帶，執笏。外扮袁高，戴紗帽，穿蟒，束玉帶，執笏。同從上場門上。陸贄唱〕

【商調引·鳳凰閣】謬叨天眷(韻)，要把忠言頻建(韻)。〔李泌唱〕沙堤新築直如弦(韻)，黃閣絲綸争羨(韻)。〔袁高唱〕趨朝金殿(韻)，看斜月花梢尚懸(韻)。〔雜扮二手下，各戴軍牢帽，穿箭袖，繫搭包，持開棍。雜扮二院子，各戴羅帽，穿屯絹道袍，繫鑾帶，捧笏。引净扮盧杞，戴幞頭，穿蟒，束玉帶，從上場門上，唱〕

【雙調引·賀聖朝】長樂鐘聲下傳(韻)，峭寒曉擁金韉(韻)。天街塵净慢加鞭(韻)，何殊閬苑登仙(韻)。〔二手下、二院子從兩場門分下，衆官作相見科，内奏樂設朝科，場上設帳幔、高臺。雜扮四值殿將軍，各戴卒盔，穿雁翎甲，執儀仗，從兩場門分上。雜扮四内侍，各戴内侍帽，穿貼裏衣，繫絲縧。雜扮四宫官，各戴宫官

帽，穿圓領，繫絲縧，執符節、龍鳳扇。從建章門上，分侍科。〔四宫官白〕班齊。〔衆官作舞蹈行禮科，唱〕

【黄鐘宫正曲・神仗兒】山呼聖壽(韻)，山呼聖壽(疊)，揚休拜手(韻)。感皇恩高厚(韻)，寶祚(讀)萬年悠久(韻)。仁風沾被(讀)，歡騰九有(韻)，〔合〕聽萬姓盡歌謳(韻)，聽萬姓盡歌謳(疊)。〔黄門官捧旨從下場門上，白〕旨意下。〔衆官跪科。黄門官白〕聖旨已到，跪聽宣讀。皇帝詔曰：朕惟國家爲治，首以用賢求言爲本。自李希烈叛逆以來，人遭亂離，風俗頽敗，可開孝廉方正之科，以示鼓勵。郡縣訪實，遞行申奏。爾等諸臣，若有攄忠効節、獻謀建言，可以佐理太平、安邦弭亂者，一一陳奏，朕當採納。欽哉謝恩。〔衆官白〕萬歲，萬歲，萬萬歲！〔黄門官仍從下場門下。四宫官白〕有事者奏，無事退班。〔盧杞白〕臣盧杞，誠惶誠恐，稽首頓首，謹奏陛下。〔四宫官白〕奏來。〔盧杞唱〕

【正宫正曲・雙鸂鶒】臣盧杞抒忠奏啓(韻)，論希烈當恕其前罪(韻)。可遣使去招安，用撫綏(讀)，錫將土地(韻)。若興師旅(讀)，動干戈，兵凶戰危(韻)，〔李泌白〕這厮爲何要赦希烈之罪，加他官爵起來？〔盧杞唱合〕願吾皇俯准臣斯議(韻)。〔李泌白〕臣李泌，誠惶誠恐，稽首頓首，謹奏陛下。〔四宫官白〕奏來。〔李泌唱〕

【又一體】今日裏邊報馳(韻)，報叛臣希烈聲息(韻)，據蔡州擅稱帝號(讀)，猖狂無比(韻)。豈可用(讀)招安計有傷國體(韻)？〔合〕願督師前往荆襄地(韻)。〔陸贄白〕臣陸贄，誠惶誠恐，稽首頓首，啓奏陛下。〔四宫官白〕奏來。〔陸贄唱〕

【又一體】四郊萬方多壘(韻)，這都是大夫之恥(韻)。況濫叨軍國重任(讀)，素餐尸位(韻)。愚戇性(讀)，與賊人誓不兩立(韻)，〔合〕願督師前往荆襄地(韻)。〔袁高白〕臣袁高，誠惶誠恐，稽首頓首，啓奏陛下。〔四宫官白〕奏來。〔袁高唱〕

【又一體】恨奸雄多詭計(韻)，當誅伐明彰懲治(韻)。抒愚誠誓不同天(讀)，願敵王餼(韻)。況真卿(讀)盡忠節宜加恩恤(押)，〔合〕願督師前往荆襄地(韻)。〔黄門官捧旨，仍從下場門上，白〕聖旨到來。〔衆官跪科，黄門官白〕自李希烈背恩反叛，神人共憤，豈可加恩招撫？盧杞誤國無謀，着貶爲澧州别駕，即日出京。〔盧杞白〕萬歲！〔虚白從下場門下。黄門官白〕兹者李晟，統兵勤王，忠勇可嘉，着加爲鳳翔隴右等處節度使。卿等皆欲前往督師，足見忠心爲國，即着平章事李泌督兵前往，許便宜行事。班師之日，論功陞賞。顔真卿身死逆賊之手，深爲可憫，加爲司徒，贈謚文忠。欽哉謝恩。〔仍從下場門下。衆官同作謝恩科，唱〕

【黄鐘宫正曲・滴溜子】念微臣(句)，念微臣(疊)，荷蒙聖慈(韻)。念微臣(句)，念微臣(疊)，感恩無似(韻)。〔李泌唱〕臣泌(讀)濫叨驅使(韻)，〔合〕這恩綸何敢當(句)，軍機重事(韻)。〔衆官同唱〕仰賴天威(讀)，算勝出師(韻)。〔内侍、宫官仍從建章門下，四值殿、衆官各從兩場門分下〕

## 第五齣　遊地府法羅慘毒(古風韻)

〔雜扮牛頭、馬面，各戴套頭，穿門神鎧，持叉。雜扮八鬼卒，各戴鬼髮，穿蟒、箭袖、虎皮卒褂，持器械。雜扮四司官，各戴紥紅幞頭，穿圓領，束金帶。雜扮四判官，各戴判官帽，穿圓領，束角帶，持筆、簿。雜扮四宮官，各戴宮官帽，穿圓領，繫絲縧，執符節、龍鳳扇。引浄扮東嶽大帝，戴冕旒，穿蟒，束玉帶，從上場門上，唱〕

【南呂宮正曲・紅衲襖】職天齊掌地祇(韻)，明賞罰辨是非(韻)。善有善報加吉利(韻)，惡有惡隨降禍危(韻)。陰與陽本同一理(韻)，天與人原無二義(韻)。但看多少惡毒奸頑(句)也(格)，古往今來放過誰(韻)。

〔場上設高臺、帳幔，轉場，陞座，衆各分侍科。東嶽大帝白〕威靈赫赫古今傳，職掌人間生死權。要得不來償惡報，好將福果種心田。吾乃東嶽天齊大帝。玉帝爲天神之尊，我爲地祇之首。受人間之香火，佑世上之人民。作善的降之以祥，造惡的降之以殃。善惡之事，由人自造；報應之理，如影隨形。正是：善惡到頭終有報，只爭來早與來遲。〔雜扮五差鬼，各戴犄角、鬼髮，穿鬼衣，繫虎皮裙，持叉，帶旦扮劉氏魂，穿衫，繫腰裙，從右旁門上，唱〕

【雙調正曲・普賢歌】陽間作惡不尋常(韻)，命盡歸陰受苦殃(韻)。鐵叉把身傷(韻)，無處可潛藏

韻。〔合〕怎躲天羅并地網韻？〔五差鬼唱〕

【又一體】你今不必恁悲傷韻，事到頭來只自當韻。此身進步忙韻，休論短和長韻。〔合〕從直供招休掉謊韻。〔作到科，都差鬼白〕門上那位在？〔一鬼卒作出門問科，都差鬼白〕劉氏拿到了。〔鬼卒作進門跪科，白〕啓上大帝，劉氏拿到了。〔東嶽大帝白〕帶進來。〔鬼卒作出門，引五差鬼帶劉氏魂作進門跪科，都差鬼跪呈公文科。東嶽大帝白〕名罪犯滔天，惡婦傅門劉氏。〔劉氏魂應科。東嶽大帝白〕好惡婦，傅家三代持齋，七世好善，被你一朝廢了，從直招來。〔劉氏魂唱〕

【仙吕宫正曲·風入松】高臺明鏡聽因依韻，容我一言剖理韻。念劉氏與傅相爲婚配韻，每日裹齋僧布施叶。〔合〕念平生未嘗妄爲韻，論素行世皆知韻。〔東嶽大帝唱〕

【又一體】從來報應不差遺韻，難欺大地神祇韻。〔白〕你還説未嘗妄爲，你的罪過，土地記載，社令詳察，司命奏上玉帝，玉旨降下酆都，五殿閻羅差鬼使捉拿。不招其情，還來説謊，着實打。〔鬼卒作打劉氏魂科，劉氏魂白〕招不得。〔東嶽大帝唱〕怪他視法如兒戲韻，〔白〕與我拶起來。〔鬼卒作拶劉氏魂科。東嶽大帝唱〕今日裏直窮到底韻，〔劉氏魂唱合〕爲甚的將我苦禁持韻？今到此望詳推韻。

〔東嶽大帝唱〕

【又一體】無端潑婦太無知韻，猶逞着翻瀾利嘴韻。恨伊至死終不悔韻，惱得俺沖冠怒起韻。〔白〕招不招？〔劉氏魂白〕招不得。〔東嶽大帝白〕不招，與我敲。〔鬼卒作敲科。東嶽大帝唱合〕今到此

斷難恕你(韻)，千拷打萬禁持(韻)。〔劉氏魂唱〕

【又一體】爺爺息怒且停威(韻)，容犯婦招明就裏(韻)。〔白〕受刑不過，招了。〔東嶽大帝白〕卸了拶，着他畫招。〔鬼卒作卸拶，付紙筆科。劉氏魂作畫供科，唱〕今朝到此難逃避(韻)，非是我愛貪葷肥(韻)。〔滚白〕把橋梁拆毁，燒了齋房，逐趕僧尼，褻瀆神祇，這都是劉賈與金奴勸我把五葷開起。〔鬼卒作接供招跪呈科。東嶽大帝白〕劉賈、金奴，不過是讒言助惡而已，事事皆是你自己主張所爲，還要强辯，着實打。〔劉氏魂滚白〕苦！正是：陽間羅網多漏洩，陰司法度不容私。渾身是口不能言，遍體排牙説不出了。苦！打得我渾身上下，鮮血淋漓體。〔唱合〕有多少惡人在世(韻)，何獨我受禁持(韻)？〔東嶽大帝唱〕

【又一體】你猶然强辯是和非(韻)，那惡蹟天地皆知(韻)。舉頭三尺神難昧(韻)。怎憑你任性狂爲(韻)？〔劉氏魂白〕爺爺，我並没有任性。〔東嶽大帝白〕你還説没有，值事神，〔一司官應科。東嶽大帝白〕將傳門土地呈告劉氏狀詞拿來。〔一司官呈簿書，一判官接呈，東嶽大帝作看科，白〕惡婦聽者。〔滚白〕你不合違囑開葷，你不合毁像欺神。〔劉氏魂作驚畏虚白科。東嶽大帝滚白〕你不合殺犬齋僧把齋房燬，你不合拆壞橋梁把功德隳。〔唱合〕還有那餘惡未提(韻)，樁樁事簿書稽(韻)。〔劉氏魂白〕望爺爺開恩赦罪，放回陽世，改過爲人，再不作惡。〔東嶽大帝白〕唤冥府長解。〔鬼卒作向下唤科。雜扮五長解鬼，各戴鬼髮額，穿蟒、箭袖、虎皮卒褂，繫虎皮裙，持器械，從上場門上，作進門叩見科。東嶽大帝白〕這潑婦不比尋常之犯，僉汝五人俱爲長解，將劉氏帶到城隍掛號，解往酆都，教他關關受罪，殿殿遭刑。不得有違。〔長解都鬼作鎖劉氏魂科。劉氏魂白〕從前造作罪，懺悔也無門。〔五長解鬼帶劉氏魂從左旁門下。東嶽大帝白〕這五殿閻羅所發牌上，還有李文道、本無、静虚，這三起惡鬼犯，怎麽不見拿來？〔五差鬼白〕因劉氏罪惡滔天，所以先行捉拿。見過大帝，差鬼等即去拿那三名惡犯也。〔東嶽大帝白〕既如此，那三名惡犯，我這裏不用勘問了。爾等可即拿去，付與長解鬼，一同劉氏，解往城隍掛號，自然發往陰司，使各自受其罪便了。〔作付公文，都差鬼接科，五差鬼作出門科，從右旁門下。東嶽大帝唱〕

【仙吕宫正曲・皂羅袍】歎世態雲翻雨變㊖，奈人心反覆㊙，難定愚賢㊖。陽間作惡犯滔天㊖，重泉受罪難寬免㊖。〔東嶽大帝下座科，衆同唱合〕自作自受㊗，有誰見憐㊖？相遭惡報㊗，難逃罪愆㊖。勸世人修省當行善㊖。〔衆擁護東嶽大帝，同從下場門下〕

## 第六齣　盼慈幃路隔陰陽（齊微韻）

〔場上設劉氏靈桌、魂旛科。末扮益利，戴羅帽，穿屯絹道袍，繫鑾帶，從上場門上，白〕長江後浪催前浪，世上新人趲舊人。今乃老安人接三之期，香供俱已齊備，不免請官人上香。官人有請。〔小生扮安童，丑扮齋童，各戴羅帽，穿屯絹道袍，繫鑾帶，扶生扮羅卜，戴巾，穿素道袍，從上場門上，白〕香供可曾齊備？〔益利白〕齊備多時。衆使女，齊捧祭禮出來。〔雜扮八梅香，各穿衫、背心，繫汗巾，捧祭物，同從上場門上，白〕祭禮有了。〔益利白〕擺端正些。〔衆梅香作擺祭禮畢，隨羅卜行禮科。羅卜唱〕

【雙調集曲·風雲會四朝元】【四朝元】（首至十一句）萱親傾棄(韻)，傷心珠淚垂(韻)。拋閃下孤兒年幼(句)，未諳時事(叶)，又無兄和弟(韻)。有誰憐惜(韻)，有誰憐惜(疊)？到如今母命天摧(韻)，去之太急(韻)。欲報深恩(句)，昊天罔極(韻)。【駐雲飛】（四至六）未盡兒心意(韻)，嗏(格)，痛苦枉悲啼(韻)。【一江風】（五至八）哭斷肝腸(句)，没箇回生日(韻)。靈前供素食(韻)，聊盡爲兒意(韻)。〔衆同唱〕【朝元令】（合至末）死歸生寄(韻)，冥陽阻隔(讀)，無由再會(韻)，無由再會(疊)。〔羅卜白〕益主管，你去會緣橋，擇選日期，大建齋醮，不得有悮。〔益利應科，衆同從下場門下〕

# 第七齣　道場中虔修法事（江陽韻）

〔雜扮衆農民，各戴氊帽，穿各色道袍，同從上場門上，唱〕

【正宮正曲・普天樂】挈朋儕邀鄉黨韻，過長堤穿短巷韻。誰能保百歲安康韻？可憐他一旦俱亡韻。〔分白〕我等乃各村莊農民是也。昔年因值歲荒，蒙傅老員外開倉賑濟，不知全活了多少人的性命。彼時又檢出一應借券、租票，當面焚化，概不要還。蒙他如此大德，至今感激不盡。那傅員外去世已有好幾年了，新近老安人又復身故。今日在那裏廣修佛事，我等因感昔日之恩，備下冥資等物，前去弔奠，以表報德之心。一路行來，前面已近他家，須索快快趲到那裏。〔同唱合〕令人感傷韻，似黄粱夢一場韻。歎萬事成空讀，祇留遺愛難忘韻。〔同從下場門下。雜扮衆街鄰，各戴氊帽，穿各色道袍，同從上場門上，唱〕

【大石調正曲・賽觀音】意悽其心惆悵韻，歎人世渾如電光韻。早過眼無多景況韻，〔分白〕我等乃傅員外家隣近街坊。今者傅宅的老安人亡故，恰遇談經開弔之日，爲此我等各出分金，備辦冥資祭禮，前去弔奠，以表鄉黨和睦之意。你看那邊又有許多人衆，擁擠前來。〔一街隣白〕想必也

是祭奠去的，候他們一同前行便了。〔衆同唱合〕見步接肩隨來意恁匆忙（韻）。〔衆農民同從上場門上，唱〕

【大石調正曲·人月圓】共村莊（讀），情誼如親黨（韻），可憐孝子薦先堂（韻）。聽吹螺擊鼓聲嘹喨（韻），更百尺的（讀）長旛風外揚（韻）。〔作相見科，衆街隣白〕各位都是鄉村中的衆朋友，備辦這些冥資，要往那裏去弔奠的？〔衆農民白〕衆位有所不知，我們因念傅老員外的恩德，今聞老安人亡故，爲此前去弔奠，少申感戴之私。〔衆街隣白〕好，難得。我們是他家的衆街隣，也爲弔奠而來，正好一同前去。〔衆農民白〕如此恰好，望乞各位挈帶同去。〔衆街隣白〕就請一同前往。〔衆同唱合〕偕行往（韻），酬昔日恩惠（讀），焚楮燒香（韻）。〔同從下場門下。場上設道場桌，供佛像，設法器。末扮益利，戴羅帽，穿屯絹道袍，繫縧帶，從上場門上，白〕家園風景甚摧頹，惟聽城頭曉角悲。此際斷腸人不見，孤燈殘照影徘徊。今爲老安人亡故，特此延請高僧，修齋禮懺，超薦幽冥，往生極樂道場。不免喚取安童、齋童出來，大家料理便了。安童、齋童何在？〔小生扮安童，丑扮齋童，各戴羅帽，穿屯絹道袍，繫縧帶，從上場門上，同白〕當家勤辦事，聞喚即趨前。老掌家有何吩咐？〔益利白〕今日啓建修齋道場，必須大家用心。〔齋童、安童白〕這箇自然，何須吩咐。〔益利唱〕

【仙呂宮正曲·六幺令】這修齋道場（韻），是小官人薦拔先堂（韻）。大家虔敬理應當（韻），延僧衆（讀），淨齋房（韻）。〔合〕諸般檢點須停當（韻），諸般檢點須停當（疊）。〔齋童、安童唱〕

【又一體】安排各樣(韻)，潔齋筵燈燭輝煌(韻)。金猊寶鼎爇名香(韻)，敲鐘磬(讀)，竪旛幢(韻)。〔合〕須臾僧衆臨壇上(韻)，須臾僧衆臨壇上(疊)。〔同從下場門下。雜隨意扮二鋪排，同從上場門上，各隨意發諢科。雜扮二僧綱，各戴毘盧帽，穿道袍，披祖衣。雜扮三十二僧衆，各戴僧帽，穿僧衣，披袈裟，從兩場門分上，各作吹打法器科。益利、安童、齋童扶生扮羅卜，戴巾，穿素道袍，從下場門上，作向佛前拈香禮拜科。衆僧同詠〕

【香讚】爐香乍爇(句)，法界同芬(韻)。諸佛海會悉遥聞(韻)，隨處結祥雲(韻)。誠意方殷(韻)，諸佛現金身(韻)。南無香雲蓋菩薩摩訶薩。〔佛號。衆僧作拜懺科，羅卜、益利、安童、齋童同作隨拜科。衆僧唱〕

【雙調集曲·淘金令】【金字令】（首至六）龍華道場(韻)，虔誦稱無量(韻)。南無佛(格)，阿彌陀佛(格)。法筵華藏(韻)，微妙莊嚴像(韻)。南無佛(格)，阿彌陀佛(格)。化度無方(韻)，消除魔障(韻)。南無佛(格)，阿彌陀佛(格)。【朝元令】（五至六）濟拔泥犁業罪(句)，薦度先亡(韻)。南無佛(格)，阿彌陀佛(格)。【五馬江兒水】（十至末）超登極樂薰戒香(韻)。南無佛(格)，阿彌陀佛(格)。〔合〕虔誠頂禮(句)，五體投將(韻)。南無佛(格)，阿彌陀佛(格)。仗此功德(讀)，普渡慈航(韻)。南無佛(格)，阿彌陀佛(格)。〔衆同從兩場門各分下。衆街鄰、農民同從上場門上，唱〕

【仙呂宮正曲·玉嬌枝】臨喪悽愴(韻)，昔年情莫教便忘(韻)。楮儀排列多停當(韻)，少盡我誼存鄉黨(韻)。〔益利從下場門上，虛白，作出門迎衆進門，同從下場門下。衆内唱〕願早超仙界極樂邦(韻)，逍遥穩步蓮花藏(韻)。〔羅卜、益利、安童、齋童從下場門上，作送衆出門科。羅卜白〕有勞衆位枉駕。〔衆白〕豈敢豈敢。〔唱合〕表微衷寸誠敬將(韻)，具微儀謹申祭享(韻)。〔衆仍同從上場門下，羅卜、益利、安童、齋童從下場門下。衆僧各持法器。雜扮衆執事人，各戴氊帽，穿窄袖，繫搭包，執幢旛，提提爐，執傘，引雜扮老禪師，戴毘盧帽，穿道袍，披祖衣，執如意，從上場門上。益利、安童、齋童隨上，衆作遶場行香料，衆執事人隨從兩場門各分下。衆僧同作誦咒科，白〕〖吉祥咒〗南無三慢多，摩駝南，阿鉢臘帝，賀多舍娑囊南，呾呎他，唵伽伽，稀稀稀，哄哄，入佛臘，鉢臘入佛臘，帝色查，帝色查，色支利，色支利，娑判查，娑判查，扇帝加，釋利耶，娑嚩訶。〔二鋪排從上場門上，白〕請到客堂用齋。〔衆同從兩場門各分下。二鋪排白〕掌家大叔，佛事將已完畢，不知在何處觀燈破獄。早些打點停當，省得臨期有悞。〔益利白〕二位所言極是。我已安排停妥。〔二鋪排白〕在那裏破獄觀燈？〔益利唱〕

【仙呂宮正曲·月上海棠】在廳後旁(韻)，安排破獄俱停當(韻)。要觀燈超度(讀)，濟拔西方(韻)。救苦海接引寶筏(句)，受極樂定登安養(韻)。〔二鋪排唱合〕消魔障(韻)，度脱閻浮(讀)，早登蓮臺華藏(韻)。

【慶餘】薦超功德稱無量(韻)，把淨土莊嚴細講詳(韻)。都是孝子虔誠，薦先靈建道場(韻)。〔衆虛白，同從下場門下〕

## 第八齣　賭局外劈遇冤魂（庚青韻）

〔雜扮王老道，戴氈帽，穿道袍，從上場門上，唱〕

【中呂宫引・醉春風】賭博爲行徑(韻)，憑空開陷阱(韻)。見人財帛眼偏紅(句)，勝(韻)、勝(疊)、勝(疊)。鐵甕城中(句)，呼盧碑上(句)，鐫咱名姓(韻)。〔白〕小子爲人最庸，那知春夏秋冬。黄金視如糞土，白鏹當作青銅。那知鍋兒鐵鑄，飯飽不問農工。害得人離家破，反面不肯相容。自家鐵甕城中開賭博場的王老道便是。一年前有箇李客人，同着一箇小夥計，帶有四五千兩貨物，到此發賣，被我勾合了人，不上一年的工夫，都已輸給我了。想他今日一定又要來翻本，索性給他箇净手而回便了。〔丑扮林刁，戴氈帽，穿窄袖，繫搭包，從上場門上，唱〕

【又一體】惡賴前生定(韻)，摸掏是素性(韻)。謀財害命計無雙(句)，興(韻)、興(疊)、興(疊)。剪徑小人(句)，穿窬匪類(句)，是咱同盟(韻)。〔白〕莫把人心比人面，世情非實只宜虚。自家林刁便是。前日在王老道家賭，輸了箇精光。這兩日又合了夥計們，做了些生意，分得東西在此。今日再到他家去，翻翻本也是好的。〔作進門相見科，王老道白〕林大哥來了。〔林刁白〕那李客人呢？〔王老道白〕想必就來。我們且到後邊去睡一覺，夜間好賭。〔林刁白〕説得是。王老道，今日要幫襯我。〔王老道白〕這箇自然。〔同從下場門下。副扮李文道，戴氈帽，穿窄袖，繫搭包，從上場門上，唱〕

【又一體】眼下難支應(韻)，囊中將告罄(韻)。損人利己竟如何(句)？命(韻)、命(疊)、命(疊)。這裏撈來(句)，那邊推去(句)，到也乾淨(韻)。〔白〕自家李文道，自從在五道廟謀死了黄彦貴，被那臧通判拿去，破費了一千多兩銀子，所以不曾追究實情。尚有餘剩下五千多兩銀子的貨物，只得把興兒收作小夥計，來到潤州城中。起初之時，到也買賣興旺，誰想被這裏開賭場的王老道，叫人勾引去，每日賭博頑耍，豈料不上一年之間，將所有的本銀盡行輸去。如今弄得手無分文，只得把所有衣服，又已盡行變賣。今日再約張鬼去賭一場，好歹要贏些回來。張大哥那裏？〔雜扮張鬼，戴氈帽，穿窄袖，繫搭包，從上場門上，白〕朝朝生意賭場内，日日昏沉醉夢間。是誰叫我？〔作相見科。李文道白〕今日閒暇無事，我們再往王老道家去，撈一撈本如何？〔張鬼白〕我與你連日大輸，運氣不好，如今改過，不去賭了。〔李文道白〕我幾千兩銀子的本錢，都輸在他家，如何就肯罷手？哥，説不得，你也再去走一走，或者運氣轉了，也不可知。〔張鬼白〕也罷，今日再同你去一遭。〔李文道唱〕

【中呂宫正曲·剔銀燈】思量起平生薄行(韻)，瞞心事倩誰來證(韻)？幾貫鈔做着幾番相厮併(韻)，一年來何曾一場全勝。如能(韻)，今番會贏(韻)，這醉夢須臾頓醒(韻)。〔白〕來此已是。〔同作進門科，白〕王老道在家麽？〔王老道、林刁同從上場門上。王老道白〕來了。角技爲營運，開賭作生涯。原來是李官人、張小郎，你説没錢，如何今日又來？〔李文道白〕説不得，要來撈撈本。〔王老道白〕賭錢是少不得的，少刻輸了别要賴。〔李文道白〕豈有賴的道理。〔場上設桌，上設賭具科，衆各隨意發諢呼盧科，李文道、張鬼作輸科。王老道作打李文道科，白〕還少多着哩，快些拿出來。〔場上隨撤桌科，李文道白〕其實没有了。〔唱〕

【又一體】幾年上輸得我貲囊盡傾韻，你這賭場内斷送我白銀千錠韻。論手段實難與兄相持稱韻，論做人我須從來骨鯁韻。〔合〕且聽韻，時日暫停韻，待算計來酬厚情韻。〔王老道唱〕

【又一體】恁言語教人眼瞪韻，這頑錢事從無争競韻。〔林刁白〕假如我們輸了，你也肯教賒不成？〔唱〕赤着手竟思圖僥倖韻，昧着心這般胡横韻。〔李文道白〕相與了年把，就没一點兒情面？等我去設法設法，自然還你。〔林刁唱合〕須清韻，你潑皮休逞韻，我花太歲從來不肯用情韻。〔各隨意發諢科。雜扮二差人，各戴鷹翎帽，穿箭袖，繫鸞帶，鎖雜扮做眼賊，戴氊帽，穿喜鵲衣，繫腰裙，同從上場門上。二差人白〕來此已是，且喜門兒開在這裏。〔同作進門科，做眼賊指林刁、王老道白〕他是同夥强盗林刁，他是窩家王老道。〔二差人作鎖林刁、王老道科。李文道、張鬼作跳牆逃走科，同從下場門下。王老道、林刁白〕我是好人，如何拿我？〔二差人唱〕

【又一體】恁休要語虚口硬韻，論劫庫行同梟獍韻。〔王老道、林刁同作跪求科，白〕我們並不知道甚麽劫裙劫褲，求爺們饒了狗性命罷。〔二差人唱〕做過事到來推乾净韻，你不是歹人他們爲何兒認定韻？〔合〕公庭韻，親口對證韻，虚和實當堂細評韻。〔同從下場門下。丑扮土地，戴巾，穿土地氅，持拂塵，從上場門上，白〕善哉，善哉。人間私語，天聞若雷；暗室虧心，神目如電。今有李文道，曾在五道廟中，用毒藥藥死黃彥貴，奪其財物。一年之間，盡行賭去，仍是窮人，目下大限將終。那黃彥貴一靈不散，哭訴閻君，曾差鬼使前來勾拿，吩咐小神在此伺候。道猶未了，你看李文道來也。

〔從下場門下。李文道、張鬼同從上場門急上，唱〕

【中吕宫正曲·紅繡鞋】陡逢飛禍心驚(韻)、心驚(格)，越牆而避逃生(韻)、逃生(格)。急跌脚(句)，奔前行(韻)。泥滑刺(句)，眼瞢瞪(韻)。〔合〕倘株連(句)，罪難承(韻)。〔李文道白〕我李文道，得了些意外之財，不上一年，都在王老道家中輸得精光。今日變賣了些，又去撈梢。那知他們都是做過強盜的，誰想事體發作，前來捉拿。虧得我們跳牆而走，未曾干連。老張，不然我們都要喫官司了。〔張鬼白〕千不是，萬不是，是你不是。〔李文道白〕爲甚麽是我不是？〔張鬼白〕我好好在家中坐着，你來叫我去同賭，若不是走得快，幾乎也落在盜案裏了。就是滚得出來，也要捱幾夾棍，監上一年半載，只怕這性命，也是活不成。〔李文道白〕幸虧得我平日心腸極好，雖然輸了許多銀兩，不曾干連盜案，還是神明保佑。小張，你也受我的福庇。〔張鬼白〕李大哥，你説你是好人，我却不信。〔李文道白〕你爲何不信？〔張鬼白〕我聽得人説，有箇甚麽黃彥貴。〔李文道作驚科。張鬼白〕你在路上謀死了他，得了他許多銀子、貨物。如今仍舊輸完了，豈不是箇天報。〔土地引雜扮二差鬼，各戴犄角、鬼髮，穿鬼衣，繫虎皮裙，持鎖。末扮黃彥貴魂，戴巾，穿道袍，繫腰裙。同從右旁門上。土地仍從右旁門下。李文道

白〕他説起黄彦貴，我頓覺神魂如失，什麽緣故？〔黄彦貴魂作打李文道科。李文道唱〕

【中吕宫正曲・撲燈蛾】我眼花不見人(句)，眼花不見人(疊)，心慌没把柄(韻)。圍遶盡冤魂(句)，耳畔更聞索命(韻)也(格)。〔白〕不好，鬼來了。〔唱〕道我短行虧心(句)，緊趕着教人脱了魂靈(韻)。鬼門關風來恁冷(韻)，〔合〕七竅開(讀)，霎時鮮血似泉傾(韻)。〔作昏跌死科。雜扮李文道替身，戴氊帽，穿窄袖，繫搭包，從地井暗上。二差鬼、黄彦貴魂作同捉李文道從左旁門下。張鬼唱〕

【又一體】陰風忒慘悽(句)，陰風忒慘悽(疊)，登時發狂病(韻)。昏迷氣如絲(句)，急切頻呼不醒(韻)也(格)。〔白〕李文道，李大哥。〔唱〕看你眼前果報(句)，嚇得人汗冷成冰(韻)。〔白〕看他七竅流血，登時氣絶而亡了。這是冤魂纏擾，一報還他一報。如今却怎麽處？你看那邊有箇現成土坑，不免將他掩埋便了。〔作掩埋李文道死屍科。李文道替身仍從地井下。張鬼唱〕是誰家安排土埂(韻)？〔合〕借他山(讀)一抔須是你荒塋(韻)。〔白〕莫謂天道無知，看來毫釐不爽。我聞得説，李文道謀死夥計黄彦貴，得他錢財，如今活活的立刻發喘，竟七孔流血而死。我張鬼平日雖不曾害人性命，也不知做了多少昧心的事。萬一閻羅算起賬來，少不的也是這般光景。罷，罷！放下屠刀，立地成佛。我如今千思萬想，祇有那佛門中廣濶無邊，乃是藏污納垢之所。説不得，只得把這幾根頭髮一齊削去，做箇和尚混混日子罷。正是：没法不如削髮好，無家方信出家高。〔從下場門下〕

## 第九齣　貪懽密計尋安樂（古風韻）

〔丑扮僧本無，戴僧帽，穿道袍，繫絲絛，從上場門上，唱〕

【雙調正曲·字字雙】少年難以事修行(韻)，火盛(韻)。背師悄地學偷情(韻)，由逕(韻)。途中幸遇俏娉婷(韻)，有興(韻)。〔合〕百年姻契結三生(韻)，歡慶(韻)、歡慶(疊)。〔白〕自家本無是也。向日背師逃走，在途中幸遇静虚。今在土地祠中暫住，只是僧尼一處，實非久居之所。萬一被地方人等看出破綻，反爲不美。且喜隨身帶得幾兩銀子，不免與他商議，尋箇僻静孤村，獨户人家，將銀子買通，潛身寄頓。待等周年半載，二人長起頭髮，再往他鄉，另尋活計。人人只道一對夫妻，那知是還俗的尼姑、和尚。正是：不可一日無謀計，始信三生有宿緣。渾家快來。〔小旦扮尼静虚，戴尼姑巾，穿水田衣，繫絲絛，從上場門上。場上設椅，虚白各坐科。本無唱〕

【雙調集曲·江頭金桂】【五馬江兒水】（首至五）聽我説箇就裏(韻)，這相逢實罕稀(韻)。我和你披緇削髮(句)，原非本意(韻)。皆是爹主張娘所爲(韻)，【金字令】（五至九）到如今意亂心迷(韻)。〔白〕事已做出來了，我們在此非長久之計，不如逃到僻静村莊，做箇夫婦罷。〔静虚白〕我好悔也。〔本無白〕悔着何來？〔静虚唱〕忘師訓誨(韻)，不顧四知堪畏(韻)。却做了柳絮飛飛(韻)，隨風零亂無所依(韻)。〔本無唱〕【桂枝香】（七至末）我和你相逢非易(韻)，也是前緣宿世(韻)。〔合〕到今日(韻)，和伊急早商量取(句)，移步前行莫待遲(韻)。〔静虚白〕依你所言，和你同行，但誰不知道你我是僧尼？此去被人拿住，送到有司，這罪過怎生禁受？〔本無白〕人無遠慮，必有近憂。我的計較，好多着哩。〔静虚白〕説來我聽。〔本無白〕你我在此土地祠中，終非結果。不如尋一僻静孤村，養出頭髮來，只説是一對夫妻，誰來尋問？〔静虚白〕既如此，禍福賴伊擔帶，我便隨你前行。〔各起，隨撤椅科，本無唱〕

【越調正曲·憶多嬌】計已設(韻)，事已決(韻)。兩意相投情怎撇(韻)，盡老今生永無別(韻)。〔合〕且共歡悦(韻)，且共歡悦(疊)，那管將來造業(韻)。〔同從下場門下〕

## 第十齣　罰惡同時證果因（古風韻）

〔雜扮三差鬼，各戴犄角、鬼髮，穿鬼衣，繫虎皮裙，持器械，同從右旁門上，唱〕

【雙調正曲・普賢歌】來如弩箭去如風（韻），惡霧愁雲裹半空（韻）。猙獰面目兇（韻），剛强聲勢雄（韻），〔合〕去捉生魂五路通（韻）。〔分白〕世上混沌一年，冥府如過一月。陽間作事一日，陰司只當一刻。我等奉閻羅王之命，捉拿劉氏，帶見東嶽大帝，拷問已畢。只爲那因財害人的李文道，還有姦淫還俗僧人本無、尼姑静虛，俱在劉氏一牌，所以東嶽大帝命我等即便分拿前來，好與劉氏一同解入地獄受罪。如今李文道想已拿住，那僧尼現在土地祠，我們前去捉拿便了。〔同唱〕

【越調正曲・水底魚兒】火速前行（韻），分拿諸罪名（韻）。陰司法度（句），〔合〕誰敢擅容情（韻），誰敢擅容情（疊）？〔同從下場門下，隨帶丑扮僧本無魂，戴僧帽，搭魂帕，穿道袍，繫腰裙；小旦扮尼静虛魂，戴尼姑巾，搭魂帕，穿衫，繫腰裙，從下場門上，遶場科，同從左旁門下。雜扮五長解鬼，各戴鬼髮額，穿蟒、箭袖、虎皮卒褂，繫虎皮裙，持器械，帶旦扮劉氏魂，穿衫，繫腰裙，從右旁門上，唱〕

【中呂宮正曲・駐雲飛】苦楚連顛（韻），果報而今知不免（韻）。陰靈受刑憲（韻），有口難分辯（韻）。嗏

格，提起淚漣漣韻，隔斷人天韻。痛想嬌兒讀，要見無由見韻，〔合〕只落得悶對神天空淚彈叶。〔長解都鬼唱〕

【又一體】你作惡生前韻，到此如何出怨言韻。陽世行不善韻，陰府應遭譴韻。嗏格，急走莫遲延韻，早到城隍殿前韻。掛號施行讀，地獄都遊遍韻，〔合〕受盡非刑誰見憐韻。〔同從左旁門下。三差鬼帶本無魂、靜虚魂，從右旁門上，唱〕

【越調引·金蕉葉】好事多磨韻，正歡娛又遭折挫韻。怕見他鐵面閻羅韻，斷不肯輕輕饒我韻。〔同從左旁門下。雜扮二差鬼，各戴犄角、鬼髮，穿鬼衣，繫虎皮裙，持器械，帶副扮李文道魂，戴氈帽，搭魂帕，穿窄袖，繫搭包，從右旁門上，白〕你們這樣鬼頭鬼腦，到底送我往那裏去？〔二差鬼白〕爲你生前作惡，閻君差來，拿你到陰司受罪。〔李文道魂白〕這等我不是人了？〔二差鬼白〕你是鬼了。〔李文道魂唱〕

【又一體】利多害多韻，反將我一身結果韻。悔當初作事差訛韻，到今朝災來怎躲韻？〔五長解鬼帶劉氏魂，三差鬼帶本無魂、靜虚魂，同從右旁門上。五差鬼白〕四犯俱已拿齊，奉東嶽大帝之命，帶見城隍，起解前行。〔都差鬼白〕列位，這是重犯，不比其他，倘有踈虞，取罪不便。爾等長解，須要小心。吾等差畢，各回去也。〔五長解鬼白〕正是如此。〔五差鬼仍從右旁門下，五長解鬼作帶四鬼魂遶場科。四鬼魂唱〕

【商調正曲・山坡羊】暗昏昏（讀）幽冥難辨（韻），黑蒙蒙（讀）愁雲亂捲（韻）。冷清清（讀）刺骨陰風（句），惡狠狠（讀）鬼魅猙獰面（韻）。想我在生前（韻），無端造業冤（韻）。一朝身死遭陰譴（韻），歷盡艱危有誰見憐（韻）？〔合〕難言（韻），此去憂愁有萬千（韻）。熬煎（韻），作惡的陰靈受罪愆（韻）。〔同從左旁門下〕

## 第十一齣　昇天界早逢接引（真文韻）

〔雜扮四皂隸鬼，各戴皂隸帽，穿箭袖，繫皂隸帶，持器械。雜扮四小鬼，各戴鬼髮，穿箭袖、虎皮卒褂，持器械。雜扮判官，戴判官帽，穿圓領，束角帶，持筆、簿。雜扮鬼使，戴鬼髮，穿蟒、箭袖、虎皮卒褂，持鎗。引生扮城隍，戴紥紅幞頭，穿圓領，束金帶，從上場門上，唱〕

【仙呂調隻曲・點絳唇】正直爲神(韻)，報施最准(韻)。難容紊(韻)，把善惡攸分(韻)，看赫赫的威靈震(韻)。〔場上設公案桌、隨椅，轉場，入座科，白〕昭彰天道有神靈，體察人間善惡明。處世惟憑三尺法，須知毫髮不容情。吾乃城隍是也，統理陰陽，專司善惡。但有一切新亡之鬼，須當至此掛號。左右，有投文掛號者，引他進來。〔四皂隸鬼應科。雜扮金童，戴紫金冠，穿氅，繫絲縧，執旛。雜扮玉女，戴過梁額、仙姑巾，穿氅，繫絲縧，執旛。引六善人：末扮段秀實，戴紗帽，穿圓領，束金帶；小生扮鄭賡夫，戴巾，穿道袍；旦扮陳桂英，穿衫；浄扮僧明本，戴僧帽，穿僧衣，繫絲縧，帶數珠；生扮道貞源，戴道巾，穿水田道袍，繫絲縧，帶數珠；老旦扮尼貞静，戴僧帽，穿老旦衣，繫絲縧，帶數珠，從右旁門上，分白〕爲臣忠義報君恩，厚道存心積善因。婦女凛操堅節志，人倫首重孝名聞。〔金童、玉女白〕衆位善人請少待，善人掛號。〔作引六善人進門科，金童呈公文科，白〕公文在此。〔城隍白〕原來俱是忠臣、孝子、節婦，兼有善僧、善道、善尼。列位俱係善者，在我這裏掛號已畢，可遊觀地獄，前到鬼門關，超昇天府，可欽可羨。〔六善人唱〕

【中呂宫正曲·駐馬聽】謹啓尊神韻，聽取一言聊告陳韻。喜將來得遊碧落句，免滯黄泉讀，幸脱紅塵韻。飛身直上拜天閽韻，仙官雲外相招引韻。〔合〕這都是浩蕩天恩韻，念區區小善讀，又何足論韻。〔城隍唱〕

【又一體】後果前因韻，相報由來最是准韻。羡伊行完名全節句，行滿功圓讀，去垢離塵韻。想福緣善慶不差分韻，世人從此須堅信韻。〔作批公文付金童科，衆擁護城隍同從下場門下。金童、玉女引六善人作出門科，衆同唱合〕這都是浩蕩天恩韻，念區區小善讀，又何足論韻。〔同從左旁門下〕

# 第十二齣　造業緣自畫供招（古風韻）

〔雜扮五長解鬼，各戴鬼髮額，穿蟒、箭袖、虎皮卒褂，繫虎皮裙，持器械；帶旦扮劉氏魂，穿衫，繫腰裙；副扮李文道魂，戴氈帽，穿窄袖，繫搭包；丑扮僧本無魂，戴僧帽，穿道袍，繫腰裙；小旦扮尼靜虛魂，戴尼姑巾，穿衫，繫腰裙：同從右旁門上。五長解鬼唱〕

【高大石調正曲・窣地錦襠】陽間作惡任欺瞞（韻），陰司法度不容寬（韻）。世人修善免冤愆（叶），〔合〕事到頭來悔是難（叶）。〔長解都鬼白〕來此城隍廟，不免掛號施行。〔作到科，虛白通報科。雜扮一皂隸鬼，戴皂隸帽，穿箭袖，繫皂隸帶，從上場門上，作出門問科。長解都鬼白〕有帶來衆惡犯，求掛號施行。〔皂隸鬼虛白，作進門傳鼓科。雜扮三皂隸鬼，各戴皂隸帽，穿箭袖，繫皂隸帶，持器械。雜扮四小鬼，各戴鬼髮，穿箭袖、虎皮卒褂，持器械。雜扮判官，戴判官帽，穿圓領，束角帶，持筆、簿。雜扮鬼使，戴鬼髮，穿蟒、箭袖、虎皮卒褂，持鎗。引生扮城隍，戴紮紅幞頭，穿圓領，束金帶，從上場門上，白〕陰陽一理豈無憑，德盛名言載聖經。四境人民蒙福庇，千年香火著威靈。〔轉場，入公案坐科。皂隸鬼白〕稟上城隍，有長解鬼帶來衆惡犯掛號。〔城隍白〕帶進來。〔皂隸鬼作出門，引衆長解鬼帶衆鬼犯進門跪科。長解都鬼呈公文科。城隍白〕一名違誓開葷、滅像欺神犯婦傅門劉氏。〔劉氏魂應科。城隍白〕一名因財藥死人命李文道。〔李文道魂應科。城隍白〕一名還俗淫僧本無。〔本無魂應科。城隍白〕一名還俗淫尼静虚。〔静虚魂應科。城隍白〕你們都是不敬神靈，所以至此。〔李文道魂白〕爺爺，非干小的不敬神靈，不知鬼神住在那裏。〔城隍白〕鬼神之道，何處無之？爾等據陳言俗論，以爲鬼神不足信，那知道二帝三皇敬天以勤民，周公孔子制祭以報本，正爲鬼神德盛故也。〔李文道魂虚白。城隍唱〕

【高大石調正曲·念奴嬌序】鬼神盛德(句)，古聖人制禮(讀)，使齋明盛服欽承(韻)。在上洋洋(句)，流動處(讀)同欽濯濯聲靈(韻)。須省(韻)，郊社兼修(句)，禘嘗迭舉(句)，享親享帝豈無憑(韻)。〔白〕你們這些惡犯，〔唱合〕今到此(句)，〔衆鬼犯白〕望爺爺超生。〔城隍唱〕似江心補漏(讀)，説甚麽筆下超生(韻)。〔劉氏魂白〕爺爺，劉氏在生，是持齋敬神的。〔城隍白〕劉氏，〔唱〕

【又一體】畢竟(韻)，你持心不定(韻)。自當年立誓茹齋(讀)，空爲話柄(韻)。纔喪夫君(句)，便開葷(讀)，殺害了許多性命(韻)。那更(韻)，〔白〕違誓開葷，又到花園立誓。〔唱〕昧己瞞心(句)，虚詞僞語(句)，逞翻瀾長舌誑神明(韻)。〔合〕今到此(句)，似江心補漏(讀)，説甚麽筆下超生(韻)。〔白〕本無、静虚，〔唱〕

【又一體】難罄(韻)，你罪惡多端(句)，淫邪無止(句)，罔遵戒律恣胡行(韻)。如天膽(讀)，也不怕神明照證(韻)。詳聽(韻)，那南海觀音(句)，西方文佛(句)，他塵凡念絶甘清凈(韻)。〔合〕今到此(句)，似江心補漏(讀)，説甚麽筆下超生(韻)。〔白〕李文道，〔唱〕

【又一體】强横韻，狠比豺狼句，毒如蛇蝎句，獸心空自具人形韻。全不怕讀，暗中却有神明韻。不應韻，白鏹思謀句，黑心頓起句，便戕殘人命恁般輕韻。〔合〕今到此句，似江心補漏讀，説甚麽筆下超生韻。〔白〕可着衆鬼犯畫供。〔皂隷鬼各付紙筆科。劉氏魂作畫供科，唱〕

【正宫正曲·醉太平】神明韻，祈求垂聽韻，論一身罪業讀，難逃明鏡韻。望廣開天赦句，寬恩特賜哀矜韻。〔李文道魂作畫供科，唱〕如能韻，陰司免罪放回生韻，再不敢謀財害命韻。〔劉氏魂同唱合〕供招已定韻，堦前匍匐讀，哀告聲聲韻。〔本無魂作畫供科，唱〕

【又一體】追省韻，當時穢行韻，枉披緇削髮讀，失迷本性韻。相逢冤業句，無端惹下風情韻。〔静虚魂作畫供科，唱〕招承韻，生前淫奔醜名聲韻，抵多少桑間行徑韻。〔本無魂同唱合〕供招已定韻，堦前匍匐讀，哀告聲聲韻。〔皂隷鬼白〕畫供已畢。〔城隍白〕冥府長解鬼何在？〔五長解鬼應科。城隍白〕衆鬼犯俱已招認，爾等可解入酆都，按罪施行便了。〔長解都鬼白〕啓上尊神，我等五人，俱是東嶽殿下聽差的。因這劉氏是極大重犯，蒙東嶽大帝特僉我等五人，都爲長解，要一齊解到陰司，使他關關受罪，殿殿受刑。這李文道、本無、静虚，因與劉氏一牌勾拿，所以差鬼們拿住，一齊交與我們，解到殿下掛號，若解往前途，恐不能一路而行。〔城隍白〕如此，殿下聽差解鬼何在？〔雜扮三解鬼，各戴鬼髮額，穿蟒、箭袖、虎皮卒褂，繫虎皮裙，持器械，同從上場門上，作參見科。城隍白〕將這惡犯李文道、淫僧本無、惡尼静虚，可解往前途，按罪受刑，不得有違。〔作付公文科，二差鬼隨帶李文道魂、本無魂、静虛魂從左旁門下。〔城隍白〕這劉氏，他自家發下誓願，今須解往重重地獄，按律施行，不得有悮。〔長解都鬼白〕告啓尊神，劉氏今日回煞之期，可容他回煞麽？〔城隍白〕回煞乃陰司慈悲之念，本不容回，恐違舊例，也罷，看你丈夫分上，容你一行。〔劉氏魂白〕多謝爺爺。〔城隍唱〕

【慶餘】昭昭天道明如鏡(韻)，悉照你生前誓願行(韻)。〔衆鬼判引城隍同從下場門下。劉氏魂唱〕再不道暗裏的神明恁様靈(韻)。〔五長解鬼帶劉氏魂從左旁門下〕

# 第六本卷下

## 第十三齣　返家庭一靈託夢（古風韻）

〔場上設劉氏靈桌科，生扮羅卜，戴巾，穿道袍，從上場門上，唱〕

【仙呂宮正曲·步步嬌】思親愁苦知多少(韻)？夢魂常驚覺(韻)，滾滾淚珠拋(韻)。試看日月長明(句)，堪痛雙親亡早(韻)。〔合〕孤子苦悲號(韻)，臨風揮涕何時了(韻)？〔白〕今日乃是我母親回煞之期，天天憐念，我母親陰靈回家一遭，也未可知。待我在靈前焚香拜禱一番。〔作拈香禮拜科，唱〕

【南呂宮正曲·香羅帶】思量父母恩(韻)，孝心未申(韻)。方期侍奉晨與昏(韻)，誰料椿萱先後殞其身(韻)也(格)。〔滾白〕自從喪了我椿庭，萱花冷落桑榆景。誰知道又凋零，這的是樹欲靜而風不寧，子欲養時，〔唱〕奈我的(句)，親不存(韻)。〔滾白〕此恨怎禁？〔唱〕聞道是靈椿一萬六千春(韻)，〔合〕又道是萱草可比慈親(韻)也(格)。〔滾白〕何獨我的椿萱，不得享遐齡？對這燭銷焰短空追省，好教我苦痛心疼也。〔唱〕只落得千行滴淚頻(韻)。〔內作起更科，末扮益利，戴羅帽，穿屯絹道袍，繫鑾帶，持灰，從上場門上，白〕官人，地灰在此，安人還魂之夕，正當灑灰鋪地，以候踪跡。〔羅卜白〕就此灑灰鋪地者。〔益利應，作灑灰鋪地科，仍從上場門下。羅卜白〕地灰如雪白，清夜似年長。願我娘昭鑒，歸來走一場。〔作伏地睡科，內作打二更科，場上預設轉盤門神切末科。雜扮五長解鬼，各戴鬼髮額，穿蟒、箭袖、虎皮卒褂，繫虎皮裙，持器械，帶旦扮劉氏魂，穿衫，繫腰裙，從上場門上，唱〕

【仙呂宮正曲·步步嬌】自歸陰府多驚恐韻，生世成何用韻，〔白〕我在陽世，〔唱〕常聞得萬事轉頭空韻。〔白〕今日到此，悟得陽世呵，〔唱〕雖未轉頭時句，也都是一場春夢韻。〔合〕寄語勸愚蒙韻，早把彌陀誦韻。〔白〕長官，前面就是我家，乞容見我孩兒一面。〔長解都鬼白〕只恐門神不肯。〔劉氏魂作跪求科，白〕望長官方便方便。〔長解都鬼白〕看他這般哀求，也罷，我們竟一齊擁去，怕甚麽門神。〔內作打三更科，五長解鬼帶劉氏魂作欲進門科，轉盤門神切末轉出外，末扮二門神，各戴紥紅幞頭，穿圓領，束玉帶；雜扮二仙童，各戴線髮，穿採蓮衣，隨上。二門神白〕來者是何鬼魅？〔劉氏魂作跪科，白〕告啓尊神，犯婦劉氏，今日回煞到家，望尊神容我進去。〔二門神白〕托生方可進此門，死去焉能復進？〔唱〕

【越調正曲·水底魚兒】生死途分韻，一去無返辰韻。〔劉氏魂白〕念我孩兒行善之人，望乞方便。〔二門神白〕不容進去。〔唱〕快離家舍句，〔合〕難容哀告頻韻，難容哀告頻疊。〔長解都鬼白〕回煞之事，乃陰司慈悲之念。哀憐死者，容他入宅，有何不可？〔二門神白〕斷不容進，吾神去也。〔二門神仍從轉盤轉下，二仙童隨下，隨撤轉盤切末科。長解都鬼白〕也罷，我們從後門進去。〔五長解鬼帶劉氏魂從下場門下。副扮判官，戴判官帽，穿圓領，束金帶，紮袖，持笏，從上場門上，跳舞畢，中場立科。五長解鬼帶劉氏魂從上場門上。判官白〕那裏來的？〔劉氏魂作跪科，白〕犯婦劉氏，今日回煞來家，望尊神容我進去。〔判官唱〕

【又一體】乍見伊身韻，沖冠起怒嗔韻。〔劉氏魂白〕多蒙城隍老爺看我丈夫、兒子分上，容我回煞，托兒一夢。〔判官唱〕你罪盈惡貫句，〔合〕快快離家門韻，快快離家門疊。〔從下場門下。長解都鬼白〕又不容進。也罷，我等起陣業風，使他從空而進罷了。〔五長解鬼作起風同進科，劉氏魂唱〕

【商調正曲・山坡羊】到家庭讀看不盡一生手跡韻，見嬌兒讀揾不住我兩行珠淚韻。〔白〕兒，老娘來看你，休得着驚。〔唱〕悔當初讀不聽兒言句，到今朝讀解入酆都地韻。苦痛悲韻，如今悔是遲韻。這回見你使我多增愧韻，〔白〕這是我的棺材，裝了我的肉身在内。〔滾白〕正是生不認魂，死不認屍。咽喉氣斷，屍魄兩離。從今撇却家庭也，〔唱〕知道何時再得回韻？〔合〕孤恓韻，痛斷肝腸裂碎脾韻。思之叶，若要相逢是夢裏韻。〔内作打四更科，五長解鬼白〕這樣時候該去了。〔劉氏魂白〕是，曉得了。〔唱〕

【又一體】言難盡讀一時半會韻，好囑咐讀嬌兒牢記韻。〔滾白〕兒，你正好看經念佛，你正好齋僧布施。〔唱〕你須是讀把善事虔修句，你須是讀爲老娘作箇超生計韻。〔内作打五更、鷄鳴科，劉氏魂唱〕聽金鷄(韻)，咿咿喔喔啼(韻)。〔五長解鬼作催行科，劉氏魂跪求科，滚白〕苦無奈這公差催逼，催逼我眼睁睁和你相抛棄。〔五長解鬼白〕快些去罷。〔劉氏魂白〕兒，我去了。〔滚白〕兒，前日將我拿去，先見東嶽，後見城隍，爲因回煞之期，多蒙城隍老爺念你先君分上，放我回家，母子夢中一會。自今以後，陰陽間别，再不得相逢。兒！〔唱〕從今一去幽冥地(韻)，一路凄凉訴與誰(韻)？〔合〕孤恓(韻)，痛斷肝腸裂碎脾(韻)。思之(叶)，若要相逢是夢裏(韻)。

【南吕宫引・哭相思】金鷄叫破五更期(韻)，〔五長解鬼唱〕去色匆匆不可遲(韻)。〔劉氏魂作撲近羅卜科，五長解鬼帶劉氏魂作起風同出科。劉氏魂白〕這是那裏了？〔五長解鬼白〕從你家出來了。〔劉氏魂唱〕一陣天風從地起(韻)，騰空飛出舊庭幃(韻)。〔作欲掙回科，五長解鬼帶劉氏魂遶場科，從左旁門下。羅卜作醒科，白〕母親在那裏？〔作撲倒地科，唱〕

【商調集曲・山羊嵌五更】【山坡羊】（首至四）夢兒裏(讀)分明見我娘(韻)，口兒裏(讀)殷勤對我講(韻)。〔滚白〕夢中恍惚，見我老娘，囑我念佛看經、齋僧布施，又道爲母親作箇超生之計。娘！〔唱〕我則道隔陰陽(讀)冥漠無聞(句)，那曉得死如生(讀)恁地多靈爽(韻)。〔白〕待我秉燭看來。〔作秉燭看科，唱〕【五更轉】（六至九）娘，這地灰上(韻)，分明有(句)，跡可詳(韻)，〔滚白〕這一路來，那一路去。〔唱〕娘，這畫堂中分明是你來又往(韻)。【山坡羊】（八至末）看這行踪(讀)，空教想像(韻)。悲傷(韻)，一度思量一斷腸(韻)。恓惶(韻)，珠淚千行共萬行(韻)。〔内作鷄鳴、鴉啼科，羅卜唱〕

【商調正曲・山坡羊】聽金鷄(讀)五更頭叫甚慌(韻)，恨慈烏(讀)兩分飛去甚忙(韻)。〔滚白〕方纔老母又對我言，〔唱〕自今以後(讀)陰陽間別(句)，〔滚白〕再不能彀相逢。〔唱〕我這裏(讀)一場痛哭空思想(韻)。我的娘(韻)，你那裏一路孤恓苦怎當(韻)？恨悠悠並着天地長(韻)，〔益利從上場門上，白〕官人，可曾見老安人麽？〔羅卜滚白〕夢裏分明見面，醒來依舊無踪。〔唱〕静悄悄只見這星月朗(韻)。〔合〕悲傷(韻)，一度思量一斷腸(韻)。恓惶(韻)，珠淚千行共萬行(韻)。

【慶餘】銀河影落金鷄唱(韻)，催得慈親去渺茫(韻)。明日裏畫取親容仔細想(韻)。〔同從下場門下〕

# 第十四齣　遵法諭二聖臨凡（東鍾韻）

〔小生扮善才，戴綫髮，軟紥扮，持浄水瓶，小旦扮龍女，戴過梁額、仙姑巾，穿宫衣，臂鸚哥，同從上場門上，唱〕

【仙吕宫集曲・桂花徧南枝】【桂枝香】（首至四）天風輕送(韻)，海霞紛擁(韻)。恁淩虚倒景蒼茫(句)，看一帶熱閻浮夢(韻)。〔分白〕慈雲佛日照娑婆，紫竹林間瑞靄多。長向普陀巖下望，蓮花海裏不揚波。吾乃善才是也。吾乃龍女是也。皈依蘭若，侍奉蓮臺。生歡喜心，發慈悲願。緑楊枝畔，聞説法而紛墜天花；鸚鵡聲邊，罷談經而輕收貝葉。今者蒙菩薩法諭，着我二人下凡，前往南耶王舍城，指示傅羅卜，試他道行，兩度留詩，點化他往西天見佛救母，離諸苦惱。須信悟則衆生是佛，迷即佛是衆生。欲分善惡因緣，只在自身一念。只是要劉氏解脱地獄之苦，除非羅卜呵，〔同唱〕【鎖南枝】（四至末）禮世尊爲法更亡身(句)，救母氏探幽還歷恐(韻)。〔合〕他舉善念(句)，能感通(韻)。我聆法旨(句)，索遵奉(韻)。〔善才白〕一路而來，你看閻浮世界，營營役役，往往來來，都是業緣所引也。〔龍女白〕果然如此。〔同唱〕

【又一體】蝗飛蠕動㊞，民稠物衆㊞。是答兒蟻聚蜂屯㊀，到處裏摩肩接踵㊞。〔善才白〕你我可緩緩行去，沿途仔細遊覽一番。〔龍女白〕如此甚好。〔同唱〕且向這塵世暫留連㊀，莫便把雲程忙催送㊞。〔合〕齊州小㊀，一望中㊞。我待要按銀鸞㊀，把雙眸縱㊞。〔同從下場門下〕

## 第十五齣　筆底慈容和淚寫（江陽韻）

〔生扮羅卜，戴巾，穿道袍，從上場門上，白〕終夜思親勞夢魂，淚珠滴盡月黃昏。堂前不見萱花影，衣上空瞻舊線痕。〔中場設椅，轉場，坐科，白〕羅卜，不幸慈母又亡，只待揀定良辰，合葬父墳一處。但老娘晚年不信神明，死後恐遭惡報。我今禮佛看經，懺悔母親罪過。正是：風聲鶴唳，如聞歎息之聲；月夕花朝，空想儀容莫見。〔起隨撤椅科，白〕不免取出筆硯來，畫取母親儀容，以便朝夕瞻仰，少申哀痛。齋童。〔丑扮齋童，戴羅帽，穿屯絹道袍，繫鑾帶，從上場門上，白〕來了。官人有何吩咐？〔羅卜白〕看筆硯過來。〔齋童應科，場上設桌椅科，齋童向下取幀幅、文房隨上，設桌上科，從下場門下。羅卜入桌坐科，唱〕

【雙角套曲·新水令】一從慈母夢黃粱(韻)，歎伶仃悄無瞻仰(韻)。每日裏寒雲迷峻屺(句)，每夜裏冷月照高堂(韻)。兒這裏拜告無方(韻)，因此上摹寫着親容像(韻)。〔作持筆欲畫科，唱〕

【雙角套曲·川撥棹】想親容情慘傷(韻)，恍惚似你見於前臨於上(韻)。心兒裏無限思量(韻)，先畫你容貌端莊(韻)，畫出你神清氣爽(韻)，畫出你兩鬢如霜(韻)。畫出你喜歡時兩朵眉兒放(韻)，畫出你坐如尸整肅衣裳韻。〔白〕我想天下畫工雖巧，〔滚白〕花可畫不能畫其馨，月可畫不能畫其明，水可畫不能畫其聲，人可畫不能畫其情。老娘！〔唱〕

【雙角套曲・錦上花】我只畫得你面貌與衣裳韻，〔滚白〕養育孩兒，懷胎十月，乳哺三年，而今畫在那裏了？ 娘，畫不出你養子劬勞，〔唱〕艱辛形狀韻。 畫不出你性天慈厚句，心地温良韻。 畫不出你一生來句，許多的賢淑行藏韻。 只畫得你鬢颼颼老景蕭疎句，與那臨終模樣韻。〔作畫完詳看哭倒科，白〕我母儀容，倒也十分厮像。〔出桌科，白〕我想古人，父母死後，思念不已，也曾有之。老娘，誰似我和你來？〔唱〕

【雙角套曲・水仙子】想丁蘭刻木爲爹娘韻，〔白〕丁蘭雖能刻木，〔滚白〕奈樹欲静而風不止，子欲養而親不在了。〔唱〕空想臯魚感風木悲傷韻。〔白〕臯魚風木之悲，徒遺於父母之死後；不能菽水之歡，少盡於父母之生前。〔滚白〕倒不如孟宗的哭竹、蔡順的分桑、閔損的推車、伯俞的泣杖，更有箇懷橘的陸績、搧枕的黄香、負米的子路、卧冰的王祥。 這都是生前孝順兒郎，愧孩兒皆未之能。〔唱〕默對親容，空懷悒怏韻。〔白〕我想丹青之巧，也不過是形肖而已。〔唱〕那九尺交非九尺湯韻，重瞳舜豈重瞳項韻。 那先師仲尼麗韻，却同陽虎樣韻。 恨只恨毛延壽描壞王嬙韻。〔白〕何不將我母儀容，供在中堂，瞻拜一番？〔作向椅上供像科，唱〕

【雙角套曲・得勝令】把親容高供在中堂韻，〔作拈香禮拜科，唱〕寶爐内焚着沉水名香韻。 自從那日分張(韻)，〔滾白〕你孩兒那一日不思，〔唱〕那一時不念想(韻)？想親容夙夜傍徨(韻)。喜今日再覩容光(韻)，我的娘，望你靈魂早降(韻)，〔白〕淚眼糢糊，看不十分清楚。倒是我差矣，老娘，〔滾白〕容孩兒含了哀，揾了淚，〔唱〕含哀揾淚置奠陳觴(韻)。〔末扮益利，戴羅帽，穿屯絹道袍，繫鑾帶，從上場門上，白〕小官人在中堂，畫老安人儀容，不免去看看。〔作進見哭科，白〕小官人，不是這樣供法，待老奴取箇畫杆來。〔向下取畫杆隨上，懸像供科。羅卜白〕益主管，快取香茗、蔬食來，供養老娘。〔益利應科，向下取茶，隨上。羅卜白〕老娘，孩兒進茶在此，望老娘請飲一杯。〔唱〕

【雙角套曲·神曲纏】進杯茗不見我的親來嘗(韻)，〔益利復向下取饌隨上。羅卜白〕老娘，孩兒供饌在此，望老娘請用一匙。〔唱〕奠蔬食不見我的親來享(韻)，〔滾白〕娘，往日孩兒聲叫聲應，今日裏爲甚的，任孩兒叫了千聲萬聲，你緣何半聲不應？〔唱〕好教我痛煞煞寸寸兒碎碎的裂斷肝腸(韻)。〔作痛倒科，益利虛白作扶科，羅卜滾白〕痛煞你在生時，兒不曾學反哺慈烏，到今日娘死後，空作跪乳羝羊。〔唱〕報不盡養育恩天高地廣(韻)，訴不盡衷腸悶地久天長(韻)，好教我滴溜溜揾不住珠淚千行(韻)。〔益利作扶羅卜起科，白〕小官人，你且耐煩些，待老奴取杯熱茶來你喫。可憐，這樣孝心，實所罕見也。〔仍從上場門下。內作鴉啼，羅卜作聽科，唱〕

【雙角套曲·歇指煞】聽慈烏啞啞恁凄涼(韻)，〔白〕慈烏嗄，〔唱〕你那裏斷腸聲偏向我斷腸(韻)，聽得來越添惆悵(韻)。〔白〕古人以慈烏比父母，莫不是老娘靈魂到家麽？慈烏，若是我老娘靈魂，對我再喚幾聲。〔内復作鴉啼科，羅卜唱〕分明是老娘靈魂到家鄉(韻)，〔白〕娘，〔滾白〕想你在生爲人不待生而存，死後爲神不隨死而亡。今日裏覷親容，娘故如生。〔唱〕聽烏啼分明是娘猶不喪(韻)，〔作欲牽劉氏衣科，白〕母親，〔作痛哭科，唱〕惹得我瀟瀟淚雨似湘江(韻)。〔益利捧茶仍從上場門上，虚白科。羅卜唱〕悠悠悲恨無窮壤(韻)，何日可能忘(韻)？〔白〕你看娘親儀容，飄拂起來，想要下來，與孩兒講話麽？老娘，快下來罷。〔益利白〕這是風吹動的。小官人，不必悲慟罷。〔羅卜唱〕原來是西風吹動影飄颺(韻)，我這裏猛回頭，恍惚裏疑是我娘親(句)，想孩兒、念孩兒倚定門兒望(韻)。〔白〕益主管，父母之恩，昊天罔極。這些時只顧在家中料理老娘事務，如今諸事就緒，你可同我到老員外墳前，去祭奠一番。〔益利白〕老安人儀容呢？〔羅卜白〕權且供在中堂，我回來還要瞻仰。〔益利應科，向下取紙錢盤隨上，同作出門科。羅卜唱〕

【煞尾】父母恩罔極堪傷(韻)，〔白〕爹爹嚘，〔唱〕願你受用了彩帛金箱(韻)，〔作回視像哭科，唱〕願我娘脱離了天羅地網(韻)。〔同從下場門下〕

# 第十六齣　花間詩句警心看（古風韻）

〔生扮善才化身，戴道巾，穿道袍，繫絲縧，持拂塵，從上場門上，唱〕

【越調正曲・浪淘沙】雲氣滿衣生（韻），揮麈閒行（韻），人間春夢幾時醒（韻）？〔合〕欲把慈航通覺岸（句），指點分明（韻）。〔白〕自家善才，爲羅卜善行虔修，孝思曲盡，那知他母墮入地獄，故此觀音菩薩命俺變作道人，指點他省悟，好往西方見佛，救度他母。來此已是，不免逕入。〔作進門科，白〕松下未回飛去鶴，案頭猶有讀殘經。主人不知那去了，你看石徑雲封，碧蘿烟鎖，好所静室也。〔唱〕

【越調正曲・蠻牌令】浄几置金經（韻），古鼎篆香清（韻）。松風來静響（句），謖謖弄濤聲（韻）。摇漾我空明性靈（韻），溪光内鷗夢初醒（韻）。〔白〕那羅卜呵，〔唱合〕烟霞趣（句），冰雪情（韻），只是六根除盡（讀），始悟無生（韻）。〔白〕堂上掛着一幅畫圖，就是他母親的遺像。不免依菩薩之訓，指示一番。〔作題畫科，唱〕

【越調正曲・江頭送別】將他娘親苦、娘親苦（讀）筆端訴明（韻），淋漓墨、淋漓墨（讀）幻於花影（韻）。〔白〕這首詩呵，〔唱〕也不過暫時留與人間證（韻），〔白〕等羅卜回來看見了，〔唱合〕當晨鐘暮鼓驚醒（韻）。

〔白〕詩已題了，我去也。〔唱〕

【慶餘】閒雲逝水原無定(韻)，寶筏渡人慈悲性(韻)，君不見雲在青天水在瓶(韻)。〔從下場門下。生扮羅卜，戴巾，穿道袍，從上場門上。末扮益利，戴羅帽，穿屯絹道袍，繫鸞帶，隨上。羅卜唱〕

【南呂宮引・掛真兒】丙舍荒苔掃過了(韻)，思親苦淚雨頻飄(韻)。那猿狖哀吟(讀)，烟雲冷鎖(句)，觸景都成愁料(韻)。〔同作進門，羅卜禮拜起，作見詩科，白〕好奇怪，我母親的遺像上，不知那箇來擅自題詩？〔作看科，白〕莫道幽明感應遲，孝心天地已先知。兒居塵世空懷母，母墮重泉更憶兒。南海觀音垂庇佑，西天活佛可皈依。母容安頓行囊裏，竟往西天叩佛慈。〔唱〕

【南呂宮集曲・柰子宜春】【柰子花】（首至合）謾推詳詩意蹊蹺(韻)，冀慈親天上逍遥(韻)。誰知直恁(讀)孤魂顛倒(韻)，〔白〕那題詩的人呵，〔唱〕真教我揣疑難曉(韻)。【宜春令】（合）多應(讀)是提親陷穽(讀)，鬼神明教(韻)。〔白〕想是神佛前來指示，我且看經拜佛，祈求超度則箇。你自迴避。〔益利應科，從下場門下，隨撤劉氏像。中場設香案、帳幔，桌上掛三官堂匾，左側設桌椅，羅卜作禮拜科，唱〕

【南呂宮正曲・青衲襖】梵音中旛影飄(韻)，惟有懇慈悲救度早(韻)。只恨那罔極恩難報(韻)，怎能彀侍泉臺承色笑(韻)？〔入桌坐看經科，唱〕把青燈謾挑(韻)，仗伊一卷《楞嚴咒》(句)，超取沉淪苦海遥(韻)。〔內作打三更科，羅卜白〕爲何身子困倦起來？不免閉上了門，打睡片時。〔作閉門伏桌盹睡科。小旦扮龍女，戴過梁額、仙姑巾，穿宮衣，臂鸚哥，從上場門上，白〕手拂白雲離洞口，肩挑明月到人間。俺龍女，奉觀音菩薩法旨，爲羅卜慧根夙具，墮落紅塵，未免被俗緣牽惹，先要試他一番，然後指引他到西方救母。我已囑咐蓮花神，代俺施行。你看他早來也。〔從下場門下。旦扮蓮花神女，穿衫，從上場門上，白〕澹泊祇安君子節，清高不上美人頭。俺蓮花神是也。風鬟霧髻，宛然世外佳人；翠袖紅衫，幻出人間絶色。只因要試羅卜，龍女命俺變作鄰女，前來誘他。迤邐行來，此間便是，不免叩門則箇。〔作叩門科，羅卜作醒科，白〕夜静更深，誰來叩門？待我去問箇明白。那箇叩門？呀，寂然無聲了。〔唱〕

【南吕宮正曲·紅衲襖】莫不是戰風枝竹韻飄(韻)？〔蓮花神女白〕不是。〔羅卜白〕原是有人叩門。〔唱〕莫不是月中推禪德到(韻)？〔蓮花神女白〕不是。〔羅卜白〕好奇怪，分明是女子聲音，何爲夜深到此？〔唱〕莫不是解紛束緼鄰家媪(韻)？〔蓮花神女白〕不是。〔羅卜唱〕莫不是路迷錯把鄰户敲(韻)？〔蓮花神女白〕一發不是。〔羅卜唱〕這謎兒真是喬(韻)，這意兒吾怎曉(韻)？敢只是斷粉零香閃出一箇幽魂(句)也(格)，弄花陰窺碧綃(韻)？〔蓮花神女白〕都不是。郎君快請開門。〔羅卜白〕不免將門兒緊緊閉上。〔蓮花神女作進門科，羅卜作驚科，白〕小娘子，你如何進得門來？是鬼？速滅了罷。〔蓮花神女白〕吾原在門裏，你怎知。〔唱〕

【南吕宮正曲·一江風】我宅非遥(韻)，即是東鄰少(韻)，久覷潘郎貌(韻)。〔白〕憐郎君青年獨宿，妾願自薦枕席。〔作近羅卜科，唱〕愛風流(句)，避躲嚴親(句)，私赴巫山(讀)，没一箇旁人曉(韻)。〔白〕郎君，你難道木石心腸麼？〔羅卜作遠立科，白〕小娘子，請珍重些。〔蓮花神女唱合〕休將俺做敗柳瞧（韻），休將俺做敗柳瞧（疊），我芳魂向爾消（韻），我花身轉把蝶身抱（韻）。〔作抱羅卜科，羅卜作躲科，唱〕

【又一體】莫相撩（韻），你是東鄰少（韻），又這如花貌（韻）。怎三更（句），避躲嚴親（句），私赴巫山（讀），不怕箇旁人曉（韻）？〔白〕小娘子，請珍重些。〔唱合〕休將俺做浪蝶瞧（韻），休將俺做浪蝶瞧（疊），俺莊周蝶夢消（韻），再不把花心抱（韻）。〔白〕小娘子，天將明了，快請回去罷。〔蓮花神女白〕果然難得。郎君，我去也。〔羅卜白〕最好。〔蓮花神女虛白，羅卜作跪求，隨開門科。蓮花神女作出門科，從下場門下。羅卜仍作閉門科，白〕好奇怪，怎麼忽然而有，忽然而無？也不要採他，正是山鬼伎倆有窮，老僧不見不聞無盡。且去打睡片時。〔仍作盹睡科。龍女從上場門上，白〕方纔蓮花神女來告，羅卜果係堅持戒律，我不免將菩薩詩詞，寫在白蓮葉上。蓮花速放。〔地井内作出蓮花科，龍女作題詩科，白〕詩已寫完，當境土地何在？〔丑扮土地，戴巾，穿土地氅，繫絲絛，持拂塵，從上場門上，作參見科，白〕上聖呼喚，未知有何吩咐？〔龍女白〕我奉觀音菩薩法旨，爲羅卜母劉氏，造罪多端，被陰司活捉去了。他本非壽數當終，又因他先大位證仙班，其子純孝，日後自有善報。可將劉氏屍骸，好生保護，不得毀壞肉身。須當謹遵法諭者。〔土地白〕領法旨。〔仍從上場門下。龍女白〕我且作速回報與菩薩知道便了。留取觀音語，報與孝子知。〔從下場門下。羅卜白〕天色已曉，待我啓門而看。〔起隨撤桌椅科，羅卜作開門看科，白〕這池内荷花，怎麼一齊開放？白蓮葉上，寫得有字，待我看來。這不是題在我母親遺像上的麼？觀此詩，分明道我母親身陷陰司受罪，須往西天見佛，方能救母。我省得了，昨日那題詩的，想是善才；那婦人，莫不就是龍女？這是菩薩垂慈點化，不免往觀音堂拜謝。〔唱〕

【慶餘】分明詩意重申曉(韻)，感神佛幾番指教(韻)，少不得要味道餐風不怕那鷲嶺迢(韻)。〔從下場門下〕

# 第十七齣　催租吏心欽感應（齊微韻）

〔副扮里長，戴氈帽，穿道袍。丑扮差人，戴鷹翎帽，穿箭袖，繫搭包。同從上場門上，唱〕

【雙調正曲·普賢歌】樓頭鼓點聽頻催（韻），疾速披衣起恐遲（韻）。煩勞説向誰（韻）？辛勤只自知（韻）。〔合〕上命遣差非得已（韻），〔里長白〕我對你講，這會緣橋傅家，你可知道他家的行事麽？〔差人白〕時常齋僧濟貧，好人家。〔里長白〕好人家，如今竟作出極糊塗的事來了。他如今欠了官糧，也只得要變了臉兒問他要，他就交得快了。〔差人白〕正是如此。〔里長白〕前面就是他家了。〔差人白〕你我就此一同前去。〔作到料，虛白叩門科。末扮益利，戴羅帽，穿屯絹道袍，繫縧帶，從上場門上，白〕是那箇？〔作出門相見科。里長白〕被伊家連累了。〔益利白〕有何事相累？〔里長白〕爲你錢糧不完，我們都喫了打在裏頭了。〔作鎖益利科，白〕扯你到官司去。〔益利白〕公差不消性急。〔差人唱〕

【仙呂宮正曲·桂枝香】身充牌子（叶），從來性急（韻）。最嫌跋扈豪强（句），專一拖延國税（韻）。豈今朝爲你（韻），豈今朝爲你（疊），拖欠錢糧爲累（韻），受幾多嘔氣（韻）。〔合〕鎖將伊（韻），扯到官司去（句），難教看面皮（韻）。〔益利白〕二位不須性急，我家錢糧雖多，從没有拖欠下的。今歲因老安人棄世，正在交納之時，爲因修齋設醮，故此遲延。二位請坐，待我請東人出來相見，即便交納便了。〔里長白〕原來尊府的老安人棄世了，這就難以相怪了。公差，這是善門之家，鬆了他罷。〔差人白〕他家善名，遠近皆聞，我豈不知？因爲官司，比較你我甚急，不得不如此。〔隨放益利科。里長白〕請官人相見。〔益利白〕二位少待。〔里長、差人作見池内蓮花虚白科。益利作進門科，白〕官人有請。〔生扮羅卜，戴巾，穿道袍，從上場門上，白〕因多風木感，欲廢《蓼莪》篇。什麽人在此？〔益利白〕是里長、差人，催糧甚緊，特請官人相見。〔羅卜白〕請進來。〔益利作出門，引里長、差人同作進門科。里長、差人白〕傅官人，令堂辭世，實爲可傷。官差羈身，有失弔慰。〔場上設椅，各坐科，羅卜白〕只因爲先母喪事羈絆，有悮納糧限期，多有得罪。〔里長、差人白〕好説。如今令堂喪事已畢，可把這錢糧交納了罷。〔羅卜白〕放心，就兑。〔里長白〕好，這纔是善門之家。〔里長、差人白〕官人，看你門前開得好蓮花。〔羅卜白〕二位有所不知，昨日感得觀音菩薩，遣善才、龍女，前來度化卑人，題詩蓮葉之上。二位可看來。〔里長、差人白〕蓮葉詩句還在麽？〔羅卜白〕現在。〔里長、差人白〕我們同去看來。〔各起，同作出門看詩科。里長、差人白〕莫道幽明感應遲，孝心天地已先知。兒居塵世空懷母，母墮重泉更憶兒。南海觀音垂庇佑，西天活佛可皈依。母容安頓行囊裏，竟往西天叩佛慈。〔同作進門各坐科，里長、差人白〕好顯然。〔唱〕

【南吕宫正曲·大迓鼓】見聞果是奇(韻)，羡君孝行(讀)感動天知(韻)。爲百年萱草悲辭世(韻)，早一夜蓮花開滿池㊀。〔白〕如今欽奉旨意，開孝廉方正之科，頒行天下。道府州縣，若有孝子者，即着舉薦。今幸官人恰有菩薩點化，非比尋常之孝。〔里長白〕公差，你我竟往本縣，報知縣主。〔同唱合〕奏上朝廷㊁，褒封可期㊀。〔羅卜白〕二位，卑人自行孝道，非慕虛名，這却使不得。卑人呵，〔唱〕

【又一體】無德感神祇㊀，偶然見此㊁蓮葉題詩㊉。感君厚德成人美㊀，又何敢過望美名題㊀。〔里長、差人唱合〕奏上朝廷㊁，褒封可期㊀。〔羅卜白〕益利，快取錢糧交與二位，再取白銀二兩，送二位折飯。〔益利應科，向下取銀隨上，付里長、差人科。里長、差人白〕多謝官人厚賜。羡君純孝合稱揚，〔羅卜白〕德薄何能感上蒼。〔里長白〕指日頒來丹鳳詔，〔差人白〕褒封管取姓名香。〔里長、差人作出門科，同從上場門下，羅卜、益利同從下場門下〕

## 第十八齣　破錢山路判險夷(寒山韻)

〔場上出烟雲，帳幔隱設破錢山科。雜扮五長解鬼，各戴鬼髮額，穿蟒、箭袖、虎皮卒褂，繫虎皮裙，持器械，帶旦扮劉氏魂，穿衫、繫腰裙，從右旁門上。長解都鬼唱〕

【中呂宮引·菊花新】酆都六月朔風寒(韻)，吹到人間兩鼻酸(叶)。這潑賤女裙釵(句)，伊作孽可知難逭(叶)。〔劉氏魂唱〕

【又一體】當年只爲饜盤餐(韻)，也不是十惡難容儘可一線寬(叶)。我買命有金銀(句)，求都長縱奴私竄(叶)。〔長解都鬼唱〕

【又一體】笑癡心妄想會移山(韻)，那知法到陰司要脱難(韻)。急走莫消停(句)，你罪惡早已盈貫(叶)。〔劉氏魂唱〕

【又一體】非奴將賣法事苦勸恩官(叶)，説起傷心淚不乾(韻)。〔長解都鬼白〕淚不乾，淚不乾，那箇教你喫葷飯。〔劉氏魂唱〕若肯放回陽(句)，奴情願再喫齋銷案(韻)。〔長解都鬼白〕你倒好心性兒，世上來到世下，還想放你回去喫齋？〔劉氏魂白〕奴有幾文錢，送與長官們，望你們收下。〔長解都鬼白〕

這陰司錢積如山，希罕你這幾文錢麽？〔劉氏魂白〕既有錢山，望引一看。〔長解都鬼白〕你看這是金錢山，這是銀錢山，這是破錢山。〔劉氏魂白〕敢問長官，那錢可用得？〔長解都鬼作笑科，白〕却用不得，都是紙的。〔劉氏魂白〕錢用紙做，陽間易得之物。陰司以爲金錢、銀錢，何其陰陽異地，貴賤相殊？況紙製自蔡倫，不識無紙之先，鬼用何物？〔長解都鬼作笑科，白〕鬼神之道，千變萬化，感應之機，在人一心。人有敬神之心，則紙憑火而化，錢逐心成也。〔劉氏魂白〕既錢逐心成，爲何不用，又積成此山？〔長解都鬼白〕夫錢者前也，有則可向人前，無錢便落人後，此古人命名之意也。錢之爲字，一金而從二戈，可見纔有金之爲利，便有戈之爲害，此古人製字之義也。世間之人，不能解此意義，得一文便要施張，百般運用。陰司之内，清浄無爲，所以積成此山。〔劉氏魂白〕世上之人，只愁無錢使用，安得有錢不用？〔長解都鬼白〕有錢必用，人情之常。然錢雖可用，亦當知錢之爲害。故誌公和尚有云：黄金與白銀，聽我囑咐話。若是有緣者，到他家裏坐。若是無緣者，在他手中過。若還苦苦不放手，出門與他一場禍。〔劉氏魂白〕這三條大路，有何分别？〔長解都鬼白〕上等好善之人，從金錢山過；中等好善之人，從銀錢山過；下等爲惡之人，從破錢山過。急急趲行。〔衆同作遶場科，劉氏魂唱〕

【中吕宫正曲・好事近】經過破錢山（韻），一陣凄涼愁歎（韻）。論我陽間功德（句），齋僧道花銷幾許財産（韻）。誰知陰，〔作住口科，五長解鬼作怒看科，劉氏魂唱〕陰司案簿（句），抹人長（讀）只是尋人短（叶）。〔合〕

放着金銀大路不許奴行（句），這公道未必令人心滿（叶）。〔長解都鬼唱〕

【又一體】你三番（韻），兩次把盟寒（韻），有鑒察神祇承管（叶）。却緣何貪饕口腹（句），到如今一朝難挽（韻）。欺神誑鬼（句），那知我閻羅（讀）細賬要從頭算（叶）。〔白〕自古道：人心如鐵，官法似爐。〔滾白〕陽間尚然如此，何況陰司！〔唱合〕到如今似鐵投爐（句），須信是恢恢網人豈能瞞（叶）。〔劉氏魂白〕天眼雖是難瞞，望長官迴天之力，容我緩行些罷。〔長解都鬼白〕天不可瞞，法不可賣。惡不可長，路不可更。急急行走者。〔衆同作遶場科，劉氏魂唱〕

【中吕宫正曲・駐馬聽】雙足蹣跚（韻），顛蹶蛇猿百八盤（叶）。看奇峰堆垛（句），怪石孱顔（讀），無非劍樹刀山（韻）。啼痕沾處血斑斑（韻），還有那不做美的妻搜青面勸催趲（韻）。〔白〕老身到此呵，〔唱合〕懊悔須難（韻），這是身輕業重奉請世人看（韻）。〔長解都鬼唱〕

【又一體】自惹摧殘（韻），到此方知行路難（韻）。〔白〕我且問你，你持齋立誓，却背子開葷，埋了骨頭，又去花園賭咒，這些勾當，你説我陰司裏，有一點兒不知麽？〔唱〕那功曹文簿（句），把你實款真贓（讀）記注多般（叶）。〔白〕還不與我快走。〔唱〕你蹌踉步履假拘攣（叶），我待掣銅槌先搗伊脚腕（叶）。〔劉氏魂白〕我好苦也。〔長解都鬼滚白〕你苦不但破錢山，還有滑油山、望鄉臺、奈河橋、鬼門關、孤恓埂，過了孤恓埂上，進了烏風黑洞，出了洞門，見了閻君，還有一十八重地獄。〔唱合〕教你血淚難乾

(韻)，你的禍因惡積不比喫葱蒜(叶)。〔劉氏魂唱〕

【慶餘】破錢山上多磨難(韻)，前途未必平坦(韻)。〔五長解鬼唱〕只怕你剉燒舂磨還未到眼(韻)。〔長解都鬼帶劉氏魂作遶場上山科，衆長解鬼作趕打下山科，同從左旁門下〕

## 第十九齣　長旛喜引三山近（蕭豪韻）

〔雜扮金童，戴紫金冠，穿氅，繫絲縧，執旛。雜扮玉女，戴過梁額、仙姑巾，穿氅，繫絲縧，執旛。引六善人：末扮段秀實，戴紗帽，穿圓領，束金帶；小生扮鄭賡夫，戴巾，穿道袍；旦扮陳桂英，穿衫；淨扮僧明本，戴僧帽，穿僧衣，繫絲縧，帶數珠；生扮道貞源，戴道巾，穿水田道袍，繫絲縧，帶數珠；老旦扮尼貞靜，戴僧帽，穿老旦衣，繫絲縧，帶數珠，從右旁門上。金童、玉女唱〕

【仙呂宮集曲·二集傍粧臺】【傍粧臺】（首至四）繡幢飄（韻），引善人到此恣遊遨（韻）。〔六善人白〕二位，前面兩座山，是甚麼所在？〔金童、玉女白〕那是金山、銀山。〔六善人白〕原來是金、銀二山。〔金童、玉女白〕這兩座山呵，〔唱〕比銅山名更美（句），擬金穴事偏豪（韻）。〔六善人白〕那西路上，又有一座山，是甚麼所在？〔金童、玉女唱〕【八聲甘州】（五至合）那是破錢山下崎嶇道（韻），作惡的人兒没下梢（韻）。〔六善人白〕請道其詳。〔金童、玉女白〕陽世有貴賤之分，陰司以善爲貴，以惡爲賤。善者從金銀山過，永享逍遥，惡者從破錢山過。〔唱〕【皂羅袍】（合至六）諸般苦楚（句），如何打熬（韻），【傍粧臺】（末）這是陰司不爽的昭昭報（韻）。〔六善人唱〕

【商調集曲・七賢過關】【金梧桐】（首至四）天宮猶未登(句)，地府先來到(韻)。那善惡殊途(句)，要使人知道(韻)。【黃鶯兒】（四至五）望金山最峭(韻)，銀山恁高(韻)，【五更轉】（第四句）也只許行善的人登眺(韻)。【漁父】（第一十五至十七句）另有一帶愁山破錢名號(韻)，見雲迷霧鎖舉目景蕭蕭(韻)，有裏足難前的路一條(韻)。【梧桐葉】（四至五）謾道是死生有命憑天造(韻)，可知是禍福無門惟自招(韻)。〔白〕再相煩二位，引領我等向那邊遊覽一回。〔金童、玉女白〕使得，就請相隨到這裏來。〔六善人白〕如此多感。〔金童、玉女滾白〕便引領徐行，這幽冥境界，多般變幻。〔六善人滾白〕行善的到此，身心安泰，舉目處逕路平坦，瀟瀟灑灑，恣意遊行。作惡的到此，路途坎坷，哭哭啼啼，寸步難前。須信人生在世，〔唱〕【皂羅袍】（七至八）要陰功廣積(句)，心堅意牢(韻)。〔白〕那爲惡的呵，〔唱〕【懶畫眉】（末二句）業風吹得身重現(句)，苦趣纏將魂盡銷(韻)。〔金童、玉女引六善人作上山科。六善人唱〕

【仙呂宮集曲・二集傍粧臺】【傍粧臺】（首至四）上岧嶤(韻)，此身正喜近雲霄(韻)。渾疑似登天府(句)，那裏是在陰曹(韻)。〔雜扮五長解鬼，各戴鬼髮額，穿蟒、箭袖、虎皮卒褂，繫虎皮裙，持器械，帶旦扮劉氏魂，穿衫，繫腰裙，從右旁門上，遶場科，同從左旁門下。六善人唱〕【八聲甘州】（五至合）只看他身纏鐵鎖遊魂渺(韻)，獲罪于天無所逃(韻)。【皂羅袍】（合至六）諸般苦楚(句)，如何打熬(韻)？【傍粧臺】（末）這是陰司不爽的昭昭報(韻)。〔金童、玉女作引六善人下山科，衆同唱〕

【慶餘】謾說是幽冥渺漠難查考(韻)，看今日裏親身曾到(韻)。算人生只有行善好(韻)。〔同從左旁門下〕

# 第二十齣　滑嶺愁移寸步難（蕭豪韻）

〔場上設烟雲、帳幔，隱設滑油山科。雜扮五長解鬼，各戴鬼髮額，穿蟒、箭袖、虎皮卒褂，繫虎皮裙，持器械，帶旦扮劉氏魂，穿衫，繫腰裙，從右旁門上，唱〕

【商調集曲・十二紅】【山坡羊】（首至四）黑沉沉(讀)冥途深杳(韻)，冷颼颼(讀)悲風叫號(韻)。〔白〕老身行年五十歲，〔滚白〕方知四十九年非。誤聽兄弟劉賈之言，開葷飲酒，打僧駡道，今日墮落陰司，天！〔唱〕我行過了(讀)險道崎嶇(句)，又只見好銅錢(讀)、破銅錢如山似嶠(韻)。【五更轉】（六至末）你那陽世人(句)，你若是化錢時(句)，休得將那蘆棍兒挑碎了(韻)。你若挑碎了没緊要(韻)，使我下世鬼魂不得受用(讀)，你枉費心勞(韻)。【園林好】（首至二）你那不善人怎比修善的好(韻)。〔滚白〕修善的幽幽雅雅，自有那金童、玉女，幢旛寶蓋，引領在平頂山上，逍遥戲耍。〔長解都鬼白〕快些走動。〔劉氏魂唱〕你那作惡的人苦楚難熬(韻)，【江兒水】（六至末）頓使他身無倚靠(韻)。丢在那刀尖山峭(韻)，却被萬刃傷了(韻)。〔劉氏魂作拜求科，唱〕【玉嬌枝】（首至四）我這裏回身拜禱(韻)，拜公差聽取奴告(韻)。望發一念慈悲道(韻)，寬容恕形衰力弱(韻)。〔五長解鬼分白〕善惡分明路兩條，相差原自在分毫。陰司法度無偏枉，據爾陽間事犯牢。〔長解都鬼白〕潑婦，你在陽世作惡多端，今到陰司受諸般苦楚，理勢必然，休得埋怨。〔劉氏魂白〕公門之下，正好修行，望長官將就將就。〔長解都鬼白〕將就將就，前生作者今生受。〔劉氏魂白〕敢問長官，此是什麽所在？〔長解都鬼白〕滑油山了。〔劉氏魂白〕怎叫做滑油山？〔長解都鬼白〕聽者。那滑油山麽，凸如龜背，曲似羊腸，一帶石坡光溜溜渾無寸土，千尋山脊明晃晃直是純油。除非鷹隼可以飛空，任是蒼蠅也須滑倒。大難行要試你兇徒膽，没可把全似你惡人心。蠟屐難移不爲今朝驟雨，鐵鞋易破非關昨夜濃霜。生前手段通天，專會攀藤附葛；死不脚跟點地，自然帶水拖泥。寒毛直竪，可憐兩脚捎天；驚魄橫飛，那解空身走索。一撒手萬丈懸厓，猛擡頭寸絲牽命。快不得，慢不得，疲馬上長陂，一滾便滾下來；不能進，不能退，跛鱉落深缸，再爬也爬不起。只爲鍋中熬不盡，而今地府報分明。〔劉氏魂白〕這等説，望長官ㄉ便，從那裏轉一轉罷。〔長解都鬼白〕休得多言，快走。〔作帶劉氏魂遶場到滑油山科，劉氏魂作驚懼科，唱〕【五供養】（五至末）滑油山嶢(韻)，遠觀近看無限迢遥(韻)。上無枝葉可攀(句)，下無坡峗堪蹈(韻)。謾言是行了(讀)，就是我望也心驚悼(韻)。〔作欲上山科，唱〕【好姐姐】（首至合）欲登坳(讀)進步心還却(韻)，我這裏舉步登高(韻)。〔滾白〕諕得我膽寒身顫，意亂心迷。光油油恁的般滑，〔作滑倒科，滾白〕石巖巖恁的般高。〔作掙起科，唱〕仰盼峰頭(讀)，萬仞何能到(韻)？〔滾白〕我想爲惡之人，改惡從善，陰司記善而不記惡。我乃爲善之人，因聽讒言，棄善爲惡，陰司記惡而不記善。〔唱〕【五供養】（七至末）恨罪業是我招(韻)，〔長解都鬼唱〕

開齋是你錯(叶),〔劉氏魂滾白〕是了公差。恨罪業是我招,悔開齋是我錯。〔唱〕到如今受報應難躲逃(韻)。〔滾白〕我在陽間爲人不敬神,致令陰司禍臨身。早知報應無虛謬,怎做癡呆懵懂人。〔唱〕【鮑老催】(首至六)悔當初把清油自烹調(韻),〔長解都鬼唱〕反將渾油佛前燒(韻),〔劉氏魂滾白〕是了公差。悔當初把清油自烹調,渾油佛前燒。〔唱〕到如今滑油山教我如何蹈(韻)?〔作跌倒科。長解都鬼白〕快些走。〔劉氏魂作掙起行科,滾白〕急行時步怎挪?〔作復滑倒科。長解都鬼白〕衆兄弟,這潑婦走不動了,可容他緩行些兒罷。〔與劉氏魂解去鎖科。劉氏魂滾白〕緩行時步怎挪?〔作復滑倒科,滾白〕纔掙得幾步兒又早跌下。可憐我頭顱都跌破,手足都折挫。一把肌膚,怎禁得無端禍。正是:犯法身無主,有誰憐念奴?〔唱〕只落得滴溜溜淚雨拋(韻),撲簌簌淚雨落(韻)。〔滾白〕員外夫,你在天爲神,永享逍遥。可憐你苦命妻子,造下孽冤,命盡無常,一朝身死,魂魄現在陰司受罪。舉目無親,有誰憐憫?員外夫,你那裏知不知來曉不曉?羅卜兒,老娘早聽你言,也不至於今日了。你那裏縱有孝心,修齋設醮,不能彀救我,也是枉然了。嬌兒!〔唱〕【桃紅菊】(三至四)到如今夫在天曹(韻),到如今夫在天曹(疊),〔滾白〕兒在陽間,我在陰司。〔唱〕【川撥棹】(二至六)舉目蕭蕭苦有誰知道(韻)?〔長解都鬼白〕快走。〔劉氏魂白〕行走不動了。〔長解都鬼白〕不走,打這潑婦。〔劉氏魂唱〕又遇着公差兇暴(韻),又遇着公差兇暴(疊),〔滾白〕他把鐵繩兒鏈着,他把鐵棍兒打着,行步遲延,連扯連拖。且謾説人了,就是那鐵石也消磨。鐵也消磨,石也消磨。〔唱〕這苦楚向誰訴告(韻)?〔五長解鬼白〕你何不叫天？〔劉氏魂作跪哭科，滾白〕天！仰面叫天天不照，孤苦伶仃没下梢。〔唱〕我這裏叫天枉自號韻，〔五長解鬼白〕叫地。〔劉氏魂滾白〕地！俯伏叫地無言應，哭得我淚盡眼枯焦。〔唱〕【僥僥令】〔二至末〕我這裏叫地空自勞韻。〔作拜求科，唱〕我俯伏躬身多拜告韻，〔滾白〕拜告列位恩官，望發一念慈悲。〔唱合〕慈悲憐念奴衰老韻。〔長解都鬼唱〕

【慶餘】無知潑婦空悲悼韻，謾向咱行哀告韻。〔五長解鬼同唱〕可知你罪業重重皆自招韻。〔長解都鬼作帶劉氏魂上山科，衆長解鬼作趕打下山科，同從左旁門下〕

# 第廿一齣　李令公奇謀獨運（皆來韻）

〔雜扮四將官，各戴將巾，穿蟒、箭袖、排穗，佩刀，引生扮李晟，戴帥盔，穿蟒，束玉帶，從上場門上，唱〕

【南呂宮引・大勝樂】折衝樽俎計安在（韻），涓埃答聖恩山海（韻）。營門鼓角頻催（句），怎容羽扇瀟灑（韻）。〔中場設椅，轉場坐科，白〕二十年來多戰場，天威赫赫陣堂堂。神靈漢代中興主，功業汾陽異姓王。下官李晟，自破朱泚之後，蒙朝廷待以心腹，温綸屢沛，秩禄頻加，思報國恩，惟有討賊。近日聞得李希烈建號「大楚」，背天不道。昨據各處塘報，俱稱希烈南窺淮泗，西侵關隘，賊將周曾、李克誠，率領軍馬數萬，希圖進取。我想關中乃國家門户，不可不守，畢竟乘機進勦，根孽消除，方爲上策。已曾請各營將佐，公同計議一番。看他們的主意如何，然後進兵便了。〔雜扮渾瑊、韓遊環、范克孝、戴休顔、駱元光，各戴帥盔，穿蟒，束玉帶，同從上場門上，分白〕聚米山川勢，投醪士卒心。紛紛趨玉帳，同荷主恩深。下官兵馬使渾瑊是也。下官防禦使韓遊環是也。下官神策行營先鋒范克孝是也。下官宣慰使駱元光是也。下官五營驍騎戴休顔是也。〔同白〕今日元帥相邀，不免進見。〔同作進見科，白〕元帥，我等參拜。〔李晟白〕列位少禮，請坐。〔場上設椅，各坐科。李晟白〕左右迴避。〔衆應科，從兩場門分下。李晟白〕列位，賊勢猖獗，羽檄頻來，諸位胸藏星斗，願各陳意見，以啓愚蒙。〔渾瑊白〕列位請。〔衆各遜科，渾瑊白〕元帥，小將的愚見呵，〔唱〕

【南吕宫集曲・梁州新郎】【梁州序】（首至合）宵嚴刁斗(句)，晝邏關隘(韻)，怕猝起懷中蜂蠆(韻)。〔李晟白〕進攻之策，何者爲上？〔渾瑊唱〕燎毛一瞬(句)，把火攻五器安排(韻)。〔白〕元帥，賊勢方張，人心未固，目下之計，一面與他交鋒，一面分兵恢復汴、蔡，則彼之首尾受敵，豈能久存。〔唱〕只用奇兵抄後(句)，猛將當先(讀)，莫使趨淮蔡(韻)。直教諸路斷(讀)，捉將來(韻)，管一鼓成功釋韝韍(韻)。〔衆同唱〕【賀新郎】（合至末）算已定(讀)，謀無再(韻)。看叛臣授首人心快(韻)，宗社福(讀)，廟堂賴(韻)。〔李晟白〕料敵制勝，勢在目中，這是主意在戰的了。〔韓遊環、駱元光白〕元帥，古云師行十萬，日費斗金；又道殺人一萬，自損三千。依小將看來，可以不戰而勝。〔李晟白〕如何是不戰而勝？〔韓遊環、駱元光唱〕

【又一體】皇師無敵(句)，神兵不敗(韻)，輕進兵家須戒(韻)。但嚴防慎守(句)，何妨清嘯樓臺(韻)。〔李晟白〕我這裏按兵不動，北方蹂躪，士民湯火，討賊之義，豈可如此。〔韓遊環、駱元光白〕元帥，豈不聞師老則潰，戍久則離？賊衆遠來，不出兩月，必然糧盡，糧盡必走，然後以輕兵掩擊，勢若拉朽，衆賊之頭可懸於麾下矣。〔唱〕他已是魚游釜内(句)，鳥入籠中(讀)，疏屬長囚械(韻)。烏江窮項羽(讀)，怎差排(韻)？看下馬投戈自乞哀(韻)。〔衆唱合〕算已定(讀)，謀無再(韻)。看叛臣授首人心快(韻)，宗社福(讀)，廟堂賴(韻)。〔李晟白〕這是主意在守的了。〔范克孝、戴休顔白〕元帥，小將還有一計，且不須戰，也不須守。聞希烈之兵，皆烏合之衆，原非樂於爲賊者，爲勢所逼，不得不從，其中投生無路者必多。今若開其自新，必然投戈歸命。〔唱〕

【又一體】須要廣投誠且説招徠(韻)，遣辯士詳言利害(韻)。〔李晟白〕招降赦罪，第一上着，但李希烈罪大惡極，如何可赦？〔范克孝、戴休顔白〕元帥，名爲撫而實意不在撫，不過使彼自相猜貳，自相攻擊，以孤其勢，俟我謀定而後徐圖之。〔唱〕這機關休露(讀)，使彼難猜(韻)。況是近徵安史(句)，遠覽黥陳(句)，犯順歸於敗(韻)。須知烏合衆(讀)，易暌乖(韻)，他變起蕭牆我事諧(韻)。〔衆同唱合〕算已定(讀)，謀無再(韻)。看叛臣授首人心快(韻)，宗社福(讀)，廟堂賴(韻)。〔李晟白〕諸君之策，俱爲有見。但李希烈罪不容誅，人心未定，我名正方順，大義方張，若不鼓勇進兵，非臣子討賊之義也。〔衆將白〕願聞元帥妙策。〔李晟唱〕

【又一體】俺這裏陣雲高鵝鸛排開(韻)，軍威振虎狼奔駭(韻)。更遥頒露布(讀)，感激忠懷(韻)。還要東連吴會(句)，北約幽燕(句)，犄角緣邊砦(韻)。〔白〕那時誅其首惡，赦其脅從。〔唱〕崑岡分玉石(讀)，散烟埃(韻)，掃盡欃槍平泰階(韻)。〔衆同唱合〕算已定(讀)，謀無再(韻)。看叛臣授首人心快(韻)，宗社福(讀)，廟堂賴(韻)。〔衆將白〕元帥之計，實出萬全，我等不勝心服。〔内作傳鼓科，雜扮中軍，戴中軍帽，穿中軍鎧，持文書，從上場門上，唱〕

【南吕宫正曲·節節高】將軍天上來(韻)，氣雄哉(韻)，馬騰士飽銜枚快(韻)。〔作進門呈公文科，白〕

稟元帥，外邊有緊急公文送進。〔從下場門下。李晟白〕原來是連日塘報。〔衆將白〕未知報上怎麽道？〔李晟唱〕他説人情駭（韻），賊勢乖（讀），城危殆（韻）。鴟張豕突多虚喝（韻），羽書謾報軍機大（韻）。〔衆同唱合〕來朝定議鼓前行（句），剪除稂莠無遺害（韻）。〔內作傳鼓科，雜扮中軍，戴中軍帽，穿中軍鎧，持文書，從上場門上，唱〕

【又一體】公文雙羽排（韻），奉專差（韻），星馳已到轅門外（韻）。〔作進門呈公文科，白〕稟元帥，有兵部公文，説有奉旨事情在內。〔從下場門下。李晟白〕原來是聖上差平章事李泌前來督戰。〔唱〕上寫着軺車屆（韻），督戰來（讀），緩急相依賴（韻）。運籌決策投鍼芥（韻），看我笑談迅掃風雲快（韻）。〔各起，隨撤椅科，衆同唱合〕來朝定議鼓前行（句），剪除稂莠無遺害（韻）。〔李晟白〕吩咐標下將士，隨我迎接天使。〔衆將應科，同唱〕

【慶餘】旌旗葉葉生精彩（韻），好威風大唐元帥（韻），看毒霧妖氛一旦開（韻）。〔衆從兩場門各分下〕

## 第廿二齣　莫可交冤債相纏（先天韻）

〔旦扮李翠娥魂，小旦扮驚鴻魂，各搭魂帕，穿衫。丑扮鬎鬎魂，戴鬎鬎腦包，搭魂帕，穿喜鵲衣，繫腰裙。同從右旁門上，分白〕隨風一縷蕩悠悠，衣面難遮舊日羞。惟有冤魂吹不散，〔同白〕紙錢窸窣引鵂鶹。〔李翠娥魂白〕奴家李翠娥，爲因春情放蕩，失節莫可交，指望永締百年，不料反遭毒手。連累姐姐，並這小厮，無辜被害。已將此情訴之冥帝，説此事陽間尚未結案，須仍在陽間告理。昨日土地公公傳示，説他投在李希烈部下，做了頭目，今往鄜州田都督、臧刺史處，約爲內應。又蒙指引，説有朝中差李泌相公督師前來，可雪沉冤。我們守在此間，等那莫賊來時，將我們的陰魂附在他身上，就往督師老爺處，去告他便了。〔驚鴻魂白〕使得。〔鬎鬎魂白〕説話之間，莫可交早已來了。且躲在一旁，看他如何。〔副扮莫可交，戴氈帽，穿窄袖，繫鸞帶，從上場門上，白〕自家莫可交，自從殺死李翠娘三人之後，逃往上蔡。蒙主公李希烈授我中營頭目，如今往鄜州，與田都督、臧刺史約爲內應。聞得李泌奉命督師，等他過去，再作道理。〔李翠娥魂白〕莫可交，你今日要往那裏去？〔三鬼魂同作打莫可交科，白〕這没良心的賊。〔李翠娥魂白〕我李翠娥被你害的好苦。〔唱〕

【中呂宮正曲・縷縷金】荒蕪了(句)，舊情田(韻)。古來多薄命(句)，是嬋娟(韻)。留得孤魂在(句)，游絲一線(韻)。〔莫可交白〕翠娘，我原不是要殺你的，望求饒了我的性命。我當延僧追薦，超度便了。〔驚鴻魂、鬍鬍魂白〕可憐我兩箇，無故被你殺害，你好狠心也。〔内喝道科，鬍鬍魂白〕遠遠看見督師老爺來了，我們就扯他去，當面告理罷。〔同作扯莫可交遶場科，唱〕好教我離離閃閃馬頭前(韻)，〔合〕和伊去分辯(韻)，和伊去分辯(疊)。〔同從下場門下。雜扮四軍士，各戴馬夫巾，穿蟒、箭袖、卒褂，執旗。雜扮四將官，各戴將巾，穿蟒、箭袖、排穗，執標鎗。雜扮二中軍，各戴中軍帽，穿中軍鎧，佩刀，賫勅書、印信。引末扮李泌，戴幞頭，穿蟒，束玉帶，騎馬。雜扮馬夫，戴馬夫巾，穿布箭袖。雜扮傘夫，戴馬夫巾，穿箭袖、卒褂，執傘。同從上場門上，衆同唱〕

【中呂宮正曲・駐環着】擁三軍組練(韻)，擁三軍組練(疊)，笳鼓喧闐(韻)。羽扇綸巾(讀)，令如雷電(韻)，山畔旌旗磨轉(韻)。此去宣威(句)，便把紫泥封(讀)，柳營傳徧(韻)。〔李泌白〕下官李泌，奉命督師。但願剪滅渠魁，早早還朝。分付趲行。〔衆應科，同唱〕天授與神符仙篆(韻)，看射取欃槍一箭(韻)。〔合〕干戈奠(韻)，組綬駢(韻)，繫斗大黄金(讀)，雕成繆篆(韻)。〔衆同從下場門下。鬍鬍魂扯莫可交從上場門上，李翠娥魂、驚鴻魂隨上。鬍鬍魂白〕莫賊，我不過是小孩子。〔唱〕

【中呂宮正曲・縷縷金】瞞天事(句)，女干邊(韻)。怎生連累我(句)，癩頭黿(韻)。〔驚鴻魂白〕莫賊，我與你無怨無讐，你殺得我好苦也。〔唱〕怎肯輕饒過(句)，殺人心善(韻)。〔内作鉦鼓聲，三鬼魂唱〕煩伊替我訴奇冤(韻)，〔合〕冤魂好活現(韻)，冤魂好活現(疊)。〔衆引李泌，從上場門上，三鬼魂同作附莫可交體喊科，白〕青天老爺，冤枉。〔衆作打科，李翠娥魂作附莫可交體喊科，白〕老爺，奴家是李氏。〔李泌白〕前面似有婦人叫喊，好生悽慘。〔唱〕

【中呂宫正曲・駐環着】豈鶯聲細囀(韻)，豈鶯聲細囀(疊)，慘煞啼鵑(韻)。不避弓刀(讀)，訴伊悲怨(韻)。〔白〕左右，帶他上來。〔衆應科，作帶莫可交，李翠娥魂作附莫可交體科，白〕奴家李翠娥。〔李泌白〕好奇怪也，明明是女子聲音，如何却是箇男子？〔唱〕則道何來女眷(韻)？那有男兒(句)，口口道奴家(讀)？此情難辨(韻)。〔白〕我有軍務在身，那裏聽這些風話。左右，與我趕他下去。〔衆應科。李翠娥魂作附莫可交體科，白〕爺爺，奴家還要細禀。一則求伸冤枉，一則密報軍情。〔李泌白〕一發説得奇怪了，須要問他一問。左右，且帶住他，到前面驛中去。〔衆應科，作帶莫可交遶場科，三鬼魂隨行科。衆同唱〕想負弩迎來官弁(韻)，待草檄排將筆硯(韻)。〔合〕敲金韉(韻)，止玉鞭(韻)，傍水曲山坳(讀)，驛亭遥見(韻)。〔作到科。雜扮驛丞，戴紗帽，穿圓領，束角帶，從下場門上，跪接科。李泌下馬，馬夫、傘夫從兩場門分下，衆同作進門科。場上設公案、桌椅科，李泌入座，衆分侍科，驛丞叩見科。李泌白〕迴避了。〔驛丞應科，仍從下場門下。李泌白〕帶那漢子進來。〔一軍士帶莫可交，作進門科，三鬼魂作隨進科。李泌白〕你説密報軍情，是真是謊？可細細禀上來。〔李翠娥魂作附莫可交體科，白〕容奴家先訴沉冤，沉冤得雪，則奸細自明。奴家李氏，原是鄜州都督下聽用官董知白的妻子，被這莫可交殺死了。當日兇身未獲，連累丈夫，今日特來告狀。〔李泌白〕如此説來，你原是箇鬼魂。你可將殺死情由，一一説上來。〔李

翠娥魂作附莫可交體科，白〕奴家素守閨門，因被這厮多方引誘。〔唱〕

【中呂宫正曲・縷縷金】偷香話(句)，怎堪言(韻)，可知生扭做(句)，並頭蓮(韻)。〔李泌白〕既如此，他爲什麽殺你？〔李翠娥魂作附莫可交體科，白〕奴家也不曉得是何緣故。〔唱〕料得男兒性(句)，烟雲多變(韻)。分明今日睹青天(韻)，〔合〕求將此情電(韻)，求將此情電(疊)。〔鬅鬅魂作附莫可交體科，白〕老爺，小的是董知白家裏的小秃子。〔李泌白〕一發奇了，又是一箇人。你且把殺死的緣由説上來。〔鬅鬅魂作附莫可交體科，白〕老爺，這莫可交，他原要殺小人家主，不料這日鄜州刺史送了一箇美人與都督田希監，被他大夫人不容，交與小人家主官賣。是日領回家中，住在李翠娘房中，李翠娘住在家主房内。莫可交原要殺小人家主，不料誤殺翠娘，倒把那都督發下來的美人負着逃走。小人聽得聲響，出的房門，就被他一刀殺死。〔李泌白〕既如此，那負去的女子怎麽樣了？〔驚鴻魂作附莫可交體科，白〕老爺，小婦人驚鴻，那日被他負了出門，行到街上，却被那巡夜的追來，他又將小婦人殺死，輕身逃出去了。〔李泌白〕可憐。我聽了一場鬼話，畢竟李翠娥、驚鴻在那裏？〔唱〕

【中呂宫正曲・馱環着】似重簾掩面(韻)，似重簾掩面(疊)，何處嬋娟(韻)？〔白〕那小厮又在何處？〔唱〕小小葫蘆(讀)，蔓牽藤纏(韻)，劈破一刀兩瓣(叶)。〔白〕李翠娥，〔李翠娥魂作附莫可交體應科。李泌白〕驚鴻，〔驚鴻魂作附莫可交體應科。李泌白〕汝等骨化形消，冤讐又在何處？〔唱〕已是生無(句)，不悟本無生(讀)，還有許多恩怨(韻)？〔白〕你們不如把莫可交放鬆了罷。〔李翠娥魂作附莫可交體科，白〕我等豈肯干休。莫可交那厮罪大冤深，求爺爺即行正法，然後我等與他陰司對理。〔李泌白〕我自有軍務在身，那裏管這些閒事。〔唱〕我這裏又不是閻羅十殿(韻)，有鬼卒拿人當面(韻)。〔白〕你且説軍情何事，奸細何人？〔鬍鬍魂作附莫可交體科，白〕莫可交就是賊人奸細。〔李泌白〕有何憑據？〔鬍鬍魂作附莫可交體科，白〕現在叛賊李希烈，與田都督、臧刺史約爲内應，書信在莫可交身邊。〔李泌白〕畢竟莫可交在那裏？〔三鬼魂作離莫可交體科，莫可交白〕小的有。〔李泌白〕我只道三魂附在别人身上，前來告狀，原來就是附在莫可交身上來的。聽用官，看這莫可交身邊可有什麽東西。〔衆作搜出密書呈上科，李泌作看科，白〕果然有書。中軍，將這厮上囚車，持此令箭，一路撥兵護送，到了京師，交送刑部，還持我名帖，致意刑部大堂，説一面收監，我一面有密本來也。一路上不可走漏聲息。〔中軍應科，作捉莫可交從下場門下，三鬼魂隨下。李泌白〕人命之重如此，我輩身爲將相，豈無差失？可怕！〔唱合〕待辭金殿(韻)，反故園(韻)，這兩顆燒梨(讀)是咱初願(韻)。〔白〕下官一面奏聞聖上，速將田希監、臧霸處置，一面知會李令公，預作准備便了。〔出座隨撤公案、桌椅科，馬夫、傘夫仍從兩場門分上，李泌作騎馬科。驛丞從下場門上，跪送科，仍從下場門下。衆遶場科，同唱〕

【慶餘】願嫖姚早把奇功建(韻)，捷書馳未央宫殿(韻)，聽一路鐃歌奏凱旋(韻)。〔衆同從下場門下〕

# 第廿三齣　堆戰骨衆鬼哀號（江陽韻）

〔生扮李晟，戴鷹翎帽，穿箭袖，繫鸞帶，佩劍，從上場門上，唱〕

【高宫套曲·端正好】赤緊的鼓聲高（句），可正是軍威壯（韻），驅鐵騎追勦豺狼（韻）。妖星夜隕賊營上（韻），眼見得除兇黨（韻）。〔白〕下官李晟，奉命討賊，連日與賊對壘。奈賊屯營山下，地形險阻，難以攻取。今夜天氣晴朗，霜月微明，爲此俺微服出營，私探賊營地勢。我仰觀天文，見今夜妖星漸微，莫不天佑我唐，有成功之日了？我且再向前邊細看一番，只待明日進兵，以便一鼓成擒便了。〔地井内作鬼哭科，李晟白〕遠遠望見有許多人來了，待我隱入樹林之中，看是何人至此。〔從下場門下。雜扮十二陣亡鬼魂，各穿戴陣亡切末，同從地井作哭聲上，遶場科，同白〕我等俱是邊關人氏，身充禁軍，被叛賊朱泚、李希烈驅脅從亂。與李令公交鋒，前後戰敗，死者十餘萬人，血濺黄沙，身膏白草。杳杳冥冥，數也命也。一靈不昧，思念故鄉，好生凄楚。趁此夜月，大家嗟歎一番，有何不可。〔唱〕

【高宫套曲·滚繡毬】三靈降禍殃（韻），萬姓當災障（韻）。健兒們都送在沙場之上（韻），天遣那惡魔王搧動刀鎗㊇。干戈圍困襄城(句)，朱泚禍起蕭牆(韻)。蹂踐得神京板蕩(韻)，幾番兒捲旌旗血戰沙場(韻)。無端戰士喪刀頭(句)，苦多少英雄劍下亡(韻)，說起悲傷(韻)。〔白〕想我們那日，死得好苦也。〔唱〕

【高宫套曲・倘秀才】新鬼呵，覓頭顱哭啼夜霜(韻)，舊鬼呵，傍陰崖揶揄北邙(韻)。盼家鄉何人奠酒漿(韻)，暴屍骸(句)，有誰埋土壤(韻)？提將起委實恓惶(韻)。〔白〕那李令公，好不驍勇也！〔唱〕

【高宫套曲・滚繡毬】隴西宿將强(韻)，河北軍容壯(韻)。殺得那李希烈投戈棄仗(韻)，百忙裏擁殘兵奔走愴惶(韻)。旌旗曉色昏(句)，戈矛夜無光(韻)。似龍虎追來飛將(韻)，明日裏軍敗身亡(韻)。只可憐深閨粉黛拋荒野(句)，文武衣冠委道旁(韻)。嗳，苦暮雨斜陽(韻)。〔李晟從上場門上，後場立科。内作風鳴，衆鬼魂作驚伏地旋起科，唱〕

【高宫套曲・白鶴子】俺只見漠漠寒烟迷紫塞(句)，又只見冽冽陰風吼白楊(韻)。收不迭萬種冤魂(句)，嗳，苦磨不盡千秋靈爽(韻)。

【煞尾】山圍古戰場(韻)，月黑元戎帳(韻)。賊營壘(讀)雖倚着山險爲屏障(韻)，看李將軍(讀)勇冠天神非是謊(韻)。〔李晟白〕吾乃神策將軍、都督大元帥李晟是也！〔衆鬼魂同從地井隱下。李晟白〕神鬼之事，不可不信。霜月之下，衆鬼啼哭，啾啾可哀，原來都是戰亡之鬼，在此訴苦。古語云：一將功成，萬人身殞。待下官班師之日，廣作道場，超度他們便了。李希烈、朱泚逆賊呀，這惡業你如何解釋？我也不必再往前去，且歸營傳令，礪兵秣馬，只待明日進兵，擒賊必矣。曠野天高霜滿空，夜聞鬼語月明中。來朝一鼓擒奸賊，麟閣標名第一功。〔從下場門下〕

# 第廿四齣　鼓天兵崇朝决勝（古風韻）

〔雜扮八軍卒，各戴卒盔，穿蟒、箭袖、排穗，持鎗，引浄扮李希烈，戴王帽，紥靠，紥令旗，襲蟒，束玉帶，從上場門上，唱〕

【黄鐘宫引・西地錦】一味稱雄犯順（韻），軍威萬里烽塵（韻）。〔中場設椅，轉場坐科。丑扮周曾，戴荷葉盔，紥靠，紥令旗。小生扮李克誠，戴八角冠，紥靠，紥令旗。同從上場門上，分唱〕一聲叱咤變風雲（韻），攬得乾坤皆震（韻）。〔李希烈白〕孤自統領精兵二十餘萬，來取關中，連日與李晟厮殺，未見勝負。今日我在高阜處掠陣，你兩人合兵一處，直踹他的營盤，料那李晟一戰可擒也。〔周曾、李克誠應科。李希烈起，隨撤椅科，李希烈白〕大小三軍，就此殺上前去。〔衆應科。雜扮執纛人，戴馬夫巾，穿蟒、箭袖，繫肚囊，執纛，從上場門上，衆遶場科，同唱〕

【越調正曲・水底魚兒】萬隊三軍（韻），遥空蕩戰塵（韻）。衝鋒對壘（句），〔合〕妙算總如神（韻），妙算總如神（疊）。〔同從下場門下。雜扮八軍士，各戴將巾，穿蟒、箭袖、排穗，執旗，引末扮渾瑊，戴紥巾額，紥靠，紥令旗，持鎗。雜扮執纛人，戴馬夫巾，穿蟒、箭袖，繫肚囊，執纛，隨從上場門上。衆遶場科，同唱〕

【又一體】八陣圖新(韻)，陰陽向背分(韻)。搴旗斬將(句)，〔合〕准擬立功勳(韻)，准擬立功勳(疊)。〔渾瑊白〕自家兵馬使渾瑊是也。今日元帥擺下九宮八卦陣，與賊兵大戰。元帥同督師天使在高阜處掠陣，傳下令來，但看白鴿飛起爲號，四面截殺，不許放走一人。衆將官，須要小心衝殺上去者。〔衆應，遶場科，同從下場門下。雜扮八軍士，各戴紮巾，穿蟒、箭袖、排穗，執標鎗；雜扮八將官，各戴打仗盔，穿打仗甲，執旗；引生扮李晟，戴帥盔，紮靠，紮令旗，襲蟒，束玉帶，持令旗；雜扮執纛人，戴馬夫巾，穿蟒、箭袖，執纛，隨從上場門上。李晟唱〕

【中呂調套曲・粉蝶兒】俺今日箇大展龍韜(韻)，授節鉞得專征討(韻)。多感得推轂恩寵命親叨(韻)，看了這陣堂堂(句)、旗正正(句)、整肅的軍容恁好(韻)。自不用兵刃相交(韻)，早令那賊人們魂銷膽落(韻)。〔末扮李泌，戴幞頭，穿蟒，束玉帶，持令旗，從上場門上，白〕幕展芙蓉稱長使，營開楊柳識將軍。〔作相見科，白〕元帥，今日與賊交鋒，調遣已定否？〔李晟白〕已曾按五方擺列，右營將領韓遊環，左營將領范克孝，前營將領戴休顔，後營將領駱元光，中營將領兵馬使渾瑊。誓擒賊將，請學士公同觀。衆軍卒，俱在山下伺候。〔衆應科，從兩場門分下。場上設平臺科，李晟、李泌同上平臺立科，衆分侍科。李晟、李泌唱〕

【中呂調套曲・醉春風】誰道是但聽着將軍令(句)，不聞取天子詔(韻)？可知那九重宵旰正焦勞(韻)，降御勅催把那渠魁來勦(韻)、勦(韻)。〔李晟唱〕俺怎敢翫敵無功(句)，逍遥河上(句)，致教師老(韻)。〔作颭令旗科，内放白鴿、響砲、吶喊科。雜扮四小軍，各戴卒盔，穿蟒，箭袖，卒褂，持鎗，引周曾持鎗。雜扮執纛人，戴馬夫巾，穿蟒，箭袖，繫肚囊，執纛。雜扮四軍士，各戴將巾，穿蟒，箭袖，排穗，執旗。引雜扮韓遊環，戴紥巾額，紥靠，紥令旗，持鎗。雜扮執纛人，戴馬夫巾，穿蟒，箭袖，繫肚囊，執纛。各從兩場門分上。韓遊環、周曾作對戰科，周曾領衆作敗，從下場門下，韓遊環領衆作追下。李晟白〕你看神策右營將領韓遊環，好一場厮殺也。〔李晟、李泌唱〕

【中呂調套曲・石榴花】似春雷般擂動鼓聲高(韻)，殺氣透層霄(韻)。則看這文修武備全盛的大唐朝(韻)，怎容伊僭稱名號(韻)，怎容伊僞設官僚(韻)。恁便似蠢蚩尤造逆多殘暴(韻)，怎禁俺狠力牧的將勇兵驍(韻)。〔李晟唱〕親統着六師問罪彰天討(韻)，看恁那穴中螻蟻豈能逃(韻)。〔作颭令旗科，内放白鴿、響砲、吶喊科。雜扮八小軍，各戴馬夫巾，穿蟒，箭袖，繫肚囊，持雙刀，引李克誠持刀。雜扮執纛人，戴馬夫巾，穿蟒，箭袖，繫肚囊，執纛。雜扮八軍士，各戴紥巾，穿蟒，箭袖，繫肚囊，持雙刀。引雜扮范克孝，戴紥巾額，紥靠，紥令旗，持刀。雜扮執纛人，戴馬夫巾，穿蟒，箭袖，繫肚囊，執纛。各從兩場門分上。范克孝、李克誠作對戰科，李克誠作敗，從下場門下，范克孝作追下。八軍士、八小軍作對敵，八小軍作敗，從下場門下，八軍士作追下。李晟、李泌唱〕

【中呂調套曲・鬬鵪鶉】幾隊兒旗影風飄(韻)，一片的刀光雪耀(韻)。飛散作素練千條(韻)，交迸出寒光萬道(韻)。直殺得馬驟征塵暗四郊(韻)，直殺得波騰沸山動摇(韻)。〔李晟唱〕慘昏昏殺氣迷漫(句)，愁漠漠陣雲籠罩韻。〔作颭令旗科，内放白鴿、響砲、吶喊科。雜扮八小軍，各戴馬夫巾，穿採蓮襖，繫戰腰，持刀、藤牌，從上場門上，遶場跳舞，從下場門下。雜扮八軍士，各戴紥巾，穿採蓮襖，繫戰腰，持棍，從上場門上，遶場跳舞，從下場門下。李晟、李泌唱〕

【中吕調套曲・紅繡鞋】一箇箇忘身命同思報効韻，赴疆場齊逞雄豪韻，則願得烽烟早靖戰功高韻。〔李晟唱〕雲臺圖像列句，麟閣姓名標韻，也不枉從軍好韻。〔作颭令旗科，内放白鴿、響砲、吶喊科。雜扮戴休顔，戴紥巾、額，紥靠，紥令旗，持鎗。雜扮駱元光，戴紥巾、額，紥靠，紥令旗，持刀。引周曾、李克誠各從兩場門分上，作對戰科。范克孝、韓遊環率八軍士從兩場門分上，遶場作捉住周曾、李克誠科，同從下場門下。李晟、李泌唱〕

【中吕調套曲・迎仙客】分勝負在一朝韻，決雌雄只這遭韻。厭兵戈有好還天道韻。殺得他似嚴霜摧嫩草韻，烈火燎鴻毛韻。〔李晟唱〕這聲勢撼山岳也不小韻，聽震耳的連珠砲韻。〔作颭令旗科，内放白鴿、響砲、吶喊科。渾瑊引李希烈從上場門上，遶場科，從下場門下。雜扮十六軍士，各戴打仗盔，穿打仗甲，執旗，從兩場門分上，遶場走陣畢分立科。雜扮十六將官，各戴打仗盔，穿打仗甲，執標鎗，引駱元光、韓遊環、戴休顔、范克孝。雜扮五執纛人，各戴馬夫巾，穿蟒、箭袖，繫肚囊，執纛，各從兩場門分上，遶場走陣畢衆作埋伏科，隨向地井内換兵器科。渾瑊引李希烈從上場門上，八小軍隨上。内鳴砲，衆埋伏軍士吶喊、遶場，從兩場門分下。五將圍李希烈合戰，李希烈作衝殺出陣科，從下場門下，五將同作追下。李晟白〕神策中營將領、兵馬使渾瑊，好一員名將也。〔李泌白〕實乃名將也。〔李晟、李泌唱〕

【中呂調套曲·上小樓】那將軍果是人中俊髦韻，智如神能將敵料韻。要殺得他棄甲曳戈句，怕風聲唳鶴韻，一騎難逃韻。衆賊戈亂抛韻，膽盡落韻，奔竄處恨逃生不早韻，那五十步猶把那百步兒笑韻。〔衆軍士從兩場門分上侍立科，渾瑊引衆將從上場門上，白〕稟上元帥，賊兵殺盡，擒得周曾、李克誠在此，李希烈帶領千餘人逃去。〔李晟白〕二人既擒，希烈可滅。兵馬使渾瑊，你可統兵二萬，連夜速取賊魁，肅清地方。大小三軍，就此隨本爵入城安衆。〔衆應科。李晟、李泌下平臺科。衆同唱〕

【煞尾】喜一朝裏頓把欃槍掃韻，從此後日月光明兵氣消韻。並不是將軍神武邊功大句，總仰賴聖主欽明廟算高韻。〔衆軍士擁護李晟、李泌同從下場門下〕

# 第七本卷上

## 第一齣　極樂國心堅可到（蕭豪韻）

〔場上設七寶池科，雜扮二頭陀，各戴頭陀髮，紥金箍，穿僧衣，披袈裟，帶數珠，持拂塵，同從佛門上，唱〕

【黄鐘調套曲·醉花陰】畢鉢巖前刹竿倒（韻），迦葉舉阿難失笑（韻），契經海一龜毛（韻），塔影岧嶢（韻），没縫如何造（韻）。黄金國（句），路非遥（韻），笑不動風旛辭未了（韻）。〔分白〕一炷清香一卷經，烏銜花落鉢盂罄。泥牛入海無消息，昨夜窗間尾過櫺。吾等乃釋迦文佛座下頭陀便是。只因遇着人天師，萬劫永居極樂國。三更日午，到這没陰陽地，蒔草栽花；一物不將，向那乾闥婆城，拈椎竪拂。騎箇三脚驢子，趕這八角磨盤。放開時，點起身腰燈火，撥翻羽翼琴筝，直到那一微塵裏，創造這三界十方。捏聚時，拈將大地片葉，彈破虚空浮漚，常住在恒沙劫中，看了些烏飛兔走。只因無樂可名言，因此名爲極樂國。道言未了，韋馱尊者早到。〔小牛扮韋馱，戴帥盔，紥背光，紥帶，持杵，從上場門上，白〕人天感應慈悲切，龍象皈依法力尊。〔作相見科。一頭陀白〕尊者何來？〔韋馱白〕

遵奉佛旨，度化南耶王舍城居士張佑大等十人，脱凡入聖，來登極樂國土。〔二頭陀白〕既如此，待他到來，引進便了。〔同從佛門下。雜扮張佑大等十人，各戴氈帽，穿道袍，繫絲縧，同從上場門上，唱〕

【黄鐘調套曲・喜遷鶯】今日裏放下屠刀韻，骷髏裏三花茁寶苗韻。則這逍遥韻，一謎地龍吟虎嘯韻。袈裟錦十三條韻，不崇朝韻。只這是達摩正眼句，立地登羅刹慈橋韻。〔韋馱、二頭陀仍從佛門上，作相見科，白〕新戒，且暫住門外，待我通報者。〔雜扮十六侍者，各戴僧帽，穿僧衣，披袈裟，帶數珠。雜扮阿難、迦葉，各戴毘盧帽，穿道袍，披袈裟，帶數珠，從佛門上，各分侍科。張佑大等十人作跪科。阿難、迦葉白〕佛旨：張佑大等十人，着頭陀引至七寶池邊，與他披剃。〔二頭陀白〕謹領佛旨。〔隨引張佑大等十人至七寶池邊，各披剃科。十侍者向佛門内取僧帽、僧衣、袈裟隨上，與張佑大等十人各穿戴科，隨撤七寶池科。阿難、迦葉白〕我佛有旨：十人依次賜名，一法恭，二法從，三法明，四法聰，五法睿，六法肅，七法乂，八法哲，九法謀，十法聖。〔張佑大等十人作叩謝科。阿難、迦葉白〕我佛有旨：問爾等還記得做强盗、殺人放火的事麽？〔張佑大等十人白〕這是弟子的悟由，怎得忘記？〔唱〕

【黄鐘調套曲・出隊子】想山林狐嘯韻，不佩犢齊佩刀韻。也有的探丸斬吏逞威豪韻，也有的拆鳳離鸞奪阿嬌韻，也有的倒篋傾箱生掠鈔韻。〔白〕俺呵，〔唱〕

【黄鐘調套曲・刮地風】一弄兒隨他殺興高，韻，曾附和夜半呼號韻。就其間儘有慈悲料韻，便與他苦勸甘撩韻。他若是夢醒忽饒韻，俺便送長天線抛孤鷂韻。他若是發無明句，渾如漆入膠韻，俺便斬春風同你泥犂走一遭(韻)。却原來糞堆中(句)，有無價寶(韻)，〔白〕在這殺人場中混了些日子，〔唱〕方覺得殺人心八面皆無着(韻)。〔白〕那時節恰遇觀音菩薩開示。〔唱〕

【黄鐘調套曲・古水仙子】多感得灑楊枝甘露飄(韻)，頓教人心肺内熱惱鏖糟一霎消(韻)。照五蘊盡皆空(句)，忒楞楞騰樹倒猴兒跑(韻)。踈剌剌沙刮天風浄了塵歒(韻)，斷琅琅湯檻心猿喝號提牢(韻)，支楞楞争弦斷了不勾綽注猱(韻)，吉丁丁當精甎摔碎菱花照(韻)，撲通通鼕打一會心空及第凱歌鐃(韻)。〔阿難、迦葉白〕看這十人，已可見佛。爾等跟我進來，入室見佛。〔雜扮十八天女，各戴魔女髮，穿宫衣，持花，同從佛門上，作散花科，衆同從佛門下〕

## 第二齣　望鄉臺業重難登（古風韻）

〔場上設望鄉臺科，副扮看臺鬼使，戴鬼髮，穿蟒、箭袖、虎皮卒褂，持器械，從右旁門上，白〕幽明遥隔處，高起望鄉臺。善者能登眺，惡犯怎容來？我乃掌管望鄉臺鬼使是也。我這裏冥府法度，善者到此有榮，惡者經過受辱。正是：陽間善惡由他造，陰府輪迴報應明。〔從左旁門下。雜扮五長解鬼，各戴鬼髮額，穿蟒、箭袖、虎皮卒褂，繫虎皮裙，持器械，帶旦扮劉氏魂，穿衫，繫腰裙，從右旁門上，唱〕

【高大石調正曲·窣地錦襠】黄泉路徑最淒涼（韻），天上人間兩渺茫（韻）。幾番回首望家鄉（韻），〔合〕一度思量一斷腸（韻）。〔長解都鬼唱〕

【高大石調正曲·哭岐婆】今當受苦（句），不用慘傷（韻）。當時立誓（句），請自思量（韻）。〔合〕你道是重重地獄受災殃（韻），又道是伊家自作還自當（韻）。〔劉氏魂白〕「自作自當」，老身勸子開葷，曾有此話；「重重地獄受災殃」，老身在花園罰誓，曾有此話。爲何陰司一一都知道了？〔長解都鬼白〕豈不聞人間私語，天聞若雷？你聽信讒言開葷，土地社令詳記，竈神奏上玉皇，玉旨發下酆都，閻羅天子差鬼拘拿，要你此去受重重地獄之罪。〔劉氏魂白〕既拿我來，就從好路去，爲何又要我一路

受苦？〔長解都鬼白〕爲你在生作惡開葷，所以死後陰司受罪。〔劉氏魂唱〕

【正宫正曲·洞仙歌】思量天下人(韻)，那箇不喫葷(韻)？何獨劉氏也(句)，今朝罪逼身(韻)？〔合〕望行方便門(韻)，免我受苦辛(韻)，你的恩德謝不盡(韻)。〔長解都鬼唱〕

【又一體】堪歎愚婦人(韻)，遺言不復遵(韻)。誓願一朝違(句)，天人俱怒嗔(韻)。〔合〕報施多有准(韻)，陽間作業身(韻)，到此難逃遁(韻)。〔劉氏魂唱〕

【又一體】我兒夫好善人(韻)，齋僧道又濟貧(韻)。行滿功成日(句)，跨鶴上青雯(韻)。〔滚白〕自古道：一人得道，九族昇天。縱然奴不賢，望長官將伊折罪名。〔唱合〕望行方便門(韻)，爲我訴此因(韻)，或也垂憐憫(韻)。〔長解都鬼唱〕

【又一體】佛法本度人(韻)，須防貪愛嗔(韻)。你在世惡多般(句)，陰曹俱見聞(韻)。〔合〕此日須窮問(韻)，報應不差分(韻)，毫髮難容隱(韻)。〔劉氏魂作看臺科，白〕來到此間，前面一所樓臺，是甚麽所在？〔長解都鬼白〕這是望鄉臺。〔劉氏魂白〕我在陽間，曾聞西蜀王秀築望鄉臺於成都，有漢李陵築望鄉臺於西域，爲何陰司也有此臺？〔長解都鬼白〕這望鄉臺，乃是天造地設，使人人到此，盼望家鄉；或兒女哭泣，得以與聞；或僧道時日追薦，得以受用。〔劉氏魂白〕長官，老身自從回煞到今，再不得見兒一面。可容我登臺一望？〔長解都鬼白〕此望鄉臺乃爲善人而設，若惡人上去，依然難見。〔劉氏魂白〕吾乃好善之家，必然得見。〔長解都鬼白〕只怕管臺鬼使不容上去。〔劉氏魂作跪科，白〕還望長官説箇分上。〔長解都鬼白〕這等且看如何。〔作帶劉氏魂遶場科。看臺鬼使仍從左旁門上，白〕那裏來的惡犯，敢近臺來？〔長解都鬼白〕這是王舍城傅門劉氏，好善之家。〔看臺鬼使白〕帶了鐵鏈到此，還説是好善麽？〔長解都鬼白〕雖然他是惡犯，他夫主乃是天宫勸善太師，他兒子在世，孝善雙修，可看他夫主、兒子分上，容他一望便了。〔看臺鬼使白〕既如此，容他上去一望，即便下來。〔仍從左旁門下。長解都鬼作帶劉氏魂遶場科，白〕脚踏雲梯步步高，靈臺突兀聳青霄。〔劉氏魂白〕亡魂都有思鄉意，得見家鄉是這遭。〔唱〕

【仙吕宫正曲·風入松】半空中高起望鄉臺（韻），〔長解都鬼作帶劉氏魂上臺科。劉氏魂唱〕到此地令人感慨（韻）。我家鄉在王舍城南界（韻），〔作望見家鄉哭科。長解都鬼白〕可見你家鄉麽？〔劉氏魂白〕望見了。〔唱〕痛嬌兒空守棺材（韻）。〔滚白〕兒你在陽間，痛念娘親。娘在陰司，望鄉臺上，哭斷肝腸，你怎麽得知道？你怎麽得曉得？痛嬌兒空守我的棺材。〔唱合〕使老娘牽腸掛懷（韻），娘兒兩地總是一般哀（韻）。〔長解都鬼白〕掌風鬼使，速降風霧。〔雜扮二掌風鬼使，各戴鬼髮，穿蟒、箭袖，繫肚囊，持烟旗，從兩旁門分上，旋舞科，仍從兩旁門各分下。劉氏魂作望不見家鄉哭科，唱〕

【又一體】猛然妖霧捲風來（韻），黑沉沉把樓臺遮蓋（韻）。我家鄉隔斷紅塵外（韻），盼不見如何佈擺（韻）。〔長解都鬼白〕你的家鄉，分明就在目前。〔劉氏魂白〕在那裏？〔作哭科。長解都鬼白〕你爲何不見？〔劉氏魂白〕爲天降黑霧遮蔽了。〔長解都鬼白〕這黑霧非從天上降也。〔劉氏魂白〕從那裏來？

〔長解都鬼白〕這都是從你心上來。你在陽間，專用黑心欺瞞天地，所以今到陰司，天降黑霧，遮蔽家山。〔劉氏魂作哭科，滾白〕天！原來我在陽間，用黑心腸欺瞞天地，所以今到陰司，天降黑霧，遮蔽家山。這等看將起來，都是我自作孽。〔唱合〕到如今皇天降災韻，閃得我肝腸欲斷眼難開韻。〔看臺鬼使仍從左旁門上，白〕列位冥差，這劉氏乃滔天之罪，爲何還容他在臺上？〔長解都鬼白〕這等我們帶下去便了。〔看臺鬼使仍從左旁門下。長解都鬼作帶劉氏魂下臺科，劉氏魂作欲回科，長解都鬼作踢倒劉氏魂科，唱〕

【又一體】被讒言蠱惑女裙釵韻，違誓願把犧牲殺害韻。無端結下冤訧債韻，到今日無言可解韻。〔合〕望不見家鄉何在韻，他那裏空設醮枉修齋韻。〔劉氏魂作掙起科，唱〕

【又一體】公差趕下望鄉臺韻，將老身推倒在塵埃韻。頭顱跌破心驚駭韻，望家鄉天涯何在韻？〔合〕痛得我珠淚盈腮韻，這苦楚實難捱韻。〔長解都鬼唱〕

【南呂宮引·哭相思】苦楚難捱要你捱韻，這回空上望鄉臺韻。生前造下多般惡句，今日分明報應來韻。〔衆同從左旁門下〕

## 第三齣　擎幡導仙與仙羣（皆來韻）

〔雜扮金童，戴紫金冠，穿氅，繫絲縧，執幡。雜扮玉女，戴過梁額、仙姑巾，穿氅，繫絲縧，執幡。引六善人：末扮段秀實，戴紗帽，穿圓領，束金帶；小生扮鄭賡夫，戴巾，穿道袍；旦扮陳桂英，穿衫；浄扮僧明本，戴僧帽，穿僧衣，繫絲縧，帶數珠；生扮道貞源，戴道巾，穿水田道袍，繫絲縧，帶數珠；老旦扮尼貞静，戴僧帽，穿老旦衣，繫絲縧，帶數珠。從右旁門上，衆同唱〕

【仙吕宫正曲·桂枝香】無拘無礙（韻），自由自在（韻）。那裏是魂魄遨遊（句），竟做了身心瀟灑（韻）。〔六善人白〕二位，前面這座樓臺，不知是什麽所在？〔金童、玉女白〕此乃是望鄉臺了。〔唱〕好齊登高處（句），好齊登高處（疊）。〔作引六善人上臺科，六善人白〕上得臺來，果然望見家鄉，修齋設醮，得以受用也。〔金童、玉女唱〕見水流幾派（韻），山連一帶（韻）。〔六善人白〕我們在此登臺，得以望見家鄉。倘然惡犯到此，可也能望得見麽？〔金童、玉女白〕爲惡之人，不容登臺。〔滚白〕縱然兒女追薦，不得逍遥快樂，枉自悲哀。〔唱合〕這望鄉臺（韻），惡人縱上渾無見（句），善類纔登眼界開（韻）。〔作引六善人下臺科，六善人唱〕

【又一體】鬼神如在，韻，陰陽分界韻。存心處但要忠貞句，撒手時曾無掛礙韻。看一行善侶句，看一行善侶疊，峩冠博帶韻，珠幢寶蓋韻。〔合〕那望鄉臺韻，惡人縱上渾無見句，善類纔登眼界開韻。〔同從左旁門下〕

## 第四齣　倒戈迎賊應賊殺（江陽韻）

〔丑扮鄭賁，戴幞頭，穿蟒，束玉帶，從上場門上，唱〕

【雙調正曲・普賢歌】主公病症太乖張（韻），鬼祟時常坐在牀（韻）。醫生道發狂（韻），强來灌藥湯（韻）。〔合〕可知良藥難醫反叛腸（韻）。〔白〕我家主公，好好一箇節度使不做，思想要做皇帝，稱兵汴蔡，反叛朝廷。我這倒運的狗才，就做了他的宰相。前日被李晟十面精兵殺得大敗，活活將周曾、李克誠在陣上擒去。俺同主公率領殘兵逃回上蔡。俺主公感冒風寒，胡言亂語，睡夢不寧。那李晟追兵又緊，我就連夜躲在十八層地獄，還是怕他的，如今却怎麽樣好？〔雜扮内侍，戴内侍帽，穿貼裏衣，繫絲縧，從上場門急上，白〕鄭丞相，快些進去，看看主公。〔鄭賁白〕主公病體如何？〔内侍白〕口口聲聲説道：好些鬼魂，在牀頭索命。〔鄭賁白〕怎麽青天白日見起鬼來？這也是該倒運了。〔雜扮内侍，戴内侍帽，穿貼裏衣，繫絲縧，扶净扮李希烈，戴九梁冠，紮包頭，穿氅，繫腰裙，從上場門上。雜扮四殉難陣亡將士魂，各穿戴陣亡切末，隨上。李希烈唱〕

【高大石調正曲・雙勸酒】空中鬼王（韻），但求寬放（韻）。自知不當（韻），背恩莽撞（韻）。〔白〕鄭丞相，〔唱〕替我懺悔和講(韻)，〔合〕多酬謝祭賽猪羊(韻)。〔場上設桌椅，入座科，鄭賁作參見科，白〕主公，敢是見些什麼來？〔李希烈白〕怎麼不見？〔唱〕

【仙吕宫正曲·好姐姐】他忿然(讀)胡呵亂嚷(韻)，衆鬼卒拖刀掄杖(韻)。〔鄭賁白〕可也用些湯水？〔李希烈唱〕咽喉緊噎(讀)，不容食下腸(韻)。〔鄭賁白〕那衆鬼却是怎生模樣？〔李希烈唱合〕他模樣(韻)，生嗔發怒猙獰相(韻)，只要微軀把命償(韻)。〔衆鬼魂白〕反賊，還我命來。〔李希烈白〕鬼來了。〔衆鬼魂唱〕

【又一體】恨伊(讀)窮奇伎倆(韻)，禍臨頭逃避何方(韻)。〔李希烈白〕你可聽見鬼説話麼？〔鄭賁白〕不曾聽見。〔衆鬼魂唱〕相將痛責(讀)，你也將這苦嘗(韻)。〔作打李希烈科，唱合〕應回想(韻)，無端把我殘生喪(韻)，教你陰司受禍殃(韻)。〔一鬼魂作鎖李希烈科。李希烈白〕鄭丞相，快來救我一救。好一串大鐵鎖，盤在我的頸上。〔鄭賁白〕那有甚麼鐵鎖？是主公自己的頭髮。〔李希烈唱〕

【又一體】望伊(讀)放寬海量(韻)，發慈悲恩回天上(韻)。願把你虔誠頂禮(讀)，獻帛更焚香(韻)。〔白〕鄭丞相，替我討箇分上罷。〔唱合〕須稽顙(韻)，難道虔誠頂禮成虛況(韻)？也憐我苦苦哀求這一椿(韻)。

〔雜扮内侍，戴内侍帽，穿貼裏衣，繫絲縧，引丑扮男覡，戴氈帽，穿窄袖，繫搭包，持請神器具；小旦扮女巫，穿衫，繫包頭。從上場門上，内侍作進門科，白〕巫師請到了。〔鄭賁白〕快請進來趕鬼。〔内侍作出門虛白，引男覡、女巫進門科。李希烈白〕鬼在這裏，快趕。〔男覡、女巫作打鼓請神、隨意發諢科，衆鬼魂作打男覡、女巫科。男覡、女巫同從下場門下。衆鬼魂作鎖李希烈出桌科。雜扮李希烈替身，戴九梁冠，紮包頭，穿氅，繫腰裙，暗上，伏桌坐科。衆鬼魂帶李希烈同從左旁門下。鄭賁白〕你們可將主公扶到裏邊少息。〔二内侍作扶李希烈替身從下場門下。一内侍急上白〕不好了，大王已氣絶了。〔仍從下場門下。鄭賁白〕主公。〔唱〕

【慶餘】你年來冤債難輕放㊊，一霎時身危命亡㊊。〔内作喊聲科，白〕快快獻出逆賊首級來，免受屠戮。〔鄭賁作慌科，白〕不好了，李晟兵來了。我如今取了主公首級投誠，或可免死。主公，非是我今負你，皆因你負了大唐謀反，我如今取你首級投誠呵，〔唱〕這叫做一報須將一報償㊊。〔向下作取李希烈首級隨上，隨意發諢科，從上場門下〕

## 第五齣　踏青郊奸謀發覺（東鍾韻）

〔丑扮臧霸，戴紗帽，穿蟒，從上場門上。雜扮二院子，戴羅帽，穿屯絹道袍，繫鑾帶，隨上。臧霸唱〕

【雙調正曲・普賢歌】夤緣獻媚我偏工(韻)，類聚從來響應同(韻)。郊遊樂事濃(韻)，花枝照眼紅(韻)。〔合〕竟日尋歡叨厚寵(韻)。〔白〕自家臧霸，爲因田老師多方破格，每事周旋，但幾次倒去擾他，甚不過意，今日約在郊外，設下酒席，邀他賞春。昨日又去面請，想必就到。院子，田老爺到時，即便通報。〔二院子應科，同從下場門下。净扮田希監，戴紗帽，穿蟒，從上場門上。雜扮二院子，戴羅帽，穿屯絹道袍，繫鑾帶，隨上。田希監唱〕

【南呂宮引・生查子】專閫自稱雄(韻)，暗把干戈弄(韻)。交友喜情投(句)，富貴當相共(韻)。〔白〕下官田希監，爲因臧刺史請我遊春，只帶數騎而來。〔院子作通報科，二院子隨臧霸仍從下場門上，作出門迎田希監進門科。臧霸白〕老師駕臨，該當遠迎纔是，有罪。〔田希監白〕賢契，屢承雅愛，未酬萬一。承召遊春，不帶多人，以便敘談尋樂。〔臧霸白〕仰仗老師恩深培植，聊展芹私，總祈台鑒。看酒來。〔院子應科，場上設席，各坐科。臧霸唱〕

【中呂宫正曲・駐馬聽】酒泛金鍾(韻)，草酌雖微意頗濃(韻)。多感得惠臨敝席(句)，辱降高軒(讀)，附鳳攀龍(韻)。〔白〕人來。〔唱〕門官酒席務須豐(韻)，吏書賞賜應當重(韻)，〔一院子向下取銀封隨上，作賞隨田希監二院子，隨田希監二院子作叩謝科。臧霸白〕敢啓老師，那大楚之約，不可失了機會。〔田希監白〕我已整頓兵甲，聚集糧草，只候大楚信來，以便舉發此事。〔唱合〕計出無窮(韻)，此番穩把鄜州送(韻)。〔雜扮四校尉，各戴校尉帽，紮金箍，穿箭袖、校尉褂，佩刀，引副扮錦衣衛官，戴校尉帽，紮金箍，穿蟒、箭袖、校尉褂，佩刀，持聖旨牌，從上場門上，唱〕

【又一體】驟馬彎弓(韻)，奉勅拿人敢放鬆(韻)。〔錦衣衛官白〕今有督師李老爺密本，奏稱鄜州都督田希監，與刺史臧霸，私通反叛。幸得奸細莫可交被擒，因而洩露。如今奉旨差俺帶領禁軍三百人，密拿二賊赴京。我想田希監坐擁重兵，不敢下手。今日打聽得他同臧霸在郊外遊春，只帶數騎，正好擒拿。此間已是，不免徑入。〔衆作打進門科，田希監、臧霸作驚出席，隨撤桌椅科。衆院子從兩場門急分下。田希監白〕是那裏來的？〔錦衣衛官白〕是駕上來的。〔田希監、臧霸作驚跪科。錦衣衛官白〕爲你通同叛賊事露，奉旨將你二人立刻鎖拿赴京。〔衆校尉作卸田希監臧、霸紗帽，各上鎖杻科。錦衣衛官唱〕你何事謀爲不軌，(句)背反朝廷(讀)，與叛逆勾通(韻)？平時威焰逞英雄(韻)，此番罪重難逃縱(韻)。〔田希監臧、霸唱合〕咽斷西風(韻)，楚囚對泣成何用(韻)。〔衆同從下場門下〕

## 第六齣　拘黑獄怨鬼追尋（尤侯韻）

〔雜扮二差鬼，各戴犄角、鬼髮，穿鬼衣，繫虎皮裙，引生扮董知白魂，搭魂帕，穿道袍，從右旁門上，唱〕

【商調正曲・水紅花】堪憐無罪做俘囚(韻)，禍根由(韻)，家門出醜(韻)，奈上司乖戾結冤訧(韻)。我中機謀(韻)，不容分剖(韻)，痛嚴刑百般生受(韻)。〔白〕自家董知白，我將屈死情由伸訴閻君，感蒙閻君准我仍到陽間索命。只索同冥差走一遭，我們一同捉拿田希監去。〔二差鬼白〕不獨是田希監，還有一名臧霸，奉閻君之命，一併拿來。〔董知白魂白〕那臧霸獻媚權門，誣陷善良，罪惡深重，正當同田賊一齊拿往陰司受罪。〔唱〕可憐我抱屈命兒休(韻)，〔合〕今日裏定要索冤讐(韻)也囉(格)。〔同從左旁門下，雜扮二家人，各戴羅帽，穿屯絹道袍，繫鑾帶，同從上場門上，唱〕

【又一體】思量助惡起戈矛(韻)，正圖謀(韻)，早機關洩漏(韻)，炎炎勢焰一時休(韻)。做牢囚(韻)，披枷帶杻(韻)。〔董知白魂、二差鬼同從上場門暗上。二家人白〕我們乃田都督、臧刺史家人是也。因主人犯事在獄，無人看顧，甚覺可憐。想連年來也隨他分了些無義之財，因此特帶些銀兩，到監與禁長哥商議，求他寬減牢獄之苦，也見我等受恩之報。不免前去。〔唱〕此日有誰搭救(韻)，多分命難留韻，〔合〕這都是作惡的下場頭韻也囉格。〔同從下場門下。董知白魂、二差鬼白〕我等正要到彼，並無入處，且喜方纔正遇此二賊家人，要往監中探望，不免緊隨前去便了。正是：善惡到頭終有報，只争來早與來遲。〔同從下場門下。副扮禁子，戴棕帽，穿劉唐衣，繫肚囊，從上場門上，白〕手執無情棍，懷揣滴淚錢。自家乃刑部獄中禁子便是。前日奉旨，拿到田希監、臧霸二人。這兩箇奸賊，自進監來，燈油草薦錢也没有，不免叫他二人出來，收拾一番。若有錢便罷，若是無錢，痛打他一番，看他有錢没有錢。該死的奸賊，還不走出來麽？〔浄扮田希監，戴髮網，穿喜鵲衣，繫腰裙，帶鎖杻，從上場門上，白〕奸心使盡勢全無，老骨稜稜病又枯。〔丑扮臧霸，戴髮網，穿喜鵲衣，繫腰裙，帶鎖杻，從上場門上，白〕正是害人反害己，當初錯把肚腸烏。〔禁子白〕我把你這兩箇奸賊，你們自進監來，燈油草薦錢也没有。〔田希監、臧霸白〕身邊實實不曾帶得進來。〔禁子白〕既然没有，我只打你這兩箇死囚便了。〔田希監、臧霸白〕大哥，打不起了。〔二家人同從上場門上，董知白魂、二差鬼隨上。二家人白〕家奴原自賤，獄吏本來尊。來此已是監門首了，禁長哥有麽？〔禁子白〕這是甚麽所在？大呼小叫的。〔二家人白〕我們是田都督、臧刺史的家下人，帶得使用在此，有話商量，可開我們進去。〔禁子白〕既有使用，就開你進來罷。〔作開門引二家人進門，董知白魂、二差鬼隨進科。二家人白〕原來主人在此。〔田希監、臧霸白〕多承你二人到此。可曾帶些銀錢？與我們使用使用。〔二家人白〕不消主人吩咐，我等已帶得在此了。大哥，我有要緊話，同你商量。可到後面去説。〔禁子應科，同從下場門下。董知白魂

作打田希監、臧霸科，〔白〕我把你這兩箇奸賊嗄！〔唱〕

【中呂宮正曲・駐馬聽】與你有甚深讐韻？抵死和咱做對頭韻。今日裏威風何在句？勢焰全消讀，奸惡都休韻。要追將魂魄不停留韻，冥司報應無差謬韻。〔合〕善惡因由韻，恢恢天網讀，踈而不漏韻。〔雜扮田希監魂、臧霸魂，各搭魂帕，穿喜鵲衣，繫腰裙，帶鎖杻，暗上科。董知白魂、二差鬼作捉田希監魂、臧霸魂遶場科，同從左旁門下。一家人、禁子仍同從下場門上。二家人白〕方纔所云，全仗大哥周庇。〔禁子白〕都在我身上便了。〔二家人白〕求大哥鬆放鬆放。〔禁子白〕既然有了使用，待我鬆解鬆解他的刑法便了。〔二家人作見田希監、臧霸死屍，虛白哭科，禁子作開門推二家人出門科，二家人同從上場門下。禁子白〕我方纔將他二人打了一頓，不知爲何，一時都已氣絕了。也罷，明日報過堂上，拖出牢洞去便了。夥計們走出來。〔雜扮五禁子，各戴棕帽，穿劉唐衣，繫肚囊，同從下場門上，虛白作扛屍，同從下場門下〕

## 第七齣　消衆忿盡誅羣盜（先天韻）

〔丑扮地方，戴氈帽，穿喜鵲衣，繫腰裙，從上場門上，白〕走開，關上了栅欄子，監斬老爺將到了，大家小户，快些關了門。今日奉旨處決的欽犯，乃是一班從叛賊朱泚、李希烈謀反的逆臣，你們各要關門閉户，不是當耍的。〔隨意發諢科，從下場門下。雜扮衆老幼男女百姓，各戴氈帽，穿各色道袍、喜鵲衣，各色衫，繫腰裙，同從上場門上，分白〕饒他用盡千般計，難免今朝一命休。列位，今日聞得處決朱泚、李希烈兩宗叛案。那姚令言、源休、周曾、李克誠，俱是賊頭，如今都拿來十字路口開刀，果是天理昭然，人心大快。我衆人中，也有父親出兵被他害的，也有兒子被他殺的，也有丈夫被他砲打死的，也有妻子、女兒被他搶去的。思量起來，好不苦也。如今大家去看看。列位，我們如今前去，把他的肉咬下幾口來，也解解我們的恨。有理，就此前去。〔内喝道科，衆同白〕你看那邊監斬官來了，我們且讓他過去。正是：善惡到頭終有報，只争來早與來遲。〔各虚白，同從下場門下。雜扮四將官，各戴將巾，穿蟒、箭袖、排穗，執標鎗。雜扮四將官，各戴紥巾額，穿打仗甲，繫橐鞬，持鎗。引外扮御史，戴紗帽，穿圓領，束金帶，從上場門上，唱〕

【黄鐘調套曲·牆頭花】功成一戰(韻)，四海謳歌遍(韻)，生獲鯨鯢大軍前(韻)，將俘馘周示京師(句)，用斧鉞明彰國憲(韻)。〔白〕下官監察御史是也。今日奉聖旨處決朱泚、李希烈兩家從賊。聖旨將到，左右，打道往法場中去。〔衆應科。雜扮馬夫，戴馬夫巾，穿箭袖，繫肚囊，牽馬；雜扮傘夫，戴馬夫巾，穿箭袖，繫肚囊，執傘，同從上場門上。御史作乘馬科，唱〕

【黄鐘調套曲·瑶臺月】天兵一戰(韻)，掃盡妖氛(句)，喜覩青天(韻)。暢的是魂勾丹筆(句)，頃刻看頸斷龍泉(韻)。休凝望惡黨賫緣(句)，他罪案難寬一線(韻)。鬼神怒(句)，黔首怨(韻)。今始洩(句)，盡歡闐(韻)。風憲(韻)，環匝的兵馬(句)，周防的威權(韻)。〔作到法場科，場上設高臺、公案科，御史下馬陞座科，傘夫、馬夫從上場門下。雜扮十二劊子手，各戴將巾，紥金箍，簪雉尾，穿劊子衣，四劊子手持鬼頭刀，八劊子手扶丑扮姚令言、末扮源休、小生扮李克誠、丑扮周曾，各散髮，穿喜鵲衣，繫腰裙，插招子，同從上場門上，遶場分立科。四劊子手唱〕

【黄鐘調套曲·耍孩兒】你今朝誅戮皆天譴(韻)，自作如今没怨(韻)。狡謀使盡占江山(句)，戰場中鬼嘯寒烟(韻)。你雖是到頭天網難逃躲(句)，只苦的萬姓陰魂萬古冤(韻)。伊原是(句)，罪魁惡首(句)，怎免得血濺荒阡(韻)。〔作到法場科，四劊子手跪科，白〕稟上老爺，斬罪犯人伺候。〔御史白〕將朱泚、李希烈首級，先懸在高竿。〔場上左右各竪紅柱科，二劊子手向下取首級籠隨上，作掛柱上科。御史白〕帶犯人過來。〔衆劊子手推四寇至公案前，御史持筆作點名科，白〕爲首反叛賊犯一名姚令言，同反叛賊犯一名源休，

反叛賊犯一名李克誠，反叛賊犯一名周曾。反賊，你今日也有束手受刑的日子。〔唱〕

【又一體】奸肝賊膽把兵權擅（韻），不想那皇仁似天（韻）。你稱兵犯順煽威風（句），背朝廷大義都捐（韻）。〔白〕今日裏呵，〔唱〕天人交憤除兇惡（句），粉骨猶難蔽罪愆（韻）。誰教你（句），叛謀自熾（句），自投到没底黄泉（韻）。〔内作喧嚷科，御史白〕是何處喧嚷？〔地方從上場門上，白〕都是那些衆百姓，要來看殺反賊的，擁擠不上，爲此在那裏喧嚷。〔御史白〕任憑他們觀看，不必攔阻。〔衆男女百姓同從上場門上，白〕天作孽猶可違，自作孽不可活。奸賊，你往日的英雄那裏去了？〔一百姓白〕想起我父親，當日被姚令言叛兵所殺，好不痛傷也。〔唱〕

【又一體】爹行被殺愁何限（叶），每日裏號呼上天（韻）。眼枯見骨憤填胸（句），痛招魂不復言旋（韻）。〔二百姓白〕我家段老爺，被朱泚殺在朝門，都是源休奸賊的指引。〔唱〕他忠臣甘飲魚腸劍（句），只是你賊殺忠良何苦然（韻）。〔衆百姓白〕我們衆人，今日到此呵，〔唱〕若非是（句），傷心痛切（句），怎恁的淚落如泉（韻）。〔一女百姓白〕奸賊，我的孩兒出兵，被你殺了。〔二女百姓白〕我丈夫被他殺害，我好苦也。〔同唱〕

【又一體】煢煢孤苦誰人見（韻），没靠傍搶地呼天（韻）。可憐白骨掩沙場（句），痛當初襁褓三年（韻）。那知白首終身靠（句），空結春閨夢裏緣（韻）。若非是（句），傷心痛切（句），怎恁的淚落如泉（韻）。〔地方作趕衆百姓同從下場門下。雜扮内侍，戴内侍帽，穿蟒、箭袖、卒褂，持聖旨牌，作躍馬科，從上場門上，白〕聖旨到。〔御史作下座跪接科。內侍白〕奉聖旨，時辰已到，速斬犯人回奏。〔御史白〕領旨。〔內侍仍從上場門下。御史作陞座科，白〕劊子手，速斬犯人者。〔衆劊子手應科。御史白〕那犯人呵，〔唱〕

【黃鐘調套曲·急曲子】一魂兒先驚散了(句)，軟哈哈瞎眼無言(韻)。只恨的將他那腮邊淚雨(句)，洗不盡羣黎慘怨(韻)。〔衆男女百姓、地方從兩場門各分上，作争看科。四寇隱從地井下，地井內出四寇替身切末，一劊子手持刀作當場斬科。衆男女百姓、地方虛白，仍從兩場門分下。御史白〕劊子手，將首級掛在十字路口，將屍骸挫了揚灰。〔衆劊子手應科，同從下場門下。御史下座科，白〕下官就此覆旨便了。吩咐打道。〔衆應科，馬夫、傘夫牽馬、執傘，同從上場門上，御史作乘馬，衆遶場科。御史白〕四寇雖則處斬，只是他害的人，却也不少。〔唱〕可憐千百萬冤魂(句)，那少得閻羅刑憲(韻)。〔衆同從下場門下〕

# 第八齣　抱孤懷堅却一官（古風韻）

〔生扮羅卜，戴巾，穿道袍，帶數珠，從上場門上，唱〕

【黄鐘宮引・西地錦】景物清秋時至(叶)，助人愁思淒其(韻)。離情萬種不堪提(韻)，展轉令人垂淚(韻)。〔中場設椅，轉場，坐科，白〕卑人不幸，父母俱喪。感得觀音菩薩點化，教我竟往西天，參謁活佛，超度我母。今聞縣主申奏朝廷，謬加封贈，愧無實德，可當以受皇恩厚賜也！〔末扮益利，戴羅帽，穿屯絹道袍，繫鑾帶，帶數珠，從上場門上，白〕探聽頒恩旨，忙來覆主人。官人，老奴已打聽縣主領旨前來，已過清溪河了。〔羅卜起，隨撤椅科，白〕快排香案伺候。〔益利應科。雜扮書吏，戴書吏帽，穿圓領，繫鑾帶，捧冠帶，從上場門上，白〕忠爲臣之分，孝乃子之先。門上有人麽？〔益利作出門見科，白〕那裏來的？〔書吏白〕我是本縣禮房書吏，特送冠帶在此，請傳老爺穿戴了，以便接旨。〔益利作接冠帶，引書吏進門相見科。書吏白〕恭喜榮封。請換了吉服，以便接旨。〔羅卜白〕喪服在身，不敢冠帶。〔書吏白〕君命爲重，接旨之後，任憑裁奪。〔羅卜虚白，同從下場門下。雜扮四從人，各戴馬夫巾，穿箭袖、卒褂，執儀仗，引外扮縣官，戴紗帽，穿圓領，束金帶，捧聖旨。雜扮傘夫，戴馬夫巾，穿箭袖，繫肚囊，執傘，隨從上場門

上。縣官唱〕

【越調正曲·水底魚兒】鳳詔新頒（韻），天恩豈等閒（韻）。黄童白叟（句），〔合〕齊來擁道看（韻），齊來擁道看（疊）。〔内奏樂，作到科，衆從人同從上場門下。羅卜、益利仍同從下場門上，作出門跪迎縣官進門科。縣官白〕聖旨已到，跪聽宣讀。皇帝詔曰：朕惟臣子之道，忠孝一理；天人之際，感應爲難。所以求忠臣，必出於孝子之門。爾傅羅卜，孝事父母，能竭其力，感動天地，已有其徵，人所難能，國家宜加獎錫用。授爾以刺史之職，以旌孝感。服闋之日，起送到京。其父傅相，贈河南刺史之職；母劉氏，贈河南郡夫人。服此休嘉，慰爾悼念。謝恩！〔内奏樂，羅卜作謝恩畢，接旨，付益利科，白〕荷蒙大人保奏，卑人何以克當。〔縣官白〕孝子。自此之後，當以官禮相見，休得過謙。〔場上設椅，各坐科。羅卜白〕大人容稟。〔唱〕

【仙吕宫正曲·曉行序】父母劬勞（韻），論生身養育（讀），似地厚天高（韻）。守服制（讀），怎敢受職賞旌褒（韻）。恩叨（韻），詔自天來（句），料地下先靈（讀）已增光耀（韻）。〔合〕念微渺（韻），似蓬蒿卑陋（讀），豈堪冠帶隨朝（韻）。〔縣官唱〕

【仙吕宫正曲·黑麻序】行孝（韻），感動神堯（韻）。因伊家篤行（讀），古今稀少（韻）。特賜錦衣冠帶（讀），佇看紫綬金貂（韻）。〔羅卜唱〕難消（韻），恩頒爵位叨（韻），服制從來有正條（韻）。〔縣官白〕孝子，不得如此執一而論。豈不聞聖人制禮，過者俯而就之。雖則親恩罔極，而送死有已。雖是子情無盡，而躃踊有節。〔唱合〕慰伊曹(韻)，雖云盡孝(讀)，不可迷邦懷寶(韻)。〔羅卜白〕大人尊諭極是，但人子之心，實係不忍，所以再不敢從命。〔縣官白〕孝子，若是執意不受官職，只是有違君命了。〔羅卜白〕非不知君命爲尊，奈母喪制服未滿，安敢身膺爵位？ 明早當叩謝臺前，并祈恕罪。〔縣官白〕愈見高明。下官亦不敢十分相强，就此告辭。〔各起隨撤椅科。羅卜白〕深蒙降臨，實爲簡慢。〔衆從人仍同從上場門上。縣官白〕好說。 一封丹詔出皇朝，〔羅卜白〕感謝吾皇賜寵褒。〔益利白〕人爵不如天爵貴，〔同白〕功名爭似孝名高。〔從兩場門各分下〕

# 第九齣　遊子赤繩空繫足（江陽韻）

〔外扮院子，戴羅帽，穿屯絹道袍，繫鑾帶。丑扮張媒婆，穿老旦衣，繫包頭。同從上場門上，唱〕

【仙呂宮正曲・臘梅花】姻緣撮合早成雙（韻），莫教男女愁孤曠（韻）。好准備開洞房（讀），〔合〕良宵花燭（句），鵲橋高駕迓仙郎（韻）。〔院子白〕自家乃曹府中院子便是。今奉老爺、夫人之命，到傅宅一來道喜，二來選擇吉期，要與小姐成就姻事。張媽媽，來此已是傅宅了。〔張媒婆白〕門上有人麽？〔小生扮安童，戴羅帽，穿屯絹道袍，繫鑾帶，從上場門上，白〕門無俗士駕，家有善人名。是那箇？〔作出門相見科，白〕原來是曹院公、張媒婆，到此何事？〔院子、張媒婆白〕安童哥，煩你通報，說我二人特來求見。〔安童白〕如此暫請少待。〔作進門科，白〕官人有請。〔生扮羅卜，戴巾，穿道袍，帶數珠，從上場門上。安童白〕官人，有曹管家與張媒婆在外。〔羅卜白〕領他進來。〔中場設椅，轉場，坐科。安童作出門引院子、張媒婆進門科，安童從下場門下。院子、張媒婆白〕官人在上，院子、媒婆叩頭。恭喜官人榮擢。老爺、夫人聞知，不勝欣幸。〔羅卜白〕院公，老爺、夫人在家好麽？〔院子白〕老爺、夫人在家，托庇平安。〔羅卜白〕你兩人到此，有何話説？〔院子、張媒婆白〕奉老爺、夫人之命，一來與官人賀喜，二來請揀時擇日，早就姻親。〔羅卜白〕你兩人有所不知，當日我先君與曹大人結下這門親事，我那時尚在年幼。後來看破世情，惟有出家心盛，無意姻親。正欲送還庚帖，可令小姐別選高門罷。〔院子、張媒婆白〕官人何出此言？正所謂男婚女嫁，理所當然。官人如此所言，教我們怎生回覆老爺、夫人？〔羅卜白〕院公，〔唱〕

【仙吕宫正曲·八聲甘州】衷情欲講(韻)，好教人揾不住(讀)，涕淚汪汪(韻)。爲只爲萱親早喪(韻)，居苫塊夙夜徬徨(韻)。花前鳳卜空思想(韻)，月下烏啼欲斷腸(韻)。〔合〕悲傷(韻)，怎還思坦腹東牀(韻)。〔院子、張媒婆唱〕

【又一體】還須細忖量(韻)，論赤繩久已(讀)繫定鸞凰(韻)。〔白〕況如今呵，〔唱〕欣逢旌獎(韻)，羡門楣愈有輝光(韻)。文鸞既已登仕榜(韻)，彩鳳應求入洞房(韻)。〔合〕相當(韻)，正合做坦腹東牀(韻)。〔羅卜唱〕

【中吕宫正曲·古輪臺】籌量(韻)，這姻盟翻成悶腸(韻)。〔院子、張媒婆白〕官人，〔唱〕豈不念百歲和諧(句)，婦隨夫倡(韻)。欲叩空王(韻)，爭忍使鸞孤鳳曠(韻)。〔羅卜唱〕痛憶慈親(句)，在何處那方(韻)？昊天罔極痛堪傷(韻)，欲仗佛度慈航(韻)。我已畫儀容帶往西方(韻)，叩佛垂濟(句)，釋冤滅罪(句)，虔誠稽顙(韻)。〔合〕我檢點辦行裝(韻)，向西天往(韻)，堅心爲母叩蓮邦(韻)。〔院子、張媒婆白〕聽官人如此說來，這姻親之事，竟是不成的了。〔張媒婆白〕就是要往西天去，何不做了親之後，再去也未遲。〔羅卜白〕說那裏話來。我今整頓行裝，明早即便起程了。〔院子、張媒婆白〕雖是如此說，這百歲姻緣，也是一樁

大事。〔羅卜白〕人各有志，豈可强求。我主意已決，不必多言矣。〔唱〕

【慶餘】誠心救母無他向(韻)，〔院子、張媒婆唱〕倒做了水溢藍橋路渺茫(韻)，〔羅卜唱〕一任梅花白主張(韻)。〔白〕你二人且在此少待。〔從下場門下。張媒婆白〕總是老爺當日差了，有這樣一位千金小姐，怕没有門當户對的？相攀親事，怎麽揀選箇念佛人家結起親事來？當日差了毫釐，此時失之千里。〔末扮益利，戴羅帽，穿屯絹道袍，繫鑾帶，帶數珠，持庚帖，從下場門上，白〕小姐庚帖在此，多多上覆老爺、夫人，我家小官人一言已決，再無别説。你二人請回罷。〔作付庚帖科，仍從下場門下。院子白〕正是：夜静水寒魚不餌，〔張媒婆白〕滿船空載月明歸。〔虛白，仍同從上場門下〕

## 第十齣　家人緑酒正開懷（蕭豪韻）

〔外扮曹獻忠，戴紗帽，穿蟒，束玉帶，從上場門上，唱〕

【中呂宮引・青玉案】花衢酒市生寒峭(韻)，九陌千門歡笑(韻)。錦繡乾坤同覆幬(韻)。玉壺清漏(句)，仙韶新調(韻)，共道春光好(韻)。〔中場設椅，轉場，坐科，白〕帝里韶光慶屢豐，五侯池館醉春融。我今白髮三千丈，羞對紅香廿四風。下官曹獻忠，南耶王舍城人氏，前任户部侍郎，昨蒙聖恩，陞授大司馬。夫人胡氏，不幸早亡，繼室張氏。前妻所生一子曹文兆，現在黌門；女唤賽英，曾許義官傅相之子傅羅卜爲婚。雖然久訂姻盟，尚未過門配偶，這也不在話下。今遇元宵佳節，已曾吩咐安排酒筵，合家翫賞。〔雜扮四院子，各戴羅帽，穿屯絹道袍，繫鑾帶，從兩場門分上。一院子白〕稟老爺，酒筵俱已完備。〔曹獻忠白〕請夫人、公子、小姐上堂。〔院子作向下傳請科。小旦扮張氏，戴鳳冠，穿蟒，束玉帶，從上場門上。雜扮四梅香，各穿衫、背心，繫汗巾，隨上。張氏唱〕

【又一體】冰輪桂魄離雲嶠(韻)，誰人把酴醾雪掃(韻)。〔曹獻忠起，作相見科，場上設椅，各坐科。小生扮曹文兆，戴巾，穿氅，從上場門上，唱〕佳節元宵年正少(韻)。〔旦扮曹賽英，穿氅，從上場門上，唱〕銀蟾窺鏡句，燭龍銜曜韻，早向金閨照韻。〔各作拜見科，場上設椅，各坐科，分白〕帝里烟花千萬重，鼇山火樹燦春風。玉蟾光映層霄迥〔同白〕人物嬉遊瑞靄中。〔曹獻忠白〕夫人，且喜臘盡春初，又遇元宵佳節，莫虚良會，共酌傳柑。我兒把盞。〔曹文兆應科，白〕看酒來。〔各起，隨撤椅，場上設席，曹文兆作定席畢，各坐科。院子、梅香向下取酒，隨上，作送酒科。衆同唱〕

【中吕宫正曲・山花子】月華燈影連天皎韻，欣逢讌賞良宵韻。望團圞家慶喜相遭韻，進瑶觴笑酌仙醪韻。〔合〕六街中笙歌湧濤韻，催花十八檀板敲韻。香浮繡簾蘭麝飄韻，人在蓬壺韻，此樂陶陶韻。〔内吹打【鬧元宵】科，曹獻忠白〕夫人，你看街市上燈火喧闐，笙歌鼎沸，吩咐丫鬟們，移席到樓上，大家賞翫一回。〔張氏白〕最好。衆丫鬟後樓整備。〔各作出席，隨撤席科，後場設樓，衆作上樓觀燈科，同唱〕

【又一體】玉樓翡翠凭闌眺韻，鋪摇火樹星橋韻。聽春冰鐵馬響金鐃韻，看鼇山寶炬前摇韻。〔合〕六街中笙歌湧濤韻，催花十八檀板敲韻。香浮繡簾蘭麝飄韻，人在蓬壺讀，此樂陶陶韻。〔雜扮衆看燈男婦，各戴巾、氈帽，穿各色道袍、衫，同從上場門上，坐地隨意發諢看燈科。雜隨意扮衆雜技，同從上場門上，各隨意發諢科，同從下場門下。衆看燈男婦虚白，亦從下場門下。曹獻忠、張氏、曹文兆、曹賽英唱〕

【中吕宫正曲・大和佛】竹馬兒童拎錦縧韻，霓裳舞《六么》韻。昇平樂事鬨和鬧韻，仕女戲相調韻。飛丸擲槊多奇妙韻，嘯歌聲沸浙江潮韻。一任穿花讀踏月通宵杳韻，並不怕金吾知了韻。

〔合〕消停坐(句)，待吹落鈞天碧玉簫(韻)。〔各作下樓，隨撤樓科，衆同唱〕

【慶餘】金鷄初唱天將曉(韻)，月淡星稀轉斗杓(韻)。〔一院子白〕稟老爺，天將明了。〔曹獻忠白〕準備上朝去。〔院子應科。曹獻忠唱〕但願年年人月似今宵(韻)。〔衆同從下場門下〕

# 第十一齣 奉旌功匆匆就道(先天韻)

〔雜扮四從人，各戴馬夫巾，穿蟒、箭袖、卒褂，執儀仗，引生扮黄門官，戴紗帽，穿圓領，束金帶，捧聖旨，從上場門上，衆遶場科，同唱〕

【黄鐘宫正曲·出隊子】恩頒三殿(韻)，五色天書御墨鮮(韻)。一朝海内靖烽烟(韻)，金帛齎將犒邊(韻)。〔合〕戰士争看(讀)，皇命布宣(韻)。〔作到科，一從人白〕旨意下。〔内奏樂，雜扮四院子，各戴羅帽，穿屯絹道袍，繫鑾帶，引外扮曹獻忠，戴紗帽，穿蟒，束玉帶，從上場門上，作出門跪迎科。黄門官作進門科，白〕聖旨已到，跪聽宣讀。奉天承運，皇帝詔曰：國政莫大於禦戎，軍機必先於足食。兹者李晟等，奮志忠勇，殲除逆賊，恢復邊疆，朕心嘉悦。特命兵部尚書曹獻忠，齎御袍一襲、寶劍一口、名馬二十匹、彩緞千端、餉銀三十萬，前往賞功，兼宣朕嘉賚至意。欽哉謝恩！〔内奏樂，曹獻忠作謝恩，隨接旨付院子科，白〕有勞天使降臨，未曾遠迎，多有得罪。〔黄門官白〕老大人，此去一路風霜，須是耐煩。〔曹獻忠白〕此乃臣子職分之事，當得如此。〔黄門官白〕告回復命。〔曹獻忠作送出門科，白〕宣澤豈辭千里遠，〔黄門官白〕成功均喜萬方寧。〔四從人引黄門官仍從上場門下。曹獻忠作進門科。雜扮四梅香，各穿衫、背心，繫汗巾。小生扮曹文兆，戴巾，穿氅。旦扮曹賽英，穿氅。引小旦扮張氏，戴鳳冠，穿蟒，束玉帶，從下場門上。張氏白〕相公，聖旨怎麼道來？〔曹獻忠白〕且喜李令公平服李希烈，邊宇已得清寧。皇上命我齎賜御袍、寶劍、名馬、銀緞等物，前往賞功。君命不宿於家，就此登程。〔張氏白〕相公，爲臣固當盡忠，爲子尤當盡孝。我兒，你須隨侍爹爹一同前去。〔曹文兆應科，仍從下場門下，換蟒、箭袖、排穗，佩劍，隨上。張氏白〕看酒來，與老爺餞行。〔場上設席，張氏作送酒科，唱〕

【越調正曲·憶多嬌】皇命宣(韻)，去遠邊(韻)，執手相看各黯然(韻)，此日端征何日旋(韻)？〔衆同唱合〕願早着歸鞭(韻)，早着歸鞭(疊)，免使心懸意懸(韻)。〔曹賽英唱〕

【又一體】雨淚漣(韻)，心掛牽(韻)，惟慮椿庭衰邁年(韻)，跋涉長途山與川(韻)。〔衆同唱合〕願早着歸鞭(韻)，早着歸鞭(疊)，免使心懸意懸(韻)。〔雜扮徐祥、許茂，各戴羅帽，穿屯絹道袍，繫鸞帶，同從上場門上，唱〕

【越調正曲·鬬黑麻】將士趨承(讀)，門牆鬧喧(韻)。劍戟凝霜(讀)，旌旗蔽天(韻)。〔同作進門跪科，白〕禀上老爺，五營兵將，齊集外廂，專候老爺起程。〔唱〕一箇箇齊執鋭(句)，盡披堅(韻)，護從隨行(讀)，候將令傳(韻)。〔曹獻忠白〕你二人可隨我同往邊庭。〔徐祥、許茂應科。曹獻忠唱合〕離情萬千(韻)，從今各一天(韻)。跨馬登程(句)，跨馬登程(疊)，難教滯延(韻)。〔白〕夫人、我此行呵，〔唱〕

【又一體】竭盡微軀(讀)，忠心報捐(韻)。爲國忘家(讀)，古人有言(韻)。〔張氏白〕老爺今爲王命遠行，家中可有甚麼吩咐？〔曹獻忠白〕夫人，家中一切事務，你自能料理。惟有女孩兒自幼失母，蒙你撫養成人，向者許婚傅氏，已經多年。前遣院子、媒婆前去，催其擇吉完姻，不想他立志修行，要往西天見佛救母，竟把庚帖送還，力辭婚媾。我爲此事，心中不無牽掛。〔張氏白〕女孩兒雖已及笄，還可少待時日。且待老爺回來，再爲商議便了。〔曹獻忠白〕也說得是。〔唱〕怎能彀招佳壻(句)，遂良緣(韻)，盼望佳期(讀)，何日紅絲締牽(韻)？〔合〕離情萬千(韻)，從今各一天(韻)。跨馬登程(句)，跨馬登程(疊)，難教滯延(韻)。〔衆作拜别科，同唱〕

【慶餘】看馬前頭一隊隊牙旗建(韻)，同仰望欽差風憲(韻)。此去旌賞勞功，好將那德化宣(韻)。〔張氏、曹賽英、梅香、院子同從下場門下。曹獻忠、曹文兆、徐祥、許茂作出門科。雜扮八將官，各戴將巾，穿蟒、箭袖、排穗，持標鎗。雜扮二中軍，各戴中軍帽，穿中軍鎧，從兩場門分上。同白〕護從老爺賞軍的衆將官、衆軍校，與老爺叩頭。〔曹獻忠白〕衆將官，我今欽蒙皇命，速赴邊疆，旌功賞能，務須晝夜兼行，切莫有悮欽限。但所過地方，不得騷擾民間，如違重究。就此起馬。〔衆應科。雜扮二馬夫，各戴馬夫巾，穿箭袖、卒褂，牽馬。雜扮傘夫，戴馬夫巾，穿箭袖、卒褂，執傘。同從上場門上。曹獻忠、曹文兆各作乘馬科，衆遶場科，同唱〕

【雙調正曲·朝元令】綵旌繡旆(韻)，高逐天風捲(韻)。雕鞍錦韉(韻)，不憚王程遠(韻)。過曲岸長堤(句)，晴郊芳甸(韻)，暖送春風拂面(韻)。看雲拖匹練(韻)，鎖青山一行斷復連(韻)。桑柘滿郊原(韻)，烟村夕照邊(韻)。〔合〕人民安宴(韻)，喜今日太平重見(韻)，太平重見(疊)。〔同從下場門下〕

## 第十二齣　臨絕命草草託孤（蕭豪韻）

〔小旦扮劉巫雲，穿衫，從上場門上，唱〕【越調引・風馬兒】盼望良醫心轉焦(韻)，嚴親病臥昏朝(韻)。〔老旦扮乳母，穿老旦衣，從上場門上，唱〕聽烏鴉(讀)不住簷前叫(韻)，吉凶未卜(句)，心憂戚意煎熬(韻)。〔場上設椅，各坐科，劉巫雲白〕衰年老病苦難支，幼女無依念在茲。〔乳母白〕老健春寒秋後熱，縱然熬得没多時。小姐，我家老員外，掙下萬貫家私，不想染成一病。數月以來，茶飯減少，骨瘦如柴，日重一日，如何是好？〔劉巫雲白〕奶娘，奴家正爲爹爹這兩日身子越加沉重，恐怕不濟事了，怎生是好？〔乳母白〕老身已喚文童，再去請箇醫生到來，診脈調治。小姐，你我去且扶他出來坐坐。〔劉巫雲虛白，各起，隨撤椅科。劉巫雲白〕爹爹，扶你到外廂來坐坐。〔作扶外扮劉廣淵，戴巾，紥包頭，穿道袍，繫腰裙，從上場門上，唱〕

【又一體】老病垂危難打熬(韻)，捹得箇委蓬蒿(韻)。歎閨中(讀)幼女無依靠(韻)，尋思就裏(句)，身外事總虛囂(韻)。〔場上設桌椅，各坐科，劉廣淵白〕老夫劉廣淵，一生篤信長厚，掙下家私頗饒。老年無子，只生一女，小字巫雲。荆妻棄世，巫雲幼隨乳母過活，尚未許配人家。我有一族妹，嫁在傅門，乃是良善人家。不料年來，他夫妻雙雙相繼而亡。還有一族弟劉賈，連日也不來看我。不料我一病如此，若有差池，但是此女，教他依靠何人？〔劉巫雲白〕爹爹是病中之軀，請自寬心。今日身子可好些麽？〔劉廣淵白〕比昨日更覺沉重。〔乳母白〕老員外，我教人請醫生去了。〔劉廣淵白〕就喫藥，只怕也不中用的了。〔乳母白〕老員外不要愁煩，病中第一要耐煩些，切莫思前想後。藥是要喫的，若是不喫藥，怎生得這病好。〔劉廣淵唱〕

【雙調正曲·朝元令】岐黄謾勞(韻)，痼疾如何療(韻)？參苓謾調(韻)，衰體應難保(韻)。〔乳母、劉巫雲唱〕須要遍覓良醫(句)，自能奏效(韻)，會看二豎潛消(韻)。〔劉廣淵白〕我兒，做爹爹的就是放不下你。〔乳母白〕老員外，小姐雖是年小，也不須只管記掛在心。〔唱〕少不得(句)咏桃夭(韻)，姻緣定應鵲駕橋(韻)。不用恁心焦(韻)，自有乘龍佳壻招(韻)。〔合〕可惜無親相靠(韻)，悲悲歎歎(讀)，思之悲悼(韻)，思之悲悼(疊)。〔丑扮文童，戴網巾，穿道袍，繫鑾帶，引副扮駝醫生，戴巾，穿道袍；雜扮背藥箱人，戴氊帽，穿喜鵲衣，繫腰裙，背藥箱，同從上場門上。駝醫生唱〕

【雙調正曲·字字雙】學生醫道果然高(韻)，包好(韻)。〔文童唱〕招牌年久字全消(韻)，落掉(韻)。〔駝醫生唱〕我夏天慣賣暖臍膏(韻)，〔文童唱〕胡鬧(韻)。〔駝醫生唱合〕消食丸散哄兒曹(韻)，〔文童唱〕騙鈔(韻)，騙鈔(疊)。〔駝醫生白〕小哥，不是騙鈔，這是我們背藥箱的家傳。〔文童白〕此間是了，請少待。〔作進門科，白〕奶娘，駝先生請到了。〔向乳母白〕請進來。〔劉巫雲從上場門下。文童作出門引駝醫生進門，背藥箱人隨進，放藥箱科，文童從下場門下。乳母白〕先生，老員外是年高的人，病了兩箇月了，請先生看看脈，看病勢如何。〔駝醫生虛白，作診脈科，唱〕

【雙調集曲·金馬朝元令】【金字令】〔首至六〕渾身火燒韻，胸膈多煩躁韻。一息怎熬韻？肌肉全消耗韻。〔向乳母白〕脈却没有了，快些打點，辦理後事要緊，只在今日明朝了。〔唱〕縱使仙曹韻，難施藥妙韻。〔劉廣淵白〕先生怎麽説？〔乳母白〕先生説不妨事。〔駝醫生白〕可憐這老人家是箇好人，我也時常承他老人家看顧的。〔唱〕【五馬江兒水】〔三至五〕歎斯人斯疾句，似蕙草霜凋韻，我也不禁淚珠拋韻。〔白〕不必喫藥了，急忙早備後事罷。〔唱〕【朝元令】〔十至合〕這病症費推敲韻，便盧醫也難效韻。〔作出門科，從下場門下，背藥箱人隨下。乳母作請劉巫雲從上場門上，設椅坐科。副扮劉賈，戴巾，穿道袍，從上場門上，唱〕【金字令】〔合至末〕我爲族兄病倒韻，未審他吉凶何兆韻，因此登門問消耗韻。〔作進門相見，設椅坐科，白〕大哥，你病體可好些麽？〔唱〕

【雙調正曲·朝元令】看他蕭踈鬢毛韻，似病鶴雙翎槁韻。〔劉廣淵唱〕神魂蕩摇韻，如柳絮隨風攪韻。〔劉賈白〕大哥用心調理。〔劉廣淵白〕兄弟，多謝你來看我。〔唱〕堪歎我舉目煢煢句，難禁悲悼韻。堪歎身如秋草韻，命若鴻毛韻，黄泉路渺也不憚遥韻。〔劉賈白〕大哥，還望你好，怎講這話？〔劉廣淵唱〕四大不堅牢韻，人生水上泡韻。〔白〕我死也索罷了，只是我這苦命的女兒，未許人家，無人照看。〔劉巫雲作哭科，劉廣淵唱合〕可惜無親相靠(韻)，悲悲歎歎(讀)，思之悲悼(韻)，思之悲悼(疊)。〔白〕兄弟，我有一椿緊要之事，一向要對你說。你哥哥年老無子，只有這箇女兒。今日病危，要將你姪女托你照管。所有家私，你可分取一半。留取一半，與我孩兒，日後長大成人，全要賴你聘嫁。〔劉賈白〕哥哥，我劉賈從來不做瞞心昧己、負義的人，哥哥以姪女相托，自當視同親生一般，豈有分取一半家私的道理。〔劉廣淵白〕兄弟，難得你如此好心。我兒，過來拜了叔父。〔劉巫雲作拜科，乳母、劉巫雲同虛白，作扶劉廣淵出桌，隨撤桌椅科。劉廣淵白〕兄弟，〔唱〕

【雙調正曲·海棠賺】你是箇仁義英豪(韻)，不負我臨終語絮叨(韻)。若得他締鸞交(韻)，我便孤魂埋葬在荒郊(韻)，倘是能知曉(韻)，却也瞑目黄泉念慮消(韻)，感你不負同宗情義高(韻)。〔白〕兄弟，自今以後，你當視爲嫡女。兒，你日後長大成人，嫁到人家去時呵，〔唱〕須念我劬勞(韻)，你逢時好把墳塋掃(韻)，〔白〕我在泉下，〔唱〕掀髯一笑(韻)，掀髯一笑(疊)。〔白〕我這一會心上慌的緊，汗又澆下來了，可扶我進去。〔乳母、劉巫雲作扶劉廣淵從下場門下，劉賈虛白科。乳母仍從下場門急上，白〕不好了，員外棄世了。〔劉賈白〕住了，你們且不要哭，可去取出些銀子來，快些置買棺槨，備辦後事要緊。〔乳母向下取銀，隨上，付劉賈科，白〕這是白銀一百兩。二官人，快些料理料理。〔劉賈接銀作出門科，白〕正是：人生在世如春夢，一旦無常萬事休。〔仍從上場門下。乳母白〕你看這人將來到底不好。〔唱〕

【慶餘】他來探取這凶音耗(韻)，豈便可將他倚靠(韻)？只恐怕惡計謀爲，這家私有動搖(韻)。〔從下場門下〕

# 第七本卷下

## 第十三齣　搜空篋弱息飄零（寒山韻）

〔小旦扮劉巫雲，穿衫，從上場門上，唱〕

【南吕宮引·臨江梅】覽鏡年華驚暗换(叶)，愁多減却朱顔(韻)。〔老旦扮乳母，穿老旦衣，從上場門上，唱〕繡幃相伴怯春寒(韻)，〔劉巫雲仝唱〕幽恨漫漫(句)，珠淚潸潸(韻)。〔場上設椅，各坐科，劉巫雲白〕【天仙子】碧雲冉冉蘅皋暮，彩筆空題腸斷句，欲遣閒愁遣不得。〔乳母白〕下珠簾，掩鏡户，沉沉惟有春知處。〔劉巫雲白〕奴家劉氏，小字巫雲，年將二八。命蹇孤單，幼年喪母，如今老父又喪，將我付託遠房族叔劉賈，照看家務。誰知他欲占家私，百般淩逼，好生懊惱人也。〔乳母白〕小姐，你且耐煩些，再做道理。〔劉巫雲白〕保姆，我那族叔呵，〔唱〕

【南吕宮正曲·瑣窗寒】他胸中久蓄神奸(韻)，假做慇懃將鬼瞞(叶)。只道水源木本(讀)，護惜孤孱(韻)，誰知鯨吞虎踞(讀)，横行里閈(韻)。倒把人親生女視同冰炭(韻)。〔合〕前番(韻)，原來引寇自開闗(韻)，眼見得一朝占去家産韻。〔副扮劉賈，戴巾，穿道袍，從上場門上，白〕爲仁不富，爲富不仁。我劉賈，爲因我族兄無子，止生一女。且喜他臨終的時節，將女兒託我照看。一應田地我都收管過了，還有這些家資，叵耐這妮子，自家霸占，不肯與我收管。我今日特來尋他些事端，即便趕他出去便了。〔作到進門科，劉巫雲起白〕叔叔，我父親掙下這許多家資，他雖無子嗣，我做女兒的，也該應得的。你怎生不念親情骨血，都已强占了去，今日又來做甚麼？〔劉賈白〕這所宅子，不是家資麼？你是女生外向，怎麼有這房子與你住？快搬出去。〔劉巫雲白〕叔叔，你還道我有甚金銀藏在家裏，故此要趕我出去？如今隨你搜便了。〔劉賈白〕我也不消搜得，只是與我快快搬出去。〔乳母白〕二官人，小姐是未出閨門的女兒。老員外在日，何等樣愛惜他，如今要趕他出去，教他往那裏去？〔劉賈白〕門前那些破屋，難道住不得麼？〔乳母白〕二官人，我家老員外，掙下這偌大家資，止牛得這點骨肉，反要趕他到破屋裏去住，於心何忍！〔劉賈作怒科，白〕誰要你多嘴。〔唱〕

【又一體】歎吾兄子嗣多艱韻，苦積貲財也等閒韻。兄終弟及讀，大義如山韻。〔乳母白〕你是老員外族中兄弟，小姐乃是老員外嫡親女兒。〔劉賈白〕自古道：女生外向。〔唱〕論無兒伯道讀，我是劉氏親枝血榦韻，肯把文姬作蔡家人算叶？〔乳母白〕如今小姐尚未出嫁，怎麼説是外向。〔劉賈白〕你這老賤人，敢在我跟前摇唇鼓舌。〔唱合〕此番韻，和你没交關韻，那容潑賤强悍韻。〔作趕打乳母科，劉巫雲作攔勸科，白〕叔叔請息怒，何消打他。我就讓這所宅子與叔叔便了。只是我不出閨門的女流，教我往那裏去？ 那花園空閒着，只算借我住住如何？〔劉賈白〕這也罷了，只是宅子內，一草一木，都是我的，不許你拿出去。〔乳母白〕小姐自己的粧奩，難道也不容他帶去？〔劉賈白〕這箇我也要搜檢過了，纔許拿出去。〔劉巫雲唱〕

【南呂宮集曲·瑣窗郎】【瑣窗寒】（首至四）我伶仃一女形單韻，没依靠緣命慳韻。〔白〕爹爹，〔唱〕你招災惹禍讀，把我斷送兒頑韻，將我篋笥讀、粧臺搜看韻。【賀新郎】（八至末）拚把家私都讓伊承管叶，荒徑裏句，共愁歎韻。〔乳母向下取粧奩、書籍隨上，劉賈作檢查科，白〕這些都讓你拿去，只是這書籍，都是我哥哥的，怎麽也拿去了？〔劉巫雲白〕奴家一生不愛金銀，雅好文墨，這些書便讓與奴家罷。〔劉賈白〕若論這些書籍，我左右用不着，便與了你，也要曉得我的好處。〔唱〕

【又一體】我將伊骨肉相看韻，把黄卷付雲鬟韻。〔乳母白〕這也是虧殺你不識他，所以不用。〔劉賈白〕怎麽虧殺我不識他？〔乳母唱〕若知書識字讀，腹有文翰韻，怎肯便把骨肉讀周親廝趕韻。〔劉巫雲白〕保姆，我們不要與他對嘴，快些去罷。〔唱〕拚把家私都讓伊承管叶，荒徑裏句，共愁歎韻。〔從下場門下，乳母隨下，劉賈白〕且喜他搬去了，只是粧奩裏面，還有許多金珠首飾，不曾留得他的，這便怎麽處？ 有了，另日再叫人偷他的來便了。巫雲，〔唱〕

【尚按節拍煞】非吾狠毒施謀幹韻，只爲與兒孫置産韻，須信道財要尋人也不難韻。〔從下場門下〕

# 第十四齣　飽老孝賢甥窘辱（東鍾韻）

〔生扮羅卜，戴巾，穿道袍，帶數珠，從上場門上，唱〕

【中吕宫正曲・粉孩兒】哀哀的讀殯先靈入墓塚韻，淚潸潸哽咽讀，腸斷悲痛韻。空宵寂寞夢裏逢韻，醒來時冷雨淒風韻。〔白〕想我母親，皆因聽信讒言，一時錯念，造作多般罪業，今蒙觀音大士垂慈點化，若要解脱母難，免受重泉之苦，必須即往西天，求佛救度，方得釋罪消災。我便送母歸山，當即日起身前往。〔唱合〕辦西行浮踪浪跡句，虔誠念救親爲重韻。〔白〕我不免進内檢點行李，即便起程便了。〔從下場門下。副扮劉賈，戴巾，穿道袍，從上場門上，唱〕

【中吕宫正曲・紅芍藥】鑽街鼠句，剔透玲瓏韻，貪婪性斷絶親朋韻。慣使强梁逞豪横韻，紮火囤尋頭覓縫韻。〔白〕我劉賈平日最在銀錢上做工夫的，不想我的族兄掙下偌大的家私，忽爾一病身亡了。又無兒子承受，止生得一箇女兒，年紀幼小，却被我盡行霸占，那顧人倫，豈非是天賜我這場富貴也。只是可惱外甥傅羅卜，甚是可惡。我家姐姐死了，奈我在外貿易，所以不曾去得，誰料他竟自出了殯了，也不來通知我。這畜生全不以親長在眼裏。我着實氣他不過，今日去與他廝鬧一場。他若是自知情虚，拿些什麽東西孝敬孝敬，我只怕纔肯饒他。〔唱〕我尋思㊁，此事怎放鬆㊀？去和他一場喧閧㊀。〔合〕除非是禮物通融㊀，則除他錢財多奉㊀。〔作到進門科白〕裏面有人麽？〔羅卜從上場門上，唱〕

【中吕宫正曲·耍孩兒】剥啄何人聲相閧㊀，〔末扮益利，戴羅帽，穿屯絹道袍，繫鑾帶，帶數珠，從上場門上，唱〕因甚頻呼唤㊁？疾忙的揭取簾櫳㊀。〔劉賈作怒科，白〕怎麽叫了半日，並無人來接待麽？〔羅卜作相見科，白〕原來是娘舅來此，請到裏面坐。〔益利白〕舅爺來了，看茶。〔劉賈白〕我今日有句説話，特來講講。〔羅卜白〕娘舅，念外甥爲母喪守制，屢次奉請，因你遠出，未曾爲禮，今幸駕臨，伏乞恕罪。〔劉賈白〕你是貴家公子，何罪之有！〔羅卜白〕娘舅，〔唱〕念慈親㊁，一朝命斷南柯夢㊀。男不肖㊂，罪孽多深重㊀，〔合〕但提起心酸痛㊀。〔劉賈作怒科，白〕我要請教你，你母親既得了暴病而亡，我因出外生理，所以不曾來得，你既然揀了出殯的日子，怎麽偏偏打聽我病了的時節，就要出殯？其中必有緣故，甚是欺我。〔羅卜白〕娘舅請息怒，外甥豈有私心，敢爲欺誑？况曾着人奉請過幾次的。〔益利白〕老奴也曾請過好幾次的。〔劉賈白〕一派荒唐，誰來信你！〔唱〕

【中吕宫正曲·會河陽】聽汝言詞㊂，令人怒沖㊀，將虚情套禮假謙恭㊀。難容㊀，逞口内波瀾㊂，舌根劍鋒㊀，强分辯胡廝弄㊀。〔羅卜、益利唱合〕請停嗔㊁，容細細把情原控㊀。休傷㊁，甥舅的情深重㊀。〔劉賈白〕我也和你講不出什麽道理來，與你到當官去告理，你該應把母舅欺淩藐視

麽？〔羅卜、益利白〕請息雷霆之怒，不須如此，還是看先人之面罷。〔劉賈白〕多講。〔唱〕

【中呂宮正曲·縷縷金】難寬恕(句)，怎相容(韻)。藐視尊行也(句)，我恨無窮(韻)。〔羅卜、益利唱〕還望停嗔怒(句)，願甘陪奉(韻)。〔劉賈唱〕怪伊行將我廝欺弄(韻)，〔合〕扭向官前控(韻)，扭向官前控(疊)。〔丑扮劉保，戴小兒巾，穿道袍，從上場門上，唱〕

【中呂宮正曲·越恁好】急忙前去(句)，急忙前去(疊)，去勸阿家翁(韻)。〔白〕自家劉保的便是。可笑我家父親，近日已曾謀占了族中大爺的家私，如今又想訛詐傳表兄，與他廝鬧。爲此我特地到來，勸他回去。來此已是了，不免進去。〔作進門虛白科。劉賈白〕你這没理的畜生，我不與你干休。〔唱〕你欺吾懦弱(句)，視木偶一般同(韻)。〔羅卜、益利白〕這却怎敢？總求寬恕。〔劉保白〕老爺子，你好胡鬧。表兄是箇老實人。〔唱〕莫教有污玷家風(韻)，惹人譏諷(韻)。〔劉賈白〕誰要你多管。〔羅卜白〕表弟來的恰好，望你勸勸。〔劉保白〕這箇着我。〔劉賈白〕閃開，和你到官去講論。〔劉保虛白發諢科。羅卜、益利白〕請娘舅回去，容當到府叩謝。〔唱合〕望停威(讀)休得把無明動(韻)，告尊行(讀)念往日親情重(韻)。〔劉賈白〕你不來順着我，到來拗我麽？〔劉保白〕我勸你回去是正經。〔劉賈白〕什麽正經？〔劉保白〕常言道：子在父不得自專。〔劉賈白〕好畜生，這樣胡説！父在子不得自專。還虧説出這樣的話來！〔劉保虛白，作推劉賈出門科，唱〕

【中呂宮正曲·紅繡鞋】疾忙歸去如風(韻)，如風(格)，怎教至此行兇(韻)、行兇(格)。使僫𢡟(句)，逞威雄(韻)。思金帛(句)，想抽豐(韻)。〔合〕把妄想(句)，一場空(韻)。〔劉賈、劉保隨意發諢科，同從下場門下。羅卜、益利唱〕

【慶餘】無端惹却閒相鬨(韻)，冷暖由他厮弄(韻)。〔羅卜唱〕我速整行裝辦西行虔意竦(韻)。〔同從下場門下〕

# 第十五齣　度危橋惡鬼驅行（古風韻）

〔場上設金橋、銀橋、奈河橋科。雜扮四皂隸鬼，各戴皂隸帽，穿箭袖，繫皂隸帶，持器械，引丑扮三河主簿，戴紥紅紗帽，穿圓領，束金帶。雜扮執扇鬼卒，戴鬼髮，穿箭袖，繫搭包，執扇，隨從右旁門上。主簿唱〕

【雙調正曲・普賢歌】官居主簿在幽冥韻，掌管三河頗有聲韻。過金橋的款款登韻，過銀橋的穩穩行韻，〔合〕過奈河橋的教他受極刑韻。〔白〕自家原是汴州刑房書吏，從來出入公門，周全人的性命。夏間在監中施藥，冬間在監中捨薑湯。慘遭李希烈造反，死在亂軍之中。閻羅說我在生並無過惡，委我做箇管河主簿，執掌三河，但有亡人到此，都要照驗施行。手下，用心看守橋梁者。〔衆皂隸鬼應科，仍同從右旁門下。雜扮五長解鬼，各戴鬼髮、額，穿蟒、箭袖、虎皮卒褂，繫虎皮裙，持器械，帶旦扮劉氏魂，穿舊衫，繫腰裙，從右旁門上。長解都鬼唱〕

【高大石調正曲・窣地錦襠】潑婦一路受愆尤韻，教你修時不肯修韻。〔劉氏魂唱〕夕陽西下水東流韻，〔合〕野草閒花滿地愁韻。〔長解都鬼白〕前面是三河渡口，有奈河橋，要你潑婦受罪。〔劉氏魂白〕請問長官，何謂奈河橋？〔長解都鬼白〕這惡婦不知，那奈河橋中，有的是銅蛇、鐵犬，慣會殘人身體。受過了千般苦楚，又被業風吹成活鬼，仍往前途受罪。不善之人，必須要過此橋。〔劉氏魂白〕長官，只怕難過。〔長解都鬼白〕陰司法度，誰敢容情。〔作到科，一皂隸鬼從右旁門上，白〕那裏來的鬼犯？〔長解都鬼白〕相煩通報，劉氏帶到了。〔皂隸鬼虛白通報科，三皂隸鬼引主簿從右旁門上。場上右側設公案、桌椅，入桌坐科。五長解鬼帶劉氏魂跪見科，長解都鬼呈公文，主簿作看科，白〕原來傅門劉氏，乃是作惡之人，與我打着。〔內白〕善人到。〔皂隸鬼禀科，主簿白〕善人既到，可將惡人鎖在那邊，待我慢慢勘問。〔五長解鬼作帶下劉氏魂科。雜扮金童，戴紫金冠，穿氅，繫絲絛，執旛。雜扮玉女，戴過梁額、仙姑巾，穿氅，繫絲絛，執旛。引三善人：末扮段秀實，戴紗帽，穿圓領，束金帶；生扮鄭賡夫，戴巾，穿道袍；旦扮陳桂英，穿衫，從右旁門上，同唱〕

【越調正曲·憶多嬌】紅靄霏(韻)，紫氣垂(韻)。導引幢旛仙樂隨(韻)，片片雲霞飛襲衣(韻)。〔合〕大義無虧(韻)，大義無虧(疊)，超入在恩榮隊裏(韻)。〔作相見科，金童呈公文，主簿作看科，白〕原來忠臣、孝子、節婦，俱是爲善之人。拚死一身輕似葉，孝名千古重如山。〔三善人白〕非欲做番驚世事，各知求箇此心安。〔主簿白〕就與掛號。〔作寫公文，仍付金童科，白〕請過金橋。〔三善人白〕多謝尊神。〔唱〕

【雙調集曲·江頭金桂】【五馬江兒水】（首至五）須要是扶持名教(韻)，休似那貪生畏死曹(韻)。〔滚白〕想人生世上，爲臣的死忠，爲子的死孝，爲妻的死節。〔唱〕今日裏聲聞宇宙(句)，氣薄雲霄(韻)，好名兒向青史標(韻)。〔作到金橋科，金童、玉女白〕請善人登橋。〔作引三善人同上金橋科，三善人唱〕【金字令】

〔五至九〕請吾曹登此金橋韻，把金河過却韻。從此超昇天府句，擢用天曹韻，永享天宮樂事饒韻。〔作過橋科，金童、玉女引從左旁門下。場上撤金橋，現銀橋科。主簿、衆皂隸鬼唱〕【桂枝香】〔七至末〕歎人爲善好韻，善人堪表韻。〔合〕到今朝韻，方顯是善人自獲天相佑句，不枉陽間走一遭韻。〔主簿白〕帶劉氏過來。〔五長解鬼帶劉氏魂跪見科。劉氏魂白〕老爺後來的先去，先來的倒不發落。老爺斷事不公了。〔主簿白〕好惡婦，你倒説我的不是，與我着實的打。〔内白〕善人到。〔主簿白〕將惡婦仍鎖在那邊。〔劉氏魂白〕可憐見，先發落我罷。〔五長解鬼作帶下劉氏魂科。雜扮金童，戴紫金冠，穿氅，繫絲縧，執旛。雜扮玉女，戴過梁額、仙姑巾，穿氅，繫絲縧，執旛。引三善人：净扮僧明本，戴僧帽，穿僧衣，繫絲縧，帶數珠；生扮道貞源，戴道巾，穿水田道袍，繫絲縧，帶數珠；老旦扮尼貞静，戴僧帽，穿老旦衣，繫絲縧，帶數珠，從右旁門上，同唱〕

【雙調引·玉井蓮】净土禪機韻，撒手没些泥水韻。〔作相見科，金童呈公文，主簿作看科，白〕原來是僧道尼師，也俱是樂善之人，就與掛號。〔作寫公文，仍付金童科，白〕請過銀橋。〔三善人白〕多謝尊神。〔唱〕

【雙調集曲·江頭金桂】【五馬江兒水】〔首至五〕一隊隊旛幢引導韻，行過處紆迴雲路遥韻。都則爲焚修誠篤句，道行清高韻，荷嘉言賜寵褒韻。〔作到銀橋科，金童、玉女白〕請善人登橋。〔作引三善人同上銀橋科，三善人唱〕【金字令】〔五至九〕請吾曹登此銀橋韻，把銀河過却韻。從此超昇天府句，擢用天

曹(韻)，永享天宮樂事饒(韻)。〔作過橋科，金童、玉女引從左旁門下。場上撤銀橋，現奈河橋科，五長解鬼唱〕

【桂枝香】〔七至末〕歎人爲善好(韻)，善人堪表(韻)。〔合〕到今朝(韻)，方顯是善人自獲天相佑(句)，不枉陽間走一遭(韻)。〔主簿白〕帶劉氏過來。〔五長解鬼帶劉氏魂跪見科，劉氏魂白〕後來兩起，都先過去了。可憐犯婦在此，風吹日曬。老爺再不發落，就没有慈心了。〔主簿白〕非我不發落你，且待你看看善人的榮耀。你開葷猶可，燒燬齋房，送了多少殘疾僧道的性命，都在枉死城中等着你。〔劉氏魂白〕佛語云：看盡彌陀經，念盡《大悲咒》。種瓜還得瓜，種荳還得荳。我丈夫在時，諸品經典、各樣神咒，俱已念過，到此不能得渡金橋、銀橋，這便是種瓜不得瓜，種荳不得荳了。老爺！〔主簿白〕這佛語本有八句，爲何不念後四句？〔劉氏魂白〕不記得。〔主簿白〕那是不記得，説着你的病痛。待我念來：經咒本慈悲，冤結如何救？照見本來心，做者還他受。〔劉氏魂白〕佛語曰：看經未爲善，作惡未爲怨。莫若當權時，與人行方便。爺爺，何不行箇方便？金橋料無我分，只願銀橋過去罷。〔主簿白〕你不能過此橋。〔劉氏魂白〕怎麼過不去？〔主簿白〕上等過金橋，中等過銀橋，你是下等作惡之婦，要過奈河橋。冥府長解，爾等可押着，要這惡婦過奈河橋。去到橋心，使他陷在波中，銅蛇、鐵犬自然殘其身命，又有業風吹成活鬼，仍往前殿受苦。不得有違。〔作付公文，長解都鬼接科。主簿、衆皂隸鬼仍從右旁門下，隨撤公案、桌椅科。五長解鬼帶劉氏魂遶場作到奈河橋科。劉氏魂唱〕

【仙呂宮正曲・月兒高】纔到奈河橋（韻），令人魂自消（韻）。險疑天地設（句），滑似滾油澆（韻）。犬湧千層浪（句），蛇翻萬頃濤（韻）。〔合〕當初信讒言（句），豈料有今朝（韻）。

【雙調正曲・金字令】我也曾持齋茹素（句），善果將成就（韻）。因聽兄弟言（句），〔滾白〕忽然間開葷飲酒，〔唱〕作事多差謬（韻）。今見這獨木危橋（句），成羣猛獸（韻），教我進退無門（句），落得這場僝僽（韻）。〔滾白〕有口難分，有冤難訴。〔唱〕瞻前顧後教我空淚流（韻）。〔長解都鬼白〕衆兄弟，將這惡婦鐵鎖去了，使他受銅蛇、鐵犬之苦，我們自從橋上過去罷。〔作與劉氏魂去鎖，各上橋立科。劉氏魂作上橋滑跌科，唱〕橋下水悠悠（韻），滔滔都是愁（韻）。〔合〕鐵犬搖頭（韻），銅蛇張口（韻），奈河橋兒教我怎走（韻）？〔作上橋復跌下奈河科，地井出銅蛇、鐵犬爭食科，劉氏魂暗從地井下，地井內出衣服、骷髏切末科。五長解鬼唱〕

【中呂宮正曲・駐雲飛】獨木危梁（韻），兩岸迢迢萬里長（韻）。橋上迷烟瘴（韻），橋下翻波浪（韻）。嗏（格），你行險正相當（韻），報施不爽（韻）。地獄天堂（讀），皆出在人心上（韻）。〔合〕當日箇造惡陽間把善念忘（韻），今日裏受罪陰司將業報償（韻）。〔雜扮風鬼，戴鬼髮，穿蟒、箭袖，繫肚囊，執烟旗，引劉氏魂從右旁門旋上科，風鬼從左旁門下，五長解鬼作下橋鎖劉氏魂科，同從左旁門下〕

## 第十六齣　臨遠道義奴灑泣(古風韻)

〔末扮益利，戴羅帽，穿屯絹道袍，繫鑾帶，帶數珠，從上場門上，唱〕

【中呂宮引・菊花新】辭官未已又辭婚(韻)，嗟我東君意念肫(韻)。主僕義攸存(韻)，須替取這番勞頓(韻)。〔白〕廬墓三年久，又辦西行道。牽衣問歸期，淚落沾懷抱。我東人爲因救母，欲往西天叩佛，超度老安人，免受輪迴之苦。蒙東人命我整頓行囊，今已打疊完備。我意欲稟告東人，願以此身代往，但不知小主人意下如何。且待出來，告稟則箇。〔生扮羅卜，戴巾，穿道袍，繫鑾帶，帶數珠，從上場門上，唱〕

【商調引・接雲鶴】程途迢遞路偏長(韻)，不知何日到西方(韻)。〔白〕益主管，行囊可曾齊備否？〔益利白〕已齊備了。〔作跪科，白〕益利有事告稟。〔羅卜白〕起來講。〔益利作起科，白〕益利不爲別事，所爲今日官人西行，老奴意欲替代主人前去，望祈官人依允。〔羅卜白〕參謁活佛，以救親母，豈容你代得。〔益利白〕既不容代行，益利願隨與官人同去何如？〔羅卜白〕不消如此，我家三代以來，布施齋僧，未嘗有缺。我如今遠行，並無別人可託，家中佛事，盡皆託付於你。你當依舊盡心，使我不墮先人之志，即是你一番仁義也，何用同行。〔益利白〕東人，蓋聞家主分同君父之尊，若論僕人義猶臣子之比。若以代行不允，同去不從，雖益利有報主之心，亦無用力之地，深爲慚愧之至矣！〔羅卜白〕亦不消執意而論。〔益利白〕如此益利只得從命了。〔中場設香案、帳幔，桌上掛三官堂匾科，羅卜白〕焚起香來，待我辭別神聖。〔作拈香禮拜科，唱〕

【越調集曲・山桃紅】【下山虎】（首至四）三官聖帝(句)，聽吾拜稟(叶)。爲因救母修行(韻)，暫違明聖(韻)。【小桃紅】（六至合）伏望消災眚(韻)，仰冀垂靈應(韻)。一路去登山嶺(讀)、涉水程(韻)，都獲安寧平靜(韻)也(格)，【下山虎】（八至末）看指日虔心到化城(韻)。〔合〕急把行囊整(韻)，擔母像佛經(韻)，去趲山程兼水程(韻)。〔隨撤桌、帳科，益利向下取經擔隨上，同作出門科。益利唱〕

【又一體】尋思展轉(句)，感愧交增(韻)。家主的恩難罄(韻)，如何報稱(韻)？〔白〕今日此行呵，〔唱〕愁的是登山嶺(韻)，愁的是涉水程(韻)。我欲身代往(讀)、伴途中(句)，奈兩事俱不聽(韻)也(格)，恁櫛雨梳風怎慣經(韻)？〔羅卜同唱合〕欲別成俄頃(韻)，不禁淚零(韻)，哽咽西風腸斷聲(韻)。〔益利作拜別科，唱〕

【南吕宮引・哭相思】萬種離愁萬里程(韻)，〔羅卜唱〕一頭挑母一頭經(韻)。西天見佛終須到(句)，〔益利唱〕老僕無能代主行(韻)。〔作付經擔科，羅卜作接擔科，白〕益主管，家中佛事要緊。爹娘墳上，望你照看。〔各從兩場門分下〕

## 第十七齣　三炁神慧炬揚飈（庚青韻）

〔雜扮十六火卒，各戴馬夫巾，穿蟒、箭袖、卒褂，紮火旗，執火器，從兩場門分上，跳舞畢，分侍科。浄扮火神，戴紅髮、紫金冠，紮靠，襲蟒，束玉帶，從上場門上。雜扮傘夫，戴馬夫巾，穿蟒、箭袖，繫肚囊，執傘，隨上。火神唱〕

【中呂宮引・菊花新】咸陽炬後焰還騰（韻），欲掃人間蕪穢清（韻）。驅電御雷霆（韻），誰如我赤心烈性（韻）。〔白〕吾乃丙丁離位火德星君是也。今有三台北斗神君奏達玉帝，道大唐王舍城，有一惡棍劉賈，害衆成家，天理難容，今又淩辱傳家孝子，奪取族兄家產，惡貫滿盈，速當懲以惡報。今奉玉旨，焚燒其家。火部衆神何在？〔衆應科，火神白〕就此駕雲前去。〔衆遶場科，同唱〕

【南呂調隻曲・番竹馬】欽奉靈霄勅命（韻），一霎裏下南天（讀）烈焰騰騰（韻）。走金蛇千百條（句），火勢兒（讀）隨着那風威交逞（韻）。看崑岡上（讀）玉和石無餘剩（韻），恁貪婪性本生成（韻）。儘將家計經營（韻），便金穴銅山（讀），看融化只争俄頃（韻）。昧心人（讀）恁可也猛思省（韻），到此際勢焰如冰（韻）。呀（格），奉行天討（句），好將俺烈轟轟離德昭明（韻）。〔同從下場門下。小生扮朱紫貴，戴巾，穿道袍，從上場門上，白〕鳳立高崗鳴曉日，龍潛滄海待春雷。自家朱紫貴，因父喪他鄉，蒙傅大官人施棺殯葬，已爲銘感不盡。誰知早將我岳母、妻子從賊營中贖取回來。深蒙厚德，却得骨肉相依存活；幸入黌門，今在劉賈家中教學。但其子頑劣，實難教導。況我看這劉東家，一味爲人險惡，害衆成家，如此作爲，後來必有惡報。閒話之間，不覺日已過午了，且待劉保午飯來時，必須嚴訓一番。〔場上設桌椅，轉場，入坐科。丑扮劉保，戴小兒巾，穿道袍，持書包，從上場門上，唱〕

【中吕宫正曲·越恁好】先生何日(句)，先生何日(疊)，扶病轉家庭(韻)？省得曉曉終日(句)，追功課烣閧興(韻)。這朝無奈書更生(韻)，逼人性命(韻)。〔白〕這怎麽處？呸！〔唱合〕無過是(讀)栗暴也頭皮硬(韻)，無過是(讀)吆喝也雙眸瞪(韻)。〔作相見科。朱紫貴白〕怎麽這時候纔來？〔場上設椅，劉保虛白坐科。朱紫貴白〕看《孝經》來，「始於事親，中於事君，終於立身」。〔劉保作虛白發諢科。朱紫貴唱〕

【又一體】用功勤讀(句)，用功勤讀(疊)，須把寸陰争(韻)。趁此青春年少(句)，經和史課窗燈(韻)。把心猿意馬休縱騰(韻)，潛心自省(韻)。〔合〕還須改(讀)戲耍也頑皮性(韻)，還須戒(讀)躲學也喬裝病(韻)。〔副扮劉賈，戴巾，穿道袍，從上場門上，白〕終日思財閒氣淘，上牀猶自想來朝。當家爲甚頭先白，一夜躊躕計萬條。我前日到姐姐家中，與外甥空惹一場閒氣，一些財物也不曾想到手，不料被我家這兒子去一頓胡言亂語，竟將我勸了回來，至今還氣他不過。來此已是書房了，怎麽不見用工？待我進去看一看。〔朱紫貴起隨撤桌椅科，白〕東翁來了。〔劉賈虛白，場上設椅，各坐科。劉保白〕爹，我念了幾年書了？〔劉賈白〕整整有三年了。〔劉保白〕還是，整整三年，一部《百家姓》，我有了一半，還要怎麽？〔劉賈白〕怎麽，三年，一部《百家姓》纔有了一半？〔朱紫貴白〕聽他胡説，目下現在念《孝經》了。〔劉賈白〕念《孝經》了麽？先生，我和你飲幾杯酒，有幾句話要説。小廝看酒來。〔雜扮書童，戴網巾，穿道袍，繫鑾帶，持盤、盞，從上場門上，作送酒科，隨下。場上設桌椅，各入席坐科，劉保作虛白發諢科。劉賈唱〕

【又一體】殷勤斟酒（句），殷勤斟酒（疊），把盞送先生（韻）。只願孩兒成器（句），淩雲早取功名（韻）。看光宗榮祖門祚興（韻），須當厚贈（韻）。〔白〕若是教誨懈弛，〔唱合〕休嫌我（讀）慳吝也修金省（韻），休嫌我（讀）粗疎也無恭敬（韻）。〔白〕先生，可當我的面前，出箇對兒，試兒子才學何如？〔朱紫貴白〕有理。學生聽對。〔劉保虛白發諢科。朱紫貴白〕亭亭竹節高。〔劉保白〕哩哩蓮花落。〔劉賈白〕這是什麽説話。先生，少出幾箇字與他對罷。〔朱紫貴白〕斟玉醑。〔劉保白〕跌金甎。〔劉賈白〕一發可笑。先生，多出幾箇字與他對。〔朱紫貴白〕九重殿上列兩班少俊，惟賢惟才。〔劉保白〕十字街頭叫一聲老爺，剩菜剩飯。〔劉賈白〕好畜生。先生，三年以來，教的都是討飯的口氣。〔朱紫貴白〕這是他的頑皮，我豈是這樣教他的。〔劉賈白〕我這兒子，可成得成不得？〔朱紫貴白〕我看令郎，要成大器也難。〔劉賈白〕既不能教他成人，我請你來做甚麽？〔唱〕

【中呂宮正曲・駐馬聽】何德何能（韻），也在人家教學生（韻）？略曉些詩云子曰（句），者也之乎（讀），便説明經（韻）。三墳五典讀未曾（韻）？那素餐尸位君須省（韻）。〔合〕速返家庭（韻），束修早繳，免他日肥

拳領(韻)。〔朱紫貴唱〕

【又一體】困頓諸生(韻)，運蹇時乖遭汝輕(韻)。我一似龍藏碧海(句)，鳳處深林(讀)，匿彩潛形(韻)。庸人之眼不分明(韻)，道秀才生定窮酸命(韻)。〔合〕貧富相争(韻)，〔白〕老東翁告别了。〔唱〕早辭一日庶免却那災星(韻)。〔虚白作出門科，從下場門下。書童從上場門急上，白〕員外，不好了，後面失了火了。〔各虚白，同從下場門下。衆火卒持火器切末，從兩場門各分上，遶場，分立科。火神從上場門上，場上設椅，火神椅上立科。老旦扮劉賈妻，穿衫。雜扮二院子，各戴羅帽，穿屯絹道袍，背箱籠包裹急從上場門上。劉賈、劉保、書童隨上。衆同作驚慌科，白〕阿呀不好了。〔唱〕

【又一體】火焰騰騰(韻)，禍降從天心戰驚(韻)。把家私盡成焦土(句)，産業資財(讀)化雪銷冰(韻)。〔劉賈妻白〕官人，這都是你行事兇惡，騙害良民，所以今日有此惡報。〔唱〕恢恢天網甚分明(韻)，看來心術原須正(韻)。〔劉賈唱合〕羞見先生(韻)，恨一朝窮苦八字兒原由命(韻)。〔白〕罷了，家私一敗如灰，無門可告。〔劉保白〕想來没有先生不是。〔劉賈虚白。劉保白〕他説後來畢竟要去哩哩蓮花落。〔各虚白，同從下場門下。火神下椅，隨撤椅科，白〕焚燒已畢，回覆三台北斗神君法旨便了。〔衆應，遶場科，同唱〕

【慶餘】把他家私燒盡無遺賸(韻)，這貧富原來不定(韻)。〔火神白〕待把那劉賈的火災，〔唱〕當暮鼓晨鐘唤世情(韻)。〔衆同從下場門下〕

## 第十八齣　萬里程孝心問路（東鍾韻）

〔生扮羅卜，戴巾，穿道袍，繫鑾帶，帶數珠，擔經擔，從上場門上，唱〕

【仙呂宮正曲・步步嬌】鷲嶺迢迢猴江迴(韻)，緊把前程趲(韻)。孤兒歎轉蓬(韻)，隻影斜陽(句)，也無隨從(韻)。〔合〕佛語母真容(韻)，併挑來一擔須彌重(韻)。〔場上設桌，作放經擔科，白〕我羅卜，感得觀音菩薩點化，將母儀容裝在一頭，與佛經正爲一擔，竟往西天參見活佛。天色尚早，且再趲行幾里。趲得一步，便與西天近了一步。〔作取經擔擔科，唱〕

【仙呂宮正曲・江兒水】謾把鞋繩繫(句)，看看日下舂(韻)。〔白〕只是我拋離鄉土，又值暮秋時節。〔唱〕白雲舒卷秋光弄(韻)，黃葉飄蕭涼颸動(韻)。殘蟬哽咽淒聲送(韻)，觸處無非悲痛(韻)。〔合〕陟岵徒空(韻)，怕後日牛羊荒壟(韻)。〔白〕那裏顧得許多，且急急趲行前去。〔唱〕

【仙呂宮正曲・園林好】日沉西江河向東(韻)，憐母子如何異同(韻)？只恨我爲兒無用(韻)，〔合〕何日得見慈容(韻)，何日得見慈容(疊)？〔白〕聞說此去西天，有十萬八千里路，還有許多怪異之事，怎生去得？我也顧不得了。〔唱〕

【仙呂宮正曲・川撥棹】我若是爲崎嶇惜頂踵(韻)，有些兒心怕恐(韻)，怎能彀見如來寶座珠宮(韻)，見如來寶座珠宮(疊)？那时節救萱親黃泉路窮(韻)，〔合〕問諸天何路通(韻)，豈諸天無路通(疊)！〔白〕呀，怎麽這擔兒挑又挑不起，卸又卸不下，走又走不動，住又住不得？〔唱〕

【又一體】我的一肩怎放鬆(韻)？我的一心空復空(韻)。感慈悲紫竹林中(韻)，感慈悲紫竹林中(疊)，指祇園旃檀氣濃(韻)。〔合〕問諸天何路通(韻)？豈諸天無路通(疊)！〔場上設椅，作放經擔坐地科，白〕不免歇息片時再行。我羅卜，一心念佛，一心念母，非有兩心，可知道我佛原來是母，我母本來成佛。只爲當初，苦勸母親看經念佛，戒葷斷酒，母親説道：若要我戒葷斷酒、看經念佛，除非要鐵樹開花。母親，你不聽當時之言，致有今日之苦。更且聽信金奴攛哄，使母褻瀆神明，罪孽愈重。我若得到西天，參見活佛，上訴哀情，定蒙憐憫。〔唱〕

【仙呂宮正曲・五供養】伊心乍胸(韻)，早則生悲(讀)，淚滴金容(韻)。親傳金口説(句)，立地脱牢籠(韻)。〔白〕只是世間如我母者，不知多多少少。〔唱〕因此上冥司府中(韻)，案件已堆來充棟(韻)。〔合〕念彼觀音力(句)，妙圓通(韻)，也難教地獄一時空(韻)。〔作起擔經擔科，白〕我那母親呵，〔唱〕

【又一體】啼鵑淚紅(韻)，叫我娘親(讀)叫破喉嚨(韻)。慈烏能反哺(句)，使我愧無窮(韻)。有孩兒也是空(韻)，百忙裏向蓮臺奔控(韻)。〔合〕道路凹還凸(句)，走匆匆(韻)，〔作跌科，白〕我羅卜，便跌死也不妨。〔唱〕只怕經箱畫卷落泥中(韻)。

【仙吕宫正曲・僥僥令】思親血淚湧㊎，見崦嵫落日紅㊎。渡水登山精神竦㊎，〔合〕這十萬里西天在方寸中㊎。〔内作鳴鐘鼓科，羅卜白〕已是黄昏時分，前面鐘鼓之聲，想有村莊寺廟，不免前去投宿便了。〔唱〕

【慶餘】招提隱隱報昏鐘㊎，羡閒僧金經勤諷㊎，少不得暫借蒲團息我躬㊎。〔從下場門下〕

# 第十九齣　響鋃鐺鬼門點解（古風韻）

〔雜扮四皂隸鬼，各戴皂隸帽，穿箭袖，繫皂隸帶，持器械。雜扮二判官，各戴判官帽，穿圓領，束角帶，持筆簿。引净扮關主，戴紮紅紗帽，穿蟒，束玉帶，從右旁門上，唱〕

【南吕宫引·生查子】職掌鬼門關（叶），善惡從茲辨（韻）。善者得超昇（句），惡者多悲怨（韻）。〔場上設公案、桌椅，轉場，入桌坐科，白〕俺乃鬼門關關主是也。大凡人當命終，俱要經由陰府，所以陽間之事，俺陰司無不知之。這鬼門關雖在陰司，乃是昇天入地之關鍵。善者到此，憑咱驗過，我這裏付以符節，使他竟登天堂。惡者到來，驗過惡蹟，直打他從鬼門關而進，即墮地獄。正是：善惡到頭終有報，只争來早與來遲。今當開關之期，手下的，關前如有新到陰司的鬼魂，可即放他進來。〔衆應科。雜扮金童，戴紫金冠，穿氅，繫絲絛，執旛。雜扮玉女，戴過梁額、仙姑巾，穿氅，繫絲絛，執旛。引六善人：末扮段秀實，戴紗帽，穿圓領，束金帶；小生扮鄭賡夫，戴巾，穿道袍；旦扮陳桂英，穿衫；净扮僧明本，戴僧帽，穿僧衣，繫絲絛，帶數珠；生扮道貞源，戴道巾，穿水田道袍，繫絲絛，帶數珠；老旦扮尼貞静，戴僧帽，穿老旦衣，繫絲絛，帶數珠，從右旁門上，分唱〕

【仙吕宫引·番卜算】丹心貫斗杓（句），正氣充天地（韻）。蹤跡相看雖不同（句），〔同唱〕善行曾無異韻。〔金童、玉女作引進門相見科，白〕善人到。〔閻主作起科，白〕原來是忠臣、孝子、節婦，並僧、道、尼師，雖其稱名不同，究其爲善則一。手下的，取符節來。〔一皂隸鬼向下取符節，隨上，呈閻主科。閻主作各付符節科，白〕關門外有安樂堂，列位且請在彼住下，待我申文報知閻君便了。〔六善人各作接符節科，同白〕多謝閻主。萬壽花開資地暖，一輪月朗映天清。〔金童、玉女引作出門科，從左旁門下。雜扮五長解鬼，各戴鬼髮額，穿蟒、箭袖、虎皮卒褂，繫虎皮裙，持器械，帶旦扮劉氏魂，穿破衫，繫腰裙，從右旁門上，唱〕

【雙調引・玉井蓮】一路受波查韻，又來到鬼門關下韻。〔作到科，長解都鬼虛白傳報科，一皂隸鬼作出門問科。長解鬼白〕劉氏解到了。〔皂隸鬼作進門科，白〕禀爺，劉氏到了。〔閻主白〕帶進來。〔五長解都鬼作帶劉氏魂進門跪科。雜扮解鬼，戴鬼髮額，穿蟒、箭袖、虎皮卒褂，繫虎皮裙，帶雜扮四殉難陣亡鬼魂，各穿戴陣亡切末，從右旁門上，作到科，解鬼虛白，作帶陣亡鬼魂進門跪科，隨呈公文科，白〕這都是陣亡將士。〔閻主白〕你們都是爲國捐軀忠義之士，可敬！鬼卒，好好送他過去，他們雖是死的苦楚，轉生定有好處。〔作付公文，解鬼作接科，陣亡鬼魂各作叩謝科，解鬼作帶陣亡鬼魂從左旁門下。閻主白〕取劉氏公文來。〔長解都鬼作呈公文，閻主看科，白〕好可惡也，還不與我着實的打！〔皂隸鬼應作打科。劉氏魂白〕犯婦先行善事，後因聽讒言，造下業罪。〔閻主白〕你聽那一箇讒言？快快報來。〔劉氏魂白〕爺爺，讒言者非爲害我，不報罷了。〔閻主白〕你不報，鬼使，搒起來。〔衆皂隸鬼應作搒劉氏魂科，閻主白〕

快說上來。〔劉氏魂唱〕

【高大石調正曲・窣地錦襠】自作差池埋怨誰(韻)？我今受刑苦難支(叶)。因聽劉賈、金奴語(叶)，〔合〕致令今朝受災危(韻)。〔關主白〕鬆了拶。〔衆皁隸鬼應作鬆拶科，關主白〕快帶金奴、劉賈上來。〔一判官作查簿科，白〕金奴還在灰河那邊鐵柱上鎖着，劉賈還在陽間。〔關主白〕這樣惡犯，豈容落後。叫聽事差鬼。〔一皁隸鬼向下喚差鬼科。雜扮差鬼，戴犄角、鬼髮，穿鬼衣，繫虎皮裙，從右旁門上，作相見科。關主白〕速拿劉賈到來，不得有違。〔差鬼作出門科，從左旁門下。雜扮解鬼，戴鬼髮、額，穿蟒、箭袖、虎皮卒褂，繫虎皮裙，帶雜扮四從賊陣亡鬼魂，各穿戴陣亡切末，從右旁門上，作到科，解鬼虛白作帶陣亡鬼魂進門跪科，隨呈公文科，白〕這都是陣亡將卒。〔關主白〕原來都是降李希烈、朱泚造反的。〔作付公文科，白〕快快打下地獄去。〔皁隸鬼應作打科。解鬼作接公文科，帶陣亡鬼魂從左旁門下。劉氏魂白〕怎麽陰司裏也是不公道的？一樣陣亡的，兩樣待法。那頭一起，想是使用幾箇錢了。〔關主白〕你這惡婦那裏知道，那頭一起，都是爲國戰死的忠義之人，當得超生。這一起，都是從逆的，雖然被殺了，陰司裏還有他的罪。〔劉氏魂白〕原來是這等。〔關主白〕將劉氏帶下去，等劉賈到來，一同審問。〔長解都鬼應科，隨帶劉氏魂作出門坐地科。差鬼帶副扮劉賈魂，戴巾，搭魂帕，穿道袍，從右旁門上。劉賈魂白〕我問你，你是什麽人？敢把劉大爺這般淩辱。〔差鬼白〕我是差鬼，拿你這犯鬼。〔劉賈魂白〕我方纔店裏喫酒，犯什麽事來？〔差鬼白〕鬼門關關主因你讒言相勸劉氏開葷，差我把你速速拿來，關主立等，要勘問你。〔劉賈魂白〕依你説來，我死了？〔差鬼白〕這是你的魂，你的肉身還在酒店裏。〔劉賈魂虚白作哭科，劉氏魂作見劉賈魂哭科，劉賈魂白〕姐姐，你原來在此。〔唱〕

【仙吕宫正曲·風入松】可憐骨肉兩摧殘(韻)，止不住珠淚潸潸(韻)。想當初作事多無憚(韻)，到如今悔之已晚(韻)。〔劉氏魂白〕我好苦。〔劉賈魂白〕不要埋怨我了。〔劉氏魂唱合〕須知是手足情從來無間(韻)，忍將爾苦相攀(韻)。〔長解都鬼白〕休得多言，快快進去。〔各作帶進門跪科，閻主白〕一名惡犯劉賈。〔劉賈魂應科，閻主白〕着實打。〔皂隸鬼應作打科。差鬼仍從右旁門下。閻主白〕你這惡犯！〔唱〕

【又一體】你兩人罪惡重如山(韻)，怎逃得果報循環(韻)？在陽間敢把神明嫚(韻)，今合受陰司磨難(韻)。〔劉氏魂、劉賈魂白〕鬼犯自知有罪，乞開天赦。〔閻主唱合〕伱所犯斷無可挽(韻)，〔白〕原差都鬼，〔唱〕快驅入鬼門關(韻)。〔五長解鬼應科。劉賈魂唱〕

【又一體】聞言心膽盡皆寒(韻)，悔當初作惡行奸(韻)。是咱把神佛輕譏訕(韻)，誘他行無端將法犯(韻)。〔合〕自甘當畫招成案(韻)，與姐氏實無干(韻)。〔劉氏魂白〕兄弟，〔唱〕

【又一體】同胞豈作等閒看(韻)，弟受苦姐意何安(韻)？開葷違誓將佛仙訕(韻)，造下了惡端無限(韻)。〔合〕自甘當畫招成案(韻)，與吾弟實無干(韻)。〔閻主白〕看你兩人，頗知友睦，比那不念手足之情者，却不相同。忽然感動我心，待我細看公文，若是可以寬得，減你幾樁罪過。〔作看公文科，白〕你兩箇的罪名，土地記載，竈君申詳，玉皇降旨，誰敢有違？〔劉氏魂、劉賈魂白〕望爺爺赦罪。〔閻主唱〕

【慶餘】試將文卷從頭看㊥，欲赦之時難又難㊥。〔白〕我在此惟遵功令。都鬼，將劉氏帶去，關關受罪。〔長解都鬼應科。關主白〕喚解鬼來。〔一皂隸鬼向下喚解鬼科。雜扮解鬼，戴鬼髮額，穿蟒、箭袖、虎皮卒褂，繫虎皮裙，從右旁門上。關主白〕將劉賈帶往前途受罪。〔解鬼應科。關主各付公文科，唱〕可知那地獄重重這纔是第一關㊥。〔衆鬼判引關主仍同從右旁門下，五長解鬼帶劉氏魂、解鬼帶劉賈魂同從左旁門下〕

# 第二十齣　明指引顛語說因（東鍾韻）

〔雜扮金童，戴紫金冠，穿氅，繫絲絛，執旛。雜扮玉女，戴過梁額、仙姑巾，穿氅，繫絲絛，執旛。引六善人：末扮段秀實，戴紗帽，穿圓領，束金帶；小生扮鄭賡夫，戴巾，穿道袍；旦扮陳桂英，穿衫；淨扮僧明本，戴僧帽，穿僧衣，繫絲絛，帶數珠；生扮道貞源，戴道巾，穿水田道袍，繫絲絛，帶數珠；老旦扮尼貞靜，戴僧帽，穿老旦衣，繫絲絛，帶數珠。雜扮四殉難陣亡鬼魂，各穿戴陣亡切末。同從右旁門上，金童、玉女白〕慈悲勝念千聲佛，作惡空燒萬炷香。〔雜扮五長解鬼，各戴鬼髮額，穿蟒、箭袖、虎皮卒褂，繫虎皮裙，持器械，帶旦扮劉氏魂，穿破衫，繫腰裙。雜扮解鬼，戴鬼髮、額，穿蟒、箭袖、虎皮卒褂，繫虎皮裙，帶副扮劉賈魂，戴巾，穿道袍。雜扮二解鬼，各戴鬼髮額，穿蟒、箭袖、虎皮卒褂，繫虎皮裙，帶雜扮四從賊陣亡鬼魂，各穿戴陣亡切末。同從右旁門上。長解都鬼白〕作善者降之以祥，作惡者降之以殃。請問金童、玉女，帶的是何人？〔金童、玉女白〕此輩是陽間行善的人。奉閻主之命，着我們將幢旛、寶蓋，護送他上天堂去。〔長解都鬼白〕原來如此。此輩是陽間作惡之人。奉閻主之命，教我們速速催他到黑陰司去。〔外、末扮二顛和尚，各戴頭陀髮，穿補衲衣，繫絲絛，持木魚，從兩場門分上，白〕列位且慢，那金童、玉女領的，且不要上天堂。衆差鬼帶的，且不要入地府。〔衆各分立科，二顛和尚白〕江間波浪兼天湧，正是魚龍混雜時。列位，我顛和尚說幾句瘋話兒，你們聽者。『普勸歌』顛和尚，來到黑陰司，顛一會，要一遭。勸世人休把我顛和尚笑，我顛則顛，心裏倒有些知道。顛則顛，意中倒有些分曉。我顛起來，把那密密匝匝的鐵圍金鎖一時掣斷；我顛起來，使他波波查查的披毛戴角盡得逍遥。我笑世人，忒煞的顛倒。在生時，不修行，不學好；見修行的，摇着唇兒將他笑；見學好的，鼓着舌兒把他嘲。盡着力量，逞着他機巧。且圖箇今日，管甚麽明朝。待掙得家緣兒富了，田園兒多了，黄金兒堆着，紅粧兒摟着。貪心起時，賽過了石季倫還要；害心起時，便遇着孔夫子不饒。有一日，好時光過了，無常兒到了，精神兒顛倒，容顔兒枯槁。那判官爺，睁圓兩眼瞧；那大王爺，咬定牙關惱。假饒你行虧了，不愛你文章好；假饒是犯正條，不怕你官品高。他們實丕丕不看你村和俏，鐵錚錚不要你錢和鈔。没面皮，不管你王侯與臣僚，刀山兒綳弔，鐵圈兒箍腦，肉烊烊鍋兒裏煎，血淋淋臼兒裏搗。又没箇人兒替着，又没箇所在去訴告。顛和尚這些時看了呵呵笑，誰教你在生時不修行，處世時不學好。只可惜陰府的已洞然，陽世的還迷倒。這話兒死了的在這壁厢點點頭，未死的還在那邊哈哈笑。方纔吃了孟婆湯，不覺上了迷魂套。顛和尚費盡老婆禪，用盡了苦口藥，勸世人撒手回頭早。〔仍從兩場門分下，衆白〕這顛和尚，雖然是些顛話兒，却有些道理。〔劉氏魂白〕不知這二僧是那裏來的。〔長解都鬼白〕這是勸善太師座下的僧人，奉勸善太師之命，在此説法與鬼魂聽的。〔劉氏魂白〕請問勸善太師姓名。〔長解都鬼白〕他姓名叫傅相，也是王舍城人氏。〔劉氏魂白〕這分明是我丈夫了。都長，可容我見他一見。〔長解都鬼白〕你是箇落地獄的鬼犯，那裏有見勸善太師的分。快些走。〔雜扮四儀從，各戴馬夫巾，穿蟒、箭袖、卒褂，執旗。雜扮四將吏，各戴卒盔，穿蟒、箭袖、排穗，執儀仗。雜扮中軍，戴中軍帽，穿中軍鎧，捧令旗。雜扮司吏，戴書吏帽，穿圓領，繫鑾帶，捧印盒。雜扮金童，戴紫金冠，穿氅，繫絲縧，執旛。雜扮玉女，戴過梁額、仙姑巾，穿氅，繫絲縧，執旛。引外扮顏杲卿，戴紗帽，穿圓領，束金帶，從右旁門上，衆同唱〕

【中吕宫正曲・舞霓裳】已看雲臺畫形容（韻）、畫形容（格），又得虛皇賞貞忠（韻）、賞貞忠（格），人倫自古君臣重（韻）。脱皮囊萬載清風（韻），拜仙官神天貴寵（韻）。〔合〕旌幢導（句），問人間蝸角蠅頭又何用（韻）。〔同從左旁門下，衆白〕剛纔過去這位尊官，是什麽人？〔長解都鬼白〕這是常山太守顏杲卿，罵賊身亡，玉帝封爲敢司連苑宮大將，今日走馬上任去也。〔一殉難將士魂白〕我認得顏老爺，我跟他去罷。〔金童、玉女白〕你且到了天堂，奏明天帝，去也使得。〔一從賊將卒魂白〕我也認得，放我跟去罷。〔一解鬼虛白，衆同從左旁門下〕

# 第廿一齣　陰司索債急投詞（魚模韻）

〔外扮仰獻，戴氊帽，穿道袍，從上場門上，唱〕

【中呂宮正曲・駐雲飛】良善天扶韻，天理昭昭豈是誣韻。那守分的神應護韻，那安命的天應助韻。嗏格，只恨惡狂徒韻，機心太毒韻。利盡錙銖讀豈知道一死難迴顧韻，〔合〕空做了壟斷當年的賤丈夫韻。〔白〕人惡人怕天不怕，人善人欺天不欺。小老兒姓仰名獻，只因惡棍劉賈，爲人不端，騙害多人，尅衆成家，天理昭彰，已遭天火。他還不回心，還要騙人。向年騙我酒銀十兩，屢討不還，反遭淩辱。他今日在對門酒店喫酒，忽然昏死不回。他死應該，只是又連累了開酒店的了，臨死還要害人。我如今氣他不過。生前算計他不來，聞得人死，都往城隍廟裏去掛號，我今忙寫了一紙陰狀，拿了他的欠賬，竟到城隍廟焚化，以作來生之債。正是：生前無可奈，死後告陰司。〔從下場門下〕

## 第廿二齣　惡孽纏身催對簿（庚青韻）

〔雜扮五長解鬼，各戴鬼髮、額，穿蟒、箭袖、虎皮卒褂，繫虎皮裙，持器械，帶旦扮劉氏魂，穿破衫，繫腰裙。雜扮解鬼，戴鬼髮額，穿蟒、箭袖、虎皮卒褂，繫虎皮裙，帶副扮劉賈魂，戴巾，穿道袍，繫腰裙，同從右旁門上。劉賈魂唱〕

【仙呂宮正曲·解三酲】恨當初不信神明(韻)，勸姐姐開葷殺生(韻)。燬齋房燒死僧人命(韻)，却無故的害生靈(韻)。〔劉氏魂唱〕今日裏千辛萬苦遭磨折(句)，六問三推受極刑(韻)。〔合〕同悲哽(韻)，怕只怕鬼門關進(讀)，苦楚伶仃(韻)。〔雜扮差鬼，戴犄角、鬼髮，穿鬼衣，繫虎皮裙，持信牌，從右旁門上，白〕生前欺騙他人物，死後陰司也要還。只因劉賈生前欺騙了許多人，那些人竟寫陰狀，告在城隍殿下。城隍老爺差我拿他回去對理。前面什麽鬼犯？〔衆長解鬼白〕劉氏、劉賈。尊差何來？〔差鬼白〕我乃王舍城城隍老爺差來的。有信牌在此，速追劉賈回去對理。〔解鬼白〕劉賈，你那本縣城隍，有信牌追拿你回去。你自去看來。〔劉賈魂作看科，白〕王舍城城隍信牌：爲欺騙事，照得惡犯劉賈，生前誆騙多人，現有陰狀，告在臺下。今當星夜追回，對理聽審。毋違，火速火速！公差，我問你，我這回去，我還活得成麽？〔差鬼白〕那裏容你活！　對了口詞，還要來此受罪。〔劉賈魂白〕我既死了，那裏還有回去之理。〔劉氏魂白〕兄弟使不得。你若不去，又來連累我。〔劉賈魂作哭科，唱〕

【仙呂宮引·鷓鴣天】纔得相逢一路行（韻），而今又復去難停（韻）。你此去百般苦楚難承受（句），〔劉氏魂唱〕你此去萬種凄涼怎慣經（韻）。〔劉賈魂同唱〕腸寸斷（讀），淚雙零（韻），臨岐執手各吞聲（韻）。人問只說生離苦（句），那識黃泉死別情（韻）。〔五長解鬼帶劉氏魂遶場，從左旁門下。解鬼、差鬼帶劉賈魂遶場，從右旁門下〕

## 第廿三齣　消火焰地近清涼（古風韻）

〔場上設火焰山。雜扮護山十二小妖，各戴鬼髮，穿蟒、箭袖、卒褂，執旗，從兩場門分上，合舞畢，同白〕修煉工夫千萬途，不成正果即成魔。本來面目人知否？大半山魈木客多。我等乃火焰山鐵扇公主座下護山小妖便是。俺公主，得道何止千年，學法不下萬種。別的且不説，他有煉成一柄芭蕉扇，乃係至寶。這裏左近有座火焰山，寸草不生，五穀不長。土人們每逢耕種之時，必須求俺公主用扇向那火焰山一搧，纔得焰滅烟消，樹藝五穀。待到收成之後，依然火焰滔天。那火焰山呵，〔唱〕

【南呂宮正曲·貨郎兒】又不是補天的煉餘巨石（韻），鏖兵的燒成赤壁（韻）。説着時驚魂蕩魄（句），燎着的焦頭爛額（叶）。〔合〕苦爛額（叶），苦爛額（疊），爛額的（讀）只求山頭焰息（韻）；要焰息（韻），要焰息（疊），則除是（讀）公主大施威力（韻）。〔雜扮四小妖，各戴鬼髮，穿蟒、箭袖、卒褂。雜扮四魔女，各帶魔女髮，穿宮衣，持芭蕉扇、寶劍。引旦扮鐵扇公主，戴盔，穿蟒，束玉帶，從場上山洞門上，白〕地居形勢險，盤踞翠雲彎。好憑蕉扇力，能搧火焰山。〔中場設椅，轉場，坐科，白〕俺乃魔天嶺翠雲洞鐵扇公主是也。向蒙觀音菩薩法旨，所爲傅羅卜，因救母難，要往西天見佛，路過火焰山。此乃天造地設，以限仙凡。大凡常人，爲火焰所焚，不能前往。奉菩薩之命，着我將芭蕉扇搧滅野火，保護他過却此山，使他好往西天見佛，成就他一段孝心。小妖過來。〔四小妖應科，鐵扇公主白〕爾等可將此扇前去，等待傅羅卜到來，變作行路土人，在山口等候。待他危急之際，作速救護，即便搧滅邪火，駝負他好好過取火焰山去。不得有違。〔四小妖應科。鐵扇公主起，隨撤椅科，白〕從空伸出拿雲手，提起天羅地網人。〔四魔女引鐵扇公主仍從山洞門下，衆小妖從兩場門分下。生扮羅卜，戴巾，穿道袍，繫鑾帶，帶數珠，擔經擔，從上場門上，唱〕

【商調集曲・十二紅】【山坡羊】（首至四）影孤單(讀)自奔馳途道(韻)，念萱親(讀)愁縈懷抱(韻)。渡關河(讀)萬水千山(句)，知何日(讀)得盼靈山到(韻)。〔白〕我羅卜，自離家鄉，已經半載有餘。且喜步履强健，途次平安。自從別了王舍城，渡海西行而來，過了河灣，由東西兩敖，至西洋國，越哈蜜城，出烏斯藏，奔走數千餘里。一路問來，説我今過了迦毘羅，進了舍衛國，前面便是火焰山了。且住，只是人人盡道此山，火焰騰空，炎威巨烈，行人到彼，決然難過；又説這山，其濶無許，其長有數里之遥，前後共有三重，又無別路可避。聞説那第二重，山高陡峻，烈焰燒空，行人總難過去。皇天！我羅卜若過不得此山，怎生得到西天，救取我娘親之難？且自趲行前去，再作道理。〔唱〕

【五更轉】（六至末）穩着擔兒挑(韻)，步履堅(句)，登山坳(韻)。這幽墟僻地人踪杳(韻)，見一派慘淡迷離(讀)，淒風悲弔(韻)。〔山上作出火科，衆小妖從兩場門上，遶場科。場上復設小山，衆小妖上山分立科。羅卜作望科，白〕你看前面，烟霧迷漫，直衝霄漢，想必就是火焰山了。〔唱〕【園林好】（首至二）好一似散霞光輝騰九霄(韻)，逞炎威迷漫遍郊(韻)。〔山上作出火科，羅卜白〕你看千層赤霧，百丈蒸雲，烈焰騰空，火光繚繞。影層層霧擁霞明，團皎皎熒光耀日。好怕人也！〔唱〕【江兒水】（六至末）看冉冉烟雲沖耀(韻)，映日輝明(句)，這野火炎蒸轟燎(韻)。〔白〕火光之下，果然有一條路徑在此。看崚崚嶒嶒，皆是亂石攢堆；高高下下，無非山巖窄路。好難行走也。〔唱〕【玉嬌枝】（首至四）崎嶇險道(韻)，勢嶙峋欹斜徑凹(韻)。看火光漸逼將人燎(韻)，閃得人恍惚魂飄(韻)。〔白〕且住，我若不過此山，怎能得到西天？既到此間，也没甚法兒，只得竟走便了。〔山上作出火科，羅卜作掙挫行科，唱〕【五供養】（五至末）我撐持前蹈(韻)，勉步疾行怎顧薰燒(韻)。這形骸拚火葬(句)，一任額爛并頭焦(韻)。想我殘軀不保(韻)，至此地死生難料(韻)。〔作走過小山，衆小妖遶場，隨撤小山科，衆小妖從兩場門分下。羅卜白〕好了，竟被我掙過這一小坡來，多應是神天護佑也，雖是火氣逼人，竟被我勉强撑持過來了。〔山上作出火科，羅卜作驚望科，白〕你看這前面的火光，比先越大，想就是第二重山了。不知還有多少路，作速趲行前去。〔唱〕【好姐姐】（首至合）迢遥(讀)前途路渺(韻)，拚竭蹷穿山越嶠(韻)。見層巒陡峻(讀)，淩空勢倍高(韻)。【五供養】（七至末）又見炎威暴(韻)，焰衝霄(韻)，看火光轟烈遍山腰(韻)。〔白〕你看第二重山，火光比先越大，一望無際，怎生過去？若上此山行走，被火燒身，也是箇死；倘被烟燻暈倒，滚下山去，也是箇死；就觸在那高岡峭壁山巖石上，也是箇死。〔唱〕【鮑老催】（首至六）我拚將命抛(韻)，願甘性命等鴻毛(韻)，似燈蛾赴焰遭危暴(韻)。〔白〕我若是貪生怕死，出門到此，也是徒然了。〔唱〕我心如攪(韻)，痛慈親(句)，冤業遭(韻)。【桃紅菊】（三至四）受酆都苦楚煎熬(韻)，受酆都苦楚煎熬(疊)，【川撥棹】（二至六）救拔重泉終天怨消(韻)。〔白〕我爲救母西行，正所謂赴湯蹈火，也説不得了。不免把身上衣服找扎起來，挺身竟走便了。〔唱〕將母儀經卷拴牢(韻)，將母儀經卷拴牢(疊)，〔白〕皇天，保佑我羅卜，得過此山，早見佛天之面，好得救我親娘。〔唱〕望慈悲垂恩濟超(韻)。〔山上作大出火科，羅卜作掙挫行科，唱〕看轟燃撲人燎(韻)，【僥僥令】（二至末）猛烈近身燒(韻)。我怎惜殘軀形枯槁(韻)，〔合〕數定火葬身危没處逃(韻)。〔作上山復跌下科。雜扮四小妖所變四農人，各戴氈帽，穿窄袖、道袍，執芭蕉扇，同從上場門上，白〕夥計，那漢子被野火燒倒，跌下山來了。我和你快些上前去救他。那漢子，這火焰山，烟雲密佈，烈焰騰空，乃人跡罕到之所。你緣何獨行到此？〔羅卜白〕衆位大哥，我要往西天見佛，救取母難，所以要過此山。〔四農人白〕虧你怎生過了那第一重小山。但這第二重大山，火光烈焰，山高陡峻，怎生過去？〔羅卜白〕列位，我若不過此山，怎至西天見佛？我那娘親，就不能彀搭救了。〔四農人白〕夥計，原來他是箇孝子。孝子是難得的，幸喜今日有緣，遇着我們，何不做箇好事，保護他過山去便了？有理，將這扇兒搧着野火，把他駝負過山便了。〔羅卜白〕列位，這扇兒怎搧得滅野火？〔四農人白〕漢子，你可放心，待我們駝負你過火焰山去，自有分曉。〔羅卜虚白謝科。山上作出火科，四農人作以扇搧

火，代羅卜擔經擔，隨負羅卜作過山科，同唱〕

【慶餘】仗此靈通蕉扇驅前導（韻），搧將火滅與烟消（韻）。保護你穩過山巖，共勤劬不憚勞（韻）。〔四農人同從下場門下。十二小妖從兩場門分上，立科。鐵扇公主從天井乘雲兜下科，白〕傅羅卜，我乃鐵扇公主是也。奉觀音菩薩之命，着我保護你過火焰山。從此煩惱火消，清涼地近，你可虔心前往，謁佛救母便了。〔仍從天井乘雲兜上。羅卜白〕我且叩謝菩薩。〔作叩謝科，唱〕

【南呂宮引・哭相思】驅馳火焰離災危（韻），深感佛天惠澤垂（韻）。從教指日參蓮座（句），得遂陰曹救母回（韻）。〔從下場門下。十二小妖遶場，亦從下場門下〕

## 第廿四齣　結香雲峰開菡萏（江陽韻）

〔浄扮威伏使者，戴判官帽，軟紮扮，執旗，從酆都門上，白〕紅旗閃閃手中揶，袍笏階前拜舞多。何日能如菩薩願，謾勞趨走十閻羅。吾乃威伏使者是也。今當地藏菩薩得道之日，各殿閻君例應參拜。命我傳齊各處判官，隨往菩薩座前。奉命之下，隨即往各處傳諭。且喜今早各處判官俱已齊集，我這公務已完，不免回府去者。〔仍從酆都門下。雜扮四十判官，各戴判官帽，穿判官衣，執笏，從兩場門分上，跳舞畢，各分侍科。雜扮十閻君，各戴冕旒，穿蟒，襲氅，束玉帶，仝從上場門上，唱〕

【雙角隻曲·雙令江兒水】乾坤摩盪㊖，一自那乾坤摩盪㊟，那其間無漏網㊖。縱英雄到此㊗，没箇商量㊖，甕兒中誰叫響㊖。〔分白〕凛冽陰曹法度，慈悲佛氏因緣，人間白黑業紛然，果報明明顯現。我等乃十殿閻君是也。今乃地藏教主得道之辰，衆判官爾等同往九華山叩賀者。〔衆判官應科，向下取青瓶隨上，衆遶場科，仝唱〕何事遠趨蹌㊖，虔心謹肅將㊖。鐵面閻王㊖，金面空王㊖，却原來一條心休道兩㊖。旃檀妙香㊖，飄不盡旃檀妙香㊟，金山圍障㊖，早已近金山圍障㊟，好一座九蓮華古道場㊖。〔作到科，衆閻君白〕你聽法音嘹喨，教主陞座也。〔雜扮八侍者，各戴毘盧帽，穿僧衣，披袈裟。雜扮十八羅漢，各戴套頭，穿僧衣，披袈裟。雜扮大變長者，戴毘盧帽，穿僧衣，披袈裟。雜扮道明和尚，戴頭陀髮，紥金箍，穿僧衣，披袈裟。引生扮地藏菩薩，戴地藏髮，穿蟒，披袈裟，帶數珠，持拂麈，從上場門上，唱〕

【中呂調合曲・北粉蝶兒】没底慈航(韻)，誰駕着没底慈航(疊)，大都來皆成幻想(韻)。恁可也苦辣親嘗(韻)，似趁燈蛾(句)，棲幙燕(句)，一般兒可關些痛癢(韻)。只看俺結願深長(韻)，有卓不住的淩空錫杖(韻)。〔内奏樂，場上設金蓮寶座，轉場，陞座。衆弟子各分侍科。衆閻君白〕吾等恭逢教主得道之日，特來慶賀。〔地藏菩薩白〕有勞列位降臨。〔衆閻君白〕吾等就此叩拜。〔地藏菩薩白〕生受無量。〔衆閻君作參拜科，唱〕

【中呂宫合曲・南好事近】謹肅仰慈光(韻)，拜蓮臺五體投將(韻)。金容寶相(韻)，莊嚴微妙慈祥(韻)。〔衆判官作參拜科，唱〕吹螺擂鼓(句)，法筵前(讀)梵唄聲嘹喨(韻)。〔合〕不禁的遽爾心空(句)，果好是悠然神往(韻)。〔地藏菩薩白〕列位閻君，乃陰曹執法正神，分辨善惡，無縱無枉，位所當居。吾乃幽冥教主，不能度盡衆生，虚居其位。〔衆閻君白〕教主慈悲六道，振拔三塗。悲含同體之心，慈起無緣之化。吾等恐違尊旨，不勝惶悚。〔地藏菩薩白〕有因有果，自作的他還自受，與列位何干。但是列位雖然執法，方便亦隨處可行。〔衆閻君白〕今日菩薩得道之辰，吾等當令衆判官迓以洪福，呈祥法座。〔地藏菩薩白〕生受諸位閻君。〔衆閻君白〕不敢。衆判官，就此迓福呈祥。〔衆判官應科。場上左右側設平臺、虎皮椅，衆閻君各陞座，衆判官合舞科，同唱〕

【中呂調合曲・北石榴花】俺把這迓來的萬福敬呈將(韻)，共向那蓮座獻嘉祥(韻)。只看這騰空瑞彩(讀)映天光(韻)，似搖曳旛幢(韻)。看飛舞鸞凰(韻)，早則是色輝煌(韻)，早則是色輝煌(疊)。更兼那一派的仙音亮(韻)，布滿了法界三千(讀)應無盡藏(韻)。做一箇好莊嚴(句)，做一箇好莊嚴(疊)，供養着慈悲相(韻)，果然是人天歡喜好壇場(韻)。〔場上設青瓶，天井内作下紅蝠科，衆判官合舞科，同唱〕

【中呂宫合曲・南好事近】高騫(句)，低集散輝光(韻)，似雲中朱鳥迴翔(韻)。周天大地(句)，普現作佳徵色相(韻)。比三祝華封(句)，看雙棲(讀)雙止在青瓶上(韻)。〔地藏菩薩白〕妙嗄！你看映碧霄而煽影，彌顯羣飛；與紅旭以争光，還同一色。〔衆閻君白〕睹兹萬福之駢臻，知是千祥之雲集，果然好歡喜道場也。〔衆同唱合〕陳九疇箕子休論(句)，便一品天官寧讓(韻)。〔内奏樂，場上設萬福架，衆判官各設青瓶科。地藏菩薩白〕你看萬福來同，千祥雲集，實乃佳祥聖瑞也。〔衆同唱〕

【中呂調合曲・北鬭鵪鶉】喜身登寶地珠宫(句)，喜身登寶地珠宫(疊)，看慶溢人間天上(韻)。把菩提善果同修(句)，把菩提善果同修(疊)，將圓覺良因細講(韻)。〔地藏菩薩白〕今日多承遠來，不勝欣幸。敝山備有甘露，請列位閻君少敘。〔衆閻君白〕多謝菩薩。〔内奏樂，地藏菩薩下座科，衆同唱〕聽罷了世外無生清話長(韻)，喜心地得清涼(韻)。又何嘗沾惹塵緣(句)，又何嘗沾惹塵緣(疊)，自不曾牽纏世網(韻)。

【慶餘】驅除煩惱消塵障(韻)，這慈悲惟有大醫王(韻)。惟願取六道千靈共同登濟渡航(韻)。〔衆擁護地藏菩薩同從下場門下〕

# 第八本卷上

## 第一齣　扶佛法巨靈奉勅（江陽韻）

〔雜扮十六巨靈神，各戴紥巾額，紥靠，持斧，同從昇天門上，跳舞畢，各分立科。雜扮八神將，各戴卒盔，穿門神鎧，執旗，引末扮木吒，戴頭陀髮，軟紥扮，持鏟；小生扮哪吒，戴綫髮，軟紥扮，持鎗，從昇天門上，唱〕

【仙呂調套曲·點絳脣】護衛天閶（韻），巡遊塵壤（韻）。神通廣（韻），怪伏魔降（韻），看威猛有誰能攩（韻）。〔分白〕七星劍掣靖妖氛，玉簡曾題百戰勳。雲際旌旄紛擁處，應知天上有將軍。我乃木吒是也。我乃哪吒是也。名揚帝闕，勇冠天神。向八極逍遥，駕風雲而上下；爲萬方顯應，鞭雷電以奔趨。靈感昭昭，威嚴赫赫。今早父王朝參上帝去了，此時將次回宫，須索在此伺候者。〔雜扮八神將，各戴卒盔，穿門神鎧，持鎗，引浄扮托塔天王，戴天王盔，紥靠，紥令旗，襲蟒，束玉帶，托塔，從昇天門上，唱〕

【仙呂調套曲·混江龍】恰纔向九重天上（韻），喜緋衣沾惹御爐香（韻）。見了些朝玉座衆星環拱（句），見了些拜金堦萬聖趨蹌（韻）。影曈曈化日一輪昭帝鑒（句），光燦燦祥雲五色麗天章（韻）。看取那九閶詄蕩虎豹門(句)，排列着萬神擁護清霄朗(韻)。幸瞻仰天顔有喜(句)，好頌禱聖壽無疆(韻)。〔場上設平臺、虎皮椅，轉場，陞座科。衆神將各分侍科。木吒、哪吒作參見科，白〕父王在上，兒等參見。〔托塔天王白〕起過兩旁。部署鈎陳宿衛兵，人間天上顯威名。而今不用匡扶力，宇宙由來成肅清。吾神托塔天王李靖是也。爲天闕而蕩魔，作佛門之護法。巡遍十方世界，清飈高引靈旗。行周四大部洲，紫電輕扶神駕。凡聖共欽威力，天人咸仰英風。適纔謁帝靈霄，奉有勅旨。今有傅羅卜，爲因救母，遠向西天，拜求我佛。一路上多有猛虎縱橫，邪魔侵犯，必得默爲護佑，始保無虞。木吒、哪吒，汝二人謹遵勅旨，分任而去，務須力爲救護，勿致傷犯。〔木吒、哪吒應科，托塔天王白〕巨靈神聽吾吩咐。爾等可於沿途險阻之處，顯以神威，得成平坦，使孝子穩步前進。〔衆巨靈神應科，托塔天王白〕爾等且聽我道來。〔唱〕

【仙呂調套曲·油葫蘆】都只爲孝念虔誠格上蒼(韻)，鑒昭昭曾不爽(韻)，可知那天心眷顧甚周詳(韻)。早一封玉勅丹霄降(韻)，差排着金闕諸神將(韻)。要使他免禍殃(韻)，須得恁除魔障(韻)。〔白〕爾等即當遵勅而行。〔衆應科，托塔天王下座科，衆同唱〕默佑着逍遥徑把西方上(韻)，好向那蓮座拜空王(韻)。〔衆神將引托塔天王從下場門下。木吒、哪吒白〕諸神將，就此隨我等前去，到得塵寰，那時再分雲路。〔衆應，遶場科，同唱〕

【仙呂調套曲·寄生草】旗幟隨風颺(韻)，刀鎗燦雪光(韻)。駕電車飛過了千峰嶂(韻)，趲神兵幾隊隊從天降(韻)，遍寰區盡識得神威壯(韻)，那妖魔聞處膽應寒(句)，精靈遇着魂皆喪(韻)。〔衆擁護木吒、哪吒同從下場門下〕

## 第二齣　顯神通猛獸潛蹤（蕭豪韻）

〔生扮羅卜，戴巾，穿道袍，繫鑾帶，帶數珠，擔經擔，從上場門上，唱〕

【南吕宫正曲·梁州序】林巒深杳（韻），人蹤絶少（韻）。其如前路迢遥（韻），獨行踽踽（句），惟聞虎嘯狼嘷（韻）。只爲思親夢繞（韻），求佛心誠（句），怎顧得崎嶇道（韻）。〔白〕我傅羅卜，爲因求佛救母，擔經出了家門。山中無歲月，客路度春秋。正不知過了幾年了，來到此間，天色已晚。山空路仄，樹密草深。絶無樵牧往來，但有虎狼出没，好生悽楚人也。〔唱〕你看暮雲横野樹（讀），鎖山凹（韻），教我不辨羊腸歎寂寥（韻）。〔合〕何處去（句），問漁樵（韻）。〔從下場門下。雜扮十六巨靈神，各戴紥巾額，紥靠，持斧，引末扮木吒，戴頭陀髮，軟紥扮，持鏟，從上場門上，白〕感格神明一念通，直須子孝與臣忠。能教九折爲平坦，何慮身遭危難中。我木吒，奉父王之命，只爲傅羅卜救母心虔，遠向西天求佛，一路上恐有危難，命我暗中保護。今彼行至荒山，天色已晚，難免虎狼驚擾，我當化作獵户，前去救他便了。從空伸出拿雲手，救取艱心行孝人。〔同從下場門下。羅卜從上場門上，唱〕

【雙調集曲·孝南兒】【孝順歌】（首至合）空山静（句），野徑遥（韻），行行暗將珠淚抛（韻）。看敗葉任風飄(韻)，好比我身潦倒(韻)。〔內作虎嘯科，羅卜唱〕聽山君怒號(韻)，諕得我膽顫心驚(讀)，這死生難料(韻)。〔白〕我死不足惜，只是老母靈魂，何人濟度？〔內復作虎嘯科，羅卜唱〕【鎖南枝】（四至五）看他漸出深林(句)，舞爪施威暴(韻)。〔雜扮虎，穿虎切末，從下場門上。羅卜作驚避科，唱〕【江兒水】（六至末）何惜微軀充飽(韻)，〔白〕只是我身當重任，娘，〔唱合〕這罔極深恩(句)，不能彀今生圖報(韻)。〔作跌倒科。末扮木吒化身，戴鷹翎帽，穿箭袖，持棍，從上場門上，作趕虎從下場門下。木吒化身白〕漢子，那猛虎已去，你快些起來趲行罷。〔唱〕

【又一體】你看斜陽外(句)，宿店遥(韻)，急須努力休憚勞(韻)。〔羅卜作起科，唱〕我魂逐晚風飄(韻)，身向泥塗倒(韻)。〔白〕大哥，〔唱〕險將命抛(韻)，〔白〕恩人請上，受我一拜。〔唱〕多蒙救我殘生(讀)，此恩難報(韻)。〔木吒化身唱〕偶因打獵而歸(句)，天遣來相保(韻)。〔羅卜唱〕幸遇恩人剛到(韻)，〔合〕若少遲延(句)，已是委身荒草(韻)。〔白〕請問恩人，高姓大名？〔木吒化身白〕我是無名氏。〔羅卜白〕那有没名之理。〔木吒化身白〕你看那邊虎又來了。〔羅卜虛白科，木吒化身白〕將軍不下馬，各自奔前程。〔仍從上場門下，羅卜白〕恩人請轉。你看他竟自去了。且住，方纔恩人説，宿店尚遥，這等日暮山深，我驚魂未定，如何行走得上？你看前面隱隱有箇人家，不免趲行幾步，前去相投便了。〔作擔經擔科，白〕但得一椽聊托足，便能五夜得安身。〔場上設桌，上供古佛，羅卜作到科，白〕原來是所茅菴，待我進去。〔作進門，將經擔設桌上科，白〕你看殿宇傾頹，古佛一座，絶無香火，又没僧道，好荒涼也。我且將佛

經、母像供在此處，到後邊趺坐一宵，以待天明趲行便了。〔唱〕

【南吕宫引・哭相思】古屋荒涼覆草茅㊞，陰風入户冷蕭蕭㊞。此時此景真淒絶㊂，欲夢慈幃訴寂寥㊞。〔從下場門下〕

## 第三齣　談經佛烏悟因緣（蕭豪韻）

〔副扮蟬蟟精，穿戴蟬蟟精切末，從天井跳下。丑扮蚯蚓精，穿戴蚯蚓精切末。淨扮蜣螂精，穿戴蜣螂精切末。外扮烏龜精，穿戴烏龜精切末。各從地井内跳上，分白〕奮臂誇雄力，飲泉號潔清。居高聲自遠，浮洛舊傳名。自家蜣螂精是也。自家蚯蚓精是也。自家蟬蟟精是也。自家烏龜精是也。〔蜣螂精白〕今晚山空夜静，我們難得相逢，大家清談一回，有何不可。〔蟬蟟精白〕你這箇推糞團的臭物，講甚麽清談。〔蜣螂精白〕足下差矣。五祖師有云：香從臭裏出，甜向苦中求。南華老仙又云：神奇化爲臭腐，臭腐化爲神奇。你那裏曉得。〔蚯蚓精白〕魚相忘於江湖，人相忘於道術。想是你這糞蛆，與糞混化相忘了。若是不忘，一刻也難過。〔蟬蟟精白〕你也不要説嘴。想你終日躲在黄泉之下，虧你怎生過了日子。〔蚯蚓精白〕我饑食槁壤，渴飲黄泉，何等受用。你雖清高，餓得剛剛一片瘦殼，這箇我也不羡慕你。〔烏龜精白〕蟬蟟精，想你夏生秋死，却也不怨你的命短麽？〔蟬蟟精白〕俗諺云：千年朱頂鶴，萬載緑毛龜。老翁，你今日在此賣弄壽長，我且問你，你既活千年萬載，怎麽不成仙作佛去，只作箇老烏龜？〔烏龜精作怒科，白〕這短命畜生，好無禮。〔天井内作下頻伽鳥科，白〕列位不要如此。〔四精作驚看科，天井内白〕聽我頻伽鳥道來，列位不必閒争，你們各有因果。你們不知，我却知道。蜣螂愛在糞泥之中，是穢業因緣。蚯蚓愛在黄泉之下，是浄業因緣。蟬蟟壽短，是夭業因緣。烏龜壽長，是壽業因緣。可知壽、夭、浄、穢，皆不離異類。種種因果，毫髮不差也。〔四精白〕多承佛鳥分剖，因果分明，承教。我們也借問一聲，足下既以深明佛理，如何却也不離禽類？〔頻伽鳥白〕皆因阿彌陀佛欲令法旨宣流，變化所作也。大開方便語，信受當如是。〔頻伽鳥仍從天井上，四精白〕南無阿彌陀佛！原來是佛鳥度化衆生。閒敘半時，我們各便罷。〔各從地井下。生扮羅卜，戴巾，穿道袍，繫鑾帶，帶數珠，從上場門上，白〕深山夜静，我在後面趺坐。驀然間有衆怪聚談，後來有一鳥，云是頻伽，所説因果，竟與佛經無異。那物類尚見佛性，何況人乎？天色已明，不免趲路則箇。〔作擔經擔出門科，唱〕

【商調正曲·琥珀猫兒墜】荒山古道(韻)，深夜出羣妖(韻)。切切悽悽語寂寥(韻)，鬼燐寒火照林梢(韻)。〔合〕通宵(韻)，曠野無眠(讀)，坐落星杓(韻)。

【慶餘】我艱辛救母奔途道(韻)，立要解釋冤愆宜及早(韻)，須信道靈山路不遥(韻)。〔從下場門下〕

# 第四齣　截路妖魔現本相（蕭豪韻）

〔雜扮三窟兔精、兩頭蛇精、三眼猫精、四眼狗精，各戴竪髮，紥額，穿蟒、箭袖，軟紥扮，持器械，同從上場門上，分白〕吾乃三窟兔精是也。吾乃兩頭蛇精是也。吾乃三眼猫精是也。吾乃四眼狗精是也。〔兔精白〕我等慣在西天路上，逍遥自在，散誕遊行。近日聞得有箇傅羅卜，他爲因救母，要往西天見佛，打從此路經過。我們何不把他搶奪到來，吸他精血，却不是好？〔蛇精白〕他是箇修行人，只怕我們近他不得。〔猫精白〕我們專要尋那學道的。〔蛇精白〕那傅羅卜，根深蒂實，體態堅固，若是有西天護法神將保護他起來，我們那裏去躲？〔狗精白〕他們在西天，自有正經事，那裏肯來尋我？〔兔精白〕我們大家作用起來。〔同從下場門下。生扮羅卜，戴巾，穿道袍，繫鑾帶，帶數珠，擔經擔，從上場門上，唱〕

【越調正曲·水底魚兒】山徑蕭條（韻），林間楓葉飄（韻）。孤身無伴（句），〔合〕信步過山坳（韻），信步過山坳（疊）。〔四精同從上場門上，作負羅卜、搶經擔科，同從下場門下。雜扮八神將，各戴紥巾額，紥靠，持鎗，引小生扮哪吒，戴線髮，軟紥扮，持鎗，從上場門上。衆同唱〕

【又一體】劍氣衝霄(韻)，雲旗掣電搖(韻)。降魔袪祟(句)，〔合〕頃刻勦羣妖(韻)，頃刻勦羣妖(疊)。〔哪吒白〕俺乃哪吒是也。奉玉帝之命，因傅羅卜往西天求佛救母，中途被妖所攝，特命吾神前來救護。衆神將，可大展雄威，快與俺追來者。〔四神將應科，從兩場門分下，隨追四精從兩場門分上，各戰科，哪吒作接戰四精科。哪吒忽從上場門隱下。雜扮哪吒化身，穿戴四頭八臂切末，持杵，隨上。四精作畏伏科。哪吒化身隨追四精從下場門下，哪吒仍從上場門上。四神將作捉四精本形，從兩場門分上，立科。哪吒唱〕

【黃鐘調隻曲·耍孩兒】這妖魔久已干天討(韻)，冒犯神威好自招(韻)，害人逞盡恁滔天惡(韻)。今朝罪重難饒恕(句)，教恁魄散冰山没下梢(韻)。肖翹術終難靠(韻)，怎當這天兵奮力(句)，天網難逃(韻)。〔白〕衆神將，將這些妖精押赴陰山地獄去者。〔四神將應科，帶四精同從右旁門下，四神將隨上，哪吒白〕善哉，善哉。傅羅卜孝念堅誠，被魔纏繞，今日因緣遇我，爲彼除之，他自然努力前行，謁佛救母去也。衆神將，可再往別方巡察走遭。〔衆應科，同唱〕

【煞尾】奮神威早把妖氛掃(韻)，看此去靈山路不遥(韻)。説與恁從此不須多恐驚(句)，只要得道念堅持魔自消(韻)。〔衆神將擁護哪吒，同從下場門下〕

# 第五齣　梅蕊摘來將遠念(庚青韻)

〔生扮羅卜，戴巾，穿道袍，繫鑾帶，帶數珠，擔經擔，從上場門上，唱〕

【南呂宮正曲・紅衲襖】歎孤身一路卜多戰驚(韻)，正艱難賴神明來感應(韻)。〔白〕方纔被魔攝去，多蒙神天保護，如今安妥了。〔唱〕我這裏趲行程不敢停(韻)，〔白〕那空中許多神將呵，〔唱〕往何方不見影(韻)。〔內作水聲科，羅卜白〕來到此間，想是爛沙河了。只見流沙滾滾，河水滔滔，中間一道沙埂，幸無風浪，正好過去。〔唱〕喜過了爛沙河風浪平(韻)，〔白〕這也是神天護佑。好一陣香風逼人，不知什麼所在。〔場上設百梅嶺切末科。雜扮樵子，戴草帽圈，穿喜鵲衣，繫腰裙，擔柴，隨意唱山歌，從上場門上。羅卜白〕大哥，前面是什麼所在？〔樵子白〕這是百梅嶺。過了此嶺，就是佛國，只是凡人有些難過。〔從下場門下，羅卜白〕也説不得了，不免掙挫前去。〔唱〕又早到百梅山風雪冷(韻)。〔作上嶺，放經擔科，白〕我一路而來，過了許多外國，語言不通。不知這西天將近，却又與中土風景無二。你看這梅花香得緊，有了，〔唱〕摘一枝獻佛與娘親(句)也(格)。〔作摘花科，白〕娘，〔唱〕願你聞此奇香早化昇(韻)。〔雜扮白猿，穿戴白猿切末，從上場門上，作取經擔科，從下場門下。羅卜作驚科，白〕不好了。〔唱〕

【中吕宫正曲・駐雲飛】忽被猿精(韻),搶我行囊丢在萬丈坑(韻)。〔白〕天那！〔唱〕經典不留剩(韻),娘儀像無蹤影(韻)。嗏(格),諕得我戰兢兢(韻),神魂不定(韻)。〔滚白〕只爲娘親,陷在幽冥,一路奔波,受盡艱辛。望到西天,超度娘親。〔唱〕誰知到此山中(讀)一旦、一旦成畫餅(韻)。〔白〕我一路辛苦,只爲母親,如今所事無成,罷！〔唱合〕向這萬丈深崖一命傾(韻)。〔作欲投崖科,白猿復從上場門上,負羅卜從下場門下〕

# 第六齣　淨衣穿罷認前身（真文韻）

〔小生扮善才，戴線髮，穿氅，繫絲縧，持拂塵；小旦扮龍女，戴過梁額、仙姑巾，穿氅，繫絲縧，持僧帽、水田僧衣、絲縧，同從上場門上，分白〕成佛即此身，須要脱凡骨。得遂善因緣，仗此慈悲力。〔同白〕我等遵奉觀音菩薩慈旨，保護羅卜，免其險難，好往西天見佛，救母陰司罪業。已命白猿度羅卜脱却凡骨，成就僧儀，不免在此候他。〔雜扮白猿，穿戴白猿切末，負雜扮羅卜原身，戴巾，穿道袍，繫鸞帶，帶數珠，從上場門上，置地上科。善才、龍女白〕孝子醒來。〔生扮羅卜，戴巾，穿道袍，繫鸞帶，帶數珠，從地井内暗上，作甦醒科，白〕二位是那箇？〔善才、龍女白〕我等善才、龍女。〔羅卜白〕阿彌陀佛！〔作見原身科，白〕這是那箇？〔善才、龍女白〕這是你的凡身。我們奉菩薩之命，一路保護你前來。因你尚係凡人，不好與你相見。如今已過百梅嶺，你的身子不是你的原身了，白猿可駝到潔淨所在去。〔白猿應科，作負羅卜原身從下場門下。善才、龍女白〕可喜超凡入聖，與我等一般，若勉力修持，成佛有日，我等尚恐不及。有菩薩所賜淨衣，可以穿戴。〔作與羅卜穿戴淨衣科，唱〕

【仙呂宮正曲・掉角兒】羨伊家心堅意悃(韻)，修徹了後果前因(韻)。路迢迢萬里孤身(韻)，行盡了山高嶺峻(韻)。〔羅卜白〕多蒙搭救，感謝不盡。〔善才、龍女唱〕堪羨你(讀)自挑經(句)，負儀像(讀)，爲娘親(韻)，苦志辛勤(韻)。〔合〕佛垂憐憫(韻)，超度沉淪(韻)。能使得(句)，陰司見母(讀)，天錫恩綸(韻)。〔羅卜唱〕

【又一體】感慈悲廣施厚恩(韻)，承二聖護持接引(韻)。使羅卜早叩慈尊(韻)，虔誠願必須恭謹(韻)。〔善才、龍女唱〕從今後(讀)無危難(句)，身超濟(讀)脱凡塵(韻)，保護朝昏(韻)。〔合〕佛垂憐憫(韻)，超度沉淪(韻)。能使得(句)，陰司見母(讀)，天錫恩綸(韻)。〔羅卜作擔經擔科，唱〕

【慶餘】今朝始得皈依信(韻)，深感戴慈悲接引(韻)。〔善才、龍女唱〕你孝善雙修，皆緣是夙世因(韻)。〔同從下場門下〕

# 第七齣　舍衛城拜受新名(先天韻)

〔雜扮四揭諦，各戴揭諦冠，穿門神鎧，執旛；雜扮八侍者，各戴僧帽，穿僧衣，披袈裟，帶數珠，引旦扮觀音菩薩，戴觀音兜，穿蟒，披袈裟，帶數珠；生扮地藏菩薩，戴地藏髮，穿蟒，披袈裟，帶數珠；外扮普賢菩薩，戴普賢髮，穿蟒，披袈裟，帶數珠；末扮文殊菩薩，戴文殊髮，穿蟒，披袈裟，帶數珠，從上場門上。衆同唱〕

【仙呂宮正曲・桂枝香】鶴林香滿(叶)，曼殊沙爛(叶)。又值塵破開經(句)，從佛口度人無限(叶)。同趨法會(句)，同趨法會(疊)，諸天歡忭(韻)，盡道義天宏衍(韻)。〔四菩薩分白〕吾乃落伽山觀音菩薩是也。吾乃九華山地藏菩薩是也。吾乃五臺山文殊菩薩是也。吾乃峨嵋山普賢菩薩是也。〔同白〕今者共赴龍華法會，參禮無量壽佛。〔觀音菩薩白〕吾曾遵奉如來佛旨，保護傅羅卜諸般危難。屢試他孝心堅固，爲母不惜辛勤，今日已到佛國矣。〔衆菩薩白〕那傅羅卜樂善修行，堅心救母，實是難得。此段因緣，非小可也。〔唱合〕但孝心堅(韻)，眼前浄土原無隔(句)，便地下金剛界也穿(韻)。〔内奏樂科，衆揭諦從兩場門分下，四菩薩、八侍者分立科。雜扮八侍者，各戴僧帽，穿僧衣，披袈裟，帶數珠；雜扮張佑大等十人，各戴僧帽，紮金箍，穿僧衣，披袈裟，帶數珠；雜扮阿難、迦葉，各戴毘盧帽，穿道袍，披袈裟，帶數珠，引浄扮如

來佛，戴佛膅腦，穿蟒，披佛衣，從佛門上，唱〕

【又一體】覺華開遍(韻)，葛藤陳爛(叶)。爲他漚滅空無(句)，十法界妙輪常轉(韻)。誰爲半字(句)，誰爲滿字(疊)，而心自滿(叶)，我言奚半(叶)。〔場上設金蓮寶座，轉場，陞座科。四菩薩作參拜畢，各分侍科。如來佛白〕芥子須彌大，須彌芥子收。由來無量壽，不在這春秋。吾佛如來是也。今乃諸佛菩薩啓建龍華法會之期，恰好孝子傅羅卜挑經挑母，遠涉長途，來到靈山，實爲可喜。〔四菩薩白〕感蒙佛力無邊，垂慈保護，方纔到得靈山，真可慶也。〔觀音菩薩白〕未奉佛旨，不敢引至座前參叩。〔如來佛白〕引來參見便了。〔觀音菩薩白〕謹遵佛旨。着羅卜上殿參見。〔四菩薩各歸座科。小生扮善才，戴線髮，穿氅，繫絲縧，持拂塵；小旦扮龍女，戴過梁額、仙姑巾，穿氅，繫絲縧，持拂塵，引生扮羅卜，戴僧帽，穿水田僧衣，繫絲縧，帶數珠，擔經擔，從上場門上，同唱合〕到西天(韻)，真箇是慧日昭三界(句)，慈雲覆大千(韻)。〔羅卜白〕今日得至靈山，深感我佛垂恩。望求指引，參叩蓮臺。〔善才、龍女白〕相隨我等，一同進見。〔作引羅卜參見科，羅卜白〕弟子參叩。〔如來佛白〕念汝累代仁慈，堅心救母，所以得到此地。〔唱〕

【仙呂宫正曲·皂羅袍】笑折花枝自撚(韻)，念飲光昔日(讀)，一笑如然(韻)。看得牛皮眼光穿(韻)，自心明了非關見(韻)。〔合〕須辨信心堅固(句)，三千行圓(韻)。明知皆夢(句)，夢爲善緣(韻)，菩提種子方無變(韻)。〔羅卜唱〕

【又一體】拜倒如來座前(韻)，念小人有母(讀)，墮落堪憐(韻)。料在陰司望欲穿(韻)，自心明了非關見(韻)。〔合〕恨不信心堅固(句)，三千行圓(韻)。眠時求夢(句)，尚不能夢來母邊(韻)，怎能彀自心徹了他身變(韻)。〔如來佛白〕佛法無量謂之大，佛光普照謂之目，佛力至剛謂之犍，佛功不息謂之連，若爾可謂大目犍連矣。即以大目犍連爲爾法名。〔目連白〕多謝我佛慈悲。〔如來佛白〕今日龍華法會，皆爲你虔心救母而設，你可隨我前往。衆侍從，就此一同前去者。〔衆同白〕領佛旨。〔内奏樂科，如來佛下座，衆擁護遶場科，同唱〕

【仙吕宫正曲・涼草蟲】吉雲香四合(句)，彩光紫萬轉(韻)，蓮花座旁空現(韻)。只見那罡風下九天(韻)，去似離弦箭(韻)。〔合〕帝釋天龍(句)，一時環繞千千(韻)。〔同從下場門下。張佑大等十人與目連作相見科，白〕傅兄好麼？另來無恙。〔目連白〕不相識。〔張佑大白〕兄竟忘了。那日兄遭我等强暴，蒙觀音點化，我等十人，一心求佛，來到西天，得成正果。〔目連白〕原來如此，多感佛祖垂慈。〔唱〕

【慶餘】你屠刀放下和身轉(韻)，我母氏劬勞却還在九泉(韻)。〔衆同唱〕少不得佛力難思度有緣(韻)。〔同從下場門下〕

## 第八齣 孤恓埂相逢舊主（古風韻）

〔雜扮五長解鬼，各戴鬼髮額，穿蟒、箭袖、虎皮卒褂，繫虎皮裙，持器械，帶旦扮劉氏魂，穿破補衫，繫腰裙，從右旁門上，唱〕

【越調正曲・水底魚兒】一路孤恓（韻），淒涼訴與伊（韻）。悔之無及（韻），〔合〕只落得雙淚垂（韻），只落得雙淚垂（疊）。〔長解都鬼白〕劉氏，〔唱〕

【又一體】不用悲啼（韻），須知天眼低（韻）。惡有惡報（句），〔合〕絲毫無漏遺（韻），絲毫無漏遺（疊）。〔劉氏魂白〕長官，今來到此，是甚麼所在？〔長解都鬼白〕是孤恓埂了。〔劉氏魂白〕如何叫作孤恓埂？〔長解都鬼白〕只因惡人徒貪陽世歡娱，恃財妄作，那識陰間法度，稱物平施？所以既入鬼門關，必要過此孤恓埂。〔劉氏魂白〕孤恓埂有甚麼險處？〔長解都鬼白〕聽者。只見亂石巉巉，一簇簇尖如刀刃；危隄削削，一寸寸滑似膏油。狹又狹，長又長，少算些三百餘里；近不近，遠不遠，直連着一十八重。幾根丫丫叉叉的樹枝，上棲惡鳥；一路蓬蓬鬆鬆的茅草，下産毒蛇。隱隱若雷霆，兩邊打來白浪；昏昏没晝夜，四下吹起黑風。且請伊摸着自己心中，誰教你走到這條路上，未受那百般苦楚，先嘗這一味淒涼。哭哭啼啼，已滴乾滴不乾的眼淚；飄飄蕩蕩，重消盡消不盡的遊魂。零零丁丁，身畔不消解鬼；悽悽慘慘，眼中那有親人。纔知道惶恐灘頭未爲惶恐，直到那孤恓埂上方是孤恓。〔劉氏魂白〕難道你們不過此埂？〔長解都鬼白〕我上慈航渡去，你自到烏風洞來。那烏風洞十日一開，去得不湊巧，還受十日之苦。〔作與劉氏魂去鎖科，劉氏魂白〕長官，何不帶我同行？〔長解都鬼作踢倒劉氏魂科，白〕撐船過來。〔雜扮撐船鬼，戴鬼髮、草帽圈，穿喜鵲衣，繫腰裙，持篙，作撐船科，從左旁門上。五長解鬼同作上船科，從左旁門下。劉氏魂作掙起科，白〕原來丟我獨自要過孤恓埂，少不得掙挫前去。〔内作水聲科，劉氏魂唱〕

【商調正曲·集賢賓】俺則見孤埂迢迢(讀)在波濤中結(韻)，却全無地脈連接(韻)，白茫茫巨浪千萬疊(韻)。好一似雷轟雪噴勢滔天(句)，諕、諕得我魂飛膽喪心驚怯(韻)。〔滾白〕當、當不過風力如刀，〔唱〕熬、熬不過身寒似鐵(韻)。〔作跌倒復掙起科，滾白〕這樣孤恓憑誰説，〔作復跌倒科，白〕我好悔也。〔滾白〕第一來悔我背子開葷。〔天井内作下烏啣劉氏魂科，劉氏魂滾白〕第二來悔我瞞天立誓。〔地井内作出蛇咬劉氏魂科，劉氏魂滾白〕第三來悔把三官捲起香燈撤。〔雜扮衆乞鬼，各戴破氈帽，穿破補衣，同從右旁門上，作打劉氏魂科。劉氏魂滾白〕第四來悔我殺狗做饅頭。〔衆乞鬼作推劉氏魂倒地科，同從左旁門下。劉氏魂滾白〕第五來悔把齋僧舍宇都燒滅。到如今枉自追思，〔唱合〕這些事都成差迭(韻)，悔斷肝腸思量那些(韻)。〔雜扮解鬼戴鬼髮額，穿蟒、箭袖、虎皮卒褂，繫虎皮裙，帶小旦扮金奴魂，散髮，穿破衣、背心，繫腰裙，從右旁門上。解鬼白〕金奴，你生前造下無窮業，既到陰司埋怨誰？〔金奴魂白〕鬼使哥，這是甚麽所在？〔解鬼白〕這是孤恓埂。〔金奴魂白〕少不得跟着你走。〔解鬼白〕我上慈航船，渡將過去，你從孤恓埂上而來。〔作與金奴魂去鎖科，金奴魂白〕長官，帶我同上船去罷。〔解鬼作踢倒金奴魂科，白〕説得好自在話，你也想上慈航？這却休想！撑船過來。〔撑船鬼從左旁門上，解鬼作上船科，從左旁門下。金奴魂作掙起科，白〕丟我孤身在此，實是好生苦楚人也。〔内作水聲科，金奴魂白〕你看風浪滔天，站立不住，少不得掙挫前去。前面有一女魂，倒在地下，我身上寒冷，不免剥他一件衣服，我且遮寒。〔作搶衣科，劉氏魂虚白求免科，金奴魂白〕原來是老安人。老安人，金奴在此。〔劉氏魂白〕金奴兒，可憐眼壞身傷，怎生行走？〔金奴魂白〕待金奴扶了安人行走。〔作扶劉氏魂起科，同從左旁門下〕

# 第九齣　思遺愛貧兒知報（支思韻）

〔雜扮衆乞鬼，各戴破氊帽，穿破補衣，繫腰裙，同從右旁門上，白〕惶恐灘頭實惶恐，孤恓埂上好孤恓。前面兩箇女犯，説了好一會話，不免去搶他的東西。〔各虚白，從左旁門下。小旦扮金奴魂，穿破衫、背心，繫腰裙，扶旦扮劉氏魂，穿破補衫，繫腰裙，從右旁門上，唱〕

【仙呂宫集曲·玉山頹】【玉胞肚】（首至合）歎孤身到此（韻），幸相逢舊日侍兒（韻）。〔白〕金奴，若依員外之言，豈有今日！〔滚白〕到如今追思不及，懊悔無已，懊悔無已。〔唱〕悔當初錯聽讒言（句），到今朝受罪陰司（韻）。〔滚白〕自從城隍起解，過那破錢山、滑油山、望鄉臺、奈河橋、鬼門關，來到此間，惡鳥嘬眼，毒蛇傷身，舉目無親，有誰憐憫，有誰憐憫？ 不想道孤恓埂上，幸然相會你。〔唱〕

【五供養】（五至末）兩相愁視（韻），這苦況有誰能似（韻）？〔滚白〕今見你來，〔唱合〕痛得我肝腸斷（句），血淚垂（叶），不堪回首苦追思（韻）。〔作坐地科，金奴魂唱〕

【又一體】我當初逞伶牙俐齒（韻），獻殷勤播閒言浪詞（韻）。〔白〕金奴爲主之心，巴不得安人肥甘養體。〔滚白〕那知道有此報應？ 頓把我爲上之心，反成不義，造下業冤。 懺悔無門，懺悔無門。安人，〔唱〕但令伊超脱沉淪（句），便教奴碎首何辭（韻）。〔劉氏魂白〕金奴，那鬼使説道，烏風洞十日一開，若去遲了，又受十日之苦。你攙扶我起來，掙挫前去。遍身都被蛇咬傷，走不得了。〔金奴魂白〕既是走不得，待我扶了老安人走。〔作扶劉氏魂起科，金奴魂唱〕願仍供驅使（韻），奈瘦伶仃難移雙趾（韻）。〔同作跌倒科，劉氏魂白〕這也難怪你了。兒，今見你來，〔唱合〕痛得我肝腸斷（句），血淚垂（叶），不堪回首苦追思（韻）。〔衆乞鬼同從右旁門上，各虛白作搶衣物科。金奴魂白〕你們這些人好狠，我主僕的衣服，都被你們剥了去，難道着身一件衣服，你還要剥麽？〔一乞鬼白〕這兩箇女鬼好眼熟。〔衆乞鬼白〕正是，我們在陽間討喫的時節，時常見來。我們想一想。〔一乞鬼白〕是了，我想起來了，是王舍城會緣橋傅家劉老安人。再問他一聲。老人家，你可是劉老安人麽？〔劉氏魂虚白科，金奴魂白〕你們都是何人？〔衆乞鬼唱〕

【又一體】告陳前事（韻），是當年街頭乞兒（韻）。〔白〕常到你家求乞的，就是我們了。〔唱〕蒙施捨冷炙殘羹（句），長周濟碎布零絲（韻）。〔白〕自古道：投我以木桃，報之以瓊瑶。小人生前貧苦，〔唱〕報瓊瑶有志（韻），感戴心終朝常矢（韻）。〔白〕看起來，世情在那裏。這劉老安人，昔日在陽間之時，享不盡榮華，受不盡富貴。〔滚白〕滿頭珠翠，遍體羅綺。今到陰司，這等狼狽，見之何忍。頓然不覺你我慈心起，今見你來，〔唱合〕痛得我肝腸斷（句），血淚垂（叶），不堪回首苦追思（韻）。〔金奴魂白〕你們既念安人之恩，此時當報了。〔衆乞鬼白〕不消説，先前剥的衣服，還了你二位罷。〔金奴魂白〕安人的雙眼受了傷，血流不止，怎生是好？〔衆乞鬼白〕埂上有醫生，待我們請來醫治。頗先生有請。〔丑扮頗通醫鬼，戴巾，穿道袍，繫鑾帶，背藥箱，作駝背科，從右旁門上，白〕陽世不善不惡，陰司無貶無褒。幸少寃魂索命，却多貧鬼相招。請了。〔衆乞鬼白〕那埂上有個財主婆，被惡鳥嘬傷眼睛，請你去醫治醫治。〔頗通醫鬼虚白，與劉氏魂作治眼科，劉氏魂作睁目科。衆乞鬼唱〕

【中吕宫正曲·撲燈蛾】齊人乞食曾(句)，齊人乞食曾(疊)，酒食長蒙賜(韻)。只道隔生死(韻)，又豈料相逢在此(韻)也(格)。看了這恁般苦凄(叶)，由不得教人嗟咨(韻)。空有那萬貫金資(韻)，〔合〕今日裏(讀)分文帶不到陰司(韻)。〔頗通醫鬼、衆乞鬼虚白，仍同從右旁門下。雜扮五長解鬼，各戴鬼髮額，穿蟒、箭袖、虎皮卒褂，繫虎皮裙，持器械；雜扮解鬼，戴鬼髮額，穿蟒、箭袖、虎皮卒掛，繫虎皮裙，同從左旁門上，作各鎖劉氏魂、金奴魂科，同從左旁門下〕

## 第十齣　涉重泉力士護行（庚青韻）

〔雜扮八侍者，各戴僧帽，穿僧衣，披袈裟，帶數珠；雜扮阿難、迦葉，各戴毘盧帽，穿僧衣，披袈裟，帶數珠，執錫杖，持芒鞋，引浄扮如來佛，戴佛膉腦，穿蟒，披佛衣，從佛門上，唱〕

【仙吕入雙角合曲·北新水令】大千世界是乾城(韻)，圓覺海一漚旋定(韻)。浪酣風更鼓(句)，花發果還成(韻)。悟徹無生(韻)，有漏身奚尊勝(韻)。〔場上設金蓮寶座，轉場，陞座科，衆侍者各分侍科。如來佛白〕一切有爲法，如夢幻泡影，如露復如電，當作如是觀。我釋迦文佛是也，鵠林示寂，遍界難藏，鹿苑經行，全身露布。人説是周昭王世出興，誰知婁至佛前普是。無古無今兮，無去無來；有常有樂兮，有我有浄。只今龍華一會儼然存，試看大目犍連來救母。〔生扮目連，戴僧帽，穿水田僧衣，繫絲縧，帶數珠，從上場門上，唱〕

【仙吕入雙角合曲·南步步嬌】母氏劬勞風木警(韻)，久住靈山境(韻)，森羅事怎生(韻)？我佛慈悲(句)，隨聲感應(韻)。〔合〕願放大光明(韻)，提出千尋井(韻)。〔作參見科，白〕弟子目連，叩求如來世尊，如何救得母親，免受重泉苦楚，望求我佛慈悲！〔如來佛白〕想你遠涉長途，持心堅定，得到金山，

大非易事。〔唱〕

【仙呂入雙角合曲・北折桂令】爲慈親艱苦頻經(韻)，向竿頭踏步(句)，歷鳥道行程(韻)。幾番兒櫛雨梳風(句)，淩霜冒雪(句)，戴月披星(韻)。渡滄海鯨鯢波静(韻)，走荒山虎豹風腥(韻)。妖魅縱横(韻)，鬼怪侵陵(韻)。憑着你不動如如(句)，不住惺惺(韻)。〔目連唱〕

【仙呂入雙角合曲・南江兒水】欲普如天蓋(句)，先期似地擎(韻)。威儀細行根於性(韻)，八萬三千形召影(韻)。泥洹般若須身證(韻)，何況生身居孕(押)。〔合〕母在泥犁(句)，仰勾慈恩哀拯(韻)。〔如來佛白〕善哉，善哉！百行莫先於孝，五倫首重於親。你既要救取母親，那地獄重重，怎生去得？我如今與你九環錫杖一枝。這錫杖呵，〔唱〕

【仙呂入雙角合曲・北鴈兒落帶得勝令】【鴈兒落】(全)稱身材磋將兔角成(韻)，下工夫纏得龜毛浄(韻)。不空空常挑澗底月(句)，不聞聞慣冒風前磬(韻)。【得勝令】(全)呀(格)，横擔着直入萬峰行(韻)，驀直去樹倒一枯藤(韻)。少了他七聖猶迷聖(韻)，有他時雙睛是一睛(韻)。高擎(韻)，與汝安心竟(韻)。横行(韻)，叢林百魅驚(韻)。〔目連作接錫杖科，白〕弟子持此錫杖呵，〔唱〕

【仙呂入雙角合曲・南僥僥令】憑空飛冥冥(韻)，入地一層層(韻)。玉狗鴻龍來參聽(韻)，〔合〕好向那九關振一聲(韻)。〔如來佛白〕再與你芒鞋一緉。那芒鞋呵，〔唱〕

【仙呂入雙角合曲・北鴈兒落帶得勝令】【鴈兒落】(全)鞋幫兒緊峭生(韻)，兩脚兒跟梢正(韻)。一重重把莊嚴浄土踹(句)，一步步依般若空王令(韻)。【得勝令】(全)呀(格)，你看那月擁更霞蒸(韻)，消受得髮布與蓮承(韻)。渡海呵如象步踏底定(韻)，登山呵比牛車是大乘(韻)。行行(韻)，直到如來境(韻)。騰騰(韻)，母離寶所繩(韻)。〔目連作接芒鞋科，白〕弟子穿此芒鞋呵，〔唱〕

【仙呂入雙角合曲・南僥僥令】從今根脚定(韻)，撩起便登程(韻)。躡月穿雲雙趹稱(韻)，〔合〕好向那深深海底行(韻)。〔如來佛白〕我當再着黃巾力士送汝前去。〔目連白〕多感佛慈。〔如來佛白〕可喚黃巾力士過來。〔一侍者白〕領佛旨。黃巾力士何在？〔雜扮四黃巾力士，各戴紮巾額，紮靠，持神旛、降魔杵、寶燈、金鎖，同從上場門上，作參見科。如來佛白〕今有孝子目連，要往黑陰司見母。爾等須要小心護送前去。〔四力士白〕謹遵佛旨。〔如來佛白〕目連聽我吩咐。念汝孝善雙修，成就你陰曹見母，我已經吩咐力士，護送前行，汝可就此去也。〔目連白〕領佛旨。〔如來佛下座科，白〕全憑幽贊人天力，永保虔修孝善心。〔衆侍者擁護如來佛仍從佛門下。四力士白〕我等遵奉佛旨，護送前行，就請同往。〔目連白〕只是有勞衆位。〔四力士同唱〕

【仙呂入雙角合曲・北沽美酒帶太平令】【沽美酒】(首至四)見慈親在此行(韻)，見慈親在此行(疊)，飛也似振衣輕(韻)。有錫杖芒鞋伴五丁(韻)，蒙指點路分明(韻)。【太平令】(全)回頭望迢遥鷲嶺(韻)，但一片慈雲籠定(韻)。徧世界輝光相映(韻)，盼蓮臺依稀雲影(韻)。俺呵(格)，數不盡山程(韻)、水程(韻)，更有這長

亭㊇、短亭㊇，呀㊣，過千峰只争俄頃㊇。〔目連唱〕

【南慶餘】追攀何路尋蹤影㊇，泣血孤兒赴杳冥㊇。〔四力士白〕孝子呵，〔唱〕須教你無恙前途急趲行㊇。〔同從下場門下〕

## 第十一齣　界陰陽地官申送（魚模韻）

〔雜扮四皂隸鬼，各戴皂隸帽，穿箭袖，繫皂隸帶，引淨扮地界官，戴黑白二色幞頭，穿黑白二色圓領，束黑白二色角帶，從右旁門上，白〕陰風四繞苦泥犁，黑獄魔城實慘悽。白日全無人作伴，黄昏只有鬼争啼。吾乃管理黑獄陰司地界官是也。則這十司狴犴，舉目無天；六道輪迴，痛心搶地。總只是黑漫漫的三途路徑，却總因鬧攘攘的六慾牽纏。衆鬼卒，隨俺巡察一番者。〔四皂隸鬼應科，地界官白〕漫漫黑獄幽冥界，造業衆生苦折磨。〔同從左旁門下。雜扮四黄巾力士，各戴紥巾額，紥靠，持神旛、降魔杵、寶燈、金鎖，引生扮目連，戴僧帽，穿水田僧衣，繫絲縧，帶數珠，執錫杖，從上場門上，同唱〕

【正宫正曲·普天樂】踏空行乘風度(韻)，忽過却千峰路(韻)。纔離了清淨佛土(韻)，又來至幽暗酆都(韻)。〔合〕漸行行險阻(韻)，山川別一區(韻)，爲救母心專(讀)不憚辛苦馳驅(韻)。〔四力士白〕聖僧，來此已是黑陰司地界了，且請少待。陰府地方官何在？〔四皂隸鬼引地界官仍從左旁門上，地界官唱〕

【越調正曲·水底魚兒】冥府酆都(韻)，誰來擅叫呼(韻)？陰陽交界(句)，〔合〕森森情面無(韻)，森森情面無(疊)。〔白〕何人在此陰陽交界大呼小叫？〔四力士白〕我等遵奉佛旨，送聖僧至陰司尋母，從汝地界經過，不得攔阻。〔地界官白〕既奉佛旨，怎敢相違。速請聖僧既赴陰司尋母，一面備文申行十殿便了。〔四力士白〕聖僧就請向陰司尋母，我等回覆佛旨去也。〔目連白〕有勞神力相送，回見佛祖之日，自當叩謝。〔四力士白〕請了。人心分善惡，地界辨陰陽。〔仍從上場門下。地界官白〕聖僧到此，理當陪侍同往，因有所司事件在身，以此不得奉陪。我這裏即便申文，前途一概不許攔阻便了。〔目連白〕此則多感，尊官請便。〔地界官白〕聖僧，小官失陪了。〔目連虛白科，地界官白〕相逢纔衮衮，話別又匆匆。〔四皂隸鬼引地界官仍從左旁門下。目連白〕不免前行便了。〔唱〕

【正宮正曲·普天樂】歎親魂歸何處㊞韻？ 蔭慈雲施甘露韻。春風布蘇槁回枯韻，好急忙十殿尋呼韻。〔合〕漸行行險阻韻，山川別一區韻，爲救慈幃讀不憚辛苦馳驅韻。〔從左旁門下〕

## 第十二齣　嚴旌别案主分明（古風韻）

〔雜扮四女皂隸鬼，各戴皂隸帽，穿窄袖，繫皂隸帶，持刑杖；雜扮四女禁子鬼，各戴棕帽，紮包頭，穿劉唐衣，繫肚囊；雜扮女書吏鬼，戴書吏帽，穿圓領，繫鸞帶；雜扮女門子鬼，戴小兒巾，穿道袍，引副扮女案主，戴鳳冠，穿圓領，束玉帶，從酆都門上，唱〕

【吹腔·秦州女】在陰曹（讀）職掌孟婆湯（韻），造惡亡魂到必嘗（韻）。見者口乾偏要飲（句），霎時吞下便顛狂（韻）。善人不飲心清淨（句），惡犯難逃受此殃（韻）。迷魂地獄無私曲（句），執法從公把果報彰（韻）。〔場上設公案桌椅，轉場，入桌坐科，白〕泉路茫茫實慘悽，黑雲漠漠覆全低。吾湯不是迷魂藥，只爲羣生魂自迷。吾乃陰府管理迷魂地獄、執掌孟婆湯女案主是也。凡有一應女鬼，皆屬俺掌管。今奉閻君之命，將一切犯婦分别賢愚善惡。若有賢孝節義者，即着青衣，送至閻君殿庭，以便旌奬超生；倘有生前造作非爲者，即將迷湯灌飲，以彰孽報。衆鬼卒，可將一應女鬼犯，逐隊帶來勘驗。〔女書吏鬼作呈簿書科，白〕稟上案主，今有王舍城罪婦一名——傅門劉氏，併有悞被殺害女犯一名——驚鴻，以憑案主發落。〔女案主白〕帶過來。〔女書吏鬼白〕鬼卒，快帶罪婦二名過來。〔雜扮五長解鬼，各戴鬼髮額，穿蟒、箭袖、虎皮卒褂，繫虎皮裙，持器械，帶旦扮劉氏魂，穿破補衫，繫腰裙；雜扮解鬼，戴鬼髮額，穿蟒、箭袖、虎皮卒褂，繫虎皮裙，帶小旦扮驚鴻魂，穿衫，同從右旁門上。衆解鬼白〕罪婦二名帶到。〔女案主白〕劉氏，你乃是一門修善，廣齋僧道，茹素持齋，如何你夫主亡後，一旦聽信讒言，背誓開葷，殺生害命，諸般造孽非爲，是何道理？〔劉氏魂白〕犯婦既到此地，也無强辯了，只求案主寬容饒恕。〔女案主白〕你在生前造惡多端，不可勝數，自有輪迴果報。驚鴻悮傷身命，情實可憫，陰曹自有報應。與劉氏俱各不加迷魂湯飲，速解到司主殿前，以憑發落。〔劉氏魂、驚鴻魂白〕多謝案主。〔衆解鬼帶劉氏魂、驚鴻魂同從左旁門下。女案主白〕帶取巫師陳六娘、妒婦馮氏過來。〔衆女皂隸鬼應科，帶旦扮陳六娘魂、淨扮馮氏魂，各搭魂帕，穿衫，同從右旁門上，唱〕

【吹腔・黑霧漫】追悔相從順叛奸（叶），今來冥府受摧殘（叶）。慘慘陰風寒刺骨（句），沉沉黑霧覆重泉（韻）。〔女皂隸鬼白〕罪婦二名當面。〔女案主白〕陳六娘，你既爲巫師，應當遵行正道，反與叛賊李希烈治病。馮氏，你做了田希監的夫人，乃是一位命婦，何得妄生嫉妒，驅逐驚鴻，悮被殺害？你這二人罪孽兇惡，難免陰司鍛鍊也。〔陳六娘魂、馮氏魂白〕求案主饒恕。〔女案主唱〕你相從叛賊難饒恕（句），你這嫉妒傷人犯罪愆（韻）。〔白〕速喚孟婆，取迷魂湯來。〔雜扮二孟婆，各穿老旦衣，持湯壺，從酆都門上，唱〕把惡人引入迷魂陣（句），管教嘗此發狂顛（韻）。忽聞案主來呼喚（句），忙持湯壺到臺前（韻）。〔女案主唱〕孟婆不得違吾命（句），施行治罪莫遲延（韻）。〔二孟婆應科，陳六娘魂、馮氏魂作飲湯迷跌科，衆女皂隸鬼作趕從左旁門下。女書吏鬼白〕稟上案主，有女犯四名，自有別殿發落，不必飲取迷魂湯，只要案主點名經過。專此稟明。〔女案主白〕既如此，待我點取姓名，逐一過去便了。犯婦蔣氏、孫氏、陶氏、龐氏。〔女書吏鬼白〕快帶犯婦四名上來。〔衆女皂隸鬼應科，帶雜扮蔣氏魂、孫氏魂、陶氏魂、龐氏魂，各搭魂帕，穿衫，同從右旁門上，唱〕

【吹腔·顛倒歌】我生前(讀)作事多顛倒(韻)，罪犯彌天怎脱逃(韻)。今日裏阿鼻受苦須知道(韻)，這地獄重重難恕饒(韻)。〔女案主唱〕誰教你陽間作惡把良心喪(句)，到此陰司怎受熬(韻)。看他們帶鎖披枷真悽慘(句)，禍福由來人自招(韻)。〔衆女皂隸鬼作帶從左旁門下。女書吏鬼白〕稟上案主，有行善節婦李瓊芝、秦素英二名，請案主發落。〔女案主白〕將他二人好好的帶上來。〔衆女皂隸鬼應科，帶小旦扮李瓊芝之魂、老旦扮秦素英魂，各搭魂帕，穿衫，同從右旁門上。女案主白〕李瓊芝、秦素英，你二人冰霜節操，貞烈可嘉，甚爲欣羨。〔李瓊芝魂、秦素英魂白〕何敢當案主嘉旌。我二人呵，〔唱〕

【吹腔·貞烈引】守堅持(讀)婦道爲根本(韻)，九烈三貞重理倫(韻)。我惡婆(讀)毒打懸梁縊(句)，剪髮遭危喪此身(韻)。〔女案主白〕着青衣好好送到殿主案下，以便超登法界。〔衆女皂隸鬼作帶從左旁門下。女書吏鬼白〕稟上案主，還有誘人犯法李鴇兒、姦騙財物張妓女、拆散姻緣蔣媒婆、挑唆撥鬬許家娘，共女犯四名，俱係罪孽深重，陰報難逃，專候案主發落。〔女案主白〕原來還有這四宗大案，快快帶過來。〔衆女皂隸鬼應科，帶雜扮李鴇兒魂、張妓女魂、蔣媒婆魂、許家娘魂，各搭魂帕，穿衫，同從右旁門

上，唱〕

【吹腔・誅四凶】在陽間(讀)爲不良(韻)，引誘佳人爲妓娼(韻)。傅粉塗朱無廉恥(句)，倚門賣笑歹心腸(韻)。先許張三攀李四(句)，姻緣拆散弄乖張(韻)。平空架禍將人害(句)，全虧舌劍與唇鎗(韻)。〔女案主作怒科，白〕你這四名惡婦，在生前爲非作歹，逆理亂常，深爲可恨。〔四鬼犯白〕只求案主從寬饒恕。〔女案主白〕你們到此地位，還求饒恕麽？〔唱〕

【吹腔・暗鎖魂】肆姦惡(讀)犯罪條(韻)，狠毒心似利刀(韻)。任伊求懇怎輕饒(韻)？〔白〕李鴇兒，〔唱〕你誘人犯法把良心喪(句)，〔白〕張妓女，〔唱〕你姦騙財物恁貪饕(韻)，〔白〕蔣媒婆，〔唱〕你拆散姻緣傷天理(句)，〔白〕許家娘，〔唱〕你是非搬鬭法難逃(韻)。〔白〕孟婆，〔唱〕將四名惡犯(讀)忙把迷湯灌(句)，從此陰司受煎熬(韻)。〔二孟婆唱〕此湯尤勝蒙汗藥(韻)，〔衆女皂隸鬼唱〕到口須臾魂魄消(韻)。〔四鬼犯作飲湯迷跌科，同唱〕

【吹腔・醉夢令】飲迷湯(讀)苦痛煎(韻)，絞腹屠腸頃刻間(叶)。飄飄一似風中絮(句)，渺渺猶如醉夢顛(韻)。〔女案主唱〕速將利器忙驅逐(句)，押入酆都拘禁監。〔押女皂隸鬼唱〕不用鞭笞加刑杖(句)，忙將鎖鍊緊牢拴(韻)。〔女禁子鬼唱〕將伊速解森羅殿(韻)，另有嚴刑按罪愆(韻)。碓搗磨挨諸地獄(句)，尚有那灰河劍樹與刀山(叶)。鎔銅熱鐵把咽喉灌(叶)，沸滾油鍋將身體煎(韻)。〔衆女皂隸鬼作帶從左旁門下。雜扮衆女鬼，各搭魂帕，穿衫，同從右旁門上，唱〕奔馳倏忽離塵世(句)，迅速行來到九泉(韻)。饑又饑來渴又渴(句)，香湯撲鼻口流涎(韻)。〔各作飲湯迷跌科，衆女皂隸鬼作趕打科，同唱〕新喪亡魂諸鬼類(句)，休因渴吻便争餐(叶)。〔衆女鬼唱〕只道瓊漿甘露飲(句)，誰知喫下遍身酸(叶)。絞腸剮肚心疼碎(句)，早知如是爲何餐(叶)？〔衆女皂隸鬼作趕從左旁門下。丑扮女報子鬼，穿衫，從酆都門上，白〕一心忙似箭，兩脚走如飛。啓上案主，今有一殿閻君，審問鬼犯案件甚緊，恐有撥在案主司分之事，因此特來報知。〔女案主白〕既如此，打導往彼。〔一女皂隸鬼向下牽驢隨上，女案主作倒騎驢科，唱〕陰司地獄重重苦(句)，這的是作惡身亡第一關(叶)。急速快到森羅殿(韻)，倘悮公差惹罪愆(韻)。〔衆同從酆都門下〕

# 第八本卷下

## 第十三齣　重勘問業鏡高懸（古風韻）

〔酆都門上换「業鏡地獄」匾。雜扮牛頭、馬面，各戴套頭，穿門神鎧，持叉；雜扮八小鬼，各戴鬼髮，穿箭袖，繫肚囊；雜扮八鬼卒，各戴鬼髮，穿蟒、箭袖、虎皮卒褂，持器械；雜扮八動刑鬼，各戴豎髮額，穿劉唐衣，繫肚囊；雜扮八侍從鬼，各穿戴「業鏡地獄」鬼衣；雜扮二判官，各戴判官帽，穿圓領，束角帶，持筆簿；雜扮金童，戴紫金冠，穿氅，繫絲縧，執旛；雜扮玉女，戴過梁額、仙姑巾，穿氅，繫絲縧，執旛，引雜扮第一殿閻君，戴閻君套頭，穿閻君衣，襲氅，從酆都門上，唱〕

【仙吕調隻曲·點絳唇】果報分明（韻），還同形影（韻）。來折證（韻），造業衆生（韻），現放着高臺鏡（韻）。

〔場上設平臺、虎皮椅，轉場，陞座，衆鬼判各分侍科，八小鬼向下扛業鏡臺隨上，設左側科。閻君白〕陰府森羅殿十重，職居首殿勢尊崇。從來地獄無冤斷，執法閻君心至公。吾乃一殿秦廣王是也，掌管業鏡地獄。但凡陽間作惡之人，進了鬼門關，殿殿勘問，受種種地獄之苦，直至十殿，方得超生。若獲重罪，打入泥犁，永不得還陽世。近因鬼犯奸狡者頗多，爲此預將業鏡懸設於此，使他一到這裏，鏡中照見，立辨善惡。鬼使，如有鬼犯到來，帶進聽審。〔衆鬼卒應科。雜扮五長解鬼，各戴鬼髮額，穿蟒、箭袖、虎皮卒褂，繫虎皮裙，持器械，帶旦扮劉氏魂，穿破補衫，繫腰裙，從右旁門上，作到科。長解都鬼白〕門上那位在？〔一鬼卒作出門問科，長解都鬼白〕犯婦劉氏解到。〔鬼卒虛白作進門稟科，閻君白〕帶進來。〔鬼卒作出門引五長解鬼帶劉氏魂，作進門跪科，長解都鬼跪呈公文科，閻君作看公文科，白〕一名犯婦，傳門劉氏，惡業多端，從實招來。〔劉氏魂唱〕

【中呂宮正曲·駐馬聽】哀告聲聲(韻)，提起沉冤雨淚零(韻)。念奴是從夫從子(句)，施帛施金(讀)、齋道齋僧(韻)，奈因東嶽誤聞聽(韻)，將奴加罪不詳省(韻)。〔合〕乞賜哀矜(韻)，高臺明鏡超身命(韻)。〔閻君白〕帶他到業鏡臺去一照，便見分明。〔一判官帶劉氏魂至業鏡臺前跪照科，鏡中現出劉氏設計燒害僧道景像科，劉氏魂作悔歎科，一判官白〕啓上閻君，這劉氏立誓持齋茹素，永不開葷，後來他頓改初心，欺僧滅道，殺害牲靈，以充口腹，將骨頭埋在花園之內。罪惡樁樁，合受重重之苦。謹此稟上閻君，以憑發放。〔閻君白〕可惱！與我着實的打。〔衆鬼卒作打劉氏魂科，閻君唱〕

【又一體】行濁言清(韻)，業鏡昭昭自見形(韻)。故違誓願(句)，殺害犧牲(讀)、褻瀆神明(韻)，當時任意恣胡行(韻)，無窮罪惡書難罄(韻)。〔合〕誓願難更(韻)，如山鐵案從玆定(韻)。〔一判官付公文科，長解都鬼接公文，帶劉氏魂作出門從左旁門下。雜扮二解鬼，各戴鬼髮額，穿蟒、箭袖、虎皮卒褂，帶净扮張捷魂，戴氊帽，穿喜鵲衣，繫腰裙；生扮陳榮祖魂，戴巾，穿道袍，繫腰裙，從右旁門上，作進門跪科。陳榮祖魂白〕爺爺，陳榮祖被他謀死獄中的。〔張捷魂虛白科，閻君白〕誰與你分剖？ 也帶他到業鏡臺一照便了。〔一判官帶張捷魂至業鏡臺前跪照科，鏡中現出張捷設計害陳榮祖景像科，張捷魂作驚怕科，八小鬼扛業鏡臺下，仍上，分侍科。判官白〕張捷爲富不仁，違禁取利，大升小斗，害衆成家，將這秀才陳榮祖謀死獄中，占他妻子，幸得傳相救拔。他又做了逆賊李希烈奸細，因此被冤之人把他活活將彈打死。〔閻君白〕原來如此。張捷，〔唱〕

【又一體】你乖戾天生(韻)，爲富奸貪惡貫盈(韻)。慣用那大升小斗(句)，刻剥貧民(讀)，心欠公平(韻)。把閭閻懦弱恣欺淩(韻)，小民誰敢與伊爭競(韻)。〔白〕我這裏本當加罪於你，只因你被彈打死，也算償了冤債了。註生判官，將他解往前途，按業受報便了。〔唱合〕使他貧賤伶仃(韻)，他生惡報今生定(韻)。〔一解鬼應科，帶張捷魂作出門科，從左旁門下。閻君白〕陳榮祖，既是秀才遭冤而死，可發牌到十殿，使他轉生陽世爲官。〔陳榮祖魂作叩謝科，白〕多謝爺爺。正是：人惡人怕天不怕，人善人欺天不欺。〔一解鬼帶陳榮祖魂作出門科，從左旁門下。閻君下座科，唱〕

【慶餘】歎世人昧心行不正(韻)，業鏡臺前事事明(韻)，惟有箇積善之人心不驚(韻)。〔衆鬼判擁護閻君，仍同從酆都門下。生扮目連，戴僧帽，穿水田僧衣，繫絲縧，帶數珠，執錫杖，從右旁門上，唱〕

【仙吕調隻曲·村裏迓鼓】初來到陰司、陰司地面(韻)，向何方森羅、森羅寶殿(韻)？ 我將這錫杖兒高擎(句)，行遍了地獄重泉(韻)。過奈河橋邊(韻)，滑油山前面(韻)，見一所鐵圍城銅牆鐵壁(句)，四時蔽日(句)，萬垛連天(韻)。好教我瞻之在前(韻)，仰之彌高(句)，鑽之彌堅(韻)。天！我娘親多應在鐵圍城裏(讀)，受着業寃(韻)。〔以錫杖卓地科，白〕唵嘛呢薩婆訶。〔一判官從酆都門上，白〕禪師何來？〔目連白〕爲尋老母，驚動起居。〔判官白〕不知令堂是何門何氏？〔目連白〕傅門劉氏。〔判官白〕傅門劉氏，方纔解往前途去了。此去前面地獄重重，也難相見，勸你休去罷。〔目連白〕縱是地獄重重，少不得要尋見我娘親。〔判官唱〕

【南呂宮引・哭相思】高僧不必淚漣漣(韻)，鐵杵磨鍼在意堅(韻)。〔仍從酆都門下。目連唱〕我到鐵圍娘又去(句)，不知何日再團圓(韻)。〔從左旁門下〕

# 第十四齣　乍遭逢春心頓起（古風韻）

〔雜扮二院子，各戴羅帽，穿屯絹道袍，繫鸞帶，引旦扮曹賽英，穿氅，坐車内科；雜扮車夫，戴氊帽，穿喜鵲衣，繫腰裙，作推車科，從上場門上。丑扮梅香，穿衫、背心，繫汗巾；老旦扮奶娘，穿老旦衣，繫包頭，隨上。曹賽英唱〕

【商調引・接雲鶴】崎嶇行過北邙頭(韻)，滿眼蓬蒿土一抔(韻)。〔白〕世人皆有母，嗟我獨無娘。不盡杜鵑血，千行併萬行。不幸母親早喪，感得繼母養育成人。今遇清明，恰是母親忌日。往常父兄在家，必到墳頭掛紙。前日爹爹因承王命賞邊，哥哥爲因老父年邁，以此追隨同往。今日奴家特來拜祭母親墳塋，拜掃已畢，不免回去罷。堂前萱草摧風冷，膝下嬌蘭怨月明。〔同從下場門下。副扮段公子，戴巾，穿道袍，持馬鞭，從上場門上。雜扮院子，戴羅帽，穿屯絹道袍，繫鸞帶，隨上。段公子唱〕

【高大石調正曲・窣地錦襠】清明時節賣餳天(韻)，愛看兒童放紙鳶(韻)。遊人倦賞暮方還(韻)，〔合〕到處牽情意黯然(韻)。〔曹賽英内白〕梅香，可從小路回去罷。〔段公子白〕聞得一佳人吩咐梅香從小路回去，不免趲行幾步，先到小路口上等候，待他來時，不免飽看一回，有何不可。〔院子白〕公

子要放尊重些。〔段公子唱〕

【高大石調正曲・哭岐婆】你休談迂論(句)，我心如火燃(韻)。把雕鞍斜拂(句)，快着玉鞭(韻)。〔合〕羊腸路口候嬋娟(韻)，若得相逢緣不淺(韻)。〔白〕此乃小路口上。想那嬌嬌，定從此路而來。我不免下了馬，在此柳陰之下等他則箇。〔作下馬，院子作接馬科。梅香内白，車子可從那邊走。〔段公子白〕來了，快些迎着他走。〔院子引曹賽英坐車内，車夫作推車科，梅香、奶娘隨科，同從上場門上。曹賽英唱〕

【南吕宫正曲・金錢花】崎嶇小徑斜穿(韻)、斜穿(格)，千家榆火新烟(韻)、新烟(格)，〔梅香作閃跌科，唱〕鞋弓襪小步難前(韻)。〔曹賽英唱〕明霞照(讀)，蔓花牽(韻)，〔合〕須趲步(讀)轉家園(韻)。〔同從下場門下。段公子虚白作窺視科，梅香白〕誰家浪子，這等無禮？〔段公子白〕我是段公子，極富貴，極勢力，只是一件，我没有老婆的。〔梅香虚白，從下場門下，院子白〕被那梅香罵了公子去了。〔段公子白〕他罵我是愛我。你徒聞其言，不察其心，見我被他罵，不知我的快活。莫説小姐，就是這箇丫頭，也生得十分清俊，可愛可愛。〔院子白〕公子，請上馬回去罷。〔段公子白〕我也不騎馬了。〔唱〕

【又一體】嬌嬌美貌堪憐(韻)、堪憐(格)，不由人不留連(韻)、留連(格)，馬知人意懶奔前(韻)。慾火動(讀)，忽如燃(韻)，〔合〕須趲步(讀)轉家園(韻)。〔院子白〕公子，已到自家門首了。〔段公子虚白，作進門，院子隨進科。段公子白〕這是那裏？〔院子白〕是公子書房裏。〔段公子白〕想昏了。拿茶來喫。〔院子應科，從下場門下。場上設椅，段公子坐科，白〕晴日芳郊遇麗娟，雙眸剪水鬢拖蟬。暗中幾度閒猜擬，應是

仙姬步洛川。我方纔遊春而回，中途幸遇嬌娥，十分美貌，來到家庭，不覺天色已晚。〔起作望月科，唱〕

【南呂宮正曲·紅衫兒】早雲破月來花弄影(韻)，寂靜閒庭(韻)。對良宵幽恨偏增(韻)，思量可憎(韻)。怎不把笑臉兒來迎(韻)？我辦十分至誠(韻)。〔合〕倘得箇親近娉婷(韻)，是三生有幸(韻)。〔白〕那小姐前行，我在後隨，風吹香氣，撲鼻馨馨。〔唱〕

【南呂宮正曲·劉潑帽】只待車中馬上相隨定(韻)，没揣的向仄逕潛行(韻)，想多應假把心腸硬(韻)。〔合〕管一笑契三生(韻)，百歲姻曾訂(韻)。〔坐科。院子捧茶盞從上場門上，白〕公子請茶。〔段公子白〕我那箇要喫茶？我們今日遊春見的那箇女子，是那一家的，你可知道麽？〔院子白〕那箇女子麽，乃是曹尚書老爺的女兒，名喚賽英小姐。先年憑那張媒許聘傅相之子，近聞其子出家修行，不知此女近來如何。〔段公子起，隨撤椅科，白〕既然如此，張媒必知端的。快備辦禮物，明早你就去託那張媒便了。〔院子應科，段公子白〕清揚逢淑女，〔院子白〕撮合賴冰人。〔段公子白〕好咏桃夭句，〔院子白〕蘭房花燭新。〔同從下場門下〕

# 第十五齣　森羅殿積案推情（古風韻）

〔雜扮牛頭、馬面，各戴套頭，穿門神鎧，持叉；雜扮八鬼卒，各戴鬼髮，穿蟒、箭袖、虎皮卒褂，持器械；雜扮八動刑鬼，各戴竪髮額，穿劉唐衣，繫肚囊；雜扮四判官，各戴判官帽，穿圓領，束角帶，持筆簿，引雜扮第一殿閻君、第五殿閻君，各戴冕旒，穿蟒，束玉帶，從酆都門上，同唱〕

【南呂調套曲・一枝花】俺爲着飛書下紫霄(句)，一般的摇珮趨青瑣(韻)。〔雜扮第二殿閻君、第三殿閻君，各戴冕旒，穿蟒，束玉帶，從酆都門上，同唱〕信不的叫冤天地少(句)，結不了疑案古今多(韻)。〔雜扮第四殿閻君、第六殿閻君，各戴冕旒，穿蟒，束玉帶，從酆都門上，同唱〕儘饒他暗使嘍囉(韻)，早自己難瞞過(韻)。〔雜扮第七殿閻君、第八殿閻君，各戴冕旒，穿蟒，束玉帶，從酆都門上，同唱〕非是俺冥司法太苛(韻)。〔雜扮第九殿閻君、第十殿閻君，各戴冕旒，穿蟒，束玉帶，從酆都門上，同唱〕下還高葉落歸根(句)，好和歹花開結果(韻)。〔衆閻君白〕奸佞多成案，曹司積簿書。　天心還慎重，一蟻不輕誅。　我等十殿閻羅是也。　適奉上帝玉旨，令我等會審積年大案。　將罪犯提齊在東嶽大帝殿庭，公同審理。　衆鬼使，就此擺道前行。〔衆鬼判應科，衆閻君白〕鸞鵲乍銜天詔下，旌旗遥拂嶽雲開。〔衆同從下場門下。雜扮八侍從，各戴將巾，穿蟒、箭袖、排穗，執儀仗；雜扮四判官，各戴判官帽，穿圓領，束角帶，持筆簿，引淨扮東嶽大帝，戴冕旒，穿蟒，束玉帶，執圭，從上場門上，唱〕

【南呂調套曲·九轉貨郎兒第一轉】香熏透松風古殿(韻)，簾隱映丹崖翠巘(韻)。只可惜殘碑無字草芊芊(韻)。雞唱裏催塵世(句)，日起處促流年(韻)，怎教俺簽注彭殤不悵然(韻)？〔白〕盤盤石路接天門，秩比三公岳最尊。七十二君封禪後，金泥玉檢至今存。俺乃東嶽天齊大帝是也。恰纔朝見玉帝，奉有玉旨。今日會齊十殿閻君，到俺殿庭，公同勘問應行發落案件。則索陞座者。〔內奏樂科。雜扮四宮官，各戴宮官帽，穿圓領，繫絲縧，執符節、龍鳳扇，從兩場門分上。場上設高臺、帳幔桌、虎皮椅，東嶽大帝轉場陞座，衆侍從各分侍科。衆鬼判引衆閻君從上場門上，同白〕金碧輝煌開寶殿，香煙繚繞捲珠簾。〔作到進門科，白〕大帝在上，我等衆森羅參禮。〔東嶽大帝白〕衆位閻君少禮。〔衆閻君作參拜科，白〕爲定南山案，來參東嶽宮。欽哉刑是恤，上帝好生同。〔東嶽大帝白〕衆位閻君請各歸公座。〔衆閻君白〕謹遵帝諭。〔場上設公案桌椅，衆閻君各入桌坐科。東嶽大帝白〕衆位閻君，今日遵奉玉旨，會審積年大案。須要仔細詳明，逐一勘問。我當奏請玉旨，定罪施行。〔衆閻君白〕掌案的，可將案卷逐一呈明大帝觀覽。〔衆判官作呈簿書科，白〕案卷呈覽。〔東嶽大帝作看科，衆閻君白〕可將逆謀案件細細報明。〔衆判官作跪科，白〕奸邪盧杞一案、楊國忠一案，酷吏來俊臣一案，叛逆安禄山一案、朱泚一案、李希烈一案，逢君悮國李勣一案，候大帝勘問定罪。〔東嶽大帝白〕看這幾樁案件，俱是罪惡滔

天，好生可恨也！〔唱〕

【第二轉】錦簇簇繁華天下(韻)，鬧炒炒幾場戲耍(韻)，慘可可葬送了長安百萬家(韻)。則待將枝節搜尋到根芽(韻)，敢只是内奸臣外叛賊(讀)相勾搭(韻)。也着他受些刑罰(韻)，〔衆閻君各作怒科，東嶽大帝唱〕早觸怒了皐繇臉削瓜(韻)。〔白〕帶這盧杞過來。〔衆閻君白〕快帶盧杞聽審。〔鬼卒應科，向酆都門帶浄扮盧杞魂，戴幞頭，搭魂帕，穿喜鵲衣，繫腰裙，帶枷杻，作進門跪科。鬼卒白〕盧杞當面。〔東嶽大帝白〕盧杞，你貌陋心險，妬賢嫉能，毒害廷臣，不計其數，是箇做宰相的麽？〔衆閻君白〕這廝罪惡多端，屢經審鞫，俱已供招有卷，一覽便知。奸賊，你可將毒害廷臣緣故，再説一番。〔盧杞魂白〕我自想這些勾當，也没有别的緣故，算來邪正勢不兩立。顔真卿在朝，尤爲挺正敢言，那裏容得他，只得假手於賊，以杜後患，那曉得倒成就了他萬古之名，我偏受九泉之苦。〔東嶽大帝白〕小人固寵保位，一至於此。盧杞，你好狠毒也。〔唱〕

【第三轉】恁可是李林甫傳的嫡血(韻)，陷忠良堂深偃月(韻)。那郭汾陽(讀)早識你心邪(韻)，見你時迴避了(句)衆姬妾(韻)。〔衆閻君白〕令公果有先見。〔東嶽大帝唱〕直弄的兵戈遍野(韻)，搜括的窮民怨嗟(韻)。奸人黨結(韻)，忠臣恨切(韻)，催趲着國破家亡好快些(韻)。〔衆閻君白〕這廝罪不容誅，如何發落？〔東嶽大帝白〕各殿速行定擬，以便回奏。〔衆閻君白〕按律臣下犯奸佞者，腰鑕。盧杞係奸佞之臣，合依律腰鑕。〔東嶽大帝白〕各殿王執法無差，便將盧杞做箇奸佞的榜樣。〔衆閻君白〕衆鬼使，可將盧杞押下去。〔鬼卒應科，帶盧杞魂作出門科，仍從酆都門下。東嶽大帝白〕帶楊國忠過來。〔衆閻君白〕快帶楊國忠聽審。〔鬼卒向酆都門，帶雜扮楊國忠魂，戴幞頭，搭魂帕，穿喜鵲衣，繫腰裙，帶枷杻，作進門跪科。鬼卒白〕楊國忠當面。〔東嶽大帝白〕楊國忠，你自恃椒房貴戚，權傾中外，平生罪惡，罄竹難書，我且略舉一二。即如你做御史的時節，迎合奸相之意，按治韋堅等獄，深文巧詆，誣衊被收者數百家。那些怨鬼，豈肯饒你？扶風報災，你遣使按問，致郡國水旱，不敢上報，那些餓鬼，豈肯饒你？洱河敗後，你又興師動衆，可憐勍卒二十萬，踦履無遺。那些陣亡之鬼，也不肯饒你。教俺如何治汝，以雪衆憤？〔衆閻君白〕可恨，我等不禁髮指。楊國忠，你還有辯處麽？〔楊國忠魂白〕事已如此，有何分辯？只是我生察察的一身肥肉，都被軍士們噉盡，更將何物抵罪？〔衆閻君白〕你身上之肉有盡，心中之毒無窮。俺這裏自有箇抵罪的法兒。〔東嶽大帝白〕楊國忠，你不如在長安市上做箇無賴惡少年，了此一身，倒没有許多罪業也。〔唱〕

【第四轉】鎮日裏齊整整花街柳市(韻)，笑吟吟憨哥浪子(韻)。誇什麽門楣靠這海棠枝(韻)，受了些官家寵賜(韻)，舒了些胸中鬱滯(叶)。千不合萬不合(讀)，惹了馬嵬驛諸軍士(韻)。到了陰司(韻)，喫了官司(韻)。借不的(讀)虢國夫人勢(叶)，向這裏錢也無處使(韻)。撕(韻)裂了四肢(韻)，剛賸得一具兒骷髏跪在此(韻)。〔衆閻君白〕這廝罪大惡極，如何發落？〔東嶽大帝白〕各殿王速行定擬，以便回奏。〔衆閻君白〕論起來楊國忠也是一箇奸相，該與盧杞同罪。但其間干連人命更多，宜加二等，應上刀山。〔東嶽大帝白〕各殿王所擬妥協，仍候玉旨施行。〔衆閻君白〕衆鬼使，可將楊國忠押下去。〔鬼卒應科，帶楊國忠魂作出門，仍從酆都門下。衆閻君白〕快帶來俊臣聽審。〔衆卒應科，向酆都門，帶丑扮來俊臣魂，戴紗帽，搭魂帕，穿喜鵲衣，繫腰裙，帶枷杻，作進門跪科。來俊臣魂作大喊起立科，白〕我好不伏也。〔衆鬼卒作喝打科，東嶽大帝白〕來俊臣，你有何不伏之處，不妨説上來。〔來俊臣魂白〕我來俊臣最不伏的，就是那叫做什麼閻羅王。〔東嶽大帝白〕休得無禮。〔來俊臣魂白〕我來俊臣雖是箇酷吏，比那閻羅還不及萬分之一。酷吏有罪，閻羅獨無罪，這是死也不伏的。〔東嶽大帝白〕合殿王恕他狂妄無知，不必計較。待俺曉喻他一番。〔衆閻君虛白科，東嶽大帝白〕來俊臣，你曉得麽？人間五刑，地府十獄。人間的是殺以止殺，地府的是心所生心若刑所當刑。地府的春燒碓磨，皆是你自心所成；若刑所不當刑，人間的一笞一杖，亦是你妄加于彼。你巧伺女主，屢興大獄，芟夷巨室，翦削宗支，罪已上通於天；何況貪婪淫穢，受賕枉法，謀吐蕃之婢，奪段簡之妻，自比石勒，中懷反叛。無間地獄，正爲汝輩設也。〔唱〕

【第五轉】你生捏就蕭何律令(韻)，活脱的張湯情性(韻)，則見慘離離(讀)貫索許多星(韻)。逢乳虎(句)，畏蒼鷹(韻)，還又著成一篇羅織經(韻)。秦國商君(句)，漢朝甯成(韻)，近日的周興(韻)。羅鉗吉網名相並(韻)，偏帶着一種風流餘興(韻)。赴西市可也該應(韻)，你蓋棺何處用灰釘(韻)？剸的魚腸快(句)，踹的馬蹄輕(韻)，人人道恨地獄偏無十九層(韻)。〔白〕各殿王，那來俊臣徑押送酆都去罷。〔衆閻君白〕是。衆鬼使，將來俊臣押下去，帶安禄山過來。〔鬼卒應科，帶來俊臣魂作出門科，仍從酆都門下。隨帶雜扮安禄山魂，戴黑貂，搭魂帕，穿喜鵲衣，繫腰裙，帶枷杻，作進門跪科。鬼卒白〕安禄山當面。〔東嶽大帝白〕安禄山，你狼子野心，辜恩負德，輒敢稱兵犯闕，以致天子蒙塵，生靈塗炭，只要問你赤心何在？〔衆閻君白〕逆賊，你快快説上來。〔安禄山魂白〕禄山荷蒙開元皇帝非常恩遇，初無反叛之心。無奈楊國忠那廝，必欲殺我，我恐墮其術中，矢在弦上，不得不發耳。〔東嶽大帝白〕你久蓄異心，何須狡辯。

〔唱〕

【第六轉】可記得重重疊疊(讀)君恩天樣(韻)，怎下得狠狠毒毒(讀)胡思亂想(韻)。早則見密密匝匝(讀)人人馬馬逼滎陽(韻)，便擒了噓噓喘喘哥舒將(韻)。骨都骨朵(讀)、男男女女(讀)、死死傷傷(韻)，倉倉猝猝(讀)、急急遽遽(讀)、鑾輿西向(韻)。你不顧羞羞答答(讀)也教正衙排仗(韻)，蹂躪那宫宫殿殿花(句)，亂點那官官府府帳(韻)。嗚嗚咽咽(讀)、簫簫管管(讀)、凝碧淒涼(韻)，哭殺了倔倔强强(讀)、悽悽慘慘(讀)、琵琶隊長(韻)，〔合〕消受這悄悄冥冥(讀)、梟子猪兒一劍鋩(韻)。〔衆閻君白〕叛賊如此結局麽？〔東嶽大帝白〕叛賊豈但如此結局，各殿宜速行按律定擬，以便回奏者。〔衆閻君白〕按律叛逆者下油鍋。〔東嶽大帝白〕安禄山候玉旨徑下油鍋便了。其朱泚、李希烈等，都是安禄山之餘氛流毒，屢經各殿王審問，不必再審，與安禄山一體治罪，也下油鍋便了。〔衆閻君白〕衆鬼使，將安禄山押下去，帶朱泚、李希烈過來。〔鬼卒應科，帶安禄山魂作出門科，仍從酆都門下；隨帶净扮朱泚魂，戴九梁冠，搭魂帕，穿喜鵲衣，繫腰裙，帶枷杻，淨扮李希烈魂，戴九梁冠，搭魂帕，穿喜鵲衣，繫腰裙，帶枷杻，作進門跪科。東嶽大帝白〕二犯押回拘禁。〔鬼卒應科，帶朱泚魂、李希烈魂，仍從酆都門下。東嶽大帝白〕我想那朱泚、李希烈呵，〔唱〕

【第七轉】乘亂後謀王奪霸(韻)，在軍中稱孤道寡(韻)，無非是(讀)公孫井中蛙(韻)。〔衆閻君白〕這等重囚，還乞大帝親訊。〔東嶽大帝唱〕不是咱(讀)將重案輕批答(韻)，也則是他業由心發(韻)。〔衆閻君白〕這兩箇亂賊，恰被兩箇忠義之士一打一罵，早已褫其魂魄矣。〔東嶽大帝唱〕一從那千斤鎚博浪沙(韻)椎秦罷(韻)，只有段司農這笏天來大(韻)，和那顔常山的弟兄(句)，一樣的青史上(讀)姓名香艷殺(韻)。〔衆閻君白〕帶李勣聽審。〔鬼卒應科，向酆都門，帶雜扮李勣魂，戴幞頭，搭魂帕，穿喜鵲衣，繫腰裙，帶枷杻，作進門跪科。鬼卒白〕李勣當面。〔東嶽大帝白〕李勣，你是唐太宗從龍之彦，勳銘鐘鼎，身畫凌煙，何故罹此重辟？〔李勣魂白〕李勣身係重囚，何敢鳴冤。高宗皇帝謂勣奉上忠、事親孝，歷三朝未嘗有過，李勣豈敢當。至册立武后一案，只道是言亦無益，且實不能逆料後日之禍，深負昭陵。若謂勣私己畏禍，從而導之，則史臣過刻之論也。伏惟嶽帝憐之。〔東嶽大帝白〕取李勣平生善惡簿查閲。〔衆閻君作唤判官取簿科，二判官應科，向下各取簿隨上，至公案前跪科，分白〕這是李勣善行簿，用朱書的；這是李勣惡行簿，用墨書的。〔東嶽大帝作看科，白〕李勣善行，不勝紀載，其惡行甚少。至于立后一件，墨書一紙，不滿兩三行。豈可以小眚掩其大德，各殿王也覺得輕入人罪了？〔衆閻君各作出公座科，白〕善惡自有輕重，不論多寡。或一善可以蓋諸惡，善重故也；或萬善不能敵一惡，惡重故也。李勣雖善行纍纍，只消立武氏一事，惡已儘彀了。我等惟有上奉天條，焉敢出入。〔東嶽大帝白〕善惡重輕，有何憑據？〔衆閻君白〕善惡重輕，豈可臆斷？只要上了天平，自然不失銖黍。〔東嶽大帝白〕各殿王請歸公座。〔衆閻君各作入座科，白〕鬼卒們，速取善惡平過來。〔衆動刑鬼應科，向下扛善惡平隨上，設中場科。一判官取朱簿數十本置天平一頭，作平重到地科；一判官取黑簿一本置天平一頭，作平重極將朱簿齊翻落地科。東嶽大帝白〕李勣，你一生之案自定矣，真箇可憐。〔唱〕

【第八轉】當日箇一意投身真主(韻)，辛苦的櫛風和那沐雨(韻)。緑沉槍衝陣去驟龍駒(韻)，纓着曼胡(韻)、曼胡(疊)。錦征袍偏宜繡天吴(韻)，雕鞍黄金鍍(韻)。好形模也波哥(格)，淩烟圖也波哥(疊)，攀者龍鬚(韻)，偌大江山寄着心腹(韻)。只消伊一句(韻)、一句(疊)，把黄臺瓜摘箇無餘(韻)。枉是勳勞著(韻)，竟何如也波哥(格)，總成虛也波哥(疊)，還則怕地下難饒鬼董狐(韻)。〔白〕雖然如此，各殿王，李勣畢竟在矜疑之列，須請玉旨處分。〔衆閻君白〕是。衆鬼卒，且將李勣帶去，另行看守。〔鬼卒應科，帶李勣魂作出門科，仍從酆都門下。東嶽大帝唱〕

【第九轉】都虧了你森羅十地(韻)，一件件虛心的定擬(韻)。棗葉太(讀)須彌小總無遺(韻)，南山倒鐵案無移(韻)，須明白上達天墀(韻)。〔衆閻君各作出座呈簿科，白〕各案擬定罪名呈覽，以便題達。〔東嶽大帝作看科，唱〕腰鐗的是奸邪相臣盧杞(韻)，楊國忠等應加二(叶)，阿鼻獄(讀)來俊臣一名酷吏(韻)。〔衆閻君白〕安禄山、朱泚、李希烈，俱入油鍋。〔東嶽大帝唱〕這是那三大案反賊(韻)，並皆付之鼎鑊洵相宜(韻)。

俺只是可憐這李勣(韻)，怎能彀奉玉旨特地赦金雞(韻)？〔衆閻君白〕只是流毒甚深，法嚴首惡。〔東嶽大帝唱〕他發心初豈要剪落這蟠根李(韻)，〔下座科，隨撤公案桌椅科。東嶽大帝白〕十殿請回，我便上靈霄奏事去也。〔唱〕宫庭吏散夕陽西(韻)，只有這青不了嵐光(讀)相送你(韻)。〔四宫官從兩場門分下，衆侍從擁護東嶽大帝，同從昇天門下。衆閻君白〕東嶽大帝已往靈霄奏事，我等各回殿宇，候待玉旨便了。〔唱〕

【煞尾】回瞻山殿煙雲鎖(韻)，宛似朝回散玉珂(韻)。消豁了重重積案多(韻)，則盼着鳳下天門書報可(韻)。〔衆鬼判擁護衆閻君，仍同從酆都門下〕

## 第十六齣　鐵石腸空幃矢節（真文韻）

〔小旦扮張氏，穿鼇，從上場門上。雜扮二梅香，各穿衫、背心，繫汗巾，隨上。張氏唱〕

【黃鐘宮引・傳言玉女】壻入禪門韻，參破色香花陣韻，悞閨中春光一瞬韻。紅絲撇下句，向蓮座拈花精進韻。少不得別尋華胄句，再諧秦晉韻。〔中場設椅，轉場，坐科，白〕妾身張氏，好笑我家相公，全無主意，竟把女兒許配傅家。當時我原不允，我家相公説他舉家好善，後嗣必昌。那裏曉得他兒子修行出家，竟將庚帖送還我家，豈不惹人笑話。仔細想來，他既還我庚帖，我不妨另擇名門。怕没有門當户對的好人家、有才有貌的俊女壻麽？〔丑扮張媒婆，穿老旦衣，繫包頭，從上場門上，白〕受人之託，必當終人之事。自家張媒婆的便是，承段公子託往曹府求親。此間已是，不免逕入。〔作進門相見科，白〕夫人好麽？老婢見禮了。〔張氏白〕張媒，你到此何幹？〔張媒婆白〕今有段公子，久慕尊府小姐才貌雙全，特央老身作伐，敢求小姐爲配，不知夫人意下如何？〔張氏白〕段府求親，豈有不允之禮。只是我家老爺不在家裏，老身未便作主，如何是好？〔張媒婆白〕老爺是知書達禮的人，夫人允許了，料他回來，決無更變。〔張氏白〕説便是這等説，古云：婦人無專制之義。須得老爺回來。〔張媒婆白〕男大須婚，女長須嫁。可許即許，何必等老爺回家。況且老爺在邊庭，倘或身子羈絆一年半載，那時公子别求佳偶，只怕段府這樣人家就尋不出第二家了，老夫人不要懊悔。〔張氏白〕須請女兒出來，問他一聲，看他主意何如。〔張媒婆白〕既如此，老婢暫且躲避一邊。〔張氏白〕你且在廂房少坐。〔張媒婆白〕要知心内事，但聽口中言。〔一梅香引張媒婆從下場門下，梅香仍上科。張氏白〕梅香，請小姐出來。〔一梅香白〕曉得。小姐有請。〔旦扮曹賽英，穿衫，從上場門上，唱〕

【黄鐘宫引·玉女步瑞雲】亂絮愁痕（韻），擾和夢魂春困（韻）。豈肯逐東風滚滚（韻）。〔作拜見科，場上設椅，坐科。張氏白〕我兒，自從你爹爹將你許與傅家，做娘的心裏至今不樂。那知女壻又去修行出家，前日反把庚帖退還。也是天隨人願，恰好張媒來説，段家公子慕你的才貌，特地央他求婚。兒，段家富貴無比，遠勝傅門，這頭親事纔中我意，不知你意下若何？〔曹賽英白〕論女道應遵母命。〔張氏作喜科，白〕這便纔是。〔曹賽英白〕論婦道當從夫言。〔張氏作不悦科，曹賽英白〕爹爹既把孩兒許與傅門，兒便是傅家的人了。嫁雞隨雞，嫁犬逐犬，那裏論什麽富貴貧賤。況爹爹賢勞王事，邊庭不久就回。且等爹爹回來，自有定見，母親何必費心。〔張氏作怒科，白〕難道我就做不得主麽？〔曹賽英作跪科，唱〕

【黄鐘宫正曲·獅子序】娘垂念休怒瞋（韻），想伊家不是無情義人（韻）。〔張氏作扶起科，白〕若有情義，不還庚帖了。〔曹賽英白〕他還庚帖呵，〔唱〕又非有釁端(讀)故背姻親(韻)，〔白〕他爲西方救母，日久月長，怕孩兒年紀大了，〔唱〕擔悮奴心不忍(韻)，〔白〕無可奈何，〔唱〕權且把庚帖還(句)，聘金還(句)，爲推遜(韻)。逆料吾家不依順(韻)，〔合〕却不道我心匪石(讀)，方顯的烈女忠臣(韻)。〔張氏白〕忠臣不事二君，是論已受爵禄的；烈女不嫁二夫，是論已執巾櫛的。你今可曾執巾櫛麽？〔曹賽英唱〕

【黄鐘宫正曲・太平歌】雖未持巾櫛(句)，已與訂朱陳(韻)。那有和鳴占吉姻(韻)，把三生宿緣勾銷罷(句)，倒和那非耦相廝混(韻)。況雀屏矢中幾經春(韻)，〔合〕怎做負心人(韻)？〔張氏白〕癡丫頭，他既負心，送還庚帖，你却這樣堅志，不要被他悮了。〔曹賽英唱〕

【黄鐘宫正曲・賞宫花】任憑他悮人(韻)，我心兒總認真(韻)。〔白〕不要説傅家決不另娶，就是將來另娶了，〔唱〕願學嬰兒子(句)，不嫁守終身(韻)。〔合〕之死勿渝金石性(句)，〔作拭淚科，低唱〕貞魂仍是傅家魂(韻)。〔張氏白〕守節原是婦人家好事，只怕激於一時，不能彀長久。〔曹賽英唱〕

【黄鐘宫正曲・降黄龍】萬古貞心(句)，磨礪彌堅(讀)，節奪松筠(韻)。〔張氏白〕只是枉自苦了。〔曹賽英唱〕任鸞單鳳孤(句)，月帳風帷(讀)，恬澹芳春(韻)。〔作背科，唱〕歡欣(韻)，幽蘭同臭(句)，我和你天香遥引(韻)。〔張氏白〕真箇清潔得緊。〔曹賽英唱(合)〕還要傲寒梅冰清霜潔(讀)，洗空殘粉(韻)。〔從上場門下。張氏起，隨撤椅科，白〕這小妮子明欺我是繼母，與我恁般違拗。我要你再嫁，並無惡意，竟把我十分扯淡，可惱可惱！張媒婆快來。〔張媒婆從下場門上，白〕占鳳已傳紅葉信，乘鸞專聽玉簫音。老夫人，親事定然從命的了？〔張氏白〕可恨這妮子，欺我繼母，執拗不從。你且回去，多多致意公子。等我家老爺回來，這段親事總在我身上，一定攛掇成就便了。〔張媒婆白〕夫人真箇是好人。他道你是繼母，所以不肯依允，你偏要硬做主張，受了財禮，許了段家，怕他不從麼？〔張氏白〕我意也是如此，只怕他執性得緊。〔張媒婆白〕不打緊，有箇法兒，只叫段公子風風月月的，親自來抱他上轎，他若粘了公子的手，自然一軟如綿了。〔張氏白〕既如此，你且回去，待我喚賽英的乳母來，叫他再去苦勸一番。倘然心肯，這極妙的了。若決意不從，〔作附耳科，白〕須要如此如此，這般這般。〔張媒婆作拍手喜科，白〕妙，待老婢回覆公子，就依計而行便了。〔張氏白〕正是：計就月中擒玉兔，〔張媒婆白〕謀成日裏捉金烏。〔從兩場門分下〕

# 第十七齣　守堅貞剪髮投菴（魚模韻）

〔旦扮曹賽英，穿衫，從上場門上，唱〕

【越調引·金蕉葉】爲何吾母（韻），見金夫全將信渝（韻）？驀忽地婚姻另圖（韻），這其間教人怎處（韻）？〔中場設椅，轉場，坐科，白〕奴家自從早歲許配傅家，不幸公婆去世。可憐夫壻，誠心救母，奴家立志守貞。繼母不知聽信何人讒言，從中設計。聞得段家今夜要來硬娶，爹爹既不在家，傅氏又無人顧盼，左右想來，只得剪下頭髮，逃出爲尼。一則絶段家謀娶之心，二則表傅門貞節之行。爹爹若是在家，你孩兒那有今日？兀的不痛殺我也！〔唱〕

【高大石調正曲·山蔴客】奴真命苦（韻），奈父女暌離（讀），含愁誰訴（韻）？志凜冰霜（讀），慕高行羅敷（韻）。〔合〕寧與（韻）梵王廝守（句），豈與狂且爲侶（韻）。〔場上設桌，上設粧臺科，曹賽英入桌坐科，唱〕朱顔窺鏡（句），遠山愁抹（讀），蟬鬢雲疎（韻）。〔白〕繼母逼奴改嫁，吾不難以死謝之。只是傅郎尚在，還望有團圓之日。〔唱〕

【又一體】他西方救母（韻），自有日回家（讀），鸞凰覓侶（韻）。〔白〕只可恨段家阿，〔唱〕須早剪青絲（讀），斷伊癡想根株(韻)。〔作對鏡解髮，哭科，唱合〕幾縷(韻)，鬢雲草草(句)，都應化晴空飛絮(韻)。閒花閒葉(句)，無粘無滯(讀)，光着頭顱(韻)。〔作剪髮科。老旦扮乳母，穿老旦衣，繫包頭，從上場門上，白〕自家曹宅的乳母便是。夫人逼小姐改嫁，小姐立志不從，夫人又教俺再三苦勸，他那裏肯回心轉意。好小姐，好小姐，待我進房去看看他。〔作進門科，白〕小姐，爲何把頭髮剪下了？〔場上設椅，坐科。曹賽英唱〕

【越調正曲·鴈過南樓】可憐伶仃影孤(韻)，恨奸謀强逼奴奴(韻)。思量峻拒(韻)，無計可圖(韻)，只得把青絲斷夜深逃去(韻)。〔乳母白〕你逃到那裏去？〔曹賽英白〕乳母，我自幼蒙你撫養成人，只算生母一般。今日還望你指引一條去路。〔唱合〕我和你同行路隅(韻)，凡事仗伊相扶(韻)。〔白〕要覓一所僻靜的尼菴，〔唱〕只索超塵境向梵宮香阜(韻)。〔乳母白〕小姐，你既有此意，事不宜遲。我有一姐姐，在靜覺菴中修行，離此不遠。我就同你逃往菴中，暫且躲避。等你爹爹回來，再作計較。〔曹賽英白〕多謝乳母。〔各起，隨撤椅科，乳母與曹賽英繫腰裙，作扶出門科，同唱〕

【越調正曲·繡停鍼】急趲程途(韻)，暗裏東西着意摸(韻)。心慌意亂還迷路(韻)，因甚的月影全無(韻)？〔曹賽英作閃跌，乳母作扶起科，同唱〕爲甚麽裙兒絆住(韻)？忽聽得(讀)人聲驟喧呼(韻)。〔合〕教人驚恐難移步(韻)，偏生滑擦露痕濡(韻)。〔乳母白〕好了，前面竹林中一座茅菴，就是我姐姐的靜室了。〔唱〕早是鐘鼓聲中天曙(韻)。〔作到叩門科，白〕姐姐開門。〔老旦扮張鍊師，戴仙姑巾，穿水田衣，繫絲縧，帶數珠，持拂塵，從上場門上，唱〕

【仙呂宮正曲·不是路】曙色紗幮韻，早起何人叩我廬韻？〔乳母白〕姐姐，是妹子。〔張鍊師白〕原來是妹妹，待我開門。〔作開門相見，引曹賽英、乳母進門科，場上設椅，各坐科。張鍊師白〕妹妹爲何清早到此？這位小娘子是誰？〔乳母唱〕從頭語韻，賽英小姐曹門女韻。〔張鍊師白〕原來就是曹家小姐，失敬了。只是爲何也到小菴？〔曹賽英唱〕其中故韻，謾容乳母分明訴韻，敢借雲窩偶寄居韻。〔乳母白〕只爲小姐呵，〔唱〕娘言忤韻，不從改嫁潛逃出韻。〔張鍊師白〕原來爲此。〔唱〕此情真苦韻，此情真苦疊。〔白〕難得小姐這樣貞節，令人起敬。既不嫌草菴荒陋，竟自放心住下。只是褻慢得緊。〔各起，隨撤椅科。曹賽英白〕擾動不安，何言褻慢。〔乳母白〕喜得今朝脱網羅，〔張鍊師白〕茅菴何幸貴人過。〔曹賽英白〕迷津願借慈航引，〔乳母、張鍊師白〕會有天孫夜渡河。〔同從下場門下〕

## 第十八齣　巡邊徼鳴鐃振旅（歌戈韻）

〔雜扮八將官，各戴將巾，穿蟒、箭袖、排穗，執旗；雜扮二中軍，各戴中軍帽，穿中軍鎧；雜扮徐祥、許茂，各戴鷹翎帽，穿箭袖，繫鸞帶，引外扮曹獻忠，戴紗帽，穿蟒，束玉帶，從上場門上，唱〕

【中呂宮引·粉蝶兒】載戢干戈（韻），邊塞德威遥播（韻）。歎星霜滿鬢婆娑（韻），無能爲（讀），臣老矣（句），壯志消磨（韻）。〔小生扮曹文兆，戴小頁巾，穿蟒、箭袖、排穗，佩劍，從上場門上，唱〕望旌旗招颭柳營左箇（韻）。〔曹獻忠白〕掌握兵機已數秋，那堪蒼皓已盈頭。惟有寸心能報國，不知歲月去如流。下官兵部尚書曹獻忠，奉旨親詣邊疆，犒賞軍功。諸事已畢，今日還朝復命。李令公亦不久奏凱班師。我兒，邊境安寧，太平有象。〔曹文兆虚白科，中軍白〕啓爺，各營將領俱已候齊。〔曹獻忠白〕衆將官，就此起馬。〔雜扮二馬夫，各戴馬夫巾，穿箭袖、卒褂，牽馬；雜扮傘夫，戴馬夫巾，穿箭袖、卒褂，執傘，同從上場門上。曹獻忠、曹文兆各作乘馬科，衆遶場科，同唱〕

【中呂宮正曲·好事近】砥柱壯山河（韻），永斷疆場烽火（韻）。錦袍千領（句），有誰人得了金鎖（韻）。安邊功業（句），畫淩烟（讀）褒鄂渾閒可（韻）。〔合〕統貔貅奏捷回朝（句），敲金鐙凱歌聲和（韻）。

【又一體】關山句，輕騎一飛過韻，鼓淵淵朱鷺聲和韻。忘家久矣句，笑客來佳詩稱賀韻。風清紫塞句，喜從今讀休枕琱戈卧韻。〔合〕統貔貅奏捷回朝句，敲金鐙凱歌聲和韻。

【慶餘】三軍挾纊都稱賀韻，遠戍沙場安妥韻，一任他白髮生斑歲月梭韻。〔同從下場門下〕

## 第十九齣　枉安排段壻心顛（蕭豪韻）

〔副扮段公子，戴巾，穿道袍，從上場門上，唱〕

【雙調正曲·普賢歌】芳郊瞥見那多嬌(韻)，頓使區區魂暗銷(韻)。欲圖鸞鳳交(韻)，思將琴瑟調(韻)，〔合〕盼不到佳音心内焦(韻)。〔中場設椅，轉場，坐科，白〕早間命張媒婆往曹府去説親，等到此時了，怎麼還不見來回報？好不性急。尚有一説，隱隱聞得那小姐已受過聘的了，萬一推辭不允，這便怎麼樣處？不相干，重賞之下，必有勇夫。我已許張媒婆重重的謝禮，他自然竭力去説的。

〔丑扮張媒婆，穿老旦衣，繫包頭，從上場門上，唱〕

【又一體】媒婆惟我最稱高(韻)，巧語花言慣弄喬(韻)。男家也見招(韻)，女家也見邀(韻)，〔合〕終日裏奔波忙不了(韻)。〔段公子白〕這張媒婆好不會幹事。〔張媒婆作進門科，白〕大爺，我怎麼不會幹事？〔段公子起科，白〕我正在此盼望你，恰好來了。我且問你，所説親事，想來一定是應允的了？〔張媒婆白〕恭喜大爺，那曹夫人一聞大爺之名，説是郎才女貌，況且兩家門户相當，是極美之事，一口應承，隨大爺這裏早便早娶，晚便晚娶。〔段公子作喜科，白〕那曹夫人説「郎才女貌、門户相當」，竟一口應允了？〔張媒婆虛白科，段公子白〕「郎才女貌」這句話，說得果然不錯。〔張媒婆白〕只是尚有一件小事。〔段公子白〕尚有何事？〔張媒婆白〕那位小姐性情，小有偏執。到臨期萬一有些勉強，曹夫人說，只用着一箇字。〔段公子白〕用那一箇字？〔張媒婆白〕哪，「搶」！〔段公子虛白科，張媒婆白〕正是。搶了到家，生米已成熟飯，那就不怕他了。〔段公子白〕我的才貌素著，那小姐自然也是仰慕的，有什麽不肯，何用着搶？但是明日是黄道吉期，我就要娶過來了，今日須得下聘纔好。院子、書童快來。〔雜扮院子，戴羅帽，穿屯絹道袍，繫鑾帶；丑扮書童，戴網巾，穿道袍，繫鑾帶，從兩場門分上。段公子白〕快去置辦金珠首飾、綾羅緞疋，各樣俱要豐盛，快快行聘過去。〔院子白〕各項置辦起來，只怕來不及。〔段公子白〕狗才，你說來不及，難道倒改了好日不成？〔張媒婆白〕大爺，我倒有箇粗主意在此。〔段公子白〕什麽主意？〔張媒婆白〕竟一應乾折了罷。〔段公子白〕好，好一箇乾折。官宦人家行事，少也不像樣，竟是一千兩聘金。院子，快開了庫房，兑足一千兩細絲紋銀，同張娘娘送了去，說我大爺明日來親迎。〔院子應科，虛白向下取銀，隨上。段公子白〕你到那邊，見了曹夫人，如今是我大爺的岳母了，要下全禮的。〔院子白〕張娘娘，隨我來。〔張媒婆應科，隨院子同從下場門下。段公子白〕聘是行去了，明日就要娶親了，好快活。還有一件要緊事，那六局還不曾唤下。書童，快去唤六局來，待我親自吩咐他們一番。快些，說我大爺在此立等。〔書童白〕大爺，這些人都住在府門左近，聞呼即至的。〔段公子白〕如此最好，快些去。〔書童應，作出門科，從上場門下。段公子白〕我好快活。那曉得這頭親事一説就成，又肯許我即日就娶。我那岳母太太，好知趣。〔書童引雜扮二幫閒、四樂人、四燈夫，各戴紅氊帽，穿窄袖，繫搭包；老旦扮喜娘，穿老旦衣，披紅；浄扮儐相，戴巾，簪花，穿藍衫，繫儒縧，披紅；雜扮二轎夫，各戴紅氊帽，穿窄袖、轎夫衣，從上場門上，同白〕六局行中生意，由來好日皆同。安得分身法子，家家總不落空。〔作到科，書童作引六局人進門科。書童白〕六局喚到了。〔六局人白〕大爺，我們這裏見禮。〔段公子白〕罷了，罷了。〔六局人白〕大爺呼喚我等，想是有甚麼喜事。〔段公子白〕我大爺明日要娶曹府小姐，是件天大的喜事。〔六局人白〕府中凡有喜事，都是我們効勞的，明日早來伺候就是了。〔段公子白〕你們都齊在這裏了麽？〔六局人白〕都在這裏。〔段公子白〕站齊了，待我逐項吩咐。擡轎的，〔唱〕

【仙吕宫正曲・皂羅袍】擡穩描金花轎（韻），〔白〕喜娘，〔唱〕要輕柔軟款（讀）扶好嬌嬈（韻）。〔白〕放流星爆煒的，〔唱〕要似春雷般爆竹響聲高（韻），〔白〕燈夫，〔唱〕要比繁星樣列炬光華耀（韻）。〔白〕樂人們，〔唱合〕悠揚曲韻（句），鸞笙鳳簫（韻）。〔白〕掌禮司務，〔唱〕清新詩賦（句），金聲玉敲（韻），椿椿要用意須知道（韻）。〔六局人白〕這些事情，我們都是在行的，自然是周到的，不勞大爺吩咐。只是一件，〔段公子虛白科，六局人唱〕

【又一體】公子五陵年少（韻），娶盈門百兩（讀）宦室多嬌（韻）。兩家門户一般高（韻），兩邊富貴皆不小（韻）。〔合〕大家禮數（句），難教潦草（韻）。名門氣象（句），應當富豪（韻），椿椿賞賜要多錢鈔（韻）。〔段公子白〕

你們若與我講論賞賜，就小氣了。只要我大爺快活，正項之外，自然重重賞賜你們就是了。〔儐相白〕大爺的出手，你我都是知道的，何用說得。〔衆同白〕既是這等，不用說了。我們且去，明日早來伺候。〔段公子白〕住着。我在這裏想，你們今晚何不就住在這裏罷。〔六局人白〕不用，明日早來伺候，再不悮事的。〔段公子白〕既是這樣，早些來。屏開金孔雀，〔衆白〕褥隱繡芙蓉。〔段公子白〕門闌多喜氣，〔衆白〕女壻近乘龍。〔從兩場門各分下〕

# 第二十齣　喬粧扮張媒拳鬪(古風韻)

〔小旦扮曹夫人，穿氅，從上場門上，白〕只因一着錯，滿盤都是空。不想那箇不争氣的女兒，看見段府送了聘來，啼啼哭哭，執意不從，與他乳母竟不知逃到那裏去了。今日段府來娶親，却把那箇嫁去？非但這箇，後日老爺回來，問起前情，教我如何抵對？這都是張媒婆那老賤人，只管在此攛掇，我一時没了主意，所以如此。如今怎樣好？〔丑扮張媒婆，穿老旦衣，繫包頭，從上場門上，白〕姻緣本是前生定，曾向蟠桃會裏來。〔作進門相見科，白〕夫人，恭喜賀喜！〔曹夫人白〕有什麽喜？〔張媒婆白〕小姐今日出閣，豈非喜事？〔曹夫人白〕還要提他怎麽。〔唱〕

【雙調集曲·孝南兒】【孝順歌】（首至七）閨娃抱貞節(句)，羞言移二天(韻)，〔張媒婆白〕重婚再醮，也是常事。〔曹夫人唱〕琵琶怎生過别船(韻)？〔張媒婆白〕小姐的意思，畢竟怎麽樣？〔曹夫人唱〕他曾誦《柏舟》篇(韻)，匪石心難轉(韻)。〔張媒婆白〕聘已受過，今日就要來迎娶了，這話説也無益。〔曹夫人白〕還要説什麽迎娶？我那女兒呵，〔唱〕通宵淚漣(韻)，不知逃向何方(讀)，形蹤悄然(韻)。使我憂疑(句)，中心似煎(韻)。〔張媒婆白〕不信有這樣事。〔曹夫人白〕難道我哄你麽？〔張媒婆白〕果然有這樣事，今日段府來娶親，怎麽樣？〔曹夫人白〕都是你到此花言巧語，以致釀成此禍。我如今只是箇不管。〔唱〕【江兒水】（六至末）恨你如簧言煽(韻)，〔合〕致使今朝(句)，骨肉翻成讎怨(韻)。〔從下場門下。張媒婆白〕好的，你不管，教那個管？我也給他箇不管。不好，那段公子用去千金聘禮，豈肯干休！興詞涉訟起來，兩家官官相護，就苦了我媒人了，這便怎麽樣處？有了，我如今去向曹夫人説知，借他衣飾，待我粧作小姐，假充過去，哄過一時，再做道理。有理，竟是這樣。只是我這樣年紀了，還要去做新人，你們不要笑我。阿婆三五少年時，也曾抹粉與塗脂。而今丰韻猶然在，尚堪引動蠢男兒。〔發諢，從下場門下。雜扮一幫閒、四樂人，各戴紅氊帽，穿窄袖、繫搭包，持樂器；雜扮四燈夫，各戴紅氊帽，穿窄袖，繫搭包，持燈籠，火把；淨扮儐相，戴儐相帽，穿藍衫，披紅；老旦扮喜娘，穿老旦衣，披紅；雜扮二轎夫，各戴紅氊帽，穿窄袖，轎夫衣，擡轎科；雜扮四院子，各戴羅帽，穿道袍，引副扮段公子，戴巾，穿道袍，簪花，披紅，從上場門上。衆同唱〕

【南呂宮正曲・香柳娘】喜三星在天(韻)，喜三星在天(疊)，深閨嬌媛(韻)，心知今夕良人見(韻)。看新郎正少年(韻)，看新郎正少年(疊)，綵服恁翩翩(韻)，風流應獨擅(韻)。〔合〕娶豪門麗娟(韻)，娶豪門麗娟(疊)，一對神仙(韻)，共成姻眷(韻)。〔作到科，儐相作叩門科，白〕段大爺到此娶親。〔張媒婆從下場門作潛上，虛白發諢科，隨作開門科，白〕大爺，恭喜賀喜！〔段公子白〕張娘娘，你看我大爺可像箇新郎？〔張媒婆白〕像位新郎。〔段公子白〕小姐梳粧完了没有？〔張媒婆白〕正在那裏梳粧。〔喜娘白〕既是這等，待老身進去伏侍。〔張媒婆白〕不用，那位小姐性情古怪，一箇外人不肯見的。只待少時兜上了頭，扶他上轎就是了。請大爺再打青龍頭上轉轉。〔作進門科，隨從下場門下。段公子白〕掌禮司務，快請新人。〔儐相作照常讚禮，隨意發諢科。張媒婆穿艷服，搭蓋頭，從下場門上，喜娘作扶上轎科，段公子作上馬科，衆作奏樂遶場科，同唱〕

【又一體】擺花燈萬盞(叶)，擺花燈萬盞(疊)，光華一片(韻)，要隔進輿照徹芙蓉面(韻)。聽笙歌鬧喧(韻)，聽笙歌鬧喧(疊)，似廣樂奏鈞天(韻)，引嫦娥離月殿(韻)。〔合〕想福分非淺(韻)，想福分非淺(疊)，這樣姻緣(韻)，誰不欽羡(韻)。〔作到科。雜扮四梅香，各穿衫、背心，繫汗巾，同從下場門上，作伏侍段公子、張媒婆拜天地科。儐相白〕紅綠牽巾，送入洞房。〔作送入洞房科，段公子白〕各項人役，都到外廂領賞，止留掌禮司務在此挑方巾。〔衆應科，同從上場門下。儐相白〕一幅紅綾帕，價重雙南金。筵前輕揭起，露出活觀音。〔作揭巾科，段公子見張媒婆科，白〕你是張媒婆？〔張媒婆白〕虧你好眼力。〔段公子白〕我費了千金聘禮，要娶的是曹小姐，要你這老東西做什麼？〔張媒婆白〕實告訴你罷，那小姐守節不從，不知逃往何處去了。今日恐掃了你的興，所以老太婆親身下降，和你睡覺去罷。〔段公子白〕放屁！吩咐關上了大門，打死這老賤人。〔張媒婆白〕小畜生，不要破口。若説要打，撓着了我的癢筋，憑你長拳短打，總不懼你。〔各隨意發諢作相打科，儐相作勸解科。段公子白〕今日先打了，明日還要告你。〔張媒婆白〕你告我什麼？〔段公子唱〕

【南呂宮正曲·貨郎兒】我告你局騙千金財禮韻，〔張媒婆白〕你會告，老娘也會告的。〔段公子白〕你告我什麽？〔張媒婆唱〕我告你强把貞姬威逼韻。〔段公子唱〕躭誤我不得與仙子諧連理韻，〔張媒婆唱〕逼得他斷青絲把花容盡毁韻。〔段公子唱合〕花容毁格，花容毁格，這謊言讀那箇聽你韻？〔儐相唱〕我勸你格，我勸你格，勸你夫和婦讀須當和美韻。〔段公子白〕若説夫婦二字，氣死我也。打死這老賤人。〔張媒婆白〕小畜生，那箇怕你！〔儐相作勸解科，段公子從下場門下。儐相、張媒婆隨意發諢科，同從上場門下〕

# 第廿一齣　歸地府眼前報應（古風韻）

〔酆都門上換「碓磨地獄」匾。雜扮牛頭、馬面，各戴套頭，穿門神鎧，持叉；雜扮八扛刑具鬼，各戴鬼髮，穿箭袖，繫肚囊；雜扮八鬼卒，各戴鬼髮，穿蟒、箭袖、虎皮卒褂，持器械；雜扮八動刑鬼，各戴豎髮額，穿劉唐衣，繫肚囊；雜扮八侍從鬼，各穿戴「碓磨地獄」鬼衣；雜扮二判官，各戴判官帽，穿圓領，束角帶，持筆簿；雜扮金童，戴紫金冠，穿氅，繫絲絛，執旛；雜扮玉女，戴過梁額、仙姑巾，穿氅，繫絲絛，執旛，引雜扮第二殿閻君，戴閻君套頭，穿閻君衣，襲氅，軟紥扮，從酆都門上，唱〕

【南吕宮正曲・紅衲襖】掌陰司生殺權（韻），審陽間賢共奸（叶）。生前誰惡誰爲善（韻），白白明明在案前（韻）。爲善的昇九天（韻），爲惡的滯九泉（韻）。求無陰府愆訧（句）也（格），須在陽間種福田（韻）。〔場上設平臺、虎皮椅，轉場，陞座。衆鬼判各分侍科。八扛刑具鬼向下扛碓磨，隨上，設場上科。閻君白〕下有黄泉上有天，天人俯仰法無偏。要知有罪和無罪，只在人賢與不賢。吾神二殿楚江王是也，職掌二殿碓磨地獄。惡犯到此，按罪施行。鬼卒，若有前殿惡鬼解到，即便通報。〔衆鬼卒應科。雜扮五長解鬼，各戴鬼髮、額，穿蟒、箭袖、虎皮卒褂，繫虎皮裙，持器械，帶旦扮劉氏魂，穿破補衫，繫腰裙，從右旁門上，作到科。長解都鬼白〕門上哪位在？〔一鬼卒作出門問科，長解都鬼白〕犯婦劉氏解到了。〔鬼卒虛白，作進門禀科，閻君白〕帶進來。〔鬼卒作出門，引五長解鬼帶劉氏魂進門跪科，長解都鬼跪呈公文科，白〕啓閻君，犯鬼到。〔閻君作看公文科，白〕一名犯婦傅門劉氏，殺生害命，故違誓願，惡業多端，其實可惡。〔劉氏魂白〕爺爺容訴。〔唱〕

【仙呂宮正曲・桂枝香】天生萬類(韻)，惟人獨貴(韻)。須當享用肥甘(句)，爲甚反加刑罪(韻)？況我夫君子息(韻)，夫君子息(疊)，也曾把貧窮周濟(韻)，善功不替(韻)？〔合〕望詳推(韻)，當權若不行方便(句)，如入寶山空手回(韻)。〔閻君唱〕

【又一體】伊對天發誓(韻)，神司詳記(韻)。如何暗地開葷(句)，一旦把盟言違背(韻)？〔白〕鬼卒，與我着實的打。〔衆鬼卒應科，閻君唱〕考伊素履(韻)，考伊素履(疊)，犯彌天大罪(韻)，要重泉永滯(韻)。〔合〕到今日(韻)，臨崖勒馬收韁晚(句)，船到江心補漏遲(韻)。〔白〕本當以碓舂爲虀粉，但他誓中有受重重地獄之苦，冥府差鬼，快將劉氏解往三殿去。〔一判官付公文科，長解都鬼接公文，帶劉氏魂作出門科，從左旁門下。生扮目連，戴僧帽，穿水田僧衣，繫絲縧，帶數珠，持錫杖，從右旁門上，唱〕

【中呂宮正曲・駐雲飛】爲母奔馳(韻)，從一殿跟尋二殿裏(韻)。風景非人世(韻)，見碓磨森嚴置(韻)。嗏(格)！〔以錫杖卓地科，白〕唵嘛呢薩婆訶。〔一判官作出門科，白〕什麽東西，震天震地？禪僧何來？〔目連白〕我乃西天目連僧，到此尋母。〔判官白〕你母親姓甚名誰？〔目連唱〕我母傅門劉氏的(韻)，爲只爲干犯天威(韻)，罰在陰司(讀)，伏望施恩惠(韻)。〔滾白〕賜我娘兒重相會。〔判官白〕傅門劉氏？

方纔解往三殿去了。〔目連滚白〕天！我到一殿，娘解二殿，今來到此，娘又解往前途。〔唱合〕這的是母子緣慳處處違(韻)，仰面瞻天血淚垂(韻)。〔從左旁門下。雜扮解鬼，戴鬼髮額，穿蟒、箭袖、虎皮卒褂，繫虎皮裙，帶副扮李文道魂，戴氈帽，穿喜鵲衣，繫腰裙；末扮黄彦貴魂，戴巾，穿道袍，從右旁門上，作進門跪科。解鬼呈公文科，白〕鬼犯帶到。〔閻君白〕一名鬼犯李文道，圖財害命，將黄彦貴在五道廟中用毒藥藥死。〔黄彦貴魂白〕爺爺，小人被李文道謀死，取去財物，求爺爺伸冤理枉。〔李文道魂白〕爺爺，他是風寒病死的，如何賴我藥死他？〔黄彦貴魂白〕現有五道神作證。〔閻君白〕鬼卒，速請五道神來對證。〔一鬼卒向下請科。雜扮五道神，戴卒盔，穿門神鎧，佩劍，從右旁門上，作相見科，白〕閻君相召，有何見諭？〔閻君起科，白〕尊神請了。那黄彦貴告李文道，在尊神廟中用藥謀死他，請問尊神，可曾見否？〔五道神白〕那黄彦貴實是李文道用毒藥謀死的。〔閻君白〕既如此，尊神請回。〔五道神仍從右旁門下。閻君白〕將黄彦貴批到十殿，轉生陽世，永享富貴，以彰報應。〔解鬼應科帶黄彦貴作出門科，從左旁門下。閻君唱〕

【仙呂宫正曲・桂枝香】爲人在世(韻)，須存天理(韻)。各宜本分營生(句)，豈可損人利己(韻)。這窮酸餓鬼(韻)，這窮酸餓鬼(疊)，窮斯濫矣(韻)，把人心瞞昧(韻)。〔合〕可將伊(韻)，萬觔銅磨磨成粉(句)，骨肉須教化作泥(韻)。〔衆動刑鬼作簇李文道魂至磨前科，李文道魂作驚怕科，唱〕

【商調正曲・黄鶯兒】見殿主發雷霆(韻)，將我試極刑不暫停(韻)。形消骨化在須臾頃(韻)，虀粉立成(韻)。比寸磔苦增(韻)，歎身遭慘酷皆前定(韻)。〔衆動刑鬼作簇李文道魂暗從地井下，隨捉李文道替身切末上，作入磨磨科。衆同唱合〕勸人生(韻)，當行孝善(句)，報應豈容情(韻)。〔雜扮二解鬼，各戴鬼髮額，穿蟒、箭袖、虎皮卒褂，繫虎皮裙，帶生扮董知白魂，穿道袍；丑扮莫可交魂，戴氊帽，穿喜鵲衣，繫腰裙，從右旁門上。一解鬼作進門科，白〕稟上閻君，今帶取二名鬼犯，一名董知白，一名莫可交。他二人互相告理，皆爲性命相關，各喪其身。特此帶來，以憑究治，定罪施行。〔閻君白〕快帶這二犯上來。〔解鬼作出門，同帶二鬼犯進門跪科，白〕二鬼犯當面。〔閻君白〕你這兩箇鬼犯，在生不安本分，俱係淫邪姦惡，致傷人命，關係非輕，定須從實招來。如若一字支吾，鬼使，可與我着實的打。〔衆鬼卒應科。董知白魂白〕爺爺，念董知白與莫可交原係舊時相識，因他投在反叛朱泚麾下効力，後因事敗，流落異鄉，是我念舊，收留他居住，誰想他頓起不良之心。〔唱〕

【商調集曲·御林鶯】【簇御林】（首至四）他犯淫邪事(叶)，把朋友欺(韻)，怕露形蹤又將惡念起(韻)，他行兇立把三人斃(韻)。〔白〕他殺了人，放了火，逃走遠方，却遺累於我，問成抵償之罪，屈陷身亡的。〔閻君白〕莫可交，據董知白告你行姦殺害，你却怎麽講？〔莫可交魂白〕爺爺，那裏聽得他一面之詞？那董知白昔年曾受我大恩惠過的，就留我居住，亦不足於補報。豈料田希監的夫人交一女子與他，他頓起邪心，思欲淫污。奈此女堅執不從，董知白因行姦不遂，行兇殺死。〔唱〕【黄鶯兒】（四至末）恐妻孥漏機(韻)，將情蹤露遺(韻)，便一齊斷送做絶情義(韻)。〔閻君白〕可惱！〔唱合〕聽因依(韻)，兇徒奸詐(句)，逞弄嘴唇皮(韻)。〔莫可交魂白〕求爺爺明彰報應。〔閻君白〕這樁罪案，與莫可交無干，俱係董知白捏虛誑告。衆鬼使，可將董知白即行碓搗，正法便了。〔衆動刑鬼應科，作捉董知白魂上碓臼科。董知白魂白〕爺爺，極天冤枉！〔衆動刑鬼唱〕

【黄鐘宮正曲·滴溜子】恨奸頑(句)，恨奸頑(疊)，難容寬擬(韻)。赴碓搗(句)，赴碓搗(疊)，傷殘軀體(韻)。〔衆動刑鬼作將董知白魂下碓臼，董知白魂胸前忽現蓮花科，閻君白〕阿呀！好生奇怪，這董知白胸前忽現出金蓮，光華五彩，原來是箇善人，快快好生將董知白放出碓臼來。〔衆動刑鬼應科，作將董知白放起科，閻君白〕快將董知白送至十殿，使他來世仍做武官，三男二女，永享長年便了。〔二解鬼應科，帶董知白魂作出門科，從左旁門下。閻君白〕快把莫可交這利口兇奴帶過來。莫可交，我一時悮聽你的虛言，險些害了善良。衆鬼卒，〔唱〕將碓搗(讀)，把他爲例(韻)。〔合〕恨伶牙俐口徒(句)，兇殘乖戾(韻)。須信果報因緣(讀)，善惡道理(韻)。〔衆動刑鬼作簇莫可交魂至碓前科，莫可交魂作見碓驚怕科，唱〕

【商調正曲·黄鶯兒】瞥見膽魂驚(韻)，業身軀遭極刑(韻)。須臾肢體無完整(韻)，難禁痛疼(韻)。骨肉碎零(韻)，三魂渺渺無蹤影(韻)。〔衆動刑鬼作簇莫可交魂暗從地井下，隨捉莫可交替身切末上，作入碓舂科，衆同唱合〕勸人生(韻)，當行孝善(句)，報應豈容情(韻)。〔八扛刑具鬼隨撤碓磨，從兩場門分下，閻君下座科，衆同唱〕

【仙吕宮正曲·皂羅袍】堪恨邪淫謟佞(韻)，慣瞞心昧己(讀)，任意胡行(韻)。把綱常倫理一時傾

㊥，忘廉喪恥圖僥倖㊥。〔合〕命終身後㊐，到我森羅殿庭㊥。善緣惡報㊐，賞罰最明㊥，果是無私鐵面多中正㊥。〔衆鬼判擁護閻君，同從酆都門下〕

## 第廿二齣　聚禪林意外淒涼（齊微韻）

〔雜扮八將卒，各戴將巾，穿蟒、箭袖，排穗，執標鎗；雜扮二馬夫，各戴馬夫巾，穿蟒、箭袖、卒褂，牽馬，引外扮曹獻忠，戴紗帽，穿蟒，束玉帶，騎馬。小生扮曹文兆，戴武生巾，穿蟒、箭袖，排穗，佩劍，騎馬；雜扮徐祥、許茂，各戴鷹翎帽，穿箭袖、卒褂；雜扮傘夫，戴馬夫巾，穿箭袖、卒褂，執傘，隨從上場門上。曹獻忠唱〕

【正宮引・破陣子】賞卹披堅士卒（句），歡聲鼓動邊陲（韻）。〔白〕我兒，前面是靜覺菴，你可先領家將回去，報知母親、妹子，我在菴中拜訪張鍊師，隨後到家便了。〔曹文兆應科，率四將卒、徐祥、許茂、一馬夫，同從下場門下。曹獻忠唱〕按轡歸來春正好（句），且自從容訪鍊師（叶），浮生閒片時（叶）。〔作到下馬科，一將卒作通報科。曹獻忠白〕衆人外廂伺候。〔衆應科，同從上場門下。老旦扮張鍊師，戴仙姑巾，穿水田衣，繫絲縧，帶數珠，持拂塵，從上場門上，唱〕

【又一體】素室烟清篆裊（句），當年亦畫娥眉（韻）。忽聽高軒窺竹塢（句），〔作開門科，白〕原來是老大人。〔唱〕忙學山翁倒接䍦（韻），茶瓜留客遲（韻）。〔白〕不知駕臨，有失迎迓。〔曹獻忠白〕好説。昔承教示，余心不忘。特造寶山，再祈親誨。〔張鍊師白〕大人在上，老尼正有一事禀知。〔曹獻忠白〕有何

事，請道其詳。〔場上設椅，各坐科。張鍊師唱〕

【正宮正曲・雙鸂鶒】請台坐容告啓(韻)，別來時蕭牆禍至(叶)。〔曹獻忠作驚科，白〕有甚蕭牆之禍？〔張鍊師白〕令壻傅郎，竟往西天見佛，一去不回。〔唱〕不知爲甚的乘龍貴壻(讀)向西天遊戲(韻)，〔白〕被張媒賺夫人呵，〔唱〕他逼小姐(讀)欲令他別諧連理(韻)，〔曹獻忠白〕有這等事？我孩兒便怎麼？〔張鍊師唱合〕因此上剪青絲來託空門裏(韻)。〔曹獻忠唱〕

【又一體】聞言罷氣難支(叶)，似這般顛倒綱維(韻)。〔白〕我想傅郎就往西天，也不該把女兒另嫁。〔唱〕怎生拆鴛侶漾却甜桃(讀)，却去尋苦李(韻)，致我兒(讀)學截髮捨身蕭寺(叶)，〔合〕不由人怒填胸生裂開雙眥(叶)。〔張鍊師白〕令愛志欲出家，所以相同奶娘，已到小菴居住。〔曹獻忠白〕小女果然在此？〔張鍊師虛白科，各起，隨撤椅科。曹獻忠白〕喚來相見。〔張鍊師向下喚科。旦扮曹賽英，穿衫，從下場門上，白〕我爹爹在那裏？〔作相見各哭科，曹獻忠唱〕

【正宮集曲・鴈來紅】【鴈過沙】（首至五）你何須忒恁悲(韻)，這根由我盡知(韻)。不賢達娘親偏聽人搬弄(句)，翻教你披剃來歸此(叶)，是我命乖葬送兒(叶)。【紅娘子】（合至末）平白地(韻)，風波頓起(韻)，父和女成拋棄(韻)。〔曹賽英唱〕

【又一體】纔提起淚漣洏(叶)，自思量恨數奇(韻)。想當初檀郎不訪阿蘭若(句)，爹行若不領皇華使

(叶)，怎得野蜂窺蕊枝(叶)。〔合〕平白地(韻)，風波頓起(韻)，父和女成抛棄(韻)。〔曹獻忠白〕鍊師，我今就此告辭，帶了小姐一同回去。〔曹賽英白〕常言烈女不嫁二夫，君子愛人以德。孩兒既除鳳髻，付與金刀，肯把蓮心再投業海？望大人割不忍之恩，使孩兒遂已灰之念。〔曹獻忠白〕出家雖全節義，暫且從容，聽候傅郎信息，出家未遲，此時且隨我回去。〔曹賽英作跪科，白〕爹爹，孩兒立志已定，豈肯回心。況有乳娘朝夕陪伴，爹爹不必掛念。〔曹獻忠白〕奶娘如何不見？〔曹賽英白〕今日有事出門，尚未回來。〔曹獻忠白〕我兒，你立志既堅，又有奶娘伏侍，在此做鍊師亦可。你可近前來拜了師傅。〔張鍊師白〕還是先拜大人。〔曹賽英作拜曹獻忠科，唱〕

【正宮正曲・普天樂】一顆珠蒙珍貴(韻)，捨掌上歸蓮髻(韻)，〔拜張鍊師科，唱〕和南父五體投師(叶)。〔曹獻忠白〕指望你做宦室夫妻，那裏知道你做佛門弟子。〔曹賽英唱〕論施鞶作婦不如祝髮爲尼(韻)，〔合〕豈不聞禪門二美(韻)，那拈花善慧(讀)、長配瞿夷(韻)。〔曹獻忠白〕教我如何割捨得你下。〔唱〕

【慶餘】人生在世都有抛離日(韻)，〔張鍊師唱〕老大人謾傷悲(韻)，〔曹獻忠作出門科，唱〕斷送黄花女做比邱尼(韻)。〔張鍊師、曹賽英同從下場門下。衆將卒、馬夫、傘夫仍同從上場門上，曹獻忠作乘馬科，衆喝道遶場科，同從下場門下〕

# 第廿三齣　愛河沉溺浩無邊㊀古風韻

〔酆都門上换「血湖地獄」匾。雜扮牛頭、馬面，各戴套頭，穿門神鎧，持叉；雜扮八扛刑具鬼，各戴鬼髮，穿箭袖，繫肚囊；雜扮八鬼卒，各戴鬼髮，穿蟒、箭袖、虎皮卒褂，持器械；雜扮八動刑鬼，各戴竪髮額，穿劉唐衣，繫肚囊；雜扮八侍從鬼，各穿戴血湖地獄鬼衣；雜扮二判官，各戴判官帽，穿圓領，束角帶，持筆簿；雜扮金童，戴紫金冠，穿氅，繫絲縧，執旛；雜扮玉女，戴過梁額、仙姑巾，穿氅，繫絲縧，執旛，引雜扮第三殿閻君，戴閻君套頭，穿閻君衣，襲氅，軟紮扮，從酆都門上，唱〕

【黄鐘宫引・西地錦】陽世或多踈縱㊀，陰司曾不寬容㊀。重重地獄幾時空㊀？無奈衆牛業重㊀。〔場上設平臺、虎皮椅，轉場，陞座，衆鬼判各分侍科。場上設血湖切末科，八扛刑具鬼從兩場門分下，扛鐵牀、血缸隨上，設場上科。閻君白〕骨化形銷有鐵牀，血湖醒穢苦難當。兩般水火無情物，作惡之人合受殃。俺乃第三殿，掌管血湖鐵牀地獄，洞明普静神君宋帝王是也。秉性正直，判斷無私。凡有各處解來鬼犯，論其罪業，或受鐵牀上火炙其脂膏，或是血湖中水淹其骸骨，即行發落，以彰果報。勸化世人休造業，須知水火不容情。〔雜扮解鬼，戴鬼髮、額，穿蟒、箭袖、虎皮卒褂，繫虎皮裙，帶雜扮錢氏魂，穿衫，從右旁門上，白〕忤逆公婆太不賢，而今追悔也徒然。欲將長舌强分辯，無那高高業鏡懸。〔作到科，解鬼白〕門上那位在？〔一鬼卒作出門問科，解鬼白〕二殿閻君解到忤逆女鬼犯一名，錢氏乙秀在此。〔鬼卒虛白作進門禀科，閻君白〕帶進來。〔鬼卒作出門，引解鬼帶錢氏魂作進門跪科，解鬼跪呈公文科，閻君作看公文科，白〕一名犯婦錢氏乙秀，生前不孝，打婆罵公。可惱！人家的公婆，娶房媳婦，費盡心機。爲媳婦者，須當孝順公婆，纔是道理，你爲何私做飲食，自家受用，倒使公婆躭饑受餒；身穿好衣，不顧公婆寒冷？汝還不知追悔，反逞長舌，忤逆公婆，這是怎麽説？〔錢氏魂白〕爺爺，非干小婦人之事。我的衣食，俱是娘家帶來的，與公婆無干，所以不與他喫，不與他穿。公婆反來駡我，所以打了婆婆一下、駡了公公幾句，我也不敢不認。〔閻君白〕你這惡婦，還要强辯。我這裏有鐵牀、火焰，專報你生前逞勢作威、淩虐公婆之罪。鬼卒，將錢氏叉上鐵牀者。〔解鬼作出門科，從左旁門下。衆動刑鬼作捉錢氏魂上鐵牀科。衆同唱〕

【中呂宮正曲·縷縷金】騰烈焰(句)，鐵牀紅(韻)。讒言炮烙慘(句)，苦相同(韻)。伊作惡身遭斃(句)，情深罪重(韻)。業身軀俄頃盡銷鎔(韻)，〔合〕一靈枉悲慟(韻)，一靈枉悲慟(疊)。〔雜扮五長解鬼，各戴鬼髮額，穿蟒、箭袖、虎皮卒褂，繫虎皮裙，持器械，帶旦扮劉氏魂，穿破補衫，繫腰裙，從右旁門上，唱〕

【中呂調套曲·粉蝶兒】迴憶生前(韻)，俺這裏迴憶生前(疊)，論早年間也曾向善(韻)。都則爲一念差誤聽讒言(韻)，由不得把誓盟違(句)，齋戒破(句)，轉關兒心腸改變(韻)。也只道幽獨事瞞得過龍天(韻)，那曉得陰司裏一樁樁記明案件(韻)。〔長解都鬼白〕來此已是三殿閻君殿前了，門上那位在？〔一鬼卒作出門問科，長解都鬼白〕解到惡犯劉氏在此。〔鬼卒虛白，作進門稟科，閻君白〕帶進來。〔鬼卒作出門引五長解鬼帶劉氏魂作進門跪科，長解都鬼跪呈公文科，閻君作看公文科，白〕劉氏，聞你惡名久矣，今日也來了麽？〔劉氏魂白〕爺爺，犯婦一路而來，受苦極矣，望爺爺慈悲。〔閻君白〕你且休悲，俺這裏有一種刑法，乃是血湖池，報你生前血水穢污三光之罪。鬼卒，將他推入血湖中去。〔衆動刑鬼應科，作捉劉氏魂入血湖科。劉氏魂唱〕

【中呂調套曲·醉春風】在生時多業冤(韻)，到死後空悲怨(韻)。正不知那陰司地獄有幾多重(句)，一處兒也不能彀赦免(韻)、免(疊)。〔白〕我想世上造惡之人，到陰司之中都要受此罪業的。好不苦楚也！〔唱〕聞不得這血氣腥臊(句)，禁不起這血流污穢(句)，測不出這血湖深淺(韻)。〔閻君白〕這婦人倒也會講話，放他上來，待我問他。〔衆動刑鬼應科，作扶劉氏魂出血湖科。閻君白〕那婦人，世上的人都是要生男育女的，若都是這樣怕起苦楚來，這男女的種難道倒絶了不成麽？〔劉氏魂白〕稟上閻君，世人受父母生育之恩，不知報答。待犯婦將生男育女的苦楚宣説一番，正可唤醒世人孝念。〔閻君白〕也罷，你且從頭説來。説得是，免你罪過；説得不是，這三缸血水都要你喫。〔劉氏魂白〕爺爺聽稟。〔唱〕

【中呂調套曲·石榴花】若提起那養兒育女苦難言(韻)，爲母的艱辛有萬千(韻)。自從那懷孕起便受憂煎(韻)，看看的十月臨(句)，好容易無災無害剛分娩(韻)，還恐怕血光腥臭上衝天(韻)。〔白〕自生産之後，〔唱〕晨昏裏勤勞保護心無倦(韻)，這的是乳哺有三年(韻)。〔衆鬼判作悲泣科。劉氏魂唱〕

【中呂調套曲·鬬鵪鶉】兒但得身體安然(韻)，父母的歡情不淺(韻)。兒倘是疾病淹纏(韻)，父母的愁眉莫展(韻)。喜則喜依人纔學步(句)，愁則愁指物未能言(韻)。惟恐是愚魯癡頑(句)，滿望着聰明智辨(韻)。

【中呂調套曲·上小樓】費盡了提攜顧復(句)，心機一片(韻)。巴得箇長大成人(句)，昂藏七尺(句)，親心懽忭(韻)。可知道父母恩深(句)，昊天罔極(句)，孝思當展(韻)。好寄語向着那世人奉勸(韻)。〔閻君白〕不要説了，説得忒苦楚。鬼卒，快快將衣服與他換了污衣。冥府長解，帶往四殿去罷。〔一判官付公文，長解都鬼接科。一鬼卒向下取衣，隨上，與劉氏魂作換衣科。劉氏魂作拜謝科，唱〕

【煞尾】感閻君(讀)遽肯行方便(韻)，赦宥咱(讀)生前多罪愆(韻)。尚慮着一殿殿(讀)冥府的極刑多(句)，有那説不出口的憂愁(讀)，也只好在心兒裏轉(韻)。〔五長解鬼帶劉氏魂作出門科，從左旁門下。閻君下座科，衆鬼判擁護仍同從酆都門下。生扮目連，戴僧帽，穿水田僧衣，繫絲絛，帶數珠，持錫杖，從右旁門上，白〕來此已是三殿，只見血湖、鐵牀，好傷感人也。〔以錫杖卓地科，白〕唵嘛呢薩婆訶。〔一判官從酆都門上，白〕原來是位禪師，那裏來的？〔目連白〕我乃西天目連僧是也。〔判官白〕到此何幹？〔目連白〕因尋母到此。〔判官白〕禪師，你母是何姓名？〔目連白〕我母傅門劉氏。〔判官白〕令堂解往前殿去了。〔目連虛白作哭科。判官白〕奉勸高僧莫慘傷，〔目連白〕尋來三殿未逢娘。〔判官白〕須知終有相逢日，〔目連白〕只得追隨往那方。〔判官仍從酆都門下，目連從左旁門下〕

# 第廿四齣　劍樹峻嶒森有象（蕭豪韻）

〔酆都門上換「刀山地獄」匾。雜扮牛頭、馬面，各戴套頭，穿門神鎧，持叉；雜扮八扛刑具鬼，各戴鬼髮，穿箭袖，繫肚囊；雜扮八鬼卒，各戴鬼髮，穿蟒、箭袖、虎皮卒褂，持器械；雜扮八動刑鬼，各戴豎髮額，穿劉唐衣，繫肚囊；雜扮八侍從鬼，各穿戴刀山地獄鬼衣；雜扮四曹官，各戴紮紅幞頭，穿圓領，束金帶；雜扮二判官，各戴判官帽，穿圓領，束角帶，持筆簿；雜扮金童，戴紫金冠，穿氅，繫絲縧，執旛；雜扮玉女，戴過梁額、仙姑巾，穿氅，繫絲縧，執旛，引雜扮第四殿閻君，戴閻君套頭，穿閻君衣，襲氅，軟紮扮，從酆都門上，唱〕

【黃鐘調合曲·北醉花陰】果報由來自分曉(韻)，人世上又何須猜料(韻)。俺這裏懸業鏡晰秋毫(韻)，照徹了善惡昭昭(韻)。歎衆生枉自施奸狡(韻)，造下的罪業總難逃(韻)。到得恁數盡身亡(句)，一樁樁要消繳(韻)。〔場上設平臺、虎皮椅，轉場，陞座。衆鬼判各分侍科。後場設煙雲、帳幔，隱設刀山科。閻君白〕陰曹地獄實堪哀，盡屬衆生心想來。安得法霖一遍灑，刀山劍樹化蓮臺。吾乃四殿閻君是也，掌陰司之權衡，隨人心以報應。鐵面無私，鏡臺有赫。吩咐曹官，今日將造惡衆生着實用刑一番，以警愚癡。〔一曹官白〕已帶各犯齊了，還有新鬼一名朱紱，是本殿值日收來的，尚未審明來歷。〔閻君白〕如此先帶上來。〔衆鬼卒向下喚科。雜扮解鬼，戴鬼髮額，穿蟒、箭袖、虎皮卒褂，繫虎皮裙，帶外扮朱紱魂，戴巾，穿道袍，從右旁門上，作進門跪科。解鬼白〕朱紱帶到。〔閻君白〕查他在生罪惡。〔一曹官作查簿科，白〕朱紱在生，曾任隴州司馬，一生無甚過惡，避難流離，死在王舍城中。其子朱紫貴賣身葬父，孝行可嘉。〔閻君白〕既是如此，可竟批到十殿，使他轉生陽世便了。〔朱紱魂作叩謝科，唱〕

【黄鐘宫合曲・南畫眉序】叩首感恩高(韻)，竟發輪迴離苦惱(韻)，免沉淪苦海(讀)，向人道生超(韻)。

〔解鬼帶朱紱魂作出門科，從左旁門下。雜扮解鬼，戴鬼髮額，穿蟒、箭袖、虎皮卒褂，繫虎皮裙，帶浄扮田希監魂，散髮，穿喜鵲衣，繫腰裙，從右旁門上，作進門跪科。解鬼白〕田希監帶到。〔一曹官作查簿科，白〕惡犯一名田希監，心懷狡詐，私通反叛。〔閻君白〕可惱！這厮心懷蛇蝎，惡似鴟鴞，竟與反賊李希烈同謀叛逆，罪惡非輕。掌案的，查他在生還有何等罪惡。〔一曹官作查簿科。田希監魂白〕閻君爺，〔唱〕念希監惡蹟多端(句)，求寬恕感恩非小(韻)。〔合〕惟求大德重生造(韻)，再爲人善念堅操(韻)。〔曹官白〕田希監與臧霸陰謀交好，賄通叛逆。那臧霸獻一美女與他，却被他妻子嫉妬不容，着聽用官董知白即時領去。豈料被奸徒莫可交悮殺三人性命，次日田希監將董知白屈陷抵償，情極無辜。〔閻君白〕原來如此。這兇頑罪惡彌天，該受刀山之報。暫且帶在一邊，少頃即赴刀山、劍樹，受罪施行。〔解鬼帶田希監魂作出門科，從左旁門下。一曹官白〕惡犯一名李希烈、一名朱泚，此二人背恩反叛，殺害忠良，竊據土地，妄稱帝號。已經前者東嶽大帝相同十殿閻君會勘情實，罪應發上刀山正法。

〔閻君白〕帶過來。〔雜扮二解鬼，各戴鬼髮額，穿蟒、箭袖、虎皮卒褂，繫虎皮裙，帶淨扮李希烈魂、朱泚魂，各散髮，穿喜鵲衣，繫腰裙，從右旁門上，作進門跪科。解鬼白〕惡犯李希烈、朱泚帶到。〔閻君白〕你這兩箇奸賊，稱兵作叛，害了多少生靈，荼毒多少地面。你全不想報應昭彰，到俺陰司正法治罪麽？〔李希烈魂、朱泚魂白〕我二人也不敢强辯，只求閻君爺寬恕。〔閻君唱〕

【黄鐘調合曲・北喜遷鶯】恨恁把逆謀來造(韻)，險將那唐室傾摇(韻)。弄着兵刀(韻)，虎狼心恁般兇暴(韻)。歎黎民劫數苦相遭(韻)，流戰血身膏荒草(韻)，聽不得鬼哭神號(韻)。〔李希烈魂、朱泚魂白〕我二人罪惡深重，該受陰司罪業，望求閻君爺赦宥。〔唱〕

【黄鐘宫合曲・南畫眉序】罪惡自難逃(韻)，只恨當初悔不早(韻)，望閻君赦免(讀)，把罪犯相饒(韻)。

〔閻君白〕你這兩箇惡犯，造下彌天罪孽，萬死莫贖，還想寬饒麽？快帶去上刀山正法。〔解鬼帶李希烈魂、朱泚魂作出門科，從左旁門下。一曹官白〕還有那田希監的逆黨臧霸。〔閻君白〕帶過來。〔雜扮解鬼，戴鬼髮額，穿蟒、箭袖、虎皮卒褂，繫虎皮裙，帶丑扮臧霸魂，散髮，穿喜鵲衣，繫腰裙，從右旁門上，作進門跪科。解鬼白〕臧霸帶到。〔閻君白〕你這畜生，在陽間做官，只圖財物，不顧廉恥，諂結上司，多行不法，審理事情不辨分明，也應該上刀山正法。〔臧霸魂白〕閻君爺，那黄的是金，白的是銀，誰人見了不愛？可惜我不曾帶得那財物來孝敬閻君爺爺，只怕也就不是這等待我了。〔唱〕悔未將黄白攜來(句)，爲孝敬把人情做巧(韻)。〔合〕惟求大德重生造(韻)，再爲人善念堅操(韻)。〔閻君白〕還要胡講！

速速帶去刀山受罪。〔解鬼帶臧霸魂作出門科，從左旁門下。雜扮解鬼，戴鬼髮額，穿蟒、箭袖、虎皮卒褂，繫虎皮裙，帶小旦扮李翠娥魂，穿衫，從右旁門上，作進門跪科。解鬼白〕新到女鬼一名李翠娥當面。〔閻君白〕查他的過犯。〔一曹官作查簿科，白〕李翠娥身爲婦女，該守閨門，曾與那莫可交通姦。〔李翠娥魂白〕爺爺，我自悔生前一念之差，致使出乖露醜，敗壞閨門，反又受此慘死，自恨追悔無及。〔閻君白〕你這妮子，也知追悔麽？〔唱〕

【黄鐘調合曲·北出隊子】恁生前行奸賣俏(韻)，風流罪皆自招(韻)，都則爲花容月貌逞妖嬈(韻)。〔李翠娥魂白〕求爺爺超生赦罪。〔閻君唱〕笑恁那粉骷髏猶把饒來討(韻)，俺早是註明伊椿椿罪惡(韻)。〔白〕奸夫莫可交，前殿如何發落？〔曹官白〕稟上閻君，那莫可交姦淫罪惡，負義辜恩，罪業深重，前殿已經將他碓搗施行正法矣。〔唱〕

【黄鐘宫合曲·南滴溜子】這李翠娥(句)，李翠娥(疊)，通姦孽造(韻)。那董知白(句)，董知白(疊)，又險遭惡報(韻)。〔白〕其時莫可交誣告已准，即將董知白下入碓搗之中，忽然擁現金蓮，放出光華瑞彩，閻君驚恐無比，即將董知白批到十殿，轉生陽世，仍做武官，三男二女，永享長年。〔閻君白〕好，此乃是善人之報應也。〔李翠娥魂白〕生前事端，俱已明白，求爺爺見憐寬恕。〔唱〕念罪婢(讀)頻加叩禱(韻)，〔合〕冤從莫可交(韻)，故將彝倫顛倒(韻)，伏望施恩(讀)，戴德非小(韻)。〔閻君白〕鬼卒，可將李氏發往前殿，按罪施行。〔解鬼帶李翠娥魂作出門科，從左旁門下。雜扮五長解鬼，各戴鬼髮額，穿蟒、箭袖、虎皮卒褂，繫虎皮裙，持器械，帶旦扮劉氏魂，穿破補衫，繫腰裙，從右旁門上，作到科。長解都鬼白〕門上那位在？〔一鬼卒作出門問科，長解都鬼白〕犯婦劉氏解到了。〔鬼卒虛白，作進門禀科，閻君白〕帶進來。〔鬼卒作出門，引五長解鬼帶劉氏魂作進門跪科。長解都鬼跪呈公文科。閻君作看公文科，白〕劉氏，你故違誓願，殺生害命，惡孽多端，其實可惡。〔劉氏魂白〕爺爺，念劉氏一路來受苦彀了，望求寬恕。〔閻君白〕衆鬼卒，與我着實的打。〔衆鬼卒應，作打劉氏魂科。閻君唱〕

【黄鐘調合曲·北刮地風】嗳呀(格)，一任恁(讀)悲痛哀哀苦叫號(韻)，誰似你罪犯天條(韻)。想當日向善聲名好(韻)，把前功一旦都抛(韻)。深恨恁(讀)把佛像俱撇掉(韻)，罪多般惡報難逃(韻)。信讒言(讀)自開葷恣意貪饕(韻)，竟不顧有神鑒昭(韻)。去花園冤債相遭(韻)，自驚慌(讀)魄散魂驚落(韻)，今日裏到酆都合受煎熬(韻)。〔劉氏魂白〕爺爺，世上喫葷的儘多，爲何把我如此難爲？〔閻君白〕世人雖喫酒肉，未曾立誓。因你欺昧神明，所以罪上加罪。本該罰你上取刀山，只是法不重科，倒便宜了你。長解的，使他遊遍重重地獄，受取種種苦難，即便前去。〔一判官付公文科，長解都鬼接公文，帶劉氏魂作出門科，從左旁門下。雜扮解鬼，戴鬼髮額，穿蟒、箭袖、虎皮卒褂，繫虎皮裙，帶旦扮王氏魂，穿破衫，繫腰裙，從右旁門上，作進門跪科。解鬼白〕陽間惡婦一名王氏，用計謀害前妻之子鄭賡夫性命，罪惡難逃陰府報應。〔閻君白〕王氏，你欲霸占鄭尚義家産與己子，你就忍心害理，鋪謀設計，致害鄭賡夫無辜而死。你這罪惡，難逃報應也。〔王氏魂白〕爺爺，這是長子無狀，將奴調戲而起，與奴無干的。〔唱〕

【黄鐘宫合曲・南滴滴金】爲賡夫惡子多强暴(韻),行爲果是虧名教(韻),將奴調戲相欺藐(韻)。因此向夫行(句),訴根苗(韻),將情細表(韻)。〔一曹官作查簿科,白〕禀上閻君,皆因是王氏心懷惡毒,頓施謀計,致使鄭賡夫立遭慘死。〔唱〕他心懷蛇蝎奸謀狡(韻),〔合〕致使賡夫(讀)一命輕抛(韻)。〔閻君白〕可惱!你這惡婦,到俺這裏,還敢强辯。〔唱〕

【黄鐘調合曲・北四門子】恨奸頑(讀)尚虚詞猶誑告(韻),俺正無私(讀)豈被汝相奚落(韻)。恁巧語花言(讀)腹内藏刀(韻),把罪名兒(讀)一旦憑空掃(韻)。這毒婦心腸(句),特奸甚巧(韻)。〔白〕鬼卒,快將這惡婦呵,〔唱〕教他上刀山償將惡報(韻)。〔解鬼作帶王氏魂出門科,從左旁門下。閻君下座科,白〕與俺收拾威儀者。〔衆鬼判擁護閻君仍同從酆都門下。生扮目連,戴僧帽,穿水田道袍,繫絲縧,帶數珠,持錫杖,從右旁門上,唱〕

【黄鐘宫合曲・南鮑老催】陰風悲嘯(韻),悽然凛冽似叫號(韻),令人頓覺傷懷抱(韻)。見刀山列(句),劍樹標(韻),鋼鋒耀(韻)。〔白〕來此不知何處。〔以錫杖卓地科,白〕唵嘛呢薩婆訶。〔一曹官從酆都門上,白〕闍黎從何處到此?〔目連白〕我乃西方目連僧,爲尋母到此。〔曹官白〕如此請少待。閻君有請。〔衆鬼判引閻君從酆都門上。曹官白〕今有西天目連僧,爲尋他母親到此。〔閻君白〕我想西天僧人到此陰司,自然是聖僧了。快請進來。〔場上右側設平臺、虎皮椅,閻君陞座科。曹官引目連作進門相見科。場上設椅,目連、四曹官各坐科。閻君白〕高僧,你母親姓甚名誰?〔目連白〕家母傳門劉氏。〔唱〕爲萱親克苦把勤劬效(韻),向幽冥遍處尋消耗(韻),〔合〕故特地忙來到(韻)。〔閻君白〕可惜來遲了這片刻,

方纔解往五殿去了。〔唱〕

【黄鐘調合曲・北水仙子】纔、纔、纔(格)、纔將他向別殿交(韻)，怎、怎、怎(格)、怎恰又片刻時辰不湊巧(韻)。羡、羡、羡(格)、羡孝心爲母不憚勞(韻)，救、救、救(格)、救萱堂及早離苦惱(韻)。〔目連起，隨撤椅科。白〕如此告別，只得再往五殿去找尋便了。〔閻君白〕聖僧請便。〔目連白〕請了。相逢纔衮衮，話別又匆匆。〔作出門科，從左旁門下。閻君白〕衆鬼卒，速現刀山者。〔衆鬼卒應科，場上出火彩，隨撤煙雲、帳幔，現出刀山科。雜扮五差鬼，各戴犄角、鬼髮，穿鬼衣，繫虎皮裙，持叉，從火光中躍出，向閻君座前作參見科。閻君白〕速催衆鬼犯上刀山。〔五差鬼應科。閻君唱〕趕、趕、趕(格)、趕冤囚(讀)速赴刀山峭(韻)，做、做、做(格)、做一箇(讀)施行罪業懲惡報(韻)，看、看、看(格)、看滿山(讀)血濺苦號咷(韻)。〔五差鬼從左旁門下。雜扮二管刀山鬼使，各戴犄角、鬼髮，穿劉唐衣，繫肚囊，立刀山上科。五差鬼持叉，作趕雜扮衆上刀山鬼犯，各戴氊帽，穿破衣衫，繫腰裙，同從右旁門上，作至閻君座前叩求科，同唱〕

【黄鐘宫合曲・南雙聲子】黄泉道(韻)，黄泉道(疊)，今日裏遭冤報(韻)。難遁逃(韻)，難遁逃(疊)，算罪業皆人造(韻)。慘風刀(韻)，求恕饒(韻)，〔合〕看血肉淋漓(讀)，骨化形銷(韻)。〔五差鬼作趕衆鬼犯上刀山科，刀山後出種種刀山切末科。閻君下座科，唱〕

【煞尾】明題着(讀)奸盜邪淫四字標(韻)，似俺這(讀)果報無私怎混淆(韻)。若能彀善行堅操(韻)，再不受(讀)這險峻刀山的痛煎熬(韻)。〔衆鬼判擁護閻君仍同從酆都門下〕

# 第九本卷上

## 第一齣　賞奇勳金階卸甲（古風韻）

〔佛門上換「建章門」匾，場上設望春樓科。小生扮李皐，戴套翅紗帽，穿蟒，束玉帶，執笏；末扮李泌，戴幞頭，穿蟒，束玉帶，執笏；外扮曹獻忠，雜扮韓旻、張延賞、楊成，各戴紗帽，穿蟒，束玉帶，執笏，從上場門上，同唱〕

【仙吕調隻曲・點絳唇】御柳煙濃(韻)，宮花露重(韻)。千官擁(韻)，聽長樂晨鍾(韻)，早又見朝旭光浮動(韻)。〔分白〕九霄雙闕迥參差，金御爐前唤仗時。共沐恩波鳳池上，天顏有喜近臣知。某曹王李皐是也。下官同平章事李泌是也。下官兵部尚書曹獻忠是也。下官光禄寺卿韓旻是也。下官左僕射張延賞是也。下官諫議大夫楊成是也。〔李皐白〕今日李令公班師入覲，奉聖旨代皇上解甲，皇帝御望春樓待他朝見。〔衆官白〕這段榮耀，也算作千古無二也。道言未了，李令公與隨征衆將來也。〔雜扮四軍士，各戴將巾，穿蟒、箭袖，排穗，執標鎗，引生扮李晟，戴帥盔，紮靠，紮令旗，佩劍。末扮渾瑊，雜扮韓遊環、范克孝、戴休顏、駱元光，各戴帥盔，紮靠，從上場門上，同唱〕

【又一體】文德欣崇(韻)，武功還重(韻)。無偏用(韻)，同効愚忠(韻)，輔佐得皇圖永(韻)。〔分白〕下官李晟是也。下官渾瑊是也。下官韓遊環是也。下官范克孝是也。下官戴休顔是也。下官駱元光是也。〔李晟白〕列位將軍，可暫退午門外候旨，待我進朝見駕，奏明列位行間奮勇、同建功勳，必有恩旨加封，再行朝見便了。〔衆將白〕大將軍尊見甚善，我等暫退午門之外，候待旨意便了。太平原是將軍定，今日將軍定太平。〔衆將仍同從上場門下。內奏樂科。雜扮四宫官，各戴宫官帽，穿圓領，繫絲縧，執符節；雜扮二內侍，各戴內侍帽，穿貼裏衣，繫絲縧，持拂塵；老旦扮內官，戴嵌龍太監帽，穿貼裏衣，繫絲縧，帶數珠，持拂塵，同從建章門上，作設朝科。李晟作朝見科，白〕臣李晟見駕，願吾皇萬歲、萬歲、萬萬歲！〔內官白〕先生久勞王事，戎馬辛勤，朕夢寐之間，時常思念。今奏凱還朝，可將行間景況，就在樓前，手舞足蹈，一一奏朕知之。〔李晟白〕臣雖蒙聖恩如此，只是倨侮君前，有乖臣體。〔內官白〕朕之命卿，與卿何罪？〔李晟白〕萬歲！ 想微臣呵，〔唱〕

【南呂調套曲·梁州第七】總仗着聖天子多般廟略(句)，那裏是大將軍八面威風(韻)。臣、臣、臣叨居專閫要身先衆(韻)，迎頭去披堅執鋭(句)，迎頭去對壘衝鋒(韻)。〔白〕那些將士呵，〔唱〕兵書曾習(句)，戰策曾攻(韻)，也能挽千鈞强弩(句)，也能開百石雕弓(韻)。平日裏訓練着擊刺超騰(句)，自然的知方有勇(韻)。正好去禦敵從戎(韻)，一箇箇心雄(韻)氣猛(韻)。鎮邊疆那怕他干戈動(韻)，臨陣曾無恐(韻)。也全在夙具區區一點忠(韻)，今日纔得奏膚功(韻)。〔內官白〕以身先之，政令自行，況且訓練於平素，宜乎致用

於一時，此實爲將之道。先生可將上蔡城邊十面精兵破賊這一段功勞，細説一番，與衆官聽者。〔李晟白〕那奸賊呵，〔唱〕

【南呂調套曲・牧羊關】與鄰境相連結(句)，抗王師把衆擁(韻)，做了箇閉函關萬騎難攻(韻)。臣可也鼓衆心把將卒精挑(句)，臣可也奮神威把貔貅親統(韻)。殺得他沙蟲立化如周穆(句)，殺得他草木皆兵類八公(韻)。〔衆官白〕好一場大功勞也。〔李晟唱〕再休得齊稱頌(韻)，何敢望百戰勳名勒鼎鐘(韻)。〔内官白〕這一場首功，全虧了先生也。再將那東渭橋連營接戰、縛醜獻俘，這許多奇勳，再講一番。〔李晟白〕那朱泚呵，〔唱〕

【南呂調套曲・四塊玉】趁着那兵變都城倉卒中(韻)，問周鼎成何用(韻)，暫教那宸輿西走痛塵蒙(韻)。止不過潢池小寇把兵戈弄(韻)，還仗着聖人威立戰功(韻)。來何速千騎星飛送(韻)，平禍亂血流杵渭水紅(韻)。〔内官向下捧聖旨隨上，白〕旨意下。聖旨已到，皇帝詔曰：朕賴上天福庇、列祖餘輝，得衆文武之劻勷，籍李元帥之威武，方得逆賊纖芥不留，復覩盛唐景象。今日李晟與衆將奏凱歸朝，李晟拜爲中書令之職，進封西平王。渾瑊等五員大將，皆封列侯。特命曹王代朕解甲，以懋奇勳。〔李皐作欲與李晟解甲科，李晟作遜科，唱〕

【南呂調套曲・烏夜啼】臣怎敢濫膺着聖皇、聖皇恩寵(韻)，臣怎敢勞動着帝子尊崇(韻)？〔衆官作跪科，白〕皇上隆恩，命親王解甲，李晟又不敢當，伏乞聖慈，俯准臣等代卸甲胄罷。〔内官白〕衆卿雖代朕勞，朕心終於未洽。既是李先生力辭，姑准衆卿之請，替曹工行了罷。〔衆官起，作欲與李晟解甲科，李晟作遜科，唱〕可知是三公論道多尊重(韻)，百僚供職皆欽竦(韻)。這不是榮及元戎(韻)，反累元戎(韻)，却教臣置身無地可能容(韻)？〔白〕從來大將功成，書生執筆而議其後。若今日恩禮過隆，元老解甲呵，〔唱〕怎免得書生議論把毛錐弄(韻)？〔内官白〕既然先生力爲謙遜，可出朝房，就着内侍代卸甲胄。仍宣渾瑊等五員大將，更了衣冠，一同朝見。〔李晟謝恩科，二内侍引李晟仍從上場門下。一内侍隨引渾瑊、韓遊環、范克孝、戴休顔、駱元光，各戴金貂，穿蟒，束玉帶，執笏，同從上場門上。衆將作謝恩科，分白〕臣渾瑊、韓遊環、范克孝、戴休顔、駱元光〔同白〕朝見，願吾皇萬歲、萬歲、萬萬歲！〔唱〕寶祚安金甌鞏(韻)，看萬邦陳玉帛來朝貢(韻)。並未有三刀功業(句)，愧膺着百世恩榮(韻)。〔一内侍引李晟，戴王帽，穿蟒，束玉帶，執笏，仍從上場門上，作謝恩科。内官白〕萬歲有旨。〔衆官同跪科，内官白〕賜爾百官，在禮部同赴太平筵宴。〔衆官作謝恩科。内官、宫官、内侍仍同從建章門下，隨撤望春樓科。衆官遶場，作到科，場上設筵席桌椅。雜扮四排宴官，各戴紗帽，穿圓領，束金帶，同從上場門上，白〕筵宴已備，請衆位大老爺上席。〔衆官各坐科。雜扮樂官，戴紗帽，穿圓領，束金帶，從上場門上，作跪科，白〕百戰身經鐵甲穿，皇唐再造靖烽煙。今朝四海方寧貼，解换征袍醉綺筵。〔隨向下引雜扮四回回，各戴獅象盔，紮狐尾，簪雉尾，穿回回衣，從上場門上，跳舞科，同唱〕

【南吕宫正曲·賀新郎】治定功成(韻)，論勳華百王難並(韻)。戎衣乾坤重整(韻)，從今後(讀)一統皇唐永太平㊞。遍閭閻黔黎歡慶㊞，〔合〕綵仗列㊟，香盤頂㊞。向康衢叩賀垂裳聖㊞，千萬載㊟烽煙靖㊞。〔同從下場門下，内奏樂科，衆官出筵作謝恩科，隨撤桌椅科，衆同唱〕

【煞尾】恩叨湛露濃㊞，曲奏彤弓詠㊞。酒筵前笑談和藹㊀，氣象雍容㊞。感君恩恁隆㊞，矢臣心盡忠㊞，願萬萬載㊟長向金堦拜袞龍㊞。〔同從下場門下〕

## 第二齣　成善果玉闕開筵（古風韻）

〔雜扮八皂隸鬼，各戴皂隸帽，穿窄袖，繫皂隸帶；雜扮金童，戴紫金冠，穿氅，繫絲絛，執旛；雜扮玉女，戴過梁額、仙姑巾，穿氅，繫絲絛，執旛，引浄扮關丰，戴紫紅紗帽，穿蟒，束玉帶，從右旁門上，唱〕

【中吕宫正曲・縷縷金】仙樂奏(句)，滿空聞(韻)。天路多平坦(句)，擁香雲(韻)。電轂馳來疾(句)，曉霞紅襯(韻)。要知天佑善良人(韻)，〔合〕從今益當信(韻)，從今益當信(疊)。〔白〕我乃鬼門關關主是也。奉閻君之命，今有忠臣、孝子、節婦上昇天堂，僧道尼師托生人間，富貴榮華。鬼使，須索祇候者。〔衆皂隸鬼應科。雜扮二金童，戴紫金冠，穿氅，繫絲絛，執旛；雜扮二玉女，戴過梁額、仙姑巾，穿氅，繫絲絛，執旛，引六善人：末扮段秀實，戴紗帽，穿圓領，束金帶；小生扮鄭賡夫，戴巾，穿氅；旦扮陳桂英，穿氅；浄扮僧明本，戴僧帽，穿僧衣，披袈裟，帶數珠；生扮道貞源，戴道巾，穿水田道袍，繫絲絛，帶數珠；老旦扮尼貞静，戴僧帽，穿老旦衣，繫絲絛，帶數珠，各執符節，從右旁門上，同唱〕

【又一體】籠佳氣(句)，映祥雲(韻)。銖衣香染處(句)，散氤氲(韻)。寶蓋珠幢導(句)，天風一陣(韻)。今朝平步上青雯(韻)，〔合〕天都想來近(韻)，天都想來近(疊)。〔作相見科，白〕關主拜揖。〔關主白〕列位，吾奉第一殿閻君之命，忠臣段司農、孝子鄭賡夫、節婦陳氏，上昇天堂，逍遥快樂。僧道尼師，托生人間，王侯爵位，貴顯夫人，享用富貴榮華。〔六善人白〕此乃上賴閻君洪恩，下托尊神福庇也。〔閻主白〕好説。看酒過來。〔衆皂隸鬼各接符節科。場上設席，各坐科，皂隸鬼分送酒科。閻主唱〕

【南吕宫正曲·節節高】瑶池九品蓮(韻)，爲羣仙(韻)，昨宵一夜都開遍(韻)。天風扇(韻)，異香傳(讀)，迎仙眷(韻)。奇枝嫩萼鋪芳甸(韻)，前遮後擁皆歡忭(韻)。〔衆同唱合〕分明有箇路朝天(韻)，人生要好須行善(韻)。〔六善人唱〕

【又一體】微生幸有緣(韻)，到閻前(韻)，一時皆得叨天眷(韻)。好一似日光眩(韻)，月光妍(讀)，星光現(韻)。天堂此去知非遠(韻)，前途便是長生殿(韻)。〔衆同唱合〕分明有箇路朝天(韻)，人生要好須行善(韻)。〔各起，隨撤桌椅科，衆皂隸鬼引閻主從左旁門下。六善人唱〕

【慶餘】旌揚節義忠和善(韻)，榮耀人天均羨(韻)，喜孜孜共對光風霽月天(韻)。〔一金童、一玉女引段秀實、鄭賡夫、陳桂英，從昇天門下。一金童、一玉女引明本、貞源、貞静，從右旁門下〕

## 第三齣　定律法諸犯悔心（尤侯韻）

〔酆都門上换「油鍋地獄」匾。雜扮牛頭、馬面，各戴套頭，穿門神鎧，持叉；雜扮八扛刑具鬼，各戴鬼髮，穿箭袖，繫肚囊；雜扮八鬼卒，各戴鬼髮，穿蟒、箭袖、虎皮卒褂，持器械；雜扮八動刑鬼，各戴竪髮額，穿劉唐衣，繫肚囊；雜扮八侍從鬼，各穿戴「油鍋地獄」鬼衣；雜扮二判官，各戴判官帽，穿圓領，束角帶，持筆簿；雜扮金童，戴紫金冠，穿氅，繫絲縧，執旛；雜扮玉女，戴過梁額、仙姑巾，穿氅，繫絲縧，執旛，引净扮第五殿閻君，戴閻君套頭，穿閻君衣，襲氅，軟紮扮，從酆都門上，唱〕

【仙吕入雙角合曲·北新水令】歎人間萬遍轉恩讐(韻)，卷風煙不堪回首(韻)。刀尖嘗舐蜜(句)，枕上忽持矛(韻)。着甚來由(韻)，却教俺從頭剖(韻)。〔場上設平臺、虎皮椅，轉場，陞座。衆鬼判各分侍科，八扛刑具鬼分下，扛火柱、油鍋、火箱隨上，分設場上科。閻君白〕填不滿兮火坑，難償完兮寃債。安得三輪盡空，化作蓮花世界。吾乃五殿閻羅是也。所爲這些衆生造業，每日勘問公案，判斷罪獄，不得安閒。今有許多罪囚，不免查究一番。鬼卒，帶這些聽審的鬼犯上來。〔二判官分白〕一名謀逆叛犯姚令言，大逆不道，背叛朝廷，塗毒生民，無所不至。已蒙帝君問定火柱之罪。一名附逆叛犯源休，枉讀詩書，不知順逆，辜負國恩，僞受朱泚官職，搆成大禍，殘害生民。已蒙帝君問定油鍋之罪，只待治罪施行。〔閻君白〕快將這兩箇奸囚帶過來。〔衆鬼卒向下帶丑扮姚令言魂、末扮源休魂，各戴氊帽，穿破喜鵲衣，繫腰裙，從酆都門上，作進門跪科。鬼卒白〕姚令言、源休帶到。〔閻君白〕你這兩箇奸狡叛逆的兇頭，在生前大逆不道，殘害生民，叛國負恩，種種不法，罪難輕恕。你還有何講？〔姚令言魂、源休魂白〕大王聽稟。〔唱〕

【仙吕入雙角合曲·南步步嬌】爲有龍泉腰間吼(韻)，按捺誰能彀(韻)，區區萬户侯(韻)。自古英雄(句)，爲王爲寇(韻)。〔合〕敗了索然休(韻)，姓名兒青史拚遺臭(韻)。〔閻君白〕你這兩箇奸賊，造下這樣彌天大罪，還要嘴强。〔唱〕

【仙吕入雙角合曲·北折桂令】則爲恁久蓄邪謀(韻)，疆場蹂躪(句)，虐甚蚩尤(韻)。痛煞人將喪兵亡(句)，君狩民殲(句)，鬼哭神愁(韻)。把一箇錦簇簇春風鳳樓(韻)，却做了慘悽悽落日皇州(韻)。〔姚令言魂、源休魂白〕爺爺，這些罪案，樁樁是實，件件無虚，只求開恩饒恕罷。〔閻君白〕俺怎生饒恕得你這兩箇奸賊？衆鬼卒，快將姚令言速上火柱，將源休快下油鍋。〔衆鬼卒應科，閻君唱〕謾自哀求(韻)，斷不停留(韻)。儘教你跋扈飛揚(句)，怎熬得鐵柱鍋油(韻)。〔八動刑鬼應科，作捉姚令言魂上火柱科，復作捉源休魂下油鍋科。八扛刑具鬼隨撤火柱、油鍋分下。一鬼卒帶丑扮僧本無魂，戴僧帽，穿喜鵲衣，繫腰裙；小旦扮尼静虚魂，戴尼姑巾，穿舊衫，繫腰裙，從右旁門上，作進門跪科。鬼卒白〕不守戒律惡僧本無、貪淫歪尼静虚當面。〔閻君白〕你這兩箇惡僧歪尼！ 你們既是出家，就該遵守戒律，如何反去造罪邪淫，是何道理？〔本無魂白〕大王爺爺，我是極守戒律的。 都是被他引誘我，所以造此罪孽。〔静虚魂白〕爺爺不要聽他。 都是這惡僧將我誆騙，弄假成真，造成罪業。〔閻君白〕到此地還要抵賴？ 你二人從實訴上來。〔本無魂、静虚魂白〕爺爺，待我們將實情訴上，只求寬恕。 我兩人呵，〔唱〕

【仙吕入雙角合曲・南江兒水】也是夙世冤和孽（句），今生怎罷休（韻）？ 只爲晨鐘暮鼓空僝僽（韻），因此朝雲暮雨權消受（韻）。 只道風流罪過尋常有（韻），一例雄雌配偶（韻）。〔合〕難道何粉韓香（句），都要去披枷帶杻（韻）？〔閻君白〕可惱！〔唱〕

【仙吕入雙角合曲・北鴈兒落帶得勝令】【鴈兒落】（全）您喫的是一盂兒飯不憂（韻），穿的是百衲兒衣無垢（韻）。 爲甚的把金經一筆勾（韻），却不肯將梵行終身守（韻）？【得勝令】（全）呀（格）！ 您生來心性忒風流（韻），中路裏破清修（韻）。 可只爲酸虀菜難沾口（韻），則待要妙蓮花開並頭（韻）。 哀求（韻），你望俺特地相寬宥（韻）。 休休（韻），怎饒你熱烊銅灌下喉（韻）。〔白〕衆鬼卒，可將鎔銅灌這兩箇惡犯。〔八動刑鬼應科，作捉本無魂、静虚魂灌鎔銅科。 閻君白〕將這兩箇罪囚打入寒冰地獄去。〔一鬼卒應科，帶本無魂、静虚魂作出門科，從左旁門下。 一判官白〕一起劉廣淵告兄弟劉賈逞兇謀算、霸占家産。〔閻君白〕帶過來。〔一鬼卒應科，帶外扮劉廣淵魂，戴巾，穿道袍；副扮劉賈魂，戴巾，穿道袍，繫腰裙，從右旁門上，作進門跪科。 鬼卒白〕劉廣淵、劉賈帶到。〔閻君白〕劉廣淵，你告劉賈逞兇霸占家産，容你實實的訴上來。〔劉廣淵魂白〕爺爺，廣淵掙下田園家産，並無子嗣，止生一女。到那病危之日，把家産託付兄弟劉賈照管，撫養幼女。誰想自我亡後，將家産盡行霸占，反將我女趕出。〔唱〕

【仙吕入雙角合曲·南僥僥令】恁欺孤能毒手(韻)，占産逞奸謀(韻)。痛弱女零丁誰挽救(韻)，〔合〕趕逐得影煢煢没處投(韻)。〔閻君唱〕

【仙吕入雙角合曲·北收江南】呀(格)，聽情緣哀鳴伸訴(句)，呵(格)，恃强霸用陰謀(韻)。把一番委託付東流(韻)，却又將人趕出不容留(韻)。〔白〕判官，據劉廣淵所訴口詞，將簿書細細查來。〔一判官作查簿科，閻君唱〕看情詞確否(韻)，辨其中事由(韻)，陽間有者陰間有(韻)。〔判官白〕稟上閻君，劉廣淵所訴不差。劉賈果係無賴，霸占劉廣淵家産，驅逐他女兒是實。〔閻君白〕可將劉廣淵授爲冥府都吏。〔劉廣淵魂作拜謝科，一鬼卒帶劉廣淵魂作出門科，仍從右旁門下。閻君白〕劉賈，你還有何言可辯？〔劉賈魂白〕爺爺，我也無可强辯了。〔唱〕

【仙吕入雙角合曲·南園林好】向秦臺供招罪由(韻)，待支吾難容利口(韻)。這惡款樁樁都有(韻)，〔合〕望寬恕免追求(韻)，望寬恕免追求(疊)。〔閻君白〕鬼卒，將劉賈把鎔銅熱鐵灌喉，打入寒冰地獄。〔八動刑鬼應科，作捉劉賈魂灌鎔銅科。一鬼卒作帶出門科，從左旁門下。雜扮五長解鬼，各戴鬼髮額，穿蟒、箭袖、虎皮卒褂，繫虎皮裙，持器械，帶旦扮劉氏魂，穿破補衫，繫腰裙，從右旁門上，作到科。長解都鬼白〕門上那位在？〔一鬼卒作出門問科，長解都鬼白〕犯婦劉氏解到了。〔鬼卒虚白，作進門稟科，閻君白〕帶進來。

〔鬼卒作出門引五長解鬼帶劉氏魂作進門跪科，長解都鬼跪呈公文科。閻君作看公文科，白〕劉氏，你背誓開葷，殺生害命，毀壞圖像，狗肉齋僧，罪惡多端，該受重重地獄之苦。長解的，快將劉氏送往前殿受罪。〔一判官付公文科，長解都鬼接公文，帶劉氏魂作出門科，從左旁門下。雜扮衆男女殺傷鬼，各戴破氊帽，穿破衣衫，繫腰裙，扯丑扮周曾魂、小生扮李克誠魂，各散髮，穿喜鵲衣，繫腰裙，從右旁門上，作進門跪科。衆男魂白〕我們都是好百姓，被周曾、李克誠造反，大肆殺戮，遭他毒手。〔衆女魂白〕我們是强姦不從，被他殺害的。〔周曾魂、李克誠魂白〕爺爺，這是我手下兵丁所做的事，與我們無干的。〔衆男女魂白〕是你爲頭，差他們搶擄，以致遭殘受戮。〔閻君唱〕

【仙吕入雙角合曲·北沽美酒帶太平令】【沽美酒】（全）衆冤魂訴不休韻，衆冤魂訴不休疊，痛切切慘啾啾韻。恨只恨毒害生靈脰滿溝韻，殺到野墟鷄狗韻，恁相逢凶神惡宿韻。【太平令】（全）哭啼啼痛心疾首韻，血淋淋殘骸斷肘韻。一處處白骨誰收韻，一點點青燐厮逗韻。〔衆男女魂白〕求大王爺爺與我等伸冤雪恨。〔閻君白〕可將衆鬼魂即速送至十殿，查發輪迴者。〔衆男女魂作叩謝出門科，同從左旁門下。閻君白〕周曾、李克誠，叛逆奸惡，其罪甚大。衆鬼卒，將鎔銅熱鐵灌喉，再罰到阿鼻地獄，重受嚴刑便了。〔八動刑鬼應科，作捉周曾魂、李克誠魂灌鎔銅科，〔一鬼卒作帶出門科，從左旁門下。閻君下座科，唱〕俺呵格，勘幾種男囚韻、女囚韻，總休教案頭韻、滯留韻，呀格，俺可也法無私疎而不漏韻。〔衆鬼判擁護閻君仍同從酆都門下。生扮目連，載僧帽，穿水田僧衣，繫絲縧，帶數珠，持錫杖，從右旁門上，白〕酆都經幾處，尚未見娘親。來此已到五殿。你看殿門緊閉，未知我那母親在於何處？〔以錫杖卓地科，白〕唵嘛呢薩婆訶。〔一判官從酆都門上，白〕來往陰陽路，出入生死門。闍黎何來，到此何幹？〔目連白〕我乃西天目連僧，爲尋母到此。〔判官白〕你母親是何名字？〔目連白〕是傅門劉氏。〔判官白〕好不湊巧，方纔已解往六殿去了，這却怎麽處？〔內作傳蹕科，判官白〕聽頭踏喧呼，乃是採訪使到來，巡察酆都冥府，聖僧不得久留於此。〔目連白〕就此告别。〔判官白〕請便。相逢不下馬，各自奔前程。〔仍從酆都門下。目連白〕幾時得見娘親之面？我且躲過一邊，再做道理。〔從左旁門下。雜扮四天將，各戴將巾，穿蟒、箭袖、排穗；雜扮馬夫，戴鷹翎帽，穿箭袖、卒褂，牽馬；雜扮採訪使者，戴嵌龍幞頭，穿蟒，束玉帶，乘馬；雜扮傘夫，戴馬夫巾，穿箭袖、卒褂，執傘，同從下場門上。衆同唱〕

【仙呂入雙角合曲·清江引】擺來頭踏分前後（韻），丁甲紛馳驟（韻）。森森戈與矛（韻），閃閃旗飄繡（韻）。〔合〕跨雕鞍（讀），把玉鞭兒垂在手（韻）。〔一判官從酆都門上，作迎接科，衆擁護採訪使者，同從酆都門下〕

# 第四齣　對神明巨奸俯首（江陽韻）

〔雜扮四侍從，各戴將巾，穿蟒、箭袖、排穗，執儀仗，引外扮房玄齡，生扮杜如晦，各戴紥紅幞頭，穿蟒，束玉帶，從昇天門上。房玄齡唱〕

【黄鐘宫引・西地錦】本是廟廊卿相(韻)，今叨天宇翱翔(韻)。〔杜如晦唱〕常從絳闕趨仙杖(韻)，緋衣猶染爐香(韻)。〔分白〕我乃房玄齡是也。我乃杜如晦是也。〔同白〕我等在陽世，運際泰階，身忝卿貳，死後蒙上帝念我等忠誠，封爲仙吏。今日奉上帝勅旨，會同五殿閻君，一同會審盧杞一案。就此偕往森羅殿去。請。〔作到科，四侍從白〕已到森羅殿了。〔一侍從白〕閻君有請。〔雜扮牛頭、馬面，各戴套頭，穿門神鎧，執叉；雜扮八扛刑具鬼，各戴鬼髮，穿箭袖，繫肚囊；雜扮八鬼卒，各戴鬼髮，穿蟒、箭袖、虎皮卒褂，持器械；雜扮八動刑鬼，各戴竪髮額，穿劉唐衣，繫肚囊；雜扮八侍從鬼，各穿戴油鍋地獄鬼衣；雜扮二判官，各戴判官帽，穿圓領，束角帶，持筆簿；雜扮金童，戴紫金冠，穿氅，繫絲縧，執旛；雜扮玉女，戴過梁額、仙姑巾，穿氅，繫絲縧，執旛，引净扮第五殿閻君，戴閻君套頭，穿閻君衣，襲氅，軟紥扮。雜扮四天將，各戴將巾，穿蟒、箭袖、排穗，引雜扮採訪使者，戴嵌龍幞頭，穿蟒，束玉帶。同從酆都門上。閻君唱〕

【中吕宫引・柳梢青】輪迴執掌(韻)，果報曾無爽(韻)。〔採訪使者唱〕善惡昭彰(韻)，又如何能逃法網(韻)？〔同作出門迎科，房玄齡、杜如晦作進門相見科。閻君白〕二位大人降臨，有失迎迓。〔房玄齡、杜如晦白〕豈敢。我等奉上帝勑旨，會同閻君，會審盧杞一案。〔閻君白〕本殿亦有帝旨欽頒，專候二位大人到來。恰好採訪使者遊巡到此，就請一同會審。各請陞座。〔場上設平臺、虎皮椅科，衆神各陞座，衆鬼判各分侍科。閻君白〕鬼卒，快將盧杞帶過來。〔鬼卒應科，帶淨扮盧杞魂，戴氈帽，穿喜鵲衣，繫腰裙，從酆都門上，作進門跪科。鬼卒白〕盧杞當面。〔房玄齡白〕盧杞，你立心兩端，懷奸事主。今日勘問你，非爲别事，只因你性秉奸回，心圖利禄，致天子於蒙塵，使邊將皆切齒。〔杜如晦白〕有南天採訪使者，報你幽室密計，謀害文武官員大小三百餘人。計雖未曾盡行，你的心也覺太狠了些。〔閻君白〕你造謀時説道：「天道難明，鬼神誰見？」怎知採訪使者彼時正在旁邊看你。〔採訪使者白〕那三百餘人，雖未盡死，你却殺機已動，罪業難逃。〔盧杞魂白〕念我罪名樁樁是實，也不敢强辯，只求寬恕，感恩非淺。〔閻君、房玄齡、杜如晦同白〕你到此地位，還敢求寬恕麽？〔唱〕

【中吕宫正曲·尾犯序】奸佞亂朝綱(韻)，威福由伊(讀)，有誰相抗(韻)？慣同升宵小(讀)，傾陷忠良(韻)。追想(韻)，恁那些殃民誤國(句)，恁那些欺君罔上(韻)。〔合〕今來至(句)，陰司地獄，件件罪應當(韻)。

〔閻君白〕二位大人，這厮罪惡滔天，決難輕恕。前在東嶽殿下，會審諸奸，將這厮問成腰斬之罪。今日復審無異，正當按律施行。〔房玄齡、杜如晦白〕閻君所言極是。須用嚴刑處治，以彰報應便了。〔閻君白〕衆鬼使，快將這厮腰鍘兩斷。〔八動刑鬼應科。盧杞魂作驚慌科，唱〕

【商調正曲・黄鶯兒】聽説戰驚慌(韻)，悄魂靈飛那廂(韻)，奈陰曹執法難輕放(韻)。〔房玄齡、杜如晦唱〕惡業要償(韻)，報施要彰(韻)，自來曾没有纖毫爽(韻)。〔合〕罪應當(韻)，疾忙正法(句)，泉下慰忠良(韻)。〔八動刑鬼作簇盧杞魂從地井暗下，隨捉盧杞替身切末上。八扛刑具鬼向下取鍘刀隨上，向左側設科，八動刑鬼作將盧杞鍘斷兩截科，八扛刑具鬼隨扛鍘刀下，衆神各下座科。衆同唱〕

【慶餘】善緣惡報無虚妄(韻)，業鏡高懸明朗(韻)，任他暗室欺心也難隱藏(韻)。〔四侍從引房玄齡、杜如晦仍從昇天門下，衆鬼判擁護閻君仍從酆都門下。採訪使者白〕衆將吏，可隨俺至陽世，再訪察一回者。〔衆將吏應科。雜扮馬夫，雜扮傘夫，各戴馬夫巾，穿蟒、箭袖、卒褂，牽馬、執傘，從上場門上，採訪使者作乘馬科，衆擁護同從下場門下〕

## 第五齣　採訪使號簿詳查（先大韻）

〔雜扮八方城隍，各戴紮紅幞頭，穿圓領，束金帶，同從上場門上，唱〕

【中呂宮正曲·駐雲飛】糾察人間（叶），白日青天膽鏡懸（韻）。正大神靈顯（韻），禍福威權擅（韻）。嗏（格）！〔白〕吾等乃八方城隍是也。秉乾坤正直之氣而爲神，綜古今善惡之行以立案。所有那些忠臣孝子、義夫節婦，和那不忠不孝、淫邪貪暴等罪，逐一記載分明。今當回繳採訪使者，以憑呈奏。吾等就此同往。〔唱〕霓旆引翩翩（韻），御風驅電（韻）。何處瑤宮（讀），陡覺霞光炫（韻）？〔合〕原來是天使行轅在眼前（韻）。〔雜扮八將吏，各戴將巾，穿蟒、箭袖、排穗，執旗；雜扮四判官，各戴判官帽，穿圓領，束角帶，持筆簿；引雜扮四採訪使者，各戴嵌龍幞頭，穿蟒，束玉帶，從上場門上，唱〕

【又一體】照察人天（韻），私念纖毫必棄捐（韻）。誅賞行懲勸（韻），輕重持衡鑑（押）。嗏（格）！〔場上設平臺、虎皮椅，轉場，陞座，衆侍從各分侍科。八方城隍作參見科，白〕採訪尊神在上，我等衆城隍參見。〔四採訪使者白〕衆神免禮。〔場上設椅，八方城隍各坐科。四採訪使者白〕俺天曹採訪，考察陰陽功過，以行誅賞，纖毫無漏，報應昭然。今日是俺驗對簿書之期，衆神申報，須要逐一查明，毋有差錯，方好奏達三台北斗尊神。〔八方城隍白〕我等專爲申詳人世善惡而來。〔唱〕善惡世間緣(韻)，都隨心轉(韻)。一念纔萌(讀)，立把人禽判(叶)，〔合〕鐵筆無情紀載全(韻)。〔四採訪使者白〕判官，可將簿書細細查對。〔四判官應，作查簿科。東方城隍白〕那忠良李晟、渾瑊，竭力勤王，奮身討賊。陸贄、李泌，忠誠事主，多立謀猷。自應福禄綿長，功名顯赫。〔南方城隍白〕那顔真卿、段秀實，罵賊不屈，殺身成仁，身列仙班，永超塵劫。〔東方城隍同唱〕

【中吕宫正曲・剔銀燈】忠良輩英風堪羡(韻)，除奸佞扶綱惇典(韻)。看千秋褒鄂鬚眉現(韻)，孤忠魄天心憐念(押)。〔西方城隍白〕那陳桂英潔身自縊，鄭賡夫順命身亡，亦許逍遥蓬島。〔北方城隍白〕傅相、羅卜，積德累功，憐孤恤寡，皆當名列上清。〔西方城隍同唱合〕貞堅(韻)，名完行全(韻)，力行善當書貝編(韻)。〔東南方城隍白〕還有張佑大知過能改，證果西方。朱紫貴賣身葬父，得占科名。〔西南方城隍白〕更有董知白一生淳樸，陳榮祖懦弱安貧，被人殺害，令其子嗣克昌，可見天道昭彰，毫釐不爽。〔東南方城隍同唱〕

【中吕宫正曲・攤破地錦花】善通天(韻)，那報應無訛舛(韻)。也儘有遭厄際艱(叶)，定然子孫貴後澤綿綿(韻)。〔四採訪使者白〕再將那些爲惡的，可一椿椿備細説來，以憑對驗分明。〔東北方城隍白〕那爲惡的，如朱泚、李希烈，謀反叛逆；源休、姚令言、周曾、李克誠，助賊興兵，忍作殘害，既受陽間顯戮，還須受陰府重刑，百劫輪迴，不得超生。〔西北方城隍白〕至如張三背倫打父，莫可交貪淫犯殺，李文道害命謀財，鄭賡夫之母讒言殺子，陳氏之姑强逼其媳自縊身亡，種種惡孽，當墮地獄。〔東北方城隍同唱〕則這滅絶人倫(讀)，罪惡滔天(韻)，合受顛連(韻)，永世裹滯重泉(韻)。〔東方城隍白〕盧杞陰狠，殘害良善；田希監逞志作威，極刑枉法。〔南方城隍白〕臧霸棄法受賄，壞倫滅理。〔東方城隍同唱〕

【中吕宫正曲·千秋歲】弄威權(韻)，恣意爲不善(韻)，合受着陽罰陰譴(韻)。〔西方城隍白〕張捷害衆成家，好色謀命，彈打亡身。劉賈淩孤逼寡，挾詐懷欺，永入畜類。〔北方城隍白〕還有劉氏，誹謗神佛，背誓開葷。金奴褻瀆神祇。如是等類呵，〔八方城隍同唱〕罪業重重(句)，罪業重重(疊)，昭果報(讀)，問誰能逃刑憲(韻)？〔雜扮四功曹，各戴功曹帽，穿雁翎甲，掛年月日時牌，持簿書、馬鞭，作躍馬科，同從上場門上，唱合〕好趁取(讀)天風便(韻)，馳驟處(讀)如飛電(韻)，頃刻行來遠(韻)。望神光奕奕(讀)，霞焕雲鮮(韻)。〔作到下馬參見科，同白〕採訪尊神在上，我等參見。〔四採訪使者白〕四值功曹免禮。〔四功曹白〕我等糾察人世善惡，隨其輕重，記載分明，呈送尊神驗對詳細，方好一同回覆三台北斗帝君。〔作呈簿科。四採訪使者作看簿科，白〕適纔八方城隍詳陳始末，已無差錯矣。〔四功曹白〕既如此，願隨尊神，同覆三台北斗帝君尊前，呈報分明，以憑究治施行。〔四採訪使者白〕即如此，恭同前去，回繳三台北斗帝君便了。〔各下座科，八方城隍白〕吾神等相送一程。〔四採訪使者白〕就請偕行。〔衆遶場科，同唱〕

【中呂宮正曲・紅繡鞋】芝幢絳節翩翩㊟、翩翩㊣，鳴璈戞玉泠然㊟、泠然㊣。瞻帝闕㊒，鳳城邊㊟；驂鶴駕㊒，馭雲軿㊟。〔合〕齊謹肅㊒，共朝元㊟。

【慶餘】星驅霧擁珠暉轉㊟，耀天衢彩霞千片㊟，遥望見阿閣神樓聳碧天㊟。〔衆將吏、四功曹擁護四採訪使者，同從昇天門下，八方城隍同從下場門下〕

## 第六齣　幽冥主善緣普濟（先天韻）

〔生扮目連，戴僧帽，穿水田僧衣，繫絲絛，帶數珠，持錫杖，從上場門上，唱〕

【仙呂宮引・天下樂】經年爲母苦辛艱㉑，訪遍陰曹見面難㉑。堪憐母子分緣慳㉑，叩懇幽冥地藏前㊎。〔白〕我目連，蒙佛指示，尋遍五殿陰曹。我行雖急，娘去更忙。似此枉受奔波，雖尋遍十殿，何由得見？展轉躊躇，想出箇權巧方便的來歷。地藏菩薩乃是幽冥教主，若得指示根源，必能尋見母親。爲此不辭勞苦，來此九華山，專心叩求菩薩，能使我尋見母親，此乃萬千之幸也。你看九華山不遠，須趲向前去者。惟求普濟能仁力，指示幽冥得見親。〔從下場門下。雜扮八侍者，各戴僧帽，穿僧衣，披袈裟，帶數珠；雜扮道明和尚，戴頭陀髮，紥金箍，穿道袍，披袈裟，帶數珠，托鉢盂；雜扮大變長者，戴毘盧帽，穿道袍，披祖衣，帶數珠，持如意，引生扮地藏菩薩，戴地藏髮，穿蟒，披袈裟，帶數珠，持拂塵，從上場門上，唱〕

【又一體】清圓智月廣無邊㊎，慧業能超作佛仙㊎。西來飛錫九華巔㊎，莊嚴微妙自天然㊎。〔場上設金蓮寶座，內奏樂，轉場，陞座，衆侍者各分侍科。地藏菩薩白〕大道原無著，迷人苦要修。誰知向上事，只在脚跟頭。吾乃九華山地藏菩薩是也，住居此山，象教日開，信心者衆。四方參仰之人，不遠千裏而至。這雖是我願力無邊之所感，究竟還賴我佛慈悲之善緣。人知向善，故能如此也。今有目連艱辛尋母，遍歷崎嶇，不能得見，如今不辭勞苦，又來至九華山，復求於我。須當成就他孝善之心便了。〔目連從上場門上，作到參見科，白〕菩薩在上，弟子叩參。〔地藏菩薩白〕目連，你爲着何事到此？〔目連白〕菩薩，念弟子呵，〔唱〕

【南吕宫正曲·刮鼓令】爲彝倫重意堅(韻)，訪慈親歷盡艱(叶)。〔滚白〕我到陰司一殿時，娘親已離一殿。我到一關時，我娘又過一關。〔唱〕歎母子不能相見(韻)，枉受奔波奈緣分慳(叶)。這苦楚訴難言(韻)，似愁對西風泣斷猿(韻)。〔地藏菩薩白〕你怎生又到這裏來呢？〔目連唱〕不辭勞苦到山巔(韻)，〔合〕爲哀求指點意誠虔(韻)。〔地藏菩薩唱〕

【又一體】你酆都去又旋(韻)，受艱辛孝意堅(韻)。〔滚白〕曾走陰司無名路，歷盡人間不到山。〔唱〕這是你孝心堪羡(韻)，〔目連白〕弟子焉敢稱孝。〔地藏菩薩唱〕感動我慈悲念成善緣(韻)，〔白〕汝那母親呵，〔唱〕他在陰司裏受熬煎(韻)。〔目連白〕我娘親受苦，叩求菩薩，垂慈救拔。〔地藏菩薩白〕你母已墮入餓鬼道，我賜汝這香飯一盂，與你母飽餐。〔唱〕持這鉢盂香飯到重泉(韻)，自有神天呵護便(韻)。〔合〕須知百行孝爲先(韻)。〔内奏樂，地藏菩薩下座科。目連白〕但不知何日得見我母親？〔地藏菩薩白〕二月初一日，乃是我九華山青陽蓮花勝會，那十殿閻君，至期齊來赴會。或者你於此日，在六殿

阿鼻地獄，得見你母一面，也未可知。〔唱〕

【慶餘】想此行母子能相見㊞，〔道明和尚作付鉢盂，目連作跪接科。地藏菩薩白〕這鉢盂乃是如來預先所賜，非同小可。〔唱〕這是佛慈悲預施方便㊞，還須悟取心頭九品蓮㊞。〔目連作叩謝科，衆侍從擁護地藏菩薩同從下場門下，目連作出門科，從下場門下〕

# 第七齣　守清規啞判行文（江陽韻）

〔雜扮長、短二啞皂隸鬼，各戴皂隸帽，穿窄袖，繫皂隸帶。長皂隸鬼先從右旁門上，作望見日出，向下點手喚科。短皂隸鬼從右旁門上，作方睡醒科。長皂隸鬼向下牽馬隨上，短皂隸鬼向下取鞍轡隨上。二皂隸鬼同作餙鞍絡轡科，長皂隸鬼向下跪請科。淨扮啞判官，戴紮紅幞頭，穿圓領，束角帶，從右旁門上，作方睡醒，喚牽馬赴衙科。二皂隸鬼同牽馬，啞判官作欲乘馬，跌倒復起，隨乘馬科。二皂隸鬼向下取板子隨上，同遶場，作到衙科。啞判官下馬，短皂隸鬼牽馬下，隨上。場上設公案桌椅，啞判官陞座，二皂隸鬼分侍科。雜扮一解鬼，戴鬼髮額，穿蟒、箭袖、虎皮卒褂，繫虎皮裙，帶副扮劉賈魂，戴氈帽，穿喜鵲衣，繫腰裙，從右旁門上。解鬼帶至公案前，虚白跪呈公文科，劉賈魂虚白跪求科。啞判官看作怒指劉賈魂，令二皂隸鬼打科，隨寫公文，仍付解鬼。解鬼帶劉賈魂從左旁門下。雜扮五長解鬼，各戴鬼髮額，穿蟒、箭袖、虎皮卒褂，繫虎皮裙，持器械，帶旦扮劉氏魂，穿破補衫，繫腰裙，從右旁門上。長解都鬼帶劉氏魂至公案前，虚白跪呈公文科，劉氏魂虚白跪求科。啞判官看作怒指劉氏魂，令二皂隸鬼打科，隨寫公文，仍付長解都鬼。衆長解鬼帶劉氏魂從左旁門下。雜扮二解鬼，各戴鬼髮額，穿蟒、箭袖、虎皮卒褂，繫虎皮裙，帶丑扮僧本無魂，戴僧帽，穿道袍，繫腰裙；小旦扮尼靜虚魂，戴尼姑巾，穿衫，繫腰裙，從右旁門上。二解鬼帶本無魂、靜虚魂至公案前，虚白跪呈公文科，本無魂、靜虚魂虚白跪求科。啞判官看作怒指本無魂，靜虛魂，隨意發諢，令本無魂、靜虛魂隨意發諢、唱小曲科，隨寫公文，仍付二解鬼。二解鬼帶本無魂、靜虛魂從左旁門下。啞判官、二皂隸鬼隨意發諢科，短皂隸鬼向下牽馬隨上，啞判官作乘馬，遶場，從左旁門下，二皂隸鬼隨下。雜扮威伏使者，戴判官帽，穿蟒、箭袖、卒褂，軟紥扮，執旗，從酆都門上，白〕凜冽陰曹隔世塵，昭彰報應晰毫分。何當脱盡衆生苦，仰啓菩提轉法輪。俺乃威伏使者是也，職掌幽冥，傳宣諸事。各司聽者，閻君傳諭，明日乃二月初一日，是九華山教主得道之辰，齊集各司，同赴慶賀幽冥教主。不得有悮。〔唱〕

【仙呂宮正曲・江兒水】何得幽冥地(句)，都成歡喜場(韻)。蓮花只在人心上(韻)，劍樹刀山非魔障(韻)。風幡悟後原一樣(韻)，歎碌碌浮生勞攘(韻)。〔合〕羅網誰投(句)，却原來三塗空曠(韻)。

【慶餘】來朝向蓮座同瞻仰(韻)，辦虔心莫辭勞攘(韻)，想我這服役陰司的也一樣忙(韻)。〔仍從酆都門下〕

# 第八齣　歷苦劫聖僧見母（古風韻）

〔酆都門上换「阿鼻地獄」匾。副扮班頭，戴瘟神帽，紮靠，從酆都門上，唱〕

【南吕宫引·哭相思】陰司獄卒一頭兒(韻)，專管這班餓鬼(叶)。千年不住業風吹(叶)，我在其中用事(韻)。〔白〕自家六殿阿鼻地獄班頭是也。我殿主九華山赴會去了，那些獄官、獄吏，俱已跟隨去了，命我在此主管阿鼻地獄。獄中鬼使聽者，須要遵守法度，不得有違。〔仍從酆都門下。生扮目連，戴僧帽，穿水田僧衣，繫絲絛，帶數珠，持錫杖，扎鉢盂，從右旁門上，唱〕

【南吕宫正曲·繡帶兒】萬仞銅牆黑炁圍(韻)，此中母在堪悲(韻)。歷艱辛思救顛危(韻)，聽何處啾唧鬼泣(韻)。〔白〕來此已是阿鼻地獄。〔以錫杖卓地科，白〕唵嘛呢薩婆訶。〔班頭從酆都門上，白〕甚麽東西震響？險些兒把牆震倒了，待我看來，原來是一位禪師。尊姓大名？〔目連白〕我是目連僧。〔班頭白〕禪師從何處而來？〔目連白〕從西方來。〔班頭白〕到此何幹？〔目連白〕特來救母。〔唱〕尋覓(韻)，重逢母氏全仗伊(韻)，望慈悲指示我獄中消息(韻)。〔合〕我娘親今因那裏(韻)？好教我隔重城(讀)空彈珠淚(韻)。〔班頭白〕你母親是何姓名？〔目連白〕老母劉氏。〔班頭白〕恰好殿主赴龍華大會去了，禪師住下，我替你獄中問來。〔目連白〕仗賴長官。〔班頭白〕獄中的鬼使，外面有兒子尋娘的，有兒子的女犯走出來。〔旦扮劉氏魂，穿破補衫，繫腰裙，帶長枷、手杻，內唱〕

【又一體】驀聽相呼驚又疑(韻)，〔班頭白〕他母是劉氏。〔劉氏魂唱〕老身便是劉氏(叶)。〔班頭白〕你的兒子可是箇僧人麽？〔劉氏魂唱〕若僧人却不是我孩兒(叶)，〔班頭白〕你的兒子姓甚名誰？〔劉氏魂唱〕傅羅卜名姓是實(韻)。〔班頭白〕這等不是你的兒子，他叫做目連僧。〔劉氏魂唱〕心惑(韻)，劉氏非我還是誰(韻)？〔班頭白〕同名同姓的儘多。〔劉氏魂白〕長官，〔唱〕還望你問和尚可曉得傅家消息(韻)。〔班頭白〕你也可笑得緊。〔唱合〕陰司裏怎去訪陽間信息(韻)，只好向望鄉臺(讀)汪汪擱淚(韻)。〔向目連白〕禪師，獄中有箇劉氏，他兒子不叫目連僧。〔目連白〕叫甚麽？〔班頭白〕叫做傅羅卜。〔目連白〕傅羅卜就是我，母親在這裏了。〔唱〕

【南吕宫正曲·香遍滿】早求相會(韻)，料吾娘親盼想兒(叶)。得使我娘兒談片刻(韻)，荷恩施(叶)，俺當酬謝伊(韻)，〔合〕俺今拜懇伊(韻)，幸速把囹圄啓(韻)。〔作跪求科，班頭作扶起科，白〕原來目連僧就是傅羅卜。待我行箇方便，見你令堂一面。〔目連白〕多謝尊官。〔班頭白〕城上的，劉氏生前有願，若要持齋茹素，除非鐵樹開花。他兒子尋到這裏，你們將他叉上城頭，做箇鐵樹開花樣式，與他兒子看看。〔雜扮鬼卒，戴鬼髮，穿蟒、箭袖、虎皮卒褂，帶劉氏魂作口內出火焰立酆都城上科。班頭白〕禪師請看令堂。〔目連唱〕

【南呂宮正曲・一江風】見慈幃（韻），陷在煙火内（韻）。鮮血淋漓體（韻），苦痛悲（韻）。帶鎖披枷（句），不做聲和氣（韻）。〔合〕一見了魂魄飛（韻），一兒了魂魄飛（疊），使兒心驚畏（韻）。〔滚白〕娘却便是剜却兒的心和肺。長官，今見我母城頭之上，遍身猛火，項帶長枷。又言道慈悲爲本，方便爲門。公門之下，正好修行。長官，没奈何，望你發慈悲，念我母形骸尫羸，〔唱〕把刑法略略的寬容恕（押）。〔作跪求科，班頭作扶科，白〕禪師請起，待我寬他刑法就是了。城上的，將劉氏口内煙火去了，待他母子好説話。〔鬼卒與劉氏魂去口内火焰科。劉氏魂作哭科，白〕兒在那裏？〔目連作哭科，白〕娘，兒在這裏。

〔劉氏魂唱〕

【又一體】苦憂愁（韻），教我對着誰分剖（韻）？適纔聞得兒尋母（叶），〔滚白〕兒，你乃是陽世人，似這等陰陽間隔，那得有箇音信往來？重重黑獄，渺渺冥途，虧殺我兒，怎到得這陰司地府？白拘地獄，日月無光。我的兩眼盲瞎，今在鐵圍城上，只聽你的聲音，不見你的模樣了。兒，可憐哭壞我一雙眸，要見你不能彀。兒，恰便似剜却娘的心頭肉。〔唱〕悔當初（句），〔滚白〕孝心的兒，曾記陽間，你在佛殿看經，〔唱〕娘親聽信讒言（句），勸兒開葷飲酒（韻）。〔滚白〕我兒苦不依從。你娘曾有言詞，若要我持齋茹素，則除非鐵樹開花。豈知天網恢恢，疎而不漏。到如今果應其言。可憐你苦命的娘親，魂魄陷在阿鼻地獄，饑餐熱鐵，渴飲鎔銅，腹中猛火，滿口生煙。兒，這千磨萬難，有誰憐我？苦楚難禁受。〔唱合〕潸潸淚雨流（韻），潸潸淚雨流（疊），〔滚白〕若念母子情，〔唱〕望你相搭救（韻），救老娘離災咎(韻)。〔班頭白〕帶下去。〔鬼卒帶劉氏魂仍下酆都城科。目連白〕長官，容我母子再見一面。〔班頭白〕相見過了，怎麽又要見？〔目連白〕這怎麽算得？〔班頭白〕陰司法度，怎比陽間？ 見過了又要見，我殿主回來，不當穩便。 禪師請去罷。〔目連白〕不容相見？〔班頭白〕不容相見。〔目連欲以錫杖卓地科，班頭白〕住了，又動這箇買賣。 待我叫出來，母子説句話兒，就請去罷。〔目連白〕多謝長官。〔班頭向内白〕裏面鬼使，趁此時殿主未回，快將劉氏帶出來，與他母子一會。〔鬼卒應科，帶劉氏魂從酆都門上，白〕兒在那裏？〔目連白〕兒在這裏。〔唱〕

【南吕宮正曲·搗白練】驀見娘行淚垂(韻)，痛得肝腸頓摧(韻)。 這都是孩兒不肖(句)，〔合〕使娘受(讀)萬千難危(韻)。〔劉氏魂唱〕

【又一體】自悔生前不聽伊(韻)，果陷重泉怨誰(韻)。 受刑罰肌膚寸裂(句)，〔合〕獄囚裏(讀)忍寒耐饑(韻)。〔目連白〕娘，你怎受得這樣苦楚？〔劉氏魂白〕兒，虧你千辛萬苦尋來，幸遇閻君赴會去了，你去哀告長官，將我枷鎖鬆解一時，也是好的。〔目連白〕孩兒自有佛法。〔班頭白〕帶緊了，隨他有什麽佛法。〔目連唱〕

【南吕宮正曲·劉潑帽】原來佛法非妖異(韻)，亘三三楖栗牢持(韻)，怎教枷鎖能沾體(韻)。〔以錫杖卓地科，白〕唵嘛呢薩婆訶。〔劉氏魂唱合〕兩眼不昏迷(韻)，身子如蟬蜕(韻)。〔班頭白〕好生利害。 這和尚有些蹊而蹺之，古而怪之。〔鬼卒白〕你且坐而守之。〔劉氏魂白〕枷鎖去了，覺得眼明身爽，只是

腹中饑餓難當。〔目連白〕孩兒知道了。〔唱〕

【又一體】更將佛法逢場戲(韻)，灑空中甘露楊枝(叶)，衆香國裏彫胡粒(韻)。〔以錫杖卓地科，白〕唵嘛呢薩婆訶。〔作托鉢進飯與劉氏魂食科，劉氏魂唱合〕飽食已忘饑(韻)，香滑青精味(韻)。〔雜扮鬼卒，戴鬼髮，穿蟒、箭袖、虎皮卒褂，持馬鞭，從下場門上，唱〕

【越調正曲・水底魚兒】躍馬奔馳(韻)，加鞭去似飛(韻)。大王駕轉(句)，〔合〕回報莫教遲(韻)，回報莫教遲(疊)。〔白〕值殿的，殿主回在中途，快去迎接。〔班頭白〕知道了。〔鬼卒從右旁門下，班頭白〕禪師快去罷，殿主回來了，不當穩便，禪師去罷。〔鬼卒帶劉氏魂，班頭作推目連，同作轉場科。目連白〕自從那日别親幃，隔斷幽冥總不知，費盡心機纔得會。〔劉氏魂同唱〕

【中呂宫正曲・尾犯序】如何邂逅又分離(韻)，〔滚白〕受盡冥陽之苦，纔得相逢六殿。指望母子相依，共同一處，又誰知法不容情，依舊分離。和你此别，要會何時節？〔唱〕百結離愁(讀)，一言未畢(韻)，祇擬從容(讀)將救母情由細議(韻)。豈意(韻)，〔鬼卒帶劉氏魂，班頭作推目連，同作轉場科。劉氏魂、目連唱〕這夜叉急忙忙苦逼你我骨肉分離(韻)，痛煞煞肝腸裂碎(韻)。〔班頭向内喚雜扮四鬼卒，各戴鬼髮，穿蟒、箭袖、虎皮卒褂，從酆都門上，同作催逼劉氏魂與目連分别科。劉氏魂、目連唱合〕怕只怕(句)，幽冥一閃咫尺似天涯(韻)。〔劉氏魂唱〕

【又一體】孝心天地知(韻)，自古尋親(讀)誰人似你(韻)。此去陽間(讀)還望你把老娘掛意(韻)。牢記

（韻），〔滚白〕你須是再往西天，哀求活佛，傳度你把娘親救取。萬古孝名馳，萬古孝名馳，從今後，〔班頭、衆鬼卒復作催逼劉氏魂與目連分别科。劉氏魂、目連滚白〕從今以後，〔唱〕兒在陽間哭着娘親（句），娘在陰司想念孩兒（叶）。〔滚白〕可憐見我娘兒兩地天，〔唱合〕只落得叫一聲天（句），〔滚白〕哭一聲娘兒，〔唱〕睁睁兩眼擱不住淚雙垂（韻）。〔目連唱〕

【慶餘】兒今到此渾無計（韻），〔劉氏魂唱〕還望前來莫待遲（韻）。〔目連唱〕痛斷肝腸只自知（韻）。〔衆鬼卒帶劉氏魂仍從酆都門下，班頭虚白從酆都門下。目連白〕不免在此獄門，等閻君到時，再行哀告便了。〔仍從右旁門下〕

# 第九齣　不恕饒縋城法重（古風韻）

〔雜扮牛頭、馬面，各戴套頭，穿門神鎧，持叉；雜扮八小鬼，各戴鬼髮，穿箭袖，繫肚囊，執旗；雜扮八鬼卒，各戴鬼髮，穿蟒、箭袖、虎皮卒褂，執儀仗；雜扮八侍從鬼，各穿戴「阿鼻地獄」鬼衣；雜扮二判官，各戴判官帽，穿圓領，束角帶，持筆簿；雜扮金童，戴紫金冠，穿氅，繫絲縧，執旛；雜扮玉女，戴過梁額、仙姑巾，穿氅，繫絲縧，執旛，引雜扮第六殿閻君，戴閻君套頭，穿閻君衣，襄氅，軟紮扮，騎馬；雜扮馬夫鬼，戴鬼髮，穿箭袖、虎皮卒褂，牽馬；雜扮傘夫鬼，戴鬼髮，穿箭袖、虎皮卒褂，執傘，同從下場門上。衆遶場科，同唱〕

【雙調正曲·普賢歌】九華朝罷駕初回（韻），十殿諸王各自歸（韻）。風馬玉鞭催（韻），雲車繡轂隨（韻），〔合〕看殿宇森嚴廟貌巍（韻）。〔閻君下馬科，馬夫鬼、傘夫鬼同從酆都門下。中場設椅，閻君轉場，坐科。副扮班頭，戴瘟神帽，紮靠，從酆都門上，跪白〕啓上閻君，今有西方目連聖僧，爲尋他母劉氏，守定獄門，只要將他母魂帶往佛國。特請閻君示下發落。〔閻君白〕你説陰司法不容情，你母罪惡深重，如何使得？〔班頭白〕班頭也曾對他説過，他只把佛法行動，手拿九環錫杖，往下一撥，衆夜叉頭腦生疼。〔閻君白〕他只知救母爲重，竟不知法度非輕。不道我執法無私，只道我有慢佛教了。如今那目連在那裏？〔班頭白〕如今着他在地獄門外，等候閻君發落。〔閻君白〕速傳解差鬼使過來。〔班頭向下唤科。雜扮五長解鬼，各戴鬼髮額，穿蟒、箭袖、虎皮卒褂，繫虎皮裙，持器械，同從右旁門上。長解都鬼白〕閻君有何驅使？〔閻君白〕我今吩咐管獄的，將劉氏休從獄門而出，帶上城頭墜下。爾等星夜解往七殿，不得遲延。〔長解都鬼應科，閻君白〕雖然佛教慈悲切，須信陰司報應明。〔起隨撤椅科，衆鬼判擁護閻君，同從酆都門下。班頭白〕老哥，不要到獄門驚動他，轉到那壁廂，將劉氏從城頭墜下，星夜解往七殿便了。〔五長解鬼同唱〕

【越調正曲·水底魚兒】瞞過高僧(韻)，悄地便施行(韻)。閻君法令(韻)，〔合〕若箇敢容情(韻)，若箇敢容情(疊)？〔班頭白〕城上的，閻君吩咐，速將劉氏墜下城來，星夜解往七殿，不得有違。〔旦扮劉氏魂，穿破補衫，繫腰裙。雜扮鬼卒，戴鬼髮，穿蟒、箭袖、虎皮卒褂，持叉從右旁門作趕劉氏魂上，鬼卒隨下。劉氏魂唱〕

【雙調正曲·普賢歌】可憐悲歡没定期(韻)，歡喜纔臨悲又至(叶)。將我墜城池(韻)，解往前途裏(韻)，〔合〕我那嬌兒怎得知(韻)？〔班頭白〕快些帶去。〔仍從酆都門下。長解都鬼作鎖劉氏魂遶場科，衆同唱〕

【又一體】閻君差遣莫遲延(韻)，即便將伊解向前(韻)。汝子孝心堅(韻)，在此苦相纏(韻)，〔合〕法不容情也枉然(韻)。〔同從左旁門下〕

# 第十齣　多方便贈尺情深（古風韻）

〔生扮目連，戴僧帽，穿水田僧衣，繫絲縧，帶數珠，持錫杖，托鉢盂，從右旁門上，唱〕

【小石調引·粉蛾兒】心勞神瘁(韻)，端爲母身遭罪(韻)。〔白〕我昨朝到此，多蒙班頭方便，着我母子相會。聽報閻君回殿，將老娘依舊收入獄中。可憐我母依然受罪，因此守到今朝，欲哀告閻君，乞將我母陰魂帶回西天參見活佛，再當叩求佛慈，與我娘親消愆滅罪，方遂我爲子之心也。只等班頭到此，便知分曉。〔副扮班頭，戴瘟神帽，紥靠，從酆都門上，白〕罪惡逆天無可解，堪憐孝子苦心虔。禪師請了。〔目連白〕長官，所託之事如何了？〔班頭白〕昨晚告啓殿主，細剖此情。我殿主執法不容，即將令堂從城上墜下，星夜解往七殿去了。〔目連白〕又解到七殿去了。〔作哭科，唱〕

【中吕宫正曲·駐雲飛】苦痛心酸(叶)，一去終須不再旋(韻)。地獄重重遠(韻)，要見無由見(韻)。嗏(格)！冤愆怎免(韻)？枉費心機(讀)，空自成悲怨(韻)，〔合〕仰望蒼天乞見憐(韻)。〔班頭唱〕

【又一體】不必悲啼(韻)，你這孝心世所稀(韻)。似你堅心意(韻)，天自相垂庇(韻)。嗏(格)，勸你慢傷悲(韻)，且收珠淚(韻)。七殿非遥(讀)，母子應相會(韻)，〔合〕那時引往西天也未遲(韻)。〔目連白〕貧僧就此拜別。〔班頭白〕且慢，因你孝意，感動我心。七殿有箇獄官戈子虛，却是我的故友。禪師到彼，自然周全與你。〔目連白〕只是貧僧與彼素不相識，如何便肯用情？〔班頭白〕向日蒙他賜我戒尺一箇，謹帶隨身，我今付與禪師，帶去與他。他若見了，自然與你方便。〔向下取戒尺隨上，作付目連科。〕〔目蓮白〕多謝長官。〔班頭唱〕

【慶餘】贈君戒尺須相寄(韻)，諒彼有深情厚惠(韻)。〔目連白〕多謝長官。〔唱〕感佩恩高厚德垂(韻)。

〔班頭仍從酆都門下，目連從左旁門下〕

# 第十一齣　被嚴刑周曾斷體（古風韻）

〔酆都門上換「割舌地獄」匾。雜扮牛頭、馬面，各戴套頭，穿門神鎧，持叉；雜扮八扛刑具鬼，各戴鬼髮，穿箭袖，繫肚囊；雜扮八鬼卒，各戴鬼髮，穿蟒、箭袖、虎皮卒褂，持器械；雜扮八動刑鬼，各戴豎髮額，穿劉唐衣，繫肚囊；雜扮八侍從鬼，各穿戴「割舌地獄」鬼衣；外扮戈子虛，雜扮一判官，各戴紮紅紗帽，穿圓領，束金帶；雜扮金童，戴紫金冠，穿氅，繫絲縧，執旛；雜扮玉女，戴過梁額、仙姑巾，穿氅，繫絲縧，執旛，引雜扮第七殿閻君，戴閻君套頭，穿閻君衣，襲氅，軟紮扮，從酆都門上，唱〕

【黃鐘宮引・西地錦】職掌陰司案件(韻)，秉公行法無偏(韻)。當空業鏡看高懸(韻)，善惡從來立辨(韻)。〔場上設平臺、虎皮椅，轉場，陞座，衆鬼判各分侍科。閻君白〕陰司果報豈差遺，可奈陽間總不知。但得一心行正道，自然天地不相虧。吾乃第七殿閻君是也。我這殿前，案件多端，每日必須檢點分明，親行發放。昨因二月初一日，朝參幽冥教主，職掌諸司俱未投文起解，誠恐稽遲案件，不當穩便。鬼卒們，但有投文者，即與通報。〔衆鬼卒應科。雜扮五長解鬼，各戴鬼髮額，穿蟒、箭袖、虎皮卒褂，繫虎皮裙，持器械，帶旦扮劉氏魂，穿破補衫，繫腰裙，從右旁門上，唱〕

【商調引・接雲鶴】昨朝母子乍相依(韻)，夜來又復墜城池(韻)。〔長解都鬼白〕來此已是七殿。門上那位在？〔一鬼卒作出門問科，長解都鬼白〕這是六殿解來的鬼犯。〔鬼卒虛白，作進門稟科。閻君白〕帶進來。〔鬼卒作出門引五長解鬼帶劉氏魂作進門跪科，長解都鬼跪呈公文科。閻君作看公文科，白〕一名犯婦，傅門劉氏。怎麼單單解一名來？〔長解都鬼白〕這傅門劉氏有箇兒子，是西方目連僧，來到六殿，守定了地獄門，只要母子相見。閻君赴會回來，執法不依，吩咐立寫公文，瞞却僧人，將劉氏墜城而下，悄地解來到此。〔閻君白〕原來如此。劉氏，你乃善門之婦、善夫之妻、善兒之母，爲何造下這許多冤業？你可從直招來。〔劉氏魂唱〕

【中呂宮正曲·駐雲飛】訴説前非(韻)，原係隨夫念阿彌(韻)，廣把資財費(韻)，齋僧又周濟(韻)。嗏(格)！夫死一年矣(韻)，並不更移(韻)。因聽讒言(讀)，頓把前功棄(韻)，〔合〕伏望爺爺恕罪危(韻)。〔閻君唱〕

【又一體】人世昏迷(韻)，善惡昭彰不自知(韻)。暗地行乖戾(韻)，神道難瞞昧(韻)。嗏(格)！陽世儘胡爲(韻)，惡如影隨(韻)。地獄重重(讀)，殿殿遭刑罪(韻)。〔白〕自古道：律設大法，理順人情。看你夫君、兒子分上，免你受刑。我這裏速做公文，〔一判官作付公文，長解都鬼作接公文科。閻君唱合〕將他解送前途八殿裏(韻)。〔五長解鬼作帶劉氏魂出門科，從左旁門下。雜扮解鬼，戴鬼髮額，穿蟒、箭袖、虎皮卒褂，繫虎皮裙，持牌，從酆都門上，白〕稟上閻君，今有各殿審定三犯，解到閻君這裏治罪。〔作跪呈牌科，閻君作看牌科，白〕一名鬼犯周曾，助叛爲虐，殺掠平民，問定鋸解之罪。一名鬼犯金奴，勸主開葷，殺生害命，問定割舌之罪。一名鬼犯沈氏，帷簿不修，威逼節婦，問定剖腹之罪。鬼卒，依例施

行。〔解鬼仍從酆都門下。八扛刑具鬼向下扛紅樁、鋸解切末隨上，設場上科。八動刑鬼向下作捉周曾替身切末隨上。衆同唱〕

【南呂宮正曲・金錢花】生前反叛欺天(韻)、欺天(格)，死後解入黄泉(韻)、黄泉(格)。將身鋸解苦難言(韻)，今到此(讀)受熬煎(韻)。〔合〕遭慘報(讀)，有誰憐(韻)？〔作將周曾替身切末鋸解科，衆同唱〕

【又一體】陰曹法度無偏(韻)、無偏(格)，霜鋒鐵齒森然(韻)、森然(格)。犯魂身首碎難全(韻)，淋漓血(讀)灑肱肩(韻)。〔合〕遭慘報(讀)，有誰憐(韻)？〔八動刑鬼向下，作捉小旦扮金奴魂，散髮，穿衫，繫腰裙；老旦扮沈氏魂，散髮，穿衫，從酆都門上。沈氏魂唱〕

【又一體】生前利口便便(韻)、便便(格)，逼媳改節心偏(韻)、心偏(格)。〔金奴魂唱〕今當割舌受冤愆(韻)，論罪業(讀)也當然(韻)。〔合〕遭慘報(讀)，有誰憐(韻)？〔八動刑鬼作捉沈氏魂、金奴魂，縛紅柱上，一動刑鬼持刀作將金奴魂割舌、沈氏魂剖腹科，八扛刑具鬼扛沈氏魂屍、金奴魂屍，從兩旁門分下，隨上，扛紅樁、鋸解切末下。閻君下座，衆鬼判擁護，仍同從酆都門下。生扮目連，戴僧帽，穿水田僧衣，繫絲縧，帶數珠，持錫杖，托鉢盂，從右旁門上，唱〕

【商調引・接雲鶴】幸得娘親相面會(韻)，豈知頃刻又分離(韻)。〔白〕此間已是七殿，不免進去。〔以錫杖卓地科，白〕唵嘛呢薩婆訶。〔戈子虚從酆都門上，白〕僧人何來？〔目連白〕小僧目連是也。請問高姓大名？〔戈子虚白〕在下戈子虚是也。請問到此何事？〔目連白〕爲因母墮地獄，尋至六殿阿鼻獄中，幸得班頭方便，使母子相逢。蒙那班頭特發菩提之心，將尊官昔日贈他的戒尺轉賜與小僧，以爲信物，特此持來拜謁。〔戈子虛白〕原來如此。但不知令堂是何姓名？〔目連白〕老母傅門劉氏。〔戈子虛白〕方纔閻君已將令堂解往八殿去了。〔目連白〕貧僧就此趕上。〔戈子虛白〕此時去了，已至八殿，追不上了。〔目連白〕既追不上，望尊官將前殿事情懇求指示一二。〔戈子虛白〕不説起前殿事情猶可，若説起來，好生利害。〔目連白〕願聞其詳。〔戈子虛唱〕

【南吕宫正曲·紅衲襖】他那裏夜魔城黑洞洞六月寒(韻)，更有那火車刑慘酷酷肌肉爛(韻)。惡狠狠都是些猙獰漢(韻)，嚴整整抵得箇虎豹關(韻)。陰司内有公幹許往還(韻)，〔白〕禪師，你是世上人，〔唱〕没公文只怕去又返(韻)。此乃是酆都第一咽喉(句)也(格)，要見尊堂難上難(韻)。〔白〕敢問禪師，來到陰司，必然是聖僧了。〔目連白〕小僧只因爲母出家，欲救重重地獄之苦耳。〔戈子虛白〕原來如此。聖僧還當再去叩見佛慈，廣求方便，纔可到得夜魔城去。〔目連白〕既如此，就此拜别。恨不遇娘親，〔戈子虛白〕還當叩佛尊。〔目連白〕惟念劬勞重，〔戈子虛白〕終逢方便門。〔目連從左旁門下，戈子虛仍從酆都門下〕

# 第十二齣　忘舊惡劉保霑恩（古風韻）

〔丑扮劉保，戴氈帽，穿喜鵲衣，繫腰裙，從上場門上，唱〕

【仙呂宮正曲・皂羅袍】衣破肚中又餒(韻)，料死期將至(讀)，這苦難支(叶)。思量到此自悲啼(韻)，眼前惡報遭顛沛(韻)。〔白〕我乃劉賈之子劉保便是。父親在日，頗有家私，不幸遭了火災，母親先喪，父親後亡，弄得一貧徹骨。表兄傅羅卜，擔經挑像，竟往西天去了，遺下掌家益利哥，時常承他周濟。明日乃是父親亡故之日，欲往墳前焚化一陌紙錢。無奈腰間並無一文，只得皮着臉兒前去，哀求益利哥，濟我幾文。我也是無計奈何，若有能爲，我也不來了。〔唱合〕我只得拚將羞臉(句)，再來這裏(韻)。但求升斗(句)，不教忍饑(韻)。這殘生畢竟難存濟(韻)。〔白〕益主管可在家麼？〔末扮益利，戴羅帽，穿屯絹道袍，繫鑾帶，帶數珠，從下場門上，虛白，作出門科，白〕原來是劉小官來了，請進去。〔劉保白〕益主管，受恩多次，没臉面再來見你了。〔益利白〕骨肉之親，怎説這話？我不過替主行善，何足掛齒。〔劉保白〕若非火焚家私，縱然父母雙亡，也還不能彀到這等模樣。〔益利白〕當日你年幼，不知令尊所作所爲，但凡行事，欺天逆理，尅衆成家。四鄰八舍，誰不怨恨。縱有家私，難得長久。豈不聞「近在自身，遠在兒孫」。〔劉保白〕説得有理，一些不錯。益主管，明日乃是我父親亡故之日，欲到墳前焚燒一陌紙錢，以盡子道。但是非錢而不行，如之奈何？〔益利白〕待我周全與你。你明日到會緣橋來，再取白銀五兩、白米五斗便了。〔劉保白〕如此感謝不盡了。〔益利白〕自家至親，何敢當謝。〔虚白，作進門科，仍從下場門下。劉保白〕果是富嫌千口少，貧恨一身多。〔唱〕

【又一體】自歎室如懸磬㊅，念屢蒙周濟㊆，感戴非輕㊅。死生父子荷高情㊅，他一門孝善人欽敬㊅。〔合〕正是貧窮富貴㊁，輪流轉行㊅。天生萬物㊁，惟人最靈㊅。這隨時現報皆前定㊅。〔從下場門下〕

第九本卷下

## 第十三齣 釋迦佛動念垂慈(蕭豪韻)

〔佛門上換「雷音寺」匾。雜扮四侍者，各戴僧帽，穿僧衣，披袈裟，帶數珠；雜扮張佑大等十人，各戴僧帽，紮金箍，穿僧衣，披袈裟，帶數珠；雜扮阿難、迦葉，各戴毘盧帽，穿道袍，披袈裟，帶數珠，引浄扮如來佛，戴佛臚腦，穿蟒，披佛衣，從佛門上，唱〕

【黃鐘調合曲・北醉花陰】須彌非大芥非小(韻)，一切法惟心自造(韻)。那目連念劬勞(韻)，救母向陰曹(韻)，幻化中堪稱孝(韻)。〔內奏樂，場上設金蓮寶座，轉場，陞座，衆弟子各分侍科。如來佛白〕變成十八涌虛空，由六根來具六通。即此兼三成十八，幻成地下獄重重。我佛如來是也。今爲目連之母劉氏因心造業，劉氏之子目連因心救母。他那裏本無繫縛，我這裏如彼因緣。今日等他到來，不免將慧燈付與他，照破九幽，救度伊母去者。〔阿難、迦葉白〕前蒙佛勅，已將五燈付與菩提達摩，前往震旦。今目連救母，應將何燈給與？〔如來佛白〕維摩居士，化度魔王波旬宮中諸天女，以一燈然百千燈，冥者皆明，明終不盡，是以法門名爲「無盡燈」。我早已令文殊師利法王子前往毗耶離大城居士室中借取，敢待來也。〔生扮目連，戴僧帽，穿水田僧衣，繫絲絛，帶數珠，持錫杖，托鉢盂，從上場門上，唱〕

【黄鐘宫合曲·南畫眉序】持錫歷陰曹(韻)，六殿慈親幸逢了(韻)，恁饑軀桎梏(讀)、毒火周遭(韻)。〔作哭科，白〕我的親娘呵，〔唱〕纔片刻得接容顔(句)，何年月能離苦惱(韻)？〔合〕虛枵如夢沉沉杳(韻)，長夜幾時能曉(韻)？〔作到參見科，如來佛白〕目連，你母親救得未？〔目連白〕弟子趕到六殿，雖得相逢，畢竟無由救拔。爲此又來仰懇佛慈，再施神力。〔如來佛白〕你且不必悲傷，這事我早已安排下也。〔雜扮六天女，各戴魔女髮，穿宫衣，持燈，同從上場門舞上，唱〕

【黄鐘調合曲·北喜遷鶯】在波旬宫中歡樂(韻)，早離他五欲盆膠(韻)。塵銷(韻)，六根空了(韻)，恰便似寶鑑光懸銀漢遥(韻)。明皎皎(韻)，放開時神通無礙(句)，收拾起清浄無淆(韻)。〔如來佛白〕這是什麽燈？〔六天女分白〕這是葡萄朵燈。這是新卷荷燈。這是雙垂瓜燈。這是初偃月燈。這是腰鼓纇燈。這是幽室見燈。居士特遣我等來應佛召，爲目連照破地獄。〔張佑大等十人白〕啓上我佛，這燈如何能照得破地獄也？〔唱〕

【黄鐘宫合曲·南耍鮑老】這是筦鑰齊開争揖盜(韻)，渾不守家中寶(韻)。爲貪嗔癡部六曹(韻)，入即受無分曉(韻)。菩提種子焦枯了(韻)，火羅道禍根苗(韻)。燈王那有燐光小(韻)，〔合〕怎能彀陰間照

（韻）？〔雜扮六天女，各戴魔女髮，穿宮衣，持燈，同從上場門舞上，唱〕

【黄鐘調合曲·北喜遷鶯】在波旬宮中歡樂（韻），一齊倒兩下蘆交（韻）。根銷（韻），六塵空了（韻），恰便似萬里長空没半毫（韻）。清杳杳（韻），一任他出門是路（句），不妨那月滿當霄（韻）。〔如來佛白〕這是什麽燈？〔六天女分白〕這是熱金丸燈。這是塗毒鼓燈。這是憋龍氣燈。這是蜜塗刀燈。這是卧師子燈。這是入室盜燈。居士特遣我等來應佛召，爲目連照破地獄。〔目連白〕啓上我佛，這燈如何照得破地獄也？〔唱〕

【黄鐘宮合曲·南耍鮑老】這是六賊相嬈昏又曉（韻），閃賺煞英雄老（韻）。這甜頭兒着手遭（韻），油入麪難清了（韻）。情風愛水漫天晶（韻），沉六趣不相饒（韻）。燈王那有燐光小（韻），〔合〕怎能彀陰間照（韻）？〔雜扮六天女，各戴魔女髮，穿宮衣，持燈，同從上場門舞上，唱〕

【黄鐘調合曲·北喜遷鶯】在波旬宮中歡樂（韻），中間的兩手齊交（韻）。難描（韻），不空空表（韻），恰便似寶網千層映日繚（韻）。金了鳥（韻），一絲頭全身並現（句），恒沙變差別釐毫（韻）。〔如來佛白〕這是什麽燈？〔六天女分白〕這是眼識燈。這是耳識燈。這是鼻識燈。這是舌識燈。這是身識燈。這是意識燈。居士特遣我等來應佛召，爲目連照破地獄。〔張佑大等十人白〕啓上我佛，這燈如何照得破地獄也？〔唱〕

【黄鐘宮合曲·南耍鮑老】這是根本無明覺海泡（韻），渾忘却來時道（韻）。似泥彌魚壞碧漻（韻），出入息無停攬(韻)。常爲六賊之媒保(韻)，風鼓浪欲天滔(韻)。燈王那有燐光小(韻)，〔合〕怎能彀陰間照(韻)？〔如來佛白〕目連，却不道三界惟心，萬法惟識。就是你一點救母之念，也從第八識來。怎麼説這光小，便照不破地獄也。法恭弟兄十人，可取燈付與目連者。〔衆天女合舞科，張佑大等十人向下取燈隨上，與目連去僧帽、僧衣，隨掛燈科。如來佛唱〕

【黃鐘調合曲·北古水仙子】看、看、看(格)寶鬘搖(韻)，看、看、看(格)寶鬘搖(疊)，似、似、似(格)迦葉聞琴學舞腰(韻)，晃、晃、晃(格)、晃玉照夜光交(韻)。星、星、星(格)一星兒智火昭(韻)，解、解、解(格)、解千千結歷衝燒(韻)。空、空、空(格)、大圓澄一鏡恒沙照(韻)，爍、爍、爍(格)、爍毫光燭的長夜曉(韻)。把、把、把(格)、把鐵圍山(讀)一霎都衝倒(韻)，完、完、完(格)、完你箇(讀)孝子報劬勞(韻)。〔目連作拜謝科，唱〕

【慶餘】相隨又下靈山道(韻)，一輪光楖栗橫挑(韻)。〔從下場門下。内奏樂，如來佛下座科，衆同唱〕你看那陣陣黑罡風吹不消(韻)。〔衆弟子擁護如來佛，仍同從佛門下。衆天女遶場科，從兩場門分下〕

# 第十四齣　夜魔城訴情免罪（家麻韻）

〔酆都門上換「寒冰地獄」匾。雜扮牛頭、馬面，各戴套頭，穿門神鎧，持叉；雜扮八小鬼，各戴鬼髮，穿箭袖，繫肚囊；雜扮八鬼卒，各戴鬼髮，穿蟒、箭袖、虎皮卒褂，持器械；雜扮八動刑鬼，各戴竪髮額，穿劉唐衣，繫肚囊；雜扮八侍從鬼，各穿戴「寒冰地獄」鬼衣；雜扮二判官，各戴判官帽，穿圓領，束角帶，持筆簿；雜扮金童，戴紫金冠，穿氅，繫絲絛，執旛；雜扮玉女，戴過梁額、仙姑巾，穿氅，繫絲絛，執旛，引雜扮第八殿閻君，戴閻君套頭，穿閻君衣，襲氅，軟紥扮，從酆都門上，唱〕

【雙調引・夜遊湖】業鏡昭彰堪驚訝（韻），論陰曹賞罰無差（韻）。善惡分明（句），從公考察（韻），到此地兀誰不怕（韻）？〔場上設平臺、虎皮椅，轉場，陞座，衆鬼判各分侍科。閻君白〕巍巍寶殿建森羅，造孽衆生受折磨。若問阿鼻何所有，刀山劍樹共灰河。吾乃第八殿平等王是也。蒙玉帝加銜爲無上正度神君，掌管黑暗夜魔寒冰地獄。凡有第七殿解來鬼犯，該墮輪迴者，用以嚴刑治罪，即便解往九殿、十殿。其有永不超生者，俱收在俺這夜魔城内受苦。鬼卒，可將第七殿解來鬼犯帶進來。〔衆鬼卒應科。雜扮五長解鬼，各戴鬼髮額，穿蟒、箭袖、虎皮卒褂，繫虎皮裙，持器械，同從右旁門上。長解都鬼白〕劉氏，快些走上來。再若遲延，可將銅鎚鐵棒狠狠的打着走。〔旦扮劉氏魂，穿破補衫，繫腰裙，從

右旁門上，唱〕

【南呂調套曲・一枝花】忽聽得公差兇狠言(句)，諕得俺遍體上寒毛乍(韻)。怎禁受這波查(韻)，堪憐我苦痛自嗟呀(韻)。〔長解都鬼白〕還不快些走麽！〔劉氏魂唱〕怎奈這步履身乏(韻)，苦捱得形衰骨化(韻)。〔長解都鬼白〕若再遲延，與我着實的打。〔劉氏魂唱〕怕的是猙獰惡語頓交加(韻)，一聲兒怒發如雷(句)，把俺這喘吁吁的魂膽兒來諕殺(韻)。〔白〕我好悔。〔唱〕

【南呂調套曲・梁州第七】念生前信讒言挑唆非假(韻)，致令我改初心意亂如麻(韻)。呀、呀、呀，守孤幃兀自的嫌清寡(韻)，似這等五更思察(韻)，夜半沙咤(韻)。淒涼形狀(句)，帳紙梅花(韻)。呀、呀、呀，因此上獨自箇細思維心意嘈雜(韻)，因此上動心猿亂意馬善惡爭差(韻)。呀、呀、呀，〔白〕誰想這陰司呵，〔唱〕查取這一樁樁罪業難甘罷(韻)，怎當這明晃晃業鏡來照察(韻)，怎敢的口含糊一字虛花(韻)。〔作到科，長解都鬼白〕門上那位在？〔一鬼卒作出門問科，長解都鬼白〕劉氏解到了。〔鬼卒虛白作進門稟科，閻君白〕帶進來。〔鬼卒作出門引五長解鬼帶劉氏魂作進門跪見科，長解都鬼跪呈公文科。閻君作看公文科，白〕劉氏，你可把所犯的惡端實實的訴上來。〔劉氏魂白〕好怕人也。〔唱〕不禁的牙關厮打(韻)，這虧心事(讀)敢昧生前話(韻)。細供招並非假(韻)，堪與那鐵案如山定不差(韻)。求寬免刑罰(韻)。〔閻君白〕劉氏，你要求免刑罰，須將生前造惡情緣一一實訴。若有一字支吾，看刑法伺候。〔衆鬼卒應科。劉氏魂白〕大王爺，犯婦聽信兄弟劉賈之言呵，〔唱〕

【南呂調套曲・牧羊關】遣子經商去(句)，辭家赴遠遐(韻)。任意的欺神滅像罪名加(韻)，魆地裏頓開葷狠似羅刹(韻)。又把那僧人來作耍(韻)，竟將這狗肉做饅頭鲊(韻)，將僧舍宇燒作空花(韻)。須臾陷害人驚怕(韻)，謗僧道俐齒伶牙(韻)。〔閻君白〕只是你在生所作的罪業太重了！〔劉氏魂白〕我今追悔無及矣。〔閻君白〕你也自知道追悔麽？〔劉氏魂唱〕諸般受苦在黄泉下(韻)，哀求懇望寬刑饒恕咱(韻)。〔閻君白〕你在生罪惡滔天，到此陰司，難逃刑法治罪，如何寬免得你？〔劉氏魂白〕大王爺，念犯婦所過重重地獄，諸般苦楚境界，俱已受過，求大王爺寬刑赦免。〔閻君白〕你可將所受苦楚，容你起來細説一遍，使那世上的也知道惡不可爲，善當自勉。〔劉氏魂白〕犯婦自到陰司呵，〔唱〕

【南呂調套曲・四塊玉】苦禁持受責罰(韻)，見這狠規模魂先化(韻)。將我這生前罪業大兜搭(韻)，要我一件件訴出實情話(韻)。〔閻君白〕你申訴罪名之後，便怎麽樣？〔劉氏魂唱〕發遣至望鄉臺(句)，遥望見是我家(韻)，那舉家的苦哀哀痛哭聲相訝(韻)。〔閻君白〕以後又發到那幾處地獄？〔劉氏魂唱〕

【南呂調套曲・罵玉郎】奈河橋高駕在偏僻罅(韻)，行了些險峻(句)，過了些低窪(韻)。血湖池浩渺教人怕(韻)，受愆尤都是女俊娃(韻)。呀呀呀滑油山(句)，教我難行踏(韻)。〔閻君白〕你的罪業深重，諸般地獄境界，也彀你受用的了。〔劉氏魂唱〕

【南呂調套曲・玄鶴鳴】佇凝眸刀山畔劍樹槎枒(韻)，掛刀頭血滸零剌(韻)。則我在孤恓埂(讀)趕逐

第九本卷下　第十四齣

似風飄瓦(韻)，破錢山(讀)瞥見了慘淒加(韻)。又不曾帶錢鈔哀求叱咤(韻)，又不敢向公差(讀)望垂憐去哀告他(韻)。則可的悄聲兒隱忍(句)，一任搥撻(韻)。〔閻君白〕那鬼使們焉肯輕饒你！〔劉氏魂白〕那鬼使們呵，〔唱〕

【南呂調套曲·烏夜啼】盡把那明晃晃的鋼鋒舉拿(韻)，見怒生嗔青面獠牙(韻)。〔白〕若要妄想我還生呵，〔唱〕則除非千年鐵樹竟開花(韻)，到今日做鬼、做鬼也親承納(韻)。渾身上下(韻)，帶鎖披枷(韻)。惟求把攣蹺束縛放寬些(叶)，惟求把攣蹺束縛放寬些(疊)，則當作饞貓縱鼠慈悲乍(韻)。早些兒發落(句)，寬免饒咱(韻)。〔閻君白〕既然如此哀求，念你重重地獄諸般經過，俺可免加刑法。鬼卒，可將他解往前殿去罷。〔一判官作付公文，長解都鬼作接公文科，衆長解鬼帶劉氏魂作出門科。劉氏魂唱〕

【煞尾】這一回訴盡了閻浮話(韻)，轉向那輪迴赴別衙(韻)。愁殺俺又去躭驚嚇(韻)，也難饒我這罪加(韻)，那夜魔城是家(韻)。〔白〕兒嗄！〔唱〕你若要尋蹤問跡(讀)，則除是變生靈往陽間去認咱(韻)。〔同從左旁門下。閻君下座科，白〕善惡到頭終有報，只爭來早與來遲。〔衆鬼判擁護閻君，仍同從酆都門下〕

# 第十五齣　照徹神燈分般若（庚青韻）

〔生扮目連，戴僧帽，穿直裰，懸佛燈，持錫杖，托鉢盂，從右旁門上，唱〕

【仙呂宮正曲·風入松】水程行盡復山程（韻），舉步處迅似雲騰（韻）。仗神燈救母心誠敬（韻），到夜魔城只爭俄頃（韻）。〔合〕緊守着獄門立定（韻），要我母出幽冥（韻）。

【中呂宮正曲·縷縷金】爲救母（句），秉虔誠（韻）。吾今身掛取（句），乃是佛前燈（韻）。來到魔城界（句），普照光明輝映（韻）。〔雜扮衆男女餓鬼，各戴氈帽，穿破衣衫，繫腰裙，帶枷杻，同從酆都門上。雜扮二皂隸鬼，各戴皂隸帽，穿箭袖，繫皂隸帶，隨上，作趕拿衆餓鬼科。衆餓鬼遶場科，同唱〕見紛紛餓鬼走無停（韻），〔合〕各自逃生命（韻），各自逃生命（疊）。〔同從左旁門下，二皂隸鬼仍同從酆都門下。目連唱〕

【又一體】高聲叫（句），願親聽（韻）。我母乃劉氏（句），不敢喚其名（韻）。早出幽冥地（句），脱離苦境（韻）。〔衆餓鬼從右旁門上，遶場科，同唱〕見紛紛餓鬼走無停（韻），〔合〕各自逃生命（韻），各自逃生命（疊）。〔同從左旁門下。二皂隸鬼引末扮劉傳芳，戴紮紅紗帽，穿圓領，束角帶，從酆都門上，白〕我王有令，前殿解來犯鬼，問定永不超生者，收入夜魔城；那輪迴超生者，解往九殿、十殿。令堂問定輪迴，已解往九殿去也。〔目連白〕原來又往九殿去了。〔劉傳芳白〕前殿已知禪師法力甚大，無不駭然驚恐。莫若將燈卸下，此去定與令堂相見矣。〔目連白〕多承指教。〔劉傳芳白〕但是我這獄中的餓鬼，盡皆奔逃而散。我王知道，必然加罪於我，如何是好？〔目連白〕請問尊官高姓大名？〔劉傳芳白〕在下姓劉名傳芳。〔目連白〕劉先生，我此去得見老母，即來面見閻君，尊官自有解釋便了。〔劉傳芳白〕多感。想令堂此去必超生，萬古傳流孝善名。〔目連白〕正是將軍不下馬，果然各自奔前程。請了。〔從左旁門下，劉傳芳白〕快看香案過來。〔二皂隸鬼應科，隨搭香案科，劉傳芳白〕待我求請鍾馗尊神，前來收伏鬼犯。〔作拈香禮拜科，白〕謹此專心拜叩。八殿獄官劉傳芳，所爲夜魔城走失餓鬼無數，特請終南山尊神大張神威，收伏脱逃衆鬼，復歸地獄。頂恩無極。正是：神威伏鬼魅，佛力度幽冥。〔二皂隸鬼引劉傳芳仍從酆都門下〕

# 第十六齣　收回鬼魅仗鍾馗(皆來韻)

〔浄扮鍾馗，戴鍾馗帽，穿圓領，紮角帶，持笏，從上場門上，跳舞科。雜扮四小鬼，各戴鬼髮，穿箭袖、虎皮卒褂；雜扮傘夫鬼，戴鬼髮，穿箭袖、虎皮卒褂，執傘，同從上場門上。鍾馗舞畢科，白〕凛凛威風白日寒，緑袍象笏畫中看。何人作論名無鬼，一劍從來血不乾。俺乃大唐不第進士鍾馗是也，隱居終南山中，逍遥吉祥雲裏，爲國家禦魑魅，爲生民追惡凶。以鬼爲糧，逢場作戲。適纔蝙蝠來報，爲因八殿夜魔城逃脱餓鬼，獄官劉傳芳請俺前去。衆鬼使，俺只索走一遭也。〔衆小鬼應科，一小鬼向下牽牛隨上，鍾馗作乘牛，衆遶場科。鍾馗唱〕

【高宫套曲・端正好】俺則怕驚散了北邙人(句)，早整頓這南山宅(韻)。笑當日没來由碎首金階(韻)，想從來瓊筵第一箇簪花客(韻)，那鬼也論車載(韻)。

【高宫套曲・脱布衫】俺則索跨青牛抵多少得得的走馬花街(韻)，有時節側烏紗早又是蝙蝠飛來(韻)。怎定俺仙才也那鬼才(韻)，好一箇破鍾馗在門兒外(韻)。

【高宫套曲・小梁州】掛一領緑羅袍稱體裁(韻)，却不是有甚麽宣差(韻)，跟着一班兒鬼臉惹的俺笑哈哈㊈。一遞里摇鞭快㊈，怎不見吏人們接俺狀元來㊈。〔作到下牛科，一小鬼牽牛下，隨上。末扮書吏鬼，戴書吏帽，穿圓領，繫鑾帶，從酆都門上，白〕書吏與老爺叩頭。〔鍾馗白〕請劉老爺相見。〔書吏鬼白〕我本官往閻君殿前回繳案件去了。只因昨被西方聖僧用佛燈照破地獄，以致惡鬼盡皆逃走，伏乞尊神，威靈收伏。〔鍾馗白〕地獄一空，豈不快哉，怎麽又要拘他？俺去也。〔書吏鬼白〕惡鬼逃出，將來必然生事，求老爺收伏的是。〔鍾馗白〕既如此，也不難。〔作舞劍步訣科，雜扮衆男女餓鬼，各戴氈帽，穿破補衣衫，繫腰裙，從兩旁門分上，各跪科。鍾馗唱〕

【又一體】把一座鐵圍山空鎖在㊈，你道是再也不來㊈。誰知你命乖㊈，伊心歹㊈。休將咱錯怪㊈，你罪孽自應該㊈。〔書吏鬼作趕衆男女餓鬼，同從酆都門下。書吏鬼隨上，白〕謝爺費心。〔鍾馗白〕可曾點名？〔書吏鬼白〕已點過名，只是還少八百萬。〔鍾馗白〕原來藏躲者盡行拘來，那投胎托生者不能收來，只待他的命盡之時，收回地獄。〔書吏鬼白〕既然如此，尊神請回。待本官回來，即到臺前叩謝。〔鍾馗白〕拜上你爺便了。〔書吏鬼應科，仍從酆都門下。鍾馗白〕帶青牛過來。〔一小鬼向下牽牛隨上。鍾馗作乘牛科，唱〕

【煞尾】重牽老子青牛待㊈，疑是函關紫氣來㊈。歸去把雄心盡改㊈，長隱幽崖㊈，遠避塵埃㊈，穩占取終南不消買㊈。〔衆小鬼擁護鍾馗同從下場門下〕

# 第十七齣　黑獄十重將徧歷（庚青韻）

〔酆都門上換「毒蛇地獄」匾。雜扮牛頭、馬面，各戴套頭，穿門神鎧，持叉；雜扮八小鬼，各戴鬼髮，穿箭袖，繫肚囊；雜扮八鬼卒，各戴鬼髮，穿蟒、箭袖、虎皮卒褂，持器械；雜扮八動刑鬼，各戴豎髮額，穿劉唐衣，繫肚囊；雜扮八侍從鬼，各穿戴「毒蛇地獄」鬼衣；雜扮一判官，各戴判官帽，穿圓領，束解帶，持筆簿；雜扮金童，戴紫金冠，穿氅，繫絲絛，執旛；雜扮玉女，戴過梁額、仙姑巾，穿氅，繫絲絛，執旛，引雜扮第九殿閻君，戴閻君套頭，穿閻君衣，襲氅，軟紮扮，從酆都門上，白〕森羅氣象本尊崇，鐵面無私秉至公。塵世衆生多造業，重重地獄幾時空？〔場上設平臺、虎皮椅，轉場，陞座，衆鬼判各分侍科。閻君白〕自家九殿都市王是也。昨日八殿解來鬼犯，内有傅門劉氏。他兒子乃係西方目連僧，只道劉氏還在八殿，身掛佛燈，將八殿地獄盡行照破，犯鬼逃走無數，豈知他母親先到九殿來了。想他今日必然到此，所以俺先將劉氏這一干犯鬼盡解往十殿去。他若到此，指示他前行便了。鬼使，將劉氏這一干鬼犯，即速解往十殿，不可遲延。〔衆鬼卒應科。閻君下座科，白〕佛門法力無邊，森羅律令有術。〔衆鬼判擁護閻君，仍同從酆都門下。雜扮五長解鬼，各戴鬼髮額，穿蟒、箭袖、虎皮卒褂，繫虎皮裙，持器械，帶旦扮劉氏魂，穿破補衫，繫腰裙。雜扮二解鬼，各戴鬼髮額，穿蟒、箭袖、虎皮卒褂，繫虎皮裙，持器械，帶雜扮衆男女餓鬼，各戴氈帽，穿破喜鵲

衣衫，繫腰裙，帶枷杻，從酆都門上。衆同唱〕

【高大石調正曲・窣地錦襠】佛燈照破夜魔城（韻），衆獄聞知心戰驚（韻）。不必遲緩早施行（韻），〔合〕解往十殿不暫停（韻）。〔同從左旁門下。生扮目連，戴僧帽，穿水田僧衣，繫絲縧，帶數珠，持錫杖，托鉢盂，從右旁門上，唱〕

【又一體】爲母身掛佛前燈（韻），照破黑獄夜魔城（韻）。誰知母已往前行（韻），〔合〕忙來九殿問分明（韻）。〔以錫杖卓地科，白〕唵嘛呢薩婆訶。〔一判官從酆都門上，白〕禪師請了。方纔令堂與衆鬼犯一齊解往十殿去了。〔目連白〕又解往十殿，果然？老娘嗄！指望九殿相見，誰想又解往十殿去了。〔判官白〕禪師不必悲啼，令堂受罪已滿，必然超生人世，該生歡喜，何用愁煩？〔目連白〕多謝尊官，就此告辭了。〔判官虛白科，仍從酆都門下。目連白〕我不免再往十殿，急急尋覓我母便了。茫茫泉路行難盡，慘慘陰魂尋不來。〔從左旁門下〕

# 第十八齣　赤心一片作知非（皆來韻）

〔雜扮四鬼卒，各戴鬼髮，穿蟒、箭袖，虎皮卒褂，持器械，引副扮獄官，戴紮紅紗帽，穿蟒、箭袖，襲氅，軟紥扮，從酆都門上，白〕執法冥官秉至公，稜稜鐵面不和同。饒他金穴生前富，此地難將賄賂通。〔場上設公案桌椅，轉場，入坐科，白〕自家十殿閻君座下一箇獄官便是。陽世則有囹圄狴犴，陰司便是無間阿鼻。囚禁雖同，慘傷更甚。凡是各鬼犯在各殿受遍了刀山劍樹、鋸解碓舂種種極刑，然後解到俺十殿來，較罪業之輕重，分人畜之輪迴，這是他生前所作，死後當償，果報循環，一定之理。且不必提他。今日閻君朝參幽冥教主去了，尚未陞殿，恐有解來鬼犯要下在獄中，須索等候。正是：鐵樹開花還有日，圜扉生草是何年？〔雜扮五長解鬼，各戴鬼髮額，穿蟒、箭袖，虎皮卒褂，繫虎皮裙，持器械，帶旦扮劉氏魂，穿破補衫，繫腰裙。雜扮二解鬼，各戴鬼髮額，穿蟒、箭袖，虎皮卒褂，繫虎皮裙，持器械，帶雜扮衆女餓鬼，各穿破衣，繫腰裙，帶枷杻，從右旁門上。衆同唱〕

【商調引・憶秦娥】人身壞(韻)，幾番肢體零分解(韻)、零分解(格)，業風吹醒(讀)，一靈猶在(韻)。〔長解都鬼、二解鬼各呈公文科，白〕解到女鬼犯一名，傅門劉氏，併衆女犯鬼，閻君尚未陞殿，請發到獄中，暫行收管。〔獄官白〕曉得了。鬼卒，帶往獄中用心收禁。〔鬼卒應科，帶劉氏魂、衆女餓鬼同從酆都門下。獄官白〕劉氏已經受過諸般苦楚，只待閻君定罪便了。今既交付明白，爾等仍回冥府，聽候差遣去罷。〔長解都鬼應科，獄官作出座科，衆鬼卒擁護仍同從酆都門下。五長解鬼、二解鬼白〕驚人雖具猙獰貌，服役曾無欺罔心。〔仍同從右旁門下。雜扮牢頭鬼，戴棕帽，穿蟒、箭袖，繫肚囊，持器械，從酆都門上，虛白，喚劉氏魂從酆都門上，牢頭鬼隨意發諢科，仍從酆都門下。劉氏魂唱〕

【商調正曲·山坡羊】哭啼啼(讀)欲求他擔帶(韻)，怒轟轟(讀)不將我寬貸(韻)。虛飄飄(讀)只剩得孤魂(句)，杳茫茫(讀)撇下家緣大(韻)。閉夜臺(韻)，諸般帶不來(韻)。惟餘罪業重重在(韻)，那鐵算無私(讀)，償還冤債(韻)。〔合〕愁懷(韻)，苦悽悽夜更哀(韻)。陰霾(韻)，慘昏昏晝不開(韻)。〔牢頭鬼復從酆都門上，白〕你這女鬼犯，好生可惡。方纔饒了你的打，爲什麽只管哭哭啼啼，攪得合獄中都不得寧靜？〔劉氏魂白〕長官，老身只爲身滯幽冥，受諸痛苦，自知罪孽深重，無由解脱，不覺失聲悲慟，多有驚動了。〔牢頭鬼白〕這是你生前自作之孽，當償惡報，若再怨尤，就要罪上加罪了。〔劉氏魂白〕長官説得甚是。今後知罪了。〔牢頭鬼白〕可悄悄在此，不許啼哭。我到那邊去，點閘一番再來。〔仍從酆都門下。劉氏魂白〕我劉氏在生之日，以前原也信善，只爲後來誤聽讒言，以致無惡不作。〔唱〕

【南呂宮正曲·五更轉】斷善緣(句)，開殺戒(韻)，論椿椿都不該(韻)。心腸轉變不是天生歹(韻)，被惡口挑唆(讀)、讒言傾敗(韻)。形雖化(句)，罪不除(句)，冤難解(韻)。〔合〕縱而今痛把、痛把前非改(韻)，一失人

身讀，回頭難再韻。〔內作風聲鬼嘯科，劉氏魂唱〕

【南呂宮正曲・東甌令】陰風刮句，黑霧霾韻，〔衆女餓鬼同從酆都門上，向劉氏魂作搶衣物科。劉氏魂唱〕更兼這餓鬼爬沙亂撲來韻。和你幽冥同滯無干礙韻，爲甚要相禁害韻？〔衆女餓鬼白〕你到這裏，也該送些錢鈔與我們使用使用。〔劉氏魂唱合〕少什麽陽間燒化的紙錢財韻，寄不到泉臺韻。〔牢頭鬼復從酆都門上，作趕打衆女餓鬼仍同從酆都門下。劉氏魂白〕我一靈磨折，已經受盡陰司苦楚，但不知將來尚有何罪，也辭不得了。〔唱〕

【南呂宮正曲・金蓮子】業鏡臺韻，照將罪業難容賴韻。再休想句，奪舍投胎韻。〔合〕但得箇免輪迴讀，願生生繡佛奉長齋韻。〔牢頭鬼白〕閻君將次要陞殿了，須要静悄悄的。〔劉氏魂唱〕

【慶餘】設立這重重地獄専把誰相待韻？有一等惡人偏肯自投來韻，堪歎那度不得的衆生實可哀韻。〔牢頭鬼虛白，作趕劉氏魂同從酆都門下〕

# 第十九齣　翻公案鐵面無情（先天韻）

〔酆都門上換「剥皮地獄」匾。雜扮牛頭、馬面，各戴套頭，穿門神鎧，持叉；雜扮八小鬼，各戴鬼髮，穿箭袖，繫肚囊；雜扮八鬼卒，各戴鬼髮，穿蟒、箭袖、虎皮卒褂，持器械；雜扮八動刑鬼，各戴豎髮額，穿劉唐衣，繫肚囊；雜扮八侍從鬼，各穿戴「剥皮地獄」鬼衣；雜扮二判官，各戴判官帽，穿圓領，束角帶，持筆簿；雜扮金童，戴紫金冠，穿氅，繫絲縧，執旛；雜扮玉女，戴過梁額、仙姑巾，穿氅，繫絲縧，執旛，引雜扮第十殿閻君，戴閻君套頭，穿閻君衣，襄氅，軟紮扮，從酆都門上，唱〕

【仙吕調套曲·點絳唇】執掌衡權（韻），冰心鐵面（韻）。詳推辨（韻），善惡昭然（韻），則業鏡裏分明現（韻）。〔場上設公案、虎皮椅，轉場，陞座，衆鬼判各分侍科。閻君白〕轉輪人獸各歸羣，十殿專司昔所聞。那識生前方寸地，披毛戴角已先分。俺乃第十殿閻君是也，專司輪迴六道，掌握地府威權。報應無差，絲毫不爽。只是獄底許多鬼犯，久未脱生。嗟哉此輩，受苦鐵城，不知何時是了。〔一判官呈簿科，白〕稟上閻君，今有九殿解來鬼犯三名，一名劉氏，一名劉賈，一名金奴，俱應發入輪迴，變爲畜類，以償陽世果報。〔閻君白〕可將劉氏、劉賈、金奴一并帶過來。〔鬼卒應科，向下帶旦扮劉氏魂，穿破補衫，繫腰裙，帶鎖杻；副扮劉賈魂，戴巾，穿道袍，繫腰裙，帶鎖杻；小旦扮金奴魂，穿坐衣，繫腰裙，帶鎖杻，從酆都門上，同作跪見科。鬼卒白〕劉氏一案帶到。〔閻君白〕劉氏，你在陰司，雖是受苦已盡，但你殺狗齋僧之罪不能解釋，今將你暫時變犬還陽，以償惡報。後來自有仙佛垂恩庇佑，未便明言。鬼使，帶劉氏速去變犬。〔一鬼卒應科，帶劉氏魂仍從酆都門下。閻君白〕劉賈在生，騙害多人，又謀占族兄劉廣淵家產，奸惡兇頑，現在城隍司收得陰狀爲據，應當變驢，償還宿債。可將他臉上寫著「劉賈變驢」四字，曉諭世人。〔一鬼卒應科，帶劉賈魂仍從酆都門下。閻君白〕犯婦金奴，攛掇主母背誓開葷，種種罪業，將他貶作母豬，以償報應。〔一鬼卒應科，帶金奴魂仍從酆都門下。閻君白〕看這些案件，雖係樁樁實據，罪業應當，但此輩墮入畜道，好生苦惱也。〔唱〕

【仙呂調套曲·混江龍】你道是陰司簽判(叶)，俺筆尖兒操縱得受生權(韻)，都則是你十因六果(句)，箇裏邪緣(韻)。只爲你愛生貪、貪生癡、癡生嗔，一刻心腸八萬轉(句)，到如今胎成卵、卵成濕、濕成化，四生面目百千般(叶)。有那等猛惡獸(讀)，貪而狠，他還道是英雄本色(句)；有那等彩華禽(讀)，美而艷，他還道是才色雙全(韻)。也有那翾翾飛、蠕蠕動，渾似昔冥頑罔覺(句)；也有那鱗搧腥、牙吹血，到如今怨恨常煎(韻)。縱有時形鎖骨化(句)，總無箇夢醒疴痊(韻)。那其間豈少箇肉身菩薩(句)，單只是不屬俺地府曹員(韻)。端的是由心自造(句)，幾曾有不造而然(韻)。〔三鬼卒帶一狗、一豬、一驢，從酆都門上，遶場科，從左旁門下，三鬼卒隨上，一判官作呈簿科，白〕稟上閻君，這簿書上久未脫生衆鬼，俱要貶入輪迴，各變飛禽走獸之類。〔閻君白〕快將衆鬼帶上來。〔八鬼卒應科，向下帶雜扮江充魂，戴黑貂，穿喜鵲衣，繫腰裙；雜扮董賢魂，戴巾，穿喜鵲衣，繫腰裙；雜扮董卓魂，戴金貂，穿喜鵲衣，繫腰裙；雜扮許敬宗魂，戴紗帽，穿喜鵲衣，繫腰裙；雜扮張昌宗魂，戴紗帽，穿喜鵲衣，繫腰裙；雜扮李林甫魂，戴幞頭，穿喜鵲衣，繫腰裙；雜扮宋之問魂，戴巾，穿喜鵲衣，繫腰裙；雜扮魚朝恩魂，戴太監帽，穿喜鵲衣，繫腰裙，從酆都門上，同白〕爲善休悲惡性莫誇，只爭遲早不爭差。曾經遍歷陰司苦，狡滑貪婪怨自家。〔同作跪見科，八鬼卒白〕禀上閻君，衆寃鬼帶到。〔衆鬼魂白〕求閻君寬刑饒恕。〔閻君白〕爾等衆孽鬼，生前作惡多端，已受盡重泉之苦，今當脱生輪迴，各變飛禽走獸。〔衆鬼魂白〕多謝閻君。〔閻君白〕江充，貶你做箇杜鵑鳥兒，口内終日流血，以彰讒言之罪。董賢，貶你做箇猴猻兒，比你生前善能攀援。董卓，你一生名利迷心，不顧後患，貶你做箇撲燈蛾兒。許敬宗，貶你做箇花狸貓兒，比你笑中有刀。張昌宗，貶你做箇蝴蝶兒，吸蕊尋香，忙箇不了。李林甫，貶你做箇大蟒蛇，以彰狠毒之報。宋之問，貶你做箇鸚哥兒，雖有語言文采，只是不離扁毛畜類。魚朝恩，你身爲宦官，妄自尊大，貶你做箇綿羊。〔衆鬼魂作謝科，閻君白〕衆孽鬼，各分兩旁，聽俺道來。〔衆鬼魂各分跪科，閻君唱〕

【仙吕調套曲·油葫蘆】杜鵑呵，叫破空山血不乾（叶），白袁公善攀援（讀），撲燈蛾心頭火熾然（韻），常向那火光抵死心留戀（韻）。恁做箇會銜蟬捕鼠狸奴健（韻），更有那吸蕊尋香粉蝶便（韻），在錦香叢不住的穿（韻）。吶舌蛇深山見（韻），喜的是鸚鵡能言話連綿（韻）。鬍鬚郎本無鬚，只因你業重身輕鬚兒見（韻）。〔白〕快將這厮們變了禽獸，領來查驗分明。〔八鬼卒應科，帶衆鬼魂仍從酆都門下。生扮目連，戴僧帽，穿水田僧衣，繫絲絛，帶數珠，持錫杖，托鉢盂，從右旁門上，白〕來此已是十殿。〔作進門相見科，白〕閻君稽首。〔閻君白〕原來是位聖僧。爲何到此？〔目連白〕我爲救母，重重地獄，俱已尋遍，未得見面，因此尋到這裏來。望閻君方便，使我母子相見，感恩非淺。〔閻君白〕聖僧之言，實是孝心所感。非俺不行方便，適纔已將令堂劉氏變犬還陽去了。〔目連白〕娘！不免再往陽間尋覓便了。〔作出門科，從左旁門下。閻君白〕俺這森羅地府，報應無私，賞善罰惡，並没有纖毫虛枉。〔唱〕

【仙吕調套曲·天下樂】一任的暴戾兇頑天理捐韻，邪也麼奸叶，嫉能妬賢韻，恣貪饕罔上爲不善韻。少不得明鏡前心膽寒叶，血盆中魂魄顫韻，只怕自此輪迴不住轉韻。〔八鬼卒帶衆飛禽走獸從酆都門上。衆鬼魂内白〕多謝閻君，將我等貶做飛禽走獸、蟲類等物，如今復往陽世，好快活也。〔閻君白〕你們這班孽畜，也不要快活盡了。〔唱〕

【仙吕調套曲·哪吒令】覷伊行喪真形可憐韻，獸和禽蠢然韻。一羣的斷牽韻，去塵寰市廛韻。草蟲兒翅掀韻，傍荷根露邊韻。有甚的歡喜緣韻，有甚的歡喜緣疊！是這般前身變韻，到人世少不的命難全韻。〔衆鬼魂内白〕我等哀求閻君，目今雖變畜類，轉回陽世，未知如何修省，纔得復轉人身？〔閻君白〕你們這般孽鬼，好生愚昧也。自古千年鐵樹開花易，要轉人身萬劫難。〔唱〕

【仙吕調套曲·鵲踏枝】畜隊裏性靈偏韻，無知類人蹂踐韻。從今後離隔人天韻，幾千劫業海沉湎韻。倒也波顛韻，那真吾誰見韻，對人兒有口難言韻。〔衆鬼魂内白〕依閻君講，鬼犯身陷孽境，萬劫難回矣！〔閻君白〕也只要你頓省本來面目，你也無欠無餘。若有一點善心，想去濟人利物，便也頓棄劣軀，還生人道。聽俺吩咐。〔唱〕

【仙呂調套曲・寄生草】望帝春深怨(韻)，袁公樹杪攀(叶)，撲燈蛾向火何須戀(韻)，烏貍粉蝶在花陰轉(韻)，蟒蛇碭下藏身遠(韻)。便你鸚鵡能言不離禽(句)，則這綿羊好做東廚膳(韻)。〔八鬼卒帶衆禽獸從左旁門下，八鬼卒隨上，閻君出座，隨撤公案科。閻君唱〕

【煞尾】願人間種德心田善(韻)，那怕森羅十殿(韻)，須知道改過還能感上天(韻)。〔衆鬼判擁護閻君，仍同從酆都門下〕

## 第二十齣　赴輪迴驢頭有字（古風韻）

〔丑扮劉保，戴氊帽，穿喜鵲衣，繫腰裙，從上場門上，白〕世事無憑似轉蓮，幾人富貴幾人窮。我今乞食君休笑，當日曾經做富翁。自家乃劉賈之子劉保的便是。我表兄羅卜出家修行，一分家業盡是益利掌管。此人忠厚老實，我曾受他周濟多番，難以再去告求，寧可往外乞食度日。不免到清溪鎮告求則箇。正是：一日不識羞，三日喫飽飯。〔從下場門下。外扮仰獻，戴氊帽，穿道袍，從上場門上，唱〕

【雙調正曲·字字雙】驢子人家萬萬丁（韻），常見（韻）。我家驢子却希罕（叶），人變（韻）。只因劉賈欠銀錢（韻），天譴（韻）。〔合〕勸君切莫用花言（韻），誆騙（韻）、誆騙（疊）。〔白〕小子姓仰名獻，清溪河頭開店。只因買賣艱難，買箇驢子磨麵。今日天氣晴明，不免開張店面則箇。店小二，〔內應科，仰獻白〕這樣時候，也該出來打掃店面了。〔內白〕店小二出外飲驢去了。〔仰獻白〕既然不在家，待我自己來罷。正是：不將辛苦藝，難動世間財。〔末扮益利，戴羅帽，穿道袍，繫鑾帶，帶數珠，從上場門上，白〕酒中不語是君子，財上分明大丈夫。我家所用齋僧奉佛的貨物，盡都向仰店中支用。今日到此與他算賬，不免就去。這裏已是。仰店主在家麼？〔仰獻作出門科，白〕原來是傅掌家。〔作引益利進門科，場上設桌椅，仰獻白〕請坐。到此何事？〔益利坐科，白〕特來與你算賬。〔仰獻白〕如此少待，待我取出賬簿來。〔向下取賬簿隨上。益利白〕你將賬上一并細細算清，所有多少銀兩，待明後日一總還清便了。〔仰獻白〕是了，待我算清了，結一總數就是了。〔劉保從上場門上，白〕從來不敢怨天公，只恨區區命運窮。乞丐街頭無可奈，還愁玷辱舊門風。〔益利白〕外邊好像劉小官聲音，待我看來。〔起隨撤桌椅科，仰獻虛白，從下場門下。益利白〕你可是劉小官麼？〔劉保虛白，作躲避科。益利白〕我認得你，怎麽不是？〔劉保白〕益主管，我父母在時，唤做劉保，愛如掌上之珠。父母喪後，唤做現世報。蒙你周濟多次，不好再見你的尊面，只得在此求乞。今見你來，我就裝箇醜相，使你不認得，混過去罷。誰想我相貌生成，一時難變，被你瞧見了。〔益利白〕好苦狀，可憐，可憐！〔雜扮店小二，戴氊帽，穿喜鵲衣，繫腰裙，牽驢，從上場門上。益利白〕看這驢兒頭上有字，待我看來。〔作看科，白〕「劉賈變驢」。原來是劉舅變爲驢了。〔店小二虛白，從下場門下。劉保作牽驢科，白〕天下同名者也多，那知就是我父親變爲驢子了？驢兒，你若是我劉保的父親，將我的帽子銜起來。〔作將帽抛地下，驢銜帽科。劉保唱〕

【中呂宮正曲·駐雲飛】驚歎躊躇(韻)，何事吾爹變作驢(韻)？四字堪爲據(韻)，變畜今相遇(韻)。嗏(格)！痛得我淚如珠(韻)，〔白〕父親變驢，今後有人見我，都説那驢子過出來的了。〔唱〕怎當這狂言惡語(韻)。我有人心(讀)豈不生惶懼(韻)，〔白〕益主管，今日在此偶遇，没奈何，〔唱合〕望救吾爹出此途(韻)。〔益利唱〕

【又一體】不用嗟吁(韻)，積善之家慶有餘(韻)。〔白〕舅爺，〔唱〕作事多差誤(韻)，勸姐多讒語(韻)。嗏(格)，因此到酆都(韻)，却變爲驢(韻)。〔白〕那不善之家，〔唱〕必有餘殃(讀)受此多般苦(韻)，〔合〕須念彌陀救度渠(韻)。〔白〕仰店主有請。〔仰獻仍從下場門上，白〕此位爲何如此悲泣？〔益利白〕上告仰店主得知，適纔見驢頭上有字，乃是劉舅所變。卑人今欲求買，敢請價值幾何？〔仰獻白〕齋公分上，決當奉送，不敢言價。〔益利白〕好説，一定要奉價的。〔仰獻白〕豈有論價之理。〔益利白〕如此説，多謝，多謝！劉小官，你可帶了此驢，到我家中住下，日則看經，夜則看驢。衣食之類，一一是我供給便了。〔劉保白〕感謝不盡。〔仰獻白〕今日益利哥如此方便，將老漢之心感動，從此發願修行。一事而三善，深爲大功德也。〔益利唱〕

【慶餘】途中偶爾來相遇(韻)，〔仰獻唱〕把換面改頭的人兒認取(韻)，〔劉保唱〕從此後懺悔蓮臺但願得罪業除(韻)。〔各虛白，從兩場門分下〕

## 第廿一齣　紫竹林妙闡宗風（先天韻）

〔雜扮四揭諦，各戴揭諦冠，穿門神鎧，持杵，同從上場門上，唱〕

【中呂調合曲・北粉蝶兒】護法諸天(韻)，俺是箇護法諸天(疊)，長趨侍翠巍巍靈巖神巘(韻)，有時裏蓮座旁恭聽那妙諦洪宣(韻)。喜見這墜天花(句)，翻貝葉(句)，法筵大建(韻)。〔白〕我等南海落伽山觀世音菩薩座下衆揭諦是也。今早奉菩薩法旨，有孝子目連僧虔心救母，今日到此祈求菩薩，叩問消息，命我等在山前接引。此時敢待來也，須索上前應候者。〔唱〕纔離了談經的紫竹林邊(韻)，回望那出院來香雲片片(韻)。〔同從下場門下。生扮目連，戴僧帽，穿水田僧衣，繫絲縧，帶數珠，持錫杖，托钵盂，從上場門上，唱〕

【中呂宮合曲・南好事近】善惡有根源(韻)，果報由來難免(韻)。生前罪業(句)，怎脱得輪迴一轉(韻)。〔白〕我目連，多蒙世尊指示，到陰司救母。歷遍十殿，知我娘親變犬還陽，痛恨無極。我今想來，須得重到陽間，求問觀音菩薩，方能救取。爲此特來普陀巖，虔誠叩問。〔唱〕重來法座(句)，把就中(讀)消息求分辨(韻)。〔四揭諦從上場門上，白〕護法惟應修浄業，蕩魔猶復露雄心。聖僧請了。〔目連白〕諸位尊神。〔四揭諦白〕聖僧到此，想是要求見菩薩。我等奉有法旨，在此接引。〔目連白〕原來如此，多有勞待了。〔四揭諦白〕菩薩在紫竹林中，請隨我等向前進見。〔唱合〕欲將那懇摯情申句，還把這虔誠心展韻。〔同從下場門下。場上設祥雲帳幔，隱設紫竹山林。小生扮善才，戴線髮，穿善才衣；小旦扮龍女，戴過梁額、仙姑巾，穿宮衣，各在山巖侍立科。旦扮觀音菩薩，戴觀音兜，穿自在觀音衣，在山洞趺坐科，隨撤祥雲帳幔科。觀音菩薩唱〕

【中呂調合曲・北石榴花】俺可把慈雲法雨布三千韻，度衆生的願力浩無邊韻。只看這庭羅寶樹讀，座擁金蓮韻，莊嚴觀自在句，微妙本天然韻。〔白〕我乃觀世音菩薩是也。今有目連，虔心救母，歷遍陰司。那知其母罪業重大，已經變犬還陽。那目連又到這裏叩問其事，待彼來時，我當明白指示與他便了。〔唱〕無奈他母和兒句，無奈他母和兒疊，幽冥路不相見韻。枉把那地府搜穿讀，陰司尋遍句，當不得狠閻羅韻，當不得狠閻羅疊，執法無情面韻，直要得償完宿業方得再生天韻。〔四揭諦引目連從上場門上，同唱〕

【中呂宮合曲・南好事近】中天韻，慧日一輪懸韻，照徹了隱微幽顯韻。楊枝露灑句，遍法界宗風大闡韻。〔作到科，目連作參拜科，白〕菩薩在上，弟子目連叩見。〔四揭諦同唱〕向蓮臺頂禮句，看慈雲讀影裏金身現韻。〔合〕證菩提功行俱完句，具慈悲願力非淺韻。〔目連白〕弟子向蒙菩薩指示，拜求我佛，蒙賜芒鞋、錫仗，又蒙地藏王菩薩賜以鉢盂。繼而我佛又賜有神燈，照徹幽冥，總不能救取我母。聞得今已變犬，所以特來叩問，求菩薩慈悲指示。〔觀音菩薩白〕目連，只因你母生前造業太重，所以如此。〔唱〕

【中呂調合曲・北鬬鵪鶉】若要得罪業消除(句)，若要得罪業消除(疊)，必須把冤愆償遍(韻)。直待取戴角披毛(句)，直待取戴角披毛(疊)，纔能彀改頭換面(韻)。還虧恁感格神天的孝念堅(韻)，破幽暗徹重泉(韻)。再不向鬼籙沉淪(句)，再不向鬼籙沉淪(疊)，管穩在人間活現(韻)。〔目連白〕雖是如此，但不知我母所變之犬今在何處，還求菩薩明示端詳。〔唱〕

【中呂宮合曲・南千秋歲】痛難言(韻)，痛母氏形軀變(韻)，却教我如何分辨(韻)？縱使相逢(句)，縱使相逢(疊)，也認不出(讀)在陽間舊時顏面(韻)。〔合〕地獄裏(讀)空回轉(韻)，天涯外(讀)將歷遍(韻)。終究難尋見(韻)，不由人愁腸欲斷(讀)，血淚如泉(韻)。〔觀音菩薩白〕不用感傷，你母所變之犬，現在西平王之子李公子宅內。他即日出獵郊外，你到那裏，便能相會矣。〔唱〕

【中呂調合曲・北疊字令】却不肯歸來化鶴(句)，倒做了還家變犬(韻)。伴着那獵騎馳(句)，趕的這狡兔遠(韻)。他雖不能言(句)，見汝應依戀(韻)。總仗着佛力無邊(韻)，喜得箇時節因緣(韻)，喜得箇時節因緣(疊)。永離畜道(句)，人身重轉(韻)，再不用恁上窮碧落下黃泉(韻)。〔目連白〕多謝菩薩指示，弟子就此拜辭前去也。〔唱〕

【南慶餘】慈悲爲念多方便(韻)，指明了後果前因只片言(韻)。〔作拜別科，從下場門下。觀音菩薩唱〕但看這人獸關頭只用取一換轉(韻)。〔場上設祥雲帳幔，隱撤紫竹山林科，觀音菩薩、善才、龍女暗下，四揭諦遶場科，同從下場門下〕

## 第廿二齣　清溪口哀尋變相（古風韻）

〔雜扮四軍卒，各戴鷹翎帽，穿箭袖、卒褂；雜扮八將官，各戴紮巾額，簪雉尾，穿打仗甲，帶橐鞬；雜扮八獵户，各戴鷹翎帽，紮包頭，穿箭袖，繫肚囊，持棍，引小生扮李公子，戴紫金冠，簪雉尾，穿打仗甲，帶橐鞬，從上場門上，唱〕

【仙呂調套曲·點絳唇】俺嚴親貴顯當朝韻，見超物表韻。把兒曹教韻，逸莫忘勞韻，文武須兼造韻。〔白〕〖臨江仙〗未表食牛豪邁志，沉埋射虎雄威，封侯畢竟遂吾圖。雲臺諸將後，廟像許誰摹？　到處争鋒持畫戟，怒來叱咤喑嗚，千人辟易氣消磨。不須黄石略，只用論孫吴。自家西平王之子是也。俺爹爹翦除朱、李二賊，平定回紇，進封王爵，職掌兵權。我聞古者寓兵於農，寓陣於獵，故因獵以訓軍旅。今在少華山打獵。衆軍士，聽吾號令，勿諠譁以惑衆，勿怠惰以偷安；勿詭遇以獲禽，勿焚林而害物。違吾令者，軍令施行。各帶鷹犬，就此起程。〔衆應科，一軍卒白〕告稟公子，三月前老犬生下小犬，如今身壯力健，牽來隨老犬行圍如何？〔李公子虚白科，四軍卒向下，牽犬、臂鷹隨上。衆遶場科，同唱〕

【仙呂調套曲・混江龍】這番獵較(韻)，藉鷹犬演習着豹略與龍韜(韻)。可臂着蒼鷹白鷂(韻)，可牽着黄犬青獒(韻)。赳赳的都騎戰馬(句)，閃閃的都掛征袍(韻)。須帶着强弓硬弩(句)。利劍鋒刀(韻)。雷轟金鼓(句)，電掣旌旄(韻)。軍過處好一似半空飛雨雹(韻)，勢如巨海湧風濤(韻)。〔衆軍卒白〕告禀公子，獵場將近。〔李公子唱〕衆軍的挽着雕弓掛寶刀(韻)，將獵犬放開金鎖(句)，把海青解散絨縧(韻)。〔衆應，遶場科，同從下場門下。雜扮虎，穿虎切末，從上場門上，跳舞科。四軍卒、八將官同從上場門上，作將虎打倒科，衆扛虎，同從下場門下。雜扮熊，穿熊切末，從上場門上，跳舞科。一獵户從上場門上，作將熊打倒科，四軍卒從上場門上，扛熊，同從下場門下。八將官引李公子從上場門上。衆遶場科，同唱〕

【仙呂調套曲・元和令】歡聲沸振九霄(韻)，看金鐙玉鞭敲着(韻)。那天鵝飛上碧雲霄(韻)，喜的是那海青流星般趁好(韻)。〔四軍卒、八獵户從兩場門分上，同作跪禀科，白〕禀公子，打得虎一隻、熊一隻，其餘山禽野獸不計其數。〔李公子白〕就此收獵者。〔衆應科，李公子唱〕可供籩豆與充庖(韻)。謾道我及時行樂(韻)，將貔貅都在獵中操(韻)。〔衆遶場科，同從下場門下。生扮目連，戴僧帽，穿水田僧衣，繫絲縧，帶數珠，持錫杖，托鉢盂，從上場門上，唱〕

【雙調正曲・鎖南枝】因救母(句)，苦萬千(韻)，撇離鄉井十六年(韻)。到十殿問根由(句)，知我娘已變犬(韻)。〔白〕昨蒙觀音菩薩指示，着我到清溪渡口，必遇我母，但願佛天保佑。〔滚白〕伏望賜周全，早使娘相見。〔内放犬從上場門上科，目連唱合〕聽犬吠(句)，聲叫喧(韻)。〔滚白〕摇頭擺尾向我前，

〔唱〕莫非是娘親(句)，來會孩兒面(韻)？〔白〕菩薩指示，決非虛謬。〔唱〕

【又一體】痛得我(句)，珠淚漣(韻)，分明是我娘親變(韻)。幸得偶相逢(句)，慶幸果非淺(韻)。〔合〕娘須隨我(句)，返故園(韻)。容孩兒(句)，再追薦(韻)。〔作帶犬科，從下場門下〕

# 第廿三齣　度衆生形聲幻化〔古風韻〕

〔小生扮善才，戴綫髮，軟紮扮，持浄水瓶；小旦扮龍女，戴過梁額、仙姑巾，穿宫衣，臂鸚哥，引旦扮觀音菩薩，戴觀音兜，穿蟒，披袈裟，帶數珠，持拂塵，從上場門上，唱〕

【仙吕宫正曲・步步嬌】長空萬里浮雲浄〔韻〕，月映娑婆影〔韻〕，無風波不生〔韻〕。香海澄清〔句〕，毫光掩映〔韻〕。〔合〕極樂普陀名〔韻〕，總是菩提境〔韻〕。〔内奏樂，場上設金蓮寶座，轉場，陞座，善才、龍女各分侍科。觀音菩薩白〕水在溪中月在天，水月無非妙自然。幻中幻出莊嚴相，誰識菩提一朵蓮？吾乃大慈大悲、救苦救難、靈感觀世音菩薩是也。今當二月十九日，是我誕辰。只見皓魄騰輝，瑶空散彩，果然人天胥慶也。〔善才、龍女白〕仰啓世尊，那塵世上貴賤賢愚，怎得超出三界、脱離塵緣？〔觀音菩薩白〕那些塵世衆生，勞勞如夢，不知空花世界，何由直登彼岸？我今有箇權巧方便之門，顯示衆生。若能識破其中趣，立地須成極樂人。此乃浄土法門之權要也。〔善才、龍女白〕謹遵慈旨。〔觀音菩薩唱〕

【越調正曲・憶多嬌】方便門〔韻〕，變化身〔韻〕。萬億百千普度人〔韻〕，度盡衆生登妙品〔韻〕。〔合〕指月良因(韻)，指月良因(疊)，救苦慈悲世尊(韻)。〔蓮座上作現五彩祥光科，觀音菩薩暗下。淨扮番相觀音菩薩，戴觀音臚腦，穿蟒，披袈裟，帶數珠，騎白鶴切末，從上場門上，遶場科，從下場門下。老旦扮魚籃觀音菩薩，戴魚籃冠，穿魚籃衣，持魚籃，從上場門上，唱〕

【雙調正曲·清江引】心蓮一朵千枝映(韻)，幻化須臾頃(韻)。竪窮三際生(韻)，橫徧十方景(韻)，〔善才、龍女稽首科，魚籃觀音菩薩唱合〕偶現這魚籃世尊如電影(韻)。〔從下場門下。副扮化身觀音菩薩，戴套頭，穿靠，持杵，騎異獸切末，從上場門上，遶場科，從下場門下。蓮座上作漸收五彩祥光科，現出小旦扮千手觀音菩薩，戴僧帽，紮五佛冠，穿宮衣，暗上，坐蓮座上，唱〕

【又一體】一彈指頃千千手(韻)，心無手何有(韻)？〔下座，隨撤金蓮寶座科，千手觀音菩薩唱〕芥子須彌收(韻)，火坑蓮池救(韻)，〔善才、龍女稽首科。千手觀音菩薩唱合〕偶現這千手世尊慢稽首(韻)。〔同從下場門下〕

# 第廿四齣　祝無量仙佛同參（歌戈韻）

〔雜扮五十六羅漢，各戴僧帽，紮金箍，穿箭袖，繫肚囊，紮絲縧，從兩場門分上，跳舞科，仍分下，隨披袈裟，帶數珠，同從上場門上，白〕靈山羅漢會降龍，靜裏參禪苦用功。欲問西來大宗旨，一輪明月照虛空。我等奉佛之命，特來南海，慶賀觀音聖誕，就此恭同向前參見。〔各分侍科。雜扮四沙彌，各戴僧帽，穿僧衣，披袈裟，帶數珠；小生扮善才，戴綫髮，軟紮扮，持淨水瓶；小旦扮龍女，戴過梁額、仙姑巾，穿宮衣，臂鸚哥，引旦扮觀音菩薩，戴觀音兜，穿蟒，披袈裟，帶數珠，持拂塵，從上場門上，唱〕

【雙角套曲・新水令】高懸慧日照娑婆（韻），大千遥包成一箇（韻）。寶珠開妙相（句），金粟現維摩（韻）。於意云何（韻）？願閻浮界盡證了菩提果（韻）。〔内奏樂，場上設金蓮寶座，轉場，陞座，衆弟子各分侍科。衆羅漢作參拜科，同唱〕

【雙角套曲・駐馬聽】感應身多（韻），感應身多（疊），周八萬由旬只刹那（韻）。慈悲願大（韻），遍三千法界總彌陀（韻）。俺可也齊齊合掌誦南無（叶），虔誠頂禮蓮花座（韻）。展貝多羅（韻），法筵前（讀）長見那天花墮（韻）。〔各分侍科。雜扮八仙女，各戴過梁額、仙姑巾，穿宮衣，捧壽菓、霞觴，引老旦扮西池王母，戴鳳冠、仙

姑巾，穿蟒，束玉帶，帶數珠，從上場門上，同唱，

【雙角套曲·沉醉東風】齊跨着青鸞白鶴(韻)，相率取月姊星娥(韻)。灑雲衢喜晨露輕霏(句)，馳電轂笑曉霞碾破(韻)，早望見聳雲中嵐影嵯峨(韻)。一點青山擁髻螺(韻)，又來到落伽巖左(韻)。〔作到科，八仙女白〕王母到。〔觀音菩薩下座，作迎西池王母，各見禮科。衆羅漢白〕王母稽首。〔西池王母白〕衆位勝常，今逢壽誕，吾今特捧蟠桃，前來慶祝長生。〔觀音菩薩白〕多謝厚意。善才、龍女，看甘露過來。〔善才、龍女應科。場上設桌椅，觀音菩薩、西池王母各坐科，八仙女獻壽菓、霞觴科。衆同唱〕

【雙角套曲·鴈兒落】謾道是綻桃實一千年歲月多(韻)，可知道拜蓮臺億萬載春秋大(韻)。但願得年年來頌揚(句)，好准備歲歲同稱賀(韻)。

【雙角套曲·得勝令】也不索申華封三祝訛(韻)，也不索誦天保九如歌(韻)。不壞身與天地同悠久(句)，無量壽比恒河沙更多(韻)。知麽(韻)？壽筵前用不着笙歌聒(韻)。聽波(韻)，法座旁自有那梵唄和(韻)。〔觀音菩薩、西池王母各起，隨撤桌椅科。西池王母白〕慶賀已畢，敢借香山勝景一翫。〔觀音菩薩白〕既如此，衆羅漢，一齊同到香山，奉請王母賞翫勝景。〔衆應科，場上設香山，衆擁護觀音菩薩、西池王母遶場科，同唱〕

【雙角套曲·沽美酒帶太平令】【沽美酒】（全）好相將上普陀(韻)，好相將上普陀(疊)，穿雲磴入煙蘿(韻)，俺可也沿路留連謾打睃(韻)。襲衣裾嵐翠撲(韻)，礙峰巒林煙鎖(韻)。【太平令】（全）菩提樹種成智

果（韻），薝蔔花開將艷朵（韻）。拂林梢香風婀娜（韻），抱山腰祥雲襯托（韻）。俺呵（格），抹過了巖阿（韻），磵阿（韻），齊上取巍坡（韻）、峻坡（韻），呀（格），一望裏天空海濶（韻）。〔衆羅漢白〕已到香山，請王母觀翫。〔衆各作上山科，唱〕

【佛偈】波羅波羅（韻），只聽得雲端細樂（韻）。金磬齊敲（句），又聽得（讀）鸚哥演摩訶（韻），山鳥和波羅（韻），呾多摩訶（韻），唎囉哆唎娑婆（韻），哆唎娑婆（韻）。〔西池王母白〕果然好景，實乃南海第一山也。〔衆同唱〕

【雙角套曲・七弟兄】喜聖境乍過（韻），見瑞應正多（韻）。溟渤海不揚波（韻），從今後人天法界咸安樂（韻）。只要得六時靜裏工夫做（叶），可知佛在心頭坐（韻）。〔衆各作下山科，唱〕

【煞尾】豎空拳（讀）此意有誰參破（韻），會得那宗旨兒（讀）纔能稱較可（韻）。倘遇着迷時節（讀）便是飯蒸沙（句），到了那悟得來（讀）方知燈是火（韻）。〔衆羅漢擁護觀音菩薩、西池王母，同從下場門下〕

# 第十本卷上

## 第一齣　沐天恩六道騰歡（庚青韻）

〔酆都門上换「度盡衆生」匾。雜扮四判官，各戴判官帽，穿蟒、箭袖、卒褂，同從酆都門上，唱〕

【羽調引·清平樂】大地衆生（韻），春臺喜共登（韻）。玉勅朝來傳太清（韻），恩光下及幽冥（韻）。〔分白〕鬼神莫道理難窮，陽世陰曹事本同。恩詔一封天上降，從今地獄果然空。〔同白〕我等十殿獄判是也。前因聖僧目連將佛燈照破夜魔城，放走了永不超生惡鬼八百餘萬，閻君正在索取之際。茲因天下蕩平，廣頒赦詔，十惡之外，咸赦除之，陰陽一理，天人無二。因此上帝命太乙救苦天尊與玉虚神君前來按獄釋放，只得在此伺候。〔雜扮四仙童，各戴仙童巾，穿氅，繫絲縧，執旛，引外扮太乙天尊、小生扮玉虚神君，各戴蓮花冠，穿蟒，束玉帶，從昇天門上。衆同唱〕

【仙吕宫正曲·八聲甘州】慈雲輝映（韻），看十方三界（讀）普現光明（韻）。心蓮業鏡（韻），慈航寶筏同登（韻）。願世人齊上天堂境（韻），笑陰府空存地獄名（韻）。〔合〕衆生（韻），喜從今永脱幽冥（韻）。〔四判官作迎接科，隨向内請衆閻君科。雜扮牛頭、馬面，各戴套頭，穿門神鎧，持叉；雜扮八鬼卒，各戴鬼髮，穿蟒、箭袖、虎皮卒褂，引雜扮十閻君，各戴冕旒，穿蟒，束玉帶，從酆都門上，作迎接科。場上設平臺隨椅，太乙天尊、玉虛神君轉場，陞座科。衆閻君白〕二位天尊，我等參禮。〔太乙天尊、玉虛神君白〕列位少禮。今奉恩詔，大赦罪囚，陰陽一理，上帝命我等協同十殿閻君遍查地獄。其已逃往陽世者，悉免追尋；未經放出者，咸與超脱。〔衆閻君白〕我等謹遵法諭，一體施行。〔場上設平臺隨椅，衆閻君各陞座科。衆同唱〕

【中呂宫正曲・山花子】九天詔旨宣傳命(韻)，赦多囚頓得超生(韻)。惡地獄俄爲化城(韻)，荷天恩特勅查清(韻)。〔合〕也何分罪過重輕(韻)，從今超脱衆罪名(韻)。慈航寶筏相引領(韻)，旭日無私(讀)，照耀光明(韻)。〔八鬼卒從酆都門下，帶雜扮病餓男女鬼，各戴氊帽，穿破喜鵲衣衫，繫腰裙，上跪見科。太乙天尊、玉虛神君、衆閻君白〕爾等幸逢恩赦，已得脱生，須當要做好人。〔唱〕

【又一體】上天恩澤無差等(韻)，萬方族類咸亨(韻)。謝天公恩隆滿盈(韻)，依然是雲白天青(韻)。〔衆鬼魂作叩謝科，從左旁門下。太乙天尊、玉虛神君、衆閻君唱合〕也何分罪過重輕(韻)，從今超脱衆罪名(韻)。慈航寶筏相引領(韻)，旭日無私(讀)，照耀光明(韻)。〔八鬼卒從酆都門下，帶各種走獸飛禽上科。太乙天尊、玉虛神君、衆閻君白〕爾等雖入禽獸之域，必當廣沐天赦之恩，可各覓高林大澤安身去罷。〔場上放生科，衆同唱〕

【中呂宫正曲・紅繡鞋】德輝普照光明(韻)、光明(格)，恩波遍及生靈(韻)、生靈(格)。〔各下座，隨撤平臺、椅科，衆同唱〕香霧靄(句)，慶雲横(韻)。芝蓋下(句)，羽輪停(韻)。〔合〕知造化(句)，荷生成(韻)。

【慶餘】幽冥赦罪圜扉磬(韻)，皎日當空萬里明(韻)。從此後萬類熙熙樂太平(韻)。〔衆閻君作送科，四仙童引太乙天尊、玉虛神君仍從昇天門下，衆鬼判擁護衆閻君仍從酆都門下〕

# 第二齣　聆帝旨一門寵賜（古風韻）

〔佛門上換「靈霄門」匾。雜扮二仙童，各戴仙童巾，穿氅，繫絲絛，捧玉簡，引外扮傅相，戴朝冠，穿朝衣，束玉帶，從昇天門上，唱〕

【中呂宮引·柳梢青】身居仙境韻，心跡俱清浄韻。尚有牽情韻，怎奈我荊妻不幸韻。〔白〕〖踏莎行〗渺渺雲程，巍巍天府，逍遥快樂超今古。由我修行積德來，勸君早上菩提路。九地幽魂，一抔宿土，陰陽兩隔無由晤。念取當年百夜恩，救他此際千般苦。吾神傅相，原居陽世，盡修齋奉佛之功；今在天曹，享勸善太師之職。佛經云：此身不向今生度，更向何生度此身？堪歎我妻劉氏，背誓開葷，死後遍受重重地獄之苦。多蒙佛慈點化吾兒，方知他母墮落陰司，便往西天求佛濟度。我意欲相救，奈因無計可施。目今安人罪限將滿，天恩大赦，我不免將此事奏知玉帝，使安人早脱幽冥，孩兒早成佛行。仙童，看玉簡過來。〔仙童付玉簡科，仍從昇天門下。傅相白〕待我前去奏聞玉帝便了。閶闔開黄道，衣冠拜紫宸。幽冥皆濟度，天地一家春。〔場上設高臺、帳幔、桌科，雜扮二值殿將軍，各戴卒盔，穿門神鎧，執金瓜，從靈霄門上，侍立科。內白〕來者何神？有事者奏，無事

退班。〔傳相作舞蹈科，唱〕

【中呂宮正曲・駐雲飛】搢笏摳衣(韻)，誠恐誠惶奏玉墀(韻)。未及將言啟(韻)，難揾雙垂淚(韻)。嗏(格)！爲只爲罪冤妻(韻)，干犯天威(韻)。罰在陰司(讀)受盡多狼狽(韻)，〔合〕伏乞吾皇降宥之(叶)。〔內白〕據爾太師所奏，死者可憫，生者可嘉，即召殿前飛虎將軍聽旨。〔傳相作起侍科。雜扮飛虎將軍，戴卒盔，穿門神鎧，從上場門上，白〕臣見駕。〔內白〕汝可作速宣召三官到此，恭聽玉旨。〔飛虎將軍白〕領旨。太師且在天門外伺候。〔仍從上場門下。傳相白〕天風吹下御爐香，日照仙袍紫霧光。只待三官陳奏對，榮封光耀滿門牆。〔從下場門下。生扮天官，末扮地官，外扮水官，各戴朝冠，穿朝衣，束玉帶，執笏，同從上場門上，唱〕

【黃鐘宮引・玉女步瑞雲】玉詔傳宣(韻)，早詣珠宮寶殿(韻)，捧天閶紅雲千片(韻)。〔同作舞蹈科，白〕臣等三元三品三官朝見，願聖壽無疆！〔內白〕玉帝有旨，問取三元三品三官，可將傳門劉氏在生所行之事，一一詳細奏來。〔三官白〕聖壽！〔唱〕

【中呂宮正曲・駐馬聽】臣奏天閶(韻)，劉氏行爲特不仁(韻)。只爲他不遵夫命(句)，不敬神祇(讀)，殺犬開葷(韻)。重重地獄受災迍(韻)。椿椿罪業難容隱(韻)。〔合〕不僅是泉下沉淪(韻)，更已還陽變犬(讀)，報應適準(韻)。〔內白〕再問羅卜行事何如？〔三官唱〕

【又一體】傳宅良因(韻)，羅卜爲人孝行純(韻)。都只爲世人癡蠢(句)，不孝爹娘(讀)，不敬鬼神(韻)。故教他跋涉救慈親(韻)，把重重地獄都遊盡(韻)。〔合〕傳與世人(韻)，救親當以(讀)他爲憑準(韻)。〔内白〕既是善孝之門，合當賜爵褒封。〔三官白〕聖壽，小神等尚有一事啟奏。〔内白〕奏來。〔三官唱〕

【又一體】曹氏釵裙(韻)，匪石爲心語謹遵(韻)。他曾與傅門聯聘(句)，因羅卜尋親(讀)未配婚姻(韻)。他不從再嫁守終身(韻)，自甘削髮空諸蘊(韻)。〔合〕今入空門(韻)，望聖恩普賜(讀)，旌揚善信(韻)。〔内白〕玉旨下，詔曰：惟德動天，惟天眷德。今見孝子傅羅卜，虔心救母，念已釋家門下爲僧，當聽釋迦文佛指授菩薩之位。劉氏封爲勸善夫人。貞女曹氏未婚守節，善孝兼全，封爲蕊珠宮圓通端淑貞人。益利封爲仙宮掌門大師。鍊師張氏，明心見性，煉氣修貞，封爲瓊華宮慈濟惠元貞人。於戲！覺路同登，即已超凡入聖；善人畢集，當遊佛土天宮。火坑化作蓮臺，不離方寸之地；罪業全成善果，即在刹那之間。即着勸善太師，率領前往，俟其遊覽已畢，再當接引至忉利天宫，永享長生之樂。欽哉謝恩。〔三官同作謝恩起侍科，二值殿將軍仍從靈霄門下，隨撤桌、帳科。傅相從下場門上，白〕多謝三位尊神。〔三官白〕恭喜太師榮荷褒封。〔傅相白〕好説。恩澤自天垂，〔三官白〕封章奏玉墀。〔傅相白〕今朝得濟度，〔同白〕天道本無私。〔傅相從昇天門下，三官從上場門下〕

## 第三齣　彈血淚重經故壠（庚青韻）

〔末扮益利，戴羅帽，穿道袍，帶數珠，持拂塵，從上場門上，唱〕

【正宮引・朝中措】東人一去歲頻更(韻)，終日苦牽縈(韻)。代主孳孳爲善(句)，此心久愈虔誠(韻)。

〔白〕燭焰香煙靄佛堂，感時懷主思茫茫。淚痕多似春時雨，拭盡千行又萬行。自從官人去後，託付我照管家事。一如舊規，毫無更改。堪羡主母曹氏，未婚守節。前者送些銀米到彼，不肯收受。更蒙老尼爲修追薦道場，保佑官人救母昇天。官人，自你孝心救母，去了一十六年，小姐爲你守節爲尼，受盡無限孤恓矣。一箇盡節，一箇盡孝，實是世之罕有。這幾日不曾到員外墳上走走，今日稍閒，不免前去看取一番。〔作出門科，白〕雖是殷勤時祭掃，難堪悲痛憶恩膏。〔從下場門下。生扮目連，戴僧帽，穿水田僧衣，帶數珠，持錫杖，托鉢盂，牽犬，從上場門上，唱〕

【商調正曲・二郎神】離別久(句)，返鄉閭頓教人心幸(韻)。感佛祖深恩來印證(韻)，方能彀遂了(句)，依依烏鳥之情(韻)。〔白〕我蒙佛天憐念，得歸故園。此間離我爹爹墳墓不遠，我且趲行幾步，前去叩拜一番。〔唱〕我久涉他鄉如斷綆(韻)，正愁這墳塋荒冷(韻)。〔場上設傳相碑碣，目連作到科，白〕來此已是墳頭。〔作哭科，唱合〕自從你歸冥(韻)，做兒的(讀)時時追想儀形(韻)。〔白〕你看松柏依然，墳塋如故，想是益利哥不負所託，時常祭掃，所以如此。〔益利從上場門上，唱〕

【又一體】淒清(韻)，看蒼松古柏(讀)將孤墳掩映(韻)，歎泉路長眠何日醒(韻)？〔作見目連科，白〕那邊好似我官人模樣，待我看來，果然是我官人！〔目連白〕爹娘墳頭，難爲你看顧。〔益利白〕老奴呵，〔唱〕我深蒙豢養(句)，難禁觸景傷情(韻)。〔白〕請官人回家去罷。〔場上撤傳相碑碣科，益利白〕不争三五步，咫尺是家門。官人請進去。〔同作進門科，益利作接錫杖、鉢盂，牽犬科，白〕小官人那裏牽得一隻犬來？〔從下場門下，隨上。雜扮四院子，各戴羅帽，穿屯絹道袍，繫鑾帶；雜扮四梅香，各穿衫、背心，繫汗巾，從兩場門分上，作拜見目連科，仍從兩場門分下。益利白〕官人請上，待老奴拜見。〔唱〕忙把衣冠來按整(韻)，把眼摩挲端詳細省(韻)。〔目連白〕不消，請起來。〔益利作笑科，唱合〕雖則是歡迎(韻)，〔復作哭科，唱〕又還愁(讀)安人音信難憑(韻)。〔目連白〕益利哥，〔唱〕

【商調正曲·囀林鶯】我千辛萬苦途路行(韻)，肩挑着母像佛經(韻)。遠從西土虔誠請(韻)，要哀求我母超昇(韻)。這煢煢隻影(韻)，走盡了崎嶇危徑(韻)。〔益利白〕官人如此勞苦，可曾救助安人麽？〔目連白〕感蒙佛諭，命我陰司尋母。〔唱合〕這幽冥(韻)，驀想起(讀)教人兀自傷情(韻)。〔益利白〕官人，〔唱〕

【又一體】你捨身全孝一念誠(韻)，甫能彀親到幽冥(韻)。我痛思主母心悲哽(韻)，未知他在地府康寧(韻)？〔目連白〕有什麽康寧。〔益利唱〕容顔怎生(韻)，這泉路裏作何行徑(韻)？〔目連白〕若提起來，好傷心也。〔作哭科，益利唱合〕我叩其情(韻)，〔作與目連拭淚科，唱〕請拭了(讀)腮邊血淚盈盈(韻)。〔目連白〕我到陰司呵，〔唱〕

【黄鐘宫集曲・啄木鸝】【啄木兒】〔首至合〕在昏冥路黑暗城(韻)，訪遍慈親難覓影(韻)。〔白〕直到了第六殿，〔唱〕纔得見母氏儀容(句)，〔益利白〕老安人可好麽？〔目連唱〕受盡了慘酷之刑(韻)。〔白〕我正要設法救取，〔唱〕恨閻君執法心腸硬(韻)，不憐母子相爲命(韻)。〔白〕他竟密差鬼使，解往第七殿受罪去了。〔益利白〕這等説起來，老安人苦楚萬狀，不能解脱了？〔作哭科，目連白〕益利哥，且休啼哭。〔益利白〕後來便怎麽？〔目連白〕後來我到了第十殿，纔有下落。〔益利白〕求官人快説與老奴知道。〔目連唱〕【黄鶯兒】〔合至末〕多感佛哀矜(韻)，道回陽變——〔作住口科，益利白〕變什麽？〔目連唱〕回陽變犬(句)，果報要分明(韻)。〔益利白〕原來如此。官人所牽這犬，敢就是老安人變的？〔目連白〕多蒙觀音菩薩指示，故特攜來。又蒙佛諭：七月十五日，乃地官赦罪之辰、諸佛解冤之日，當修追薦道場，則老母脱離沉淪，回生陽世了。〔益利白〕若得如此，謝天謝地。官人，〔唱〕

【商調正曲・黄鶯兒】這是純孝格天庭(韻)，救慈幃心至誠(韻)。方把沉淪罪孽消除浄(韻)，〔白〕官人呵，〔唱〕遂了你晨昏定省(韻)。〔白〕老安人，〔唱〕有一日回陽再生(韻)，那時真是邀天幸(韻)。〔白〕天色已晚，請官人進去再講罷。〔目連同唱合〕幸喜返家庭(韻)，銀釭細剔(句)，敘語到天明(韻)。〔同從下場門下〕

## 第四齣　拔泥犁好覓新魂（蕭豪韻）

〔雜扮八從神，各戴將巾，穿蟒、箭袖、排穗，執雲旗儀仗，引生扮天官大帝、末扮地官大帝、外扮水官大帝，各戴朝冠，穿朝衣，束玉帶；雜扮三傘夫，各戴馬夫巾，穿蟒、箭袖、卒褂，執傘，隨從上場門上。衆同唱〕

【雙調集曲・江頭金桂】【五馬江兒水】（首至五）靄靄的祥雲籠罩（韻），早則是行行離碧霄（韻）。擺列紛紛霓旆（句），轆轆星軺（韻），趁天風不憚遥（韻）。〔三官大帝分白〕寂寂松篁殿閣虚，靈風終日拂階除。玉皇昨夜傳新勅，〔同白〕催下雲梯上玉輿。〔分白〕吾乃上元一品賜福天官紫微大帝是也。吾乃中元二品赦罪地官清虚大帝是也。吾乃下元三品解厄水官洞陰大帝是也。位列三清，道超無始。分曹天上，還兼水府與坤維；賜福人間，更得赦罪而解厄。遍十方十界之大，有感必通；擅三元三品之尊，無微不燭。今當欽奉玉帝勅旨，所爲傅相七世堅修行善，伊妻劉氏聽信兄弟劉賈之言，謗僧罵道，背誓開葷，罪惡多端，以此墮落陰司，遍受重重地獄之苦，業身受罪已滿，轉生畜類輪迴，變犬償還夙債。念其子羅卜，孝善雙修，勤劬救母，況且傅門累代供奉吾神，虔誠頂禮。〔同白〕今特奉玉帝勅旨，命吾神等將劉氏赦罪解厄，召他還魂，使他復回陽世。還有天恩錫命，以彰孝善兼修之報。〔唱〕【金字令】〔五至九〕可正是善行功超(韻)，克全純孝(韻)。論人子能如烏鳥(韻)，反哺劬勞(韻)，歎浮生如夢影幻泡(韻)。【桂枝香】〔七至末〕那世情虛妄(句)，似邯鄲一覺(韻)。〔合〕細評度(韻)，任爾天生豪傑成何濟(句)，把奪利争名一旦抛(韻)。〔場上設高臺隨椅，三官大帝陞座，衆儀從各分侍科。三官大帝白〕唤取當方城隍土地過來。〔衆應科，一儀從白〕當方城隍、土地何在？大帝有宣。〔雜扮城隍，戴紮紅幞頭，穿圓領，束金帶；雜扮土地，戴紮紅紗帽，穿圓領，束金帶，同從上場門上，分白〕保護隍池寧歲月，專司地界庇春秋。〔同作參見科，白〕三位大帝在上，當境城隍、土地參見。〔三官大帝白〕城隍、土地免禮。〔城隍、土地白〕不敢。今蒙大帝宣召，不知有何使令？〔三官大帝白〕今爲傅相一門七世修善，豈料劉氏殺生害命，違背誓願，造惡多端，墮落陰司，遍受酆都之苦。幸得其子傅羅卜堅持孝善，又有傅相奏准天庭，〔唱〕

【又一體】欽奉取昊天勑詔(韻)，綸音下絳霄(韻)。命赦取傅門劉氏(句)，罪脱冤消(韻)，准還陽出犴牢(韻)。〔城隍、土地白〕謹遵大帝法諭，望求指示遵行。〔三官大帝白〕如今劉氏變犬在家，可將劉氏原魂帶來。侍從們，再將素縞衣服付他帶去，以便與劉氏更换囚服而來便了。〔衆應科，一儀從向下取衣服隨上，付城隍、土地科。城隍、土地白〕謁聖蒙差遣，陰曹赦罪愆。〔同從左旁門下，三官大帝白〕今將劉氏赦罪解冤，復還陽世，這段善緣非同容易也。〔唱〕念渠子救母辛勞(韻)，上干天昊(韻)。果然的善因福報(韻)，感應昭昭(韻)，脱重泉幽滯卻將冤業抛(韻)。似此消除災障(句)，皆由是子能篤孝(韻)。〔城隍、土地引旦扮劉氏魂，穿鼇，從上場門上。 城隍白〕劉氏，隨我們這裏來。〔劉氏魂唱合〕感戴帝恩饒韻，從今救拔輪迴苦句，免受黑獄禁持難打熬韻。〔城隍、土地白〕遵奉大帝法旨，喚取劉氏，今已帶來。叩見大帝。〔劉氏魂作參拜科，白〕犯婦劉氏叩首。〔三官大帝白〕劉氏，你全不想傅宅乃是七世善門之家，緣何你竟背毀前盟，開葷飲酒，傷生害命，造下無限的惡端過犯？ 所以你身後該受這些酆都險惡的境界。 幸有汝丈夫傅相福緣善果、汝子傅羅卜孝心救你，因而上感天心，特勅吾神，與汝解冤赦罪，放你原魂還陽，合家重聚。 此皆汝子孝善雙修之所致也。〔劉氏魂白〕大帝在上，念劉氏罪惡多端，徧受重重地獄之苦，轉生畜類，變犬以償夙債，自謂甘心忍受。 今蒙帝勅恩垂，救拔輪迴之苦，且命還生陽世，旋得收録天曹，但我生前造孽多端，至此追悔無及矣。〔唱〕

【雙調集曲·孝南枝】【孝順歌】〔首至七〕蒙神宥句，赦罪條韻，向泥犂救拔恩厚高韻。 我追悔在生時句，作事都顛倒韻。〔滾白〕念我劉氏在生之時，聽信劉賈讒言，一時錯念，背誓開葷，殺生害命，一日裏禄盡身亡，墮落陰司地獄，苦！〔唱〕受千般痛熬韻，那黑暗魔城讀窅冥深奧韻。【鎖南枝】〔四至末〕自分的永劫沉淪句，甘受輪迴業報韻。〔合〕感得離冤界句，脱苦惱韻，多虧取夫善良句，我那兒行孝韻。〔三官大帝唱〕

【又一體】想人生世句，皆是虚共囂韻，把貪嗔癡愛任性招韻。 善惡兩途分句，一切惟心造韻。預將冤愆棄拋韻，莫待臨期讀閻君出票韻。 到那時業鏡高懸句，曾無私照韻。〔合〕今幸超冤界句，離

苦惱（韻），多虧取夫良善（句），子行孝（韻）。〔劉氏魂唱〕

【雙調正曲·鎖南枝】追往事（句），業自招（韻），開葷背誓禍怎逃（韻）？〔滾白〕我傅氏一門行善，七世清修，只因造罪多端，曾受地獄重重之苦。今得轉回陽世，願將陰司受苦的情由，勸化那些造惡的衆生，教他及早回頭，猛然省悟。〔唱〕我把苦楚訴根由（句），此事從頭告（韻）。〔合〕若得離冤界（句），脱苦惱（韻），必須要敬佛天（句），行忠孝（韻）。〔三官大帝白〕你既知追悔，猶是善根未泯。今得還陽，當行善事。正所謂苦海無邊，回頭是岸矣。〔劉氏魂白〕多蒙大帝懺悔之恩。〔三官大帝白〕城隍、土地過來。劉氏牒諭還魂，轉回陽世，可傳諭傅羅卜，教他即日起墓開棺，請他母親還魂便了。再與你路引前去。〔一儀從取路引付城隍、土地科，三官大帝白〕劉氏聽吾吩咐。〔唱〕

【又一體】你隨風去（句），如絮飄（韻），悠悠渺渺魂蕩搖（韻）。避取犬吠共雞鳴（句），隨傍青燐照（韻）。〔合〕幸得超冤界（句），離苦惱（韻）。〔三官大帝下座科，唱〕多虧取夫善良（句），子行孝（韻）。〔白〕須當依吾法諭而行，就此前去。〔城隍、土地白〕謝了大帝前去。〔劉氏魂作拜謝科，白〕多感大帝施恩。〔三官大帝白〕目連救母脱泥犁，〔城隍白〕似此還魂世所稀。〔土地白〕善惡到頭終有報，〔衆同白〕只争來早與來遲。〔城隍、土地引劉氏魂從下場門下，衆儀從擁護三官大帝亦同從下場門下〕

## 第五齣　浮大海法侶追隨（齊微韻）

〔雜扮張佑大等十人，各戴僧帽，紥金箍，穿僧衣，披袈裟，帶數珠，各持拂塵、拄杖等件，同從上場門上，唱〕

【高宫隻曲・端正好】解真空(句)，根塵棄(韻)，言思斷羅刹低眉(韻)。誰知俺樸刀頭上無生諦(韻)，都是慈悲地(韻)。〔張佑大白〕自家張佑大是也，結契兄弟十人，向在陳州爲盜，被菩薩指示，與師兄傅羅卜虔心修行，因師兄救母還陽，於中元之日啟建盂蘭道場，超薦先靈，我等奉有佛旨，到彼共襄盛事。衆兄弟，就此前往。〔衆應科，同唱〕

【高宫隻曲・塞鴻秋】緑林結義如同氣(韻)，一般的打開俗網無拘繫(韻)。好隨那閒雲孤鶴遊人世(韻)，金繩寶筏宏慈濟(韻)。中元已屆期(韻)，早赴盂蘭會(韻)。〔内作波聲科，衆同唱〕猛聽得波濤聲近，想來到海濱矣(韻)。〔張佑大白〕來此已近海邊了，衆兄弟，你看海天無際，好一派景致也。〔衆同唱〕

【高宫隻曲・芙蓉花】白茫茫但煙水(韻)，看鷗鷺眠沙際(韻)。鯨甲之而(句)，出没在波光裏(韻)。日近雲低(韻)，亘萬里浮天地(韻)。心曠神怡(韻)，待要振鵬摶勢(韻)。〔張佑大白〕已到海邊，衆兄弟，俺和你就此渡海過去。〔衆應科，張佑大作擲拄杖，衆同乘作渡海科，唱〕

【高大石角隻曲·番馬舞西風】擲杖遥飛㊞，一葦淩濤横渡之㊥。試看那鮫宫鯷壑㊗，漢柱秦橋㊗，和那地軸天維㊞。笑許多空中樓閣現依稀㊞，也算做滄桑一度閒遊戲㊞。何用乘槎駕鯨鯢㊞，恰御得罡風勢㊞。〔白〕頃刻之間，已過海面，真佛力扶持也。〔唱〕

【煞尾】引慈航彼岸咸登矣㊞，業海回頭無際㊞，且了這王舍城中方便期㊞。〔同從下場門下〕

# 第六齣　會中元鍊師訂約（先天韻）

〔老旦扮張鍊師，戴仙姑巾，穿水田衣，繫絲絛，帶數珠，持拂塵，從上場門上，唱〕

【中呂宮引・菊花新】人生百行孝爲先（韻），力孝須知可格天（韻）。如約赴經壇（叶），也見我元門儀典（韻）。〔中場設椅，轉場，坐科，白〕孝義根天性，人多爲慾遷。孝子心不變，救母便登仙。自家張鍊師是也。那傅羅卜，與曹賽英曾訂絲蘿，向因兩家多故，未成婚配。今日中元佳節，傅羅卜薦母昇天，我不免喚了徒弟，一同到彼。一則助成佛事，薦拔超生；二則使他夫妻會合，了此一宗因果。徒弟那裏？〔旦扮曹賽英，戴仙姑巾，穿水田衣，繫絲絛，帶數珠，從上場門上，唱〕

【中呂宮引・剔銀燈引】風裊紫簾香篆（韻），鎖煙蘿（讀）寂寥經院（韻）。繡佛琉璃（句），暮鐘晨磬（句），知我一腔幽怨（韻）。情根如線（韻），纔剪斷（讀）又來牽纏（韻）。〔作拜見科，白〕師傅，喚弟子出來，不知有何事情？〔場上設椅，坐科，張鍊師白〕今日中元佳節，聞得汝夫傅羅卜廣作道場，薦母昇天，汝可隨我前去，助修佛事，以成無量功德，且汝夫妻藉此可以會面矣。〔曹賽英白〕告禀師傅，弟子與目連雖訂百年之約，因徒弟未諧二姓，恐生嫌忌之心，是以欲去又不可去，當行又不敢行，望師傅前去，中達此情。〔張鍊師白〕雖然如此，不曰堅乎，磨而不磷；不曰白乎，涅而不緇。況此追薦超生道場，乃是救母善舉，本屬朱陳，何生嫌忌？就此前去。〔曹賽英白〕弟子遵命。〔各起，隨撤椅科，張鍊師白〕徒弟們，好生看守菴中要緊。〔同作出門科，唱〕

【雙調正曲・清江引】師徒暫撇獅王院(韻)，禪關一任松風鍵(韻)。盂蘭踐會期(句)，欲了慈悲願(韻)，〔合〕赴經壇(讀)薦亡靈須把虔敬展(韻)。〔同從下場門下〕

# 第七齣　法筵笑解無窮結(古風韻)

〔場上設道場桌，供佛像，設法器科。末扮益利，戴羅帽，穿道袍，帶數珠，從上場門上，白〕一念虔誠永不移，孝心終得感神祇。福緣善果人間有，起死回生世所稀。我益利，管理家務，每事勤勞辦理，無不竭力專心。今爲中元之期，西天衆善友到來，虔修法事，超薦老安人，恰有張鍊師與曹小姐同來追薦。此時將已上堂功課來也，須索祇候者。〔雜扮張佑大等十人，各戴僧帽，紥金箍，穿僧衣，繫絲縧，帶數珠，持拂塵，同從上場門上，唱〕

【南呂宮引・生查子】法侶離西天(韻)，佛事虔修建(韻)。〔老旦扮張鍊師，旦扮曹賽英，各戴仙姑巾，穿水田衣，繫絲縧，帶數珠，持拂塵，同從上場門上，唱〕懺悔免冤愆(韻)，孝行人争羨(韻)。〔益利白〕益利參禮大師共衆位。〔衆虛白，作遜科，張鍊師白〕我們且共做起法事來。〔張佑大白〕還請張大師掌壇，我等共襄善事便了。〔張鍊師白〕怎好有僭？〔張佑大白〕豈敢！大師請。〔張鍊师白〕益主管，可將老安人業身所變之犬，即便用繩縊死，當取肉爲餡，做成饅首，以作供齋。我等諷誦往生咒，消滅老安人殺狗齋僧之罪便了。〔益利應科，從下場門下。雜扮十二僧衆，各戴僧帽，穿僧衣，披袈裟，帶數珠，從兩場門

分上，吹打法器科。張佑大等十人、張錬師、曹賽英，各披袈裟，戴五佛冠科。張錬師詠〕

【佛偈】仰啓靈山大教仙(韻)，巍巍端坐紫金蓮(韻)。千江有水千江月(句)，萬里無雲萬里天(韻)。

〔衆同詠〕我佛長開方便門(韻)，慈航接待渡迷津(韻)。衆生滅盡心頭想(句)，佛始度盡衆生(讀)稱世尊(韻)。

〔佛號〕南無十方佛十方僧，仗此無文無字經，一齊稽首卍光胸。香象渡河脚踏實，解冤釋結妙無生。不離地獄諸般苦，坐見蓮花茁火坑。南無諸大菩薩摩訶薩，摩訶般若波羅蜜。〔小生扮安童，丑扮齋童，各戴羅帽，穿屯絹道袍，繫鑾帶，隨益利捧饅首，同從下場門上。張錬師等各取饅首誦咒科，白〕解結解結解冤結，解了前生冤和業。大乘妙法蓮花經，華嚴海會佛菩薩，南無摩訶般若波羅蜜。〔作將饅首擲下，地井内隨放犬出科。益利白〕請列位到齋堂用齋。〔張錬師等同從下場門下，衆僧衆同從上場門下〕

# 第八齣 幽壙驚看不壞身（東鍾韻）

〔生扮目連，戴僧帽，穿水田僧衣，繫絲縧，帶數珠，從上場門上，唱〕

【商調引・接雲鶴】終朝思念母音容（韻），此日欣知能再逢（韻）。〔白〕今逢七月中元之期，特建盂蘭大會，以濟拔我母。多感佛慈，命張佑大等衆弟兄前來，共襄其事。又得張鍊師與曹氏賽英，俱不約而來，可謂極盛法會也。這也不在話下。昨日當境城隍、土地對我説道：「向有善才、龍女，曾奉觀音法旨，傳示我等，將令堂肉身保護，不曾毀壞，所以今得還魂，復回陽世。」爲此吩咐一應家人、使女，先到墳上預辦此事。家中止留益利，着他承值張鍊師等。若得母親重回陽世，此乃是邀天之幸也。〔小生扮安童，丑扮齋童，各戴羅帽，穿屯絹道袍，繫鑾帶，同從上場門上，分白〕死灰還復活，枯木得重蕤。寧可信其有，不可信其無。〔同白〕大爺，已曾喚齊衆家人，各帶鍬钁，專候大爺一同前去。〔目連白〕你們可再預備煖轎一乘，若老安人恭喜回生，便將煖轎擡回，纔可使得。〔安童、齋童白〕曉得，我們一面預備下煖轎子便了。〔目連白〕快喚家人，隨我一同前去。〔安童、齋童應科，向内白〕衆家人快來，跟隨大爺前去。〔雜扮四家人，各戴氈帽，穿喜鵲衣，繫腰裙，持鍬钁；雜扮二轎

夫，各戴氊帽，穿窄袖，繫搭包，擡轎，同從上場門上。目連衆等同作出門科。目連唱〕

【黃鐘宮正曲·啄木兒】我只爲尋蹤跡無路通(韻)，歷盡艱辛難偶逢(韻)。向靈山多遍祈求(句)，又殷勤至地獄重重(韻)。卻似海底撈鍼全無用(韻)，幾番腸斷添悲痛(韻)。〔合〕今得默感神傳教我開墓封(韻)。〔場上設傅相碑碣，目連衆等作到科。雜扮二看墳人，各戴氊帽，穿窄袖，繫搭包；雜扮四梅香，各穿衫、背心，繫汗巾，同從下場門上，作迎科，白〕大爺到來了，我們在此等候已久。〔目連白〕爾等快將香燭點起來，待我禮拜天地。〔安童、齋童搭香案設場上科。目連作禮拜科，唱〕

【又一體】虔瞻禮秉至恭(韻)，伏望神祇感應通(韻)。若得見萱親如舊容儀(句)，成人子孝念全終(韻)。〔隨撤香案科，目連白〕你們可用心即將鍬鐝好生開下去，不得鹵莽粗疎，不當穩便。〔安童、齋童白〕不是當耍的，各要小心在意。〔衆家人應科，同作開壙科，唱〕把鍬鐝開處石門動(韻)，看釘頭銹斷蟻鑽孔(韻)。〔目連唱合〕只聽隱隱惟聞聲息融(韻)。〔白〕衆使女，快些一同下去，好生扶起來。〔衆梅香同作下壙中科，扶旦扮劉氏，戴鳳冠，穿圓領，束金帶，帶數珠，從地井上。衆梅香唱〕

【黃鐘宮正曲·三段子】齊臨壙中(韻)，緩扶擡休教太匆(韻)。輕移體躬(韻)，同護遮還須避風(韻)。〔劉氏作蘇甦科，衆梅香白〕老安人醒過來了。〔目連白〕住了，你們不要驚恐了老安人。安童、齋童，快些取定神丹來，與老安人服下去。〔安童、齋童虛白向下持藥盞隨上，付目連科，目連呈藥盞，劉氏作飲畢嘔吐科。目連白〕嘔吐出許多冷痰來了，老娘醒來。〔劉氏作漸醒科，白〕你們都是何人？〔目連白〕孩兒羅卜在此。〔劉氏白〕兒，這是那裏？〔目連白〕幸得佛天憐念，老娘今已還陽。〔劉氏作見目連悲科，目連白〕你們當用心伏侍。〔唱〕慎加調護須珍重㊟，看似生前顏面精神瑩㊟。〔白〕安童，你回去報與衆師傅知道。〔安童應科，從下場門下。目連白〕齋童，你們快將煖轎過來。〔唱合〕須當穩坐輕輿㊗將煖氣烘㊟。〔齋童白〕轎上的，快擡煖轎過來。〔轎夫應科，目連白〕爾等好好攙扶老安人上轎，第一避風要緊。〔衆家人應科，四梅香作扶劉氏上轎科，衆扶轎同行科，唱〕

【黄鐘宫正曲·歸朝歡】同扶轎㊁，同扶轎㊐，下重幃護擁㊟，望家門路猶不迥㊟。喜孜孜㊁，喜孜孜㊐，笑聲喧哄㊟，再不用㊗尋遍地獄幾重㊟。長眠人已離荒塚㊟，宛如一枕遊仙夢㊟，〔合〕母子重逢喜氣濃㊟。〔同從下場門下〕

## 第九齣　迎天詔善氣盈門（先天韻）

〔小生扮安童，戴羅帽，穿屯絹道袍，繫鑾帶，從上場門上，白〕喜從天上至，恩向日邊來。有這等奇事，老安人還陽了。奉東人之命，着我報與衆位師傅知道。〔從下場門下。雜扮二轎夫，各戴氈帽，穿窄袖，繫搭包，擡轎；旦扮劉氏，戴鳳冠，穿圓領，束金帶，帶數珠，坐轎内；生扮目連，戴僧帽，穿水田僧衣，繫絲縧，帶數珠；雜扮四梅香，各穿衫、背心，繫汗巾；丑扮齋童，戴羅帽，穿屯絹道袍，繫鑾帶，同從上場門上。劉氏唱〕

【黄鐘調合曲・醉花陰】恰向那地窟翻身乍回轉(韻)，早經過了輪迴一遍(韻)。只道是永世裏滯重泉(韻)，誰承望再覩這白日青天(韻)，離畜道把人身變(韻)。〔作到科，劉氏下轎，齋童、轎夫擡轎從下場門下。末扮益利，戴羅帽，穿道袍，帶數珠，從下場門上，作出門迎科，衆同作進門科。劉氏唱〕看了這舊庭院(句)，景依然(韻)，再不想業身軀重活現(韻)。〔場上設椅，劉氏坐科。目連白〕母親，想今日復得生還，此乃喜出望外之事也。〔劉氏白〕此事全虧了你，有此一段孝心，感格上天，所以將我從前罪業赦免，放我轉回陽世。〔目連白〕母親，孩兒何以爲孝。〔作拜見科，唱〕

【黄鐘宫合曲・畫眉序】痛切慮慈顔（叶），猶恐墮落陰司被惡業纏（韻）。念孩兒辦虔誠救母（讀），意切心堅（韻），叩佛慈赦罪消愆（韻），釋冤苦使輪迴頓免（韻）。〔合〕昊天罔極恩難報（句），幸回生遂兒心願（韻）。〔劉氏白〕我兒，我幸得上帝垂恩，三官赦罪，不致永滯幽冥，得以復回陽世，此皆我兒至孝格天所致也。〔唱〕

【黄鐘調合曲・喜遷鶯】雖未向天宫索遍（韻），雖未向天宫索遍（疊），險些把地府内搜穿（韻）。則這黄泉（韻），母和子也應相見（韻），又誰知苦盡幽冥也枉然（韻）。〔目連白〕母親向在陰司，好生苦也。〔劉氏唱〕多乖舛（韻），直到得改頭换面（韻），纔能彀返本還元（韻），纔能彀返本還元（疊）。〔四梅香從兩場門分下，益利向下請老旦扮張鍊師、旦扮曹賽英，各戴仙姑巾，穿水田衣，繫絲縧，帶數珠；雜扮張佑大等十人，各戴僧帽，紮金箍，穿僧衣，繫絲縧，帶數珠，同從下場門上。劉氏白〕這都是什麽人？〔目連白〕這是西天衆善友，與張大師，皆爲超度母親而來。〔劉氏白〕多感張大師神力，得以解冤釋罪，以何圖報？又承西方衆善，虔修法事，實深感戴。〔張鍊師向曹賽英白〕這就是你的婆婆，快過來拜見了。〔曹賽英作拜見科，白〕念曹賽英未諳婦儀，有失侍奉，罪亦莫大也。〔劉氏白〕與汝何罪之有。〔曹賽英唱〕

【黄鐘宫合曲・畫眉序】靦覥拜尊前（韻），愧婦道閨儀未得全（韻）。〔劉氏白〕也虧你刻苦清修，得成大道，委實難得。〔曹賽英白〕念媳婦呵，〔唱〕自甘心效松筠節志（讀），意潔貞堅（韻），證圓通意葉心蓮（韻），悟無生修持樂善（韻）。〔衆同唱合〕今番會合誠多幸（句），喜還陽頓生歡忭（韻）。〔劉氏白〕老身今日得

免輪迴，再生人世，皆由衆善信之功德也，待老身拜謝纔是。〔作拜謝科，衆同作答拜科。劉氏唱〕

【黄鐘調合曲·出隊子】多謝恁法壇高建(韻)，把解冤愆的寶函翻(叶)，拔沉淪的妙諦宣(韻)。〔張錬師、張佑大等十人白〕這都是佛力廣大，始能解脱，與我等何功之有。〔劉氏白〕若非我佛慈悲，我劉氏焉有再生之日。〔唱〕今日裏(讀)似南方歸去再生天(韻)，〔張錬師、張佑大等十人白〕一念懺悔，便成正覺，即生極樂世界。〔劉氏唱〕何敢望(讀)穩坐西方九品蓮(韻)？仗佛力(讀)，向泉路生生追得轉(韻)。〔益利白〕老安人雖是喜出望外，還須養息，不得甚於勞煩貴體。〔劉氏白〕益利，難爲你代替小主人管理家務，抑且同志修持，專心精進，委實難得。〔益利白〕自從老安人辭世，老奴與主人日夕感傷，痛心慘切。〔唱〕

【黄鐘宫合曲·滴溜子】堪憐念(句)，堪憐念(疊)，魂遊杳然(韻)；在陰司内(句)，陰司内(疊)，向何方那邊(韻)？想境界(讀)不堪眼見(韻)。〔合〕陰曹報應明(句)，幾多案件(韻)？望備述情由(讀)，詳細根原(韻)。〔劉氏白〕那陰司的苦楚，你們如何曉得？〔唱〕

【黄鐘調合曲·刮地風】嗳呀(格)！説起那地獄裏(讀)禁持淚雨漣(韻)，慘風刀體裂膚穿(韻)。焰騰騰(讀)那火勢趁風威煽(韻)，鐵鍋中百沸油煎(韻)。卻教我坐幾處黑魆魆(讀)幽暗獄三光不辨(韻)，過一座危聳聳奈河橋(讀)寸步難前(韻)。幾番兒逐曉風魂魄化寒煙(韻)，奈又被業風吹轉(韻)。難寬宥不矜憐(韻)，狠閻羅(讀)無一毫情面(韻)。偏放着照善惡(讀)當空業鏡懸(韻)，再不肯漏過了一些些的小冤愆(韻)。〔張錬師

白〕那重泉境界，有諸般地獄苦楚。〔張佑大等十人白〕陰曹報應分明，纖毫難昧。未知老安人曾經受那幾處景況？〔張鍊師同唱〕

【黃鐘宫合曲・滴滴金】那幽冥地府的森羅殿（韻），是無私果報懲惡善（韻）。這重重地獄威儀建（韻），一任最奸頑（句），到彼難恕免（韻）。卻也無容强辯（韻），在酆都向是處裏遊行遍（韻）。〔合〕細剖卻情蹤（讀），怎得能將罪蠲（韻）。〔劉氏白〕若説那地獄中的報應，委是纖毫不爽也。〔唱〕

【黃鐘調合曲・四門子】記取的在陰司（讀）事跡親曾見（韻），在陰司（讀）事跡親曾見（疊），看、看、看、看將來怎的言（韻）？但則見立披毛（讀）戴角改面顔（叶），那舉、舉鋼刀恰像屠肆門前（韻）。只爲他侮聖賢（韻），訕了佛天（韻），便待要悔當年（讀）似化啼鵑林際囀（韻）。勸恁箇結善緣（韻），種福田（韻），此後的廣行些方便（韻）。

〔雜扮四天將，各戴將巾，穿蟒、箭袖，排穗，執儀仗，引外扮傅相，戴紥紗帽，穿蟒，束玉帶，帶數珠，賫玉旨，從昇天門上，唱〕

【黃鐘宫合曲・鮑老催】恩頒九天（韻），雲章五色丹詔宣（韻），滿門封贈錫加典（韻）。〔內奏樂科，劉氏等作出門跪迎科，隨同傅相衆等同作進門科。傅相白〕玉旨已到，詔曰：惟德動天，惟天眷德。今見孝子傅羅卜虔心救母，念已釋迦門下爲僧，當聽釋迦文佛指授菩薩之位。劉氏封爲勸善夫人。貞女曹氏，未婚守節，善孝兼全，封爲蕊珠宫圓通端淑貞人。益利封爲仙宫掌門大師。鍊師張氏，明心見性，煉氣修貞，封爲瓊華宫慈濟惠元貞人。於戲！覺路同登，即已超凡入聖；善人畢集，當遊佛土天宮。火坑化作蓮臺，不離方寸之地；惡業全成善果，即在刹那之間。即着勸善太師率領前往，俟其遊覽已畢，再當接引至忉利天宮，永享長生之樂。欽哉謝恩。〔內奏樂科，衆作謝恩科，場上設香案，劉氏接旨，設香案上科。張佑大等十人白〕恭喜一家得昇天府，可喜可賀。〔傳相唱〕天恩遍(韻)，賜褒封(句)，旌揚善(韻)。想人生逐世如飛電(韻)，無常迅速當修煉(韻)，〔合〕頻申語把慈悲勸(韻)。〔白〕就此更衣。〔劉氏、目連、曹賽英、張錬師、益利從兩場門分下。張佑大等十人白〕我等回覆佛旨去也。〔傳相虛白科，張佑大等十人白〕轉世回陽皆佛法，滿門封贈賴天恩。〔作出門科，同從下場門下。傳相白〕爾等先回天府，少刻吾當拔宅昇天也。〔四天將作出門科，仍同從昇大門下。雜扮四院子，各戴羅帽，穿道袍，從上場門上，作拜見傳相科。劉氏戴鳳冠、仙姑巾，穿蟒，束玉帶，帶數珠；目連戴僧帽，紮五佛冠，穿蟒，披袈裟，帶數珠；張錬師戴仙姑巾，紮五佛冠，穿蟒，披袈裟，帶數珠；曹賽英戴鳳冠、仙姑巾，穿蟒，束玉帶，帶數珠；益利戴紮紅紗帽，穿蟒，束玉帶，帶數珠；雜扮四海香，各穿衫，繫汗巾，從兩場門分上。傳相白〕安人，虧你在冥途經受諸般苦楚，今喜還陽，又蒙天旨錫加，恩典褒封。〔劉氏白〕謹遵老相公懺悔之言。我劉氏今日好僥倖也。〔劉氏唱〕

【黃鐘調合曲・水仙子】呀、呀、呀(格)，喜怎言(韻)，呀、呀、呀(格)，喜怎言(疊)？聽、聽、聽(格)、聽罷了丹鳳銜來玉勅宣(韻)，那、那、那(格)、那罪名兒咸赦免(韻)。再、再、再(格)、再不用披毛變(韻)，出、出、出(格)、出沉淪離了九泉(韻)。上、上、上(格)、上空濛昇了三天(韻)，〔向目連唱〕這、這、這(格)、這都是孝感天神(讀)

一念堅(韻)。〔向張錬師唱〕謝、謝、謝(格)、謝你當法施人鬼三車闡(韻)，信、信、信(格)、信濟羣生的佛力果無邊(韻)。〔張錬師白〕恭喜一家眷屬重圓，又蒙帝旨褒封，不負慈祥善慶之兆也。〔傅相白〕感戴昊天帝旨恩垂，滿門封贈。一家會合重逢，先此遥叩佛恩，然後合家同趨天闕，謹當叩謝玉帝天恩便了。〔衆同作謝恩科，唱〕

【黄鐘宫合曲·雙聲子】天恩眷(韻)，天恩眷(疊)，咸覆幬齊額抃(韻)。祝聖虔(韻)，祝聖虔(疊)，欣共把龍華建(韻)。秉意專(韻)，慈祥善(韻)，〔合〕當萬劫修持(讀)，敬誠發願(韻)。〔内奏樂科，傅相捧玉旨，衆遶場科，同唱〕

【煞尾】向普天下(讀)不惜頻頻勸(韻)，〔劉氏唱〕休似我半途中(讀)把爲善念頭遷(韻)，〔衆同唱〕怕没有這樣孝子虔心(讀)感動天(韻)。〔内奏樂科，天井下五色雲車。雜扮金童，戴紫金冠，穿氅，繫絲縧，執旛；雜扮玉女，戴過梁額、仙姑巾，穿氅，繫絲縧，執旛，立車上，同白〕玉帝有旨：傅門一家眷屬，請登天府。〔傅相等白〕聖壽無疆！〔衆同作上五色雲車科，衆院子、梅香向下取篋笥，牽鷄犬，隨上，亦同上雲車科。雜扮四仙童，各戴仙童巾，穿氅，繫絲縧，持旛，引生扮天官大帝、末扮地官大帝、外扮水官大帝，各戴朝冠，穿朝衣，束玉帶，從上場門上。三官大帝白〕我等特來護送善氏一門，請登天府。〔傅相等白〕有勞尊神。〔衆同駕五色雲車從天井上，四仙童引三官大帝仍從上場門下〕

## 第十齣　遊月宮祥光溢宇（先天韻）

〔雜扮八仙童，各戴仙童巾，穿水田氅，繫絲縧，執吉慶如意，引小旦扮嫦娥，戴鳳冠、仙姑巾，穿蟒，束玉帶，從上場門上，唱〕

【仙吕宫引·奉時春】竊藥蟾宫歷有年(韻)，喜長占清虚宫殿(韻)。金粟香飄(讀)，玉輪光遍(韻)，良宵正好開佳宴(韻)。〔中場設椅，轉場，坐科，白〕雨過河源釀早涼，淩空玉宇敞秋光。碧天如洗纖雲净，風外時聞丹桂香。吾乃廣寒仙子嫦娥是也。光騰碧落，景麗清宵。璧彩珠輝，七寶合成宫闕；嵐光水態，一輪映徹山河。伴玉兔以長生，燦銀蟾而不夜。昨接上帝勅旨，道傅羅卜救母還陽，已成正果，今傅相率領一門法眷，遍遊天界，用彰善類，少時當到月窟中來，命我開筵款待。恰好時近中秋，月中正欲布現光華，呈獻嘉祥，俟其到來，使彼觀看，以昭盛事。衆仙童，待他們到時，即爲通報。〔衆仙童應科，嫦娥白〕仙樂雲中聲細細，天香風外影霏霏。〔衆仙童引嫦娥從下場門下。雜扮金童，戴紫金冠，穿氅，繫絲縧，執旛；雜扮玉女，戴過梁額、仙姑巾，穿氅，繫絲縧，執旛，引外扮傅相，戴紥紅紗帽，穿蟒，束玉帶，帶數珠；生扮目連，戴僧帽，紥五佛冠，穿蟒，披袈裟，帶數珠；末扮益利，戴紥紅紗帽，穿蟒，束玉帶，帶數珠；旦扮劉氏，戴鳳冠、仙姑巾，穿蟒，束玉帶，帶數珠；旦扮曹賽英，戴鳳冠、仙姑巾，穿蟒，束玉帶，帶數珠；老旦扮張錬師，戴僧帽，紮五佛冠，穿蟒，披袈裟，帶數珠，從上場門上，同唱〕

【仙呂宫集曲・月雲高】【月兒高】（首至七）雲霞旋轉（韻），行趁天風便（韻）。一水銀河隔（句），虹作飛梁現（韻）。〔傅相白〕我等欽遵帝勅，來此遍遊天府。一路前去，須要細爲觀覽。〔劉氏等白〕深蒙上帝垂恩，許遊天闕風光，慶幸何似。〔唱〕非關是高處寒多（句），心跡泠然顫（韻）。纔脱塵凡質（句），【渡江雲】（末三句）慚到清虚苑（韻）。〔雜扮五穀神，各戴紮紅金貂，穿蟒，束玉帶，執五穀；雜扮風伯，戴紮紅金貂，穿蟒，束玉帶，執風伯旗；雜扮雨師，戴紮紅黑貂，穿蟒，束玉帶，執雨師旗，同從上場門上，唱〕纔離了鷺序鵷班三殿前（韻），又經過虎豹環羅九闕邊（韻）。〔作相見科，傅相等白〕諸位尊神在上，我等參禮。〔五穀神等白〕不敢。諸善人得以遊覽玉虚佳景，這也是非常喜事。〔傅相等白〕正是。請問諸位尊神，結伴何往？〔五穀神等白〕向因李希烈、朱泚等跋扈，各處農事，不無少爲荒廢。今者喜見太平，人民樂業，上帝特命我等，遍播嘉禾瑞麥，加之風調雨順，使普天下元元，永享豐登之樂。〔傅相等白〕原來如此，這些大地羣生好慶幸也。〔五穀神等白〕因有所司之事，不得在此陪侍了。〔傅相等白〕尊神請便。〔五穀神白〕九穗兩岐歌聖德，〔風伯、雨師白〕五風十雨驗天心。〔同從下場門下，傅相白〕時值承平，人民樂業，桑梓之地，不知作何太平景象。〔劉氏白〕我等遊覽之便，亦當暫駐雲軿，觀看風景，一則效丁令當年之故事，二則使世人知孝能格天，福緣善慶，並非誕妄也。〔傅相等白〕正當如此。〔金童、玉

女白〕請諸位善人前面遊覽。〔傳相等白〕你看三天之上，來來往往，那些神祇。〔唱〕

【仙呂宮正曲・桂枝香】都是些雷車雲輦(韻)，霞冠星弁(韻)。見了這天闕威嚴(句)，還似那人間尊顯(韻)。〔金童、玉女白〕過了八瓊室、九琳堂，那邊就是神霄宮了。〔傳相等唱〕看玉虛妙景(句)，玉虛妙景(疊)，御風遊衍(韻)，乘雲旋轉(韻)。〔合〕喜難言(韻)，宛同那飛舄來天上(句)，絶勝他乘槎到日邊(韻)。〔雜扮四仙官，各戴朝冠，穿朝衣，束金帶，佩環珮，同從上場門上，白〕祥雲環捧三霄逈，旭日高懸萬家明。〔作相見科，傳相等白〕諸位仙官何往？〔四仙官白〕今當開科取士，上帝特命我等，往召文昌帝君、關聖帝君，先定天榜，以備皇家遴選。〔傳相等白〕運際文明，自應濟濟多士，果好聖朝盛典也。〔四仙官白〕便是。天門日射黄金榜，春殿晴曛赤羽旗。〔同從下場門下，傳相等唱〕

【仙呂宮集曲・月雲高】【月兒高】（首至七）天衢宛轉(韻)，低襯雲千片(韻)。那顥炁相凝處(句)，知是通明殿(韻)。但見那金榜輝煌(句)，笑不識瓊文篆(韻)。〔傳相白〕那邊光華四照之處，隱隱的瓊樓玉宇，就是廣寒宮了。〔劉氏等唱〕想像聽霓裳隊(句)，【渡江雲】（末三句）依約見結璘眷(韻)。〔傳相白〕我等同進月府去一遊。〔劉氏等白〕這等甚好。〔唱〕好把這玉砌金鋪徑再穿(韻)，喜見那月户雲窗景更妍(韻)。〔内奏樂科，八仙童引嫦娥從上場門上。雜扮十六仙女，各戴過梁額、仙姑巾，穿宫衣，從兩場門分上，侍立科。傳相等作相見科，白〕仙主在上，我等參禮。〔嫦娥白〕諸位善人少禮。喜得孝感天心，善緣同證，今見逍遥天闕，誠爲可羡。〔傳相等白〕此皆我佛垂慈，上天宥過，纔能如是。〔嫦娥白〕久欽善行，喜挹清輝。特設綺筵，少申仰攀之意。〔傅相等白〕既登月府，又酌雲漿，何以克當？〔劉氏白〕我等把盞。〔場上設酒筵桌椅，各入筵坐科，衆同唱〕

【仙呂宫正曲・桂枝香】清嚴仙苑(韻)，廣寒月殿(韻)。浄纖塵玉露微零(句)，來爽氣金風初扇(韻)。喜良宵麗景(句)，良宵麗景(疊)，麟脯供膳(韻)，丹霞同勸(韻)。〔合〕綺筵前(韻)，桂叢正向三秋綻(句)，月魄剛逢五夜圓(韻)。〔嫦娥白〕吩咐衆仙女，就此布現光華，以昭祥瑞，使衆善人共觀盛事。〔衆仙女應科，從兩場門分下，内奏樂科，衆仙童轉宴，衆復坐科。十六仙女各持鏡，仍從兩場門分上，合舞科，同唱〕

【仙呂宫正曲・長拍】皎皎清輝(句)，皎皎清輝(疊)，團團皓彩(句)，現作光華一片(韻)。玉輪蕩漾(句)，金鏡空明(句)，正望舒飛上瑶天(韻)。霧袂裊盤旋(韻)，似鮫人泣淚(讀)，明珠一串(韻)。看桂子菱花相映處(句)，色香陣共争妍(韻)。齊向當筵祝願(韻)，〔合〕願千秋萬載(讀)，人月長圓(韻)。〔内奏樂科，衆仙女合舞科，同唱〕

【仙呂宫正曲・短拍】霞彩千重(句)，霞彩千重(疊)，雲容萬疊(句)，布滿了大地諸天(韻)。〔傅相等唱〕問今夕是何年(韻)？喜同到蕊珠宫苑(韻)。還似旌陽當日(句)，〔合〕驂鸞鶴(讀)法眷共昇天(韻)。〔十六仙女舞畢，從兩場門分下。傅相等白〕妙嗄！你看祥光照耀，瑞靄蟠凝，現爲月府之嘉徵，兆作寰區之盛事。我等得以躬逢，實爲慶幸不淺。〔嫦娥白〕諸善人既昇天界，當享逍遥之福。此後所遇之境，自應皆是吉祥盛事。〔傅相等白〕我等尚要至陰府遊觀，并欲向西天叩謝佛恩。不得久停，就此告辭。〔各出筵，隨撤桌椅科，嫦娥白〕既然如此，不敢相留了，他日再當相見于忉利天宮。〔傅相等作拜別科。衆仙童引嫦娥從下場門下。傅相等唱〕

【慶餘】躡雲軿好趁取天風轉㊙，遊過了幾處處瓊宫玉殿㊙，〔便是那〕萬里雲霄，轉眼間原不遠㊙。〔同從下場門下〕

# 第十一齣　入棘闈才量玉尺（古風韻）

〔雜扮四手下，各戴軍牢帽，穿窄袖，繫搭包，持刑杖；雜扮書吏，戴書吏帽，穿圓領，繫鑾帶，引外扮祝萬年，戴紗帽，穿蟒，束玉帶，從上場門上，唱〕

【仙呂宮引·番卜算】奉旨掌文衡（韻），秋水懸明鏡（韻）。佇看桃李滿門庭（韻），喜際人文盛（韻）。

〔場上設公案桌椅，轉場，入桌坐科，白〕莫説登科難上難，得來只作等閒看。不用文章中天下，只用文章中試官。下官監察御史祝萬年是也。今歲天下太平，恩廣會試之額，聖上特命我監試，欽點禮部尚書曹獻忠知貢舉。朝廷大典，須要慎重。左右，吩咐搜檢的用心搜檢，不可紊亂。吩咐開門。〔生扮朱紫貴，小生扮陳肇昌，小生扮曹文兆，雜扮顧汝梅、黄佩綬、吴日燦、趙可修、段以秀，各戴頭巾，穿藍衫，繫儒縧，同從上場門上，唱〕

【高大石調正曲·窣地錦襠】桃花浪暖借春風（韻），總在皇家化育中（韻）。不知誰奪錦標紅（韻），〔合〕雷雨還看魚化龍（韻）。〔作到科，白〕報門，舉子進。〔四手下白〕進來。〔衆作進門、參拜、分立科，祝萬年白〕今年文場，不比已往。下官爲聖上求才，你們衆舉子，須要用心各抒己見，以佐太平盛治。

先各認東西文場字號，静坐待題，不得紊亂。〔衆應科，書吏白〕天字號朱紫貴，東文場。〔朱紫貴應科，從上場門下。書吏白〕地字號陳肇昌，西文場。〔陳肇昌應科，從下場門下。書吏白〕宇字號曹文兆，東文場。〔曹文兆應科，從上場門下。書吏白〕宙字號顧汝梅，西文場。〔顧汝梅應科，從下場門下。書吏白〕日字號黄佩綬，東文場。〔黄佩綬應科，從上場門下。書吏白〕月字號吴日燦，西文場。〔吴日燦應科，從下場門下。書吏白〕辰字號趙可修，東文場。〔趙可修應科，從上場門下。書吏白〕宿字號段以秀。〔段以秀隨意發諢，作露出挾帶科，四手下白〕稟爺，這一名秀才有挾帶。〔祝萬年白〕帶過來。禮闈大典，如何擅懷挾帶？〔段以秀白〕貪心花酒，文章讀不熟，帶進來看看何妨。〔祝萬年白〕重責三十板，趕出去。〔衆應，作打段以秀科，段以秀虚白，從下場門下。祝萬年起，隨撤公案桌椅科，白〕吩咐巡綽官役，用心巡邏，不得有違。掩門。〔衆應科，祝萬年白〕一顧便爲千里駿，聯登即是萬人豪。〔同從下場門下〕

## 第十二齣　定蕊榜案立朱衣（東鍾韻）

〔雜扮五魁星，各戴魁星髮，穿魁星衣，紥魁星斗，持筆錠，同從昇天門上，跳舞科，唱〕

【仙吕宫正曲·十五郎】文光萬丈如虹(韻)，星辰煥翰墨中(韻)。要取那天衣無縫(韻)，福兼慧才行崇(韻)。俺筆端上品題過千古英雄(韻)，真不肯絲毫寬縱(韻)。〔合〕恁總(韻)，文心繡虎與雕龍(韻)，還須要積陰功(韻)。〔白〕我等衆魁星是也。今日是定天榜日期，帝君將登寶座，須索伺候者。〔各分侍科。雜扮八從神，各戴將巾，穿蟒、箭袖、排穗，執旗；雜扮二朱衣使者，各戴紥紅八角冠，穿圓領，束金帶，持册簿；雜扮周倉，戴周倉盔，紥靠，持刀；雜扮關平，戴八角冠，紥靠，捧印；雜扮二星官，各戴紥紅八角冠，穿蟒，束玉帶，引生扮文昌帝君，戴文昌冠，穿蟒，束玉帶；浄扮關聖帝君，戴冕旒，穿蟒，束玉帶，從昇天門上。文昌帝君白〕太華山前紫氣高，〔關聖帝君白〕金題玉篆列仙曹。〔二朱衣使者白〕當年花發瑶池會，〔衆同白〕此日春風又見桃。〔場上設平臺、虎皮椅，左側設天榜、桌椅科。二帝君轉場，陞座，衆侍從各分侍科。二帝君分白〕吾乃文昌帝君是也。吾乃關聖帝君是也。〔同白〕奉上帝勅旨，着俺二神酌量天榜。朱衣使者，可將今歲該中舉子姓名、册籍查來。〔一朱衣使者白〕一名朱紫貴。〔關聖帝君曰〕值日曹吏報他苦志讀書，

賣身葬父，這是該中的。〔都魁星作寫天榜科，關聖帝君唱〕

【仙吕宫正曲・一封書】好教他江花吐筆鋒(韻)，掃千軍文陣雄(韻)。修月斧具胸中(韻)，桂枝香折月宫(韻)。〔朱衣使者白〕一名吴日燦。〔關聖帝君白〕此人命雖該中，但與鄰婦通姦，應該黜退科名。〔唱〕他鑽穴踰牆人所賤(句)，怎許名題金榜中(韻)。〔合〕豈人功(韻)，有天公(韻)，可惜珠璣羅滿胸(韻)。〔朱衣使者白〕一名陳肇昌。〔文昌帝君白〕此是烈婦之子，他父親陳榮祖，讀書半世，可憐被人謀死獄中，其母守節不嫁，訓子成名。該中大魁，以旌苦節。念張氏呵，〔唱〕

【又一體】貞操是女宗(韻)，訓遺孤甘困窮(韻)，與賢哉孟母同(韻)。〔白〕念陳肇昌呵，〔唱〕守囊螢案雪中(韻)，勤讀詩書承父志(句)，欲報慈幃教子功(韻)。〔合〕運應通(韻)，爵應崇(韻)，把他金榜高標第一紅(韻)。〔都魁星作寫天榜科，朱衣使者白〕一名趙可修。〔關聖帝君白〕此人文字頗通，但他曾代人寫過離書一紙，也不該中。〔唱〕

【仙吕宫正曲・皂羅袍】他曾把筆尖輕弄(韻)，這些兒私事(讀)惱怒天公(韻)。休書一紙罪難容(韻)，生生拆散鴛鴦夢(韻)。〔合〕離人伉儷(句)，任伊筆鋒(韻)。除他福禄(句)，憑俺至公(韻)，縱連篇珠玉曾何用(韻)。〔朱衣使者白〕一名曹文兆。〔關聖帝君白〕他父親一生爲官清正，此子勤力攻書，可與科名。〔都魁星作寫天榜科，朱衣使者白〕一名黄佩綬。〔關聖帝君白〕此人負恩忘本，欺寡淩孤，也該黜退。〔唱〕

【又一體】貴賤何曾有種(韻)，只居心善惡(讀)即判窮通(韻)。文章窗下自求工(韻)，闈中得失何曾重

㊀韻。〔朱衣使者白〕一名顧汝梅。〔文昌帝君白〕他夫妻行善，篤守信義。屈抑已久，如今該中了。〔唱合〕今看奮翮㊀句，羽毛正豐㊀韻。〔都魁星作寫天榜科，朱衣使者白〕其餘舉子，雖無可稱，亦無可議。〔二帝君唱〕青雲得路㊀句，魚還化龍㊀韻，須知桂枝原是人間種㊀韻。〔二朱衣使者作呈天榜，二帝君作看科，白〕天榜已定，可命將吏將這應中者各插旗幟，使他文思超羣。按榜施行，不得有悮。〔衆應科，二帝君下座科，白〕正是：高懸膽鏡無遺照，得失多從善惡分。〔衆擁護二帝君仍同從昇天門下〕

## 第十三齣　舊遊十地化天宮（先天韻）

〔雜扮二金童，各戴紫金冠，穿氅，繫絲縧，執旛；雜扮二玉女，各戴過梁額、仙姑巾，穿氅，繫絲縧，執旛，引雜扮十閻君，各戴冕旒，穿蟒，束玉帶，同從酆都門上，唱〕

【南呂宮正曲·紅衲襖】破幽冥暉暉的化日懸（韻），敞夜臺霏霏的瑞靄現（韻）。卻把座鬼魂匍匐的森羅殿（韻），忽變做仙眷逍遥的忉利天（韻）。畢罷了果報的幾許言（韻），消免了輪迴的那一轉（韻）。便是咱鐵面無私最狠的閻君（句）也（格），到今朝一般兒修善緣（韻）。〔分白〕秉公執法森羅，報應從來不爽。火坑開遍蓮華，普度寰區法廣。〔同白〕吾等十殿閻君是也。地獄天堂，一切惟心所造；善緣惡報，萬行以孝爲先。只爲傅相一門，覺路同登，超凡入聖，今奉玉勅佛旨，遍遊天堂佛國。又令復到此冥府一遊，以釋劉氏前愆。但今非昔比，吾等須當以禮相待。金童、玉女，待傅相一門到時，即忙通報。〔金童、玉女應科，衆閻君白〕從此酆都無地獄，須知冥府有天堂。〔金童、玉女引十閻君仍從酆都門下。雜扮金童，戴紫金冠，穿氅，繫絲縧，執旛；雜扮玉女，戴過梁額、仙姑巾，穿氅，繫絲縧，執旛，引外扮傳相，戴紮紅紗帽，穿蟒，束玉帶，帶數珠；生扮目連，戴僧帽，紮五佛冠，穿蟒，披袈裟，帶數珠；末扮益利，戴紮紅紗帽，穿蟒，束玉帶，帶數珠；旦扮劉氏，戴鳳冠、仙姑巾，穿蟒，束玉帶，帶數珠；旦扮曹賽英，戴鳳冠、仙姑巾，穿蟒，束玉帶，帶數珠；老旦扮張鍊師，戴僧帽，紮五佛冠，穿蟒，披袈裟，帶數珠，同從右旁門上，唱〕

【又一體】重泉景再從頭看一遍(韻)，幽冥路早親身來兩轉(韻)。再沒有搶餐烏飯的冤魂現(韻)，再沒有討使黃錢的惡鬼纏(韻)。喜今朝恩與怨皆棄捐(韻)，幸此生罪和業咸赦免(韻)。似這等心跡安閒境界光明(句)也(格)，自然的喜非常不待言(韻)。〔作到科，二金童、玉女仍從右旁門下，四金童、玉女從酆都門上，作接見科，向內白〕衆位閻君有請。〔衆閻君同從酆都門上，作迎接科，場上設祥雲帳幔，隱設滑油山，傳相等作相見參禮科，衆閻君白〕喜逢衆善同臨，有失遠迎，甚爲不恭之至。〔傳相白〕念我等遵蒙帝旨佛恩，遍遊天堂佛國、蓬島仙山。〔劉氏、目連白〕今得復叩森羅殿陛，我母子謹此趨承拜謝。〔衆閻君白〕申謝之言，愧不可當。皆因夫賢子孝，所以一家得成仙眷，就是你的罪業，也不過因一時之錯，激切發誓所致，故爾得以超脱。設如李希烈、朱泚，背恩反叛的，焉能得有此日。今喜善行成全，諸業懺悔，永享長生樂境，可欽可美。〔傳相等白〕我等已曾遊遍天界，今特到此呵，〔唱〕

【仙呂宮正曲·皂羅袍】趨赴森羅寶殿(韻)，謝當時懲勸(讀)洗滌前愆(韻)。今來復至破錢山(叶)，滑油險峻重觀翫(叶)。〔衆閻君白〕近蒙玉旨，令太乙救苦天尊解冤赦罪，囹圄全空，況天堂地府本無定所，一切從心所發。但請遊觀，便知樂境。〔唱合〕那滑油山徑(句)，平登泰然(韻)。蓮燈相照(句)，祥光瑞煙(韻)。逍遥穩度多歡忭(韻)。〔傅相等白〕多承訓誨，感恩不淺。〔衆閻君白〕好説。金童、玉女，可引領前行，沿路逍遥觀翫。〔一金童、一玉女應科，傅相等作拜別科，一金童、一玉女引衆閻君仍從酆都門下。劉氏白〕追想當初，在此陰司地府受了無限顛連驚恐，如今又過滑油山，未知怎生過去。〔唱〕

【又一體】曾記從前危難(叶)，奈崎嶇險峻(讀)無限摧殘(叶)。今朝又過滑油山(叶)，使我疑慮惟嗟歎(叶)。〔傅相等白〕何須疑慮，來此遊觀，必然又是一番景界也。〔唱合〕佛恩慈諭(句)，帝勅賜宣(韻)。徐行遊覽(句)，逍遥自然(韻)。要知境逐人心變(韻)。〔内奏樂科，場上撤祥雲帳幔，現滑油山科。雜扮四金童，各戴紫金冠，穿氅，繫絲縧，執金蓮；雜扮四玉女，各戴過梁額、仙姑巾，穿宫衣，執金蓮，從兩場門分上，在山後立科。劉氏白〕試看山崖堤畔，照耀光明，山徑平鋪，果是清涼法界也。〔傅相等白〕我等正好登臨觀望。〔衆金童、玉女白〕就請衆善人登山眺望，觀覽勝景。〔傅相等唱〕

【南呂宫正曲・一江風】指山巔(韻)，隱隱祥雲現(韻)，習習和風扇(韻)。〔劉氏滚白〕正是：三途一切惟心造，五常萬善孝爲先。想我劉氏生前信善，也曾念佛持齋，因聽讒言，造下許多罪業。若非夫賢子孝，〔目連白〕孩兒焉敢稱孝。〔劉氏滚白〕那有超生之日。看這滑油險峻，都做了如掌平途坦。〔衆同唱〕共趨前(韻)，〔衆執金蓮，金童、玉女下山遶場科，傅相等作上山科。衆同唱〕曲逕雲迷(句)，山翠依微顯(韻)。〔合〕齋心致敬虔(韻)，齋心致敬虔(疊)，這膏澤滋培遍(韻)，總賴佛天垂庇恩非淺(韻)。〔内奏樂科，傳相等作下山科，從左旁門下。衆執金蓮，金童、玉女從左右旁門各分下。場上設祥雲帳幔，隱撤滑油山科，復設金錢山，隨撤祥雲帳幔，現出金錢山科。雜扮八山神，各戴卒盔，穿門神鎧，執八寶，同從右旁門上，白〕破錢昔日此山名，今喜祥光瑞靄凝。金嶺銀山高接漢，善男信女一同登。吾等巡護此山山神是也。今有傅氏一門，孝善雙全，超登極樂，復遊此山。舊時破錢山，皆變爲金銀寶山，上有寶物光華照耀，使他到來，穩度此山，如登平地，觀覽無邊景致，得以逍遥快樂也。我等就此相迎前去。〔唱〕

【南吕宫正曲·大迓鼓】山圍瑞靄連(韻)，蟠凝籠罩(讀)，似霧如煙(韻)。祥光繚繞空中現(韻)，輝騰嶺岫漾晴晅(韻)。〔合〕寶燦光華(讀)，高映碧天(韻)。〔金童、玉女引傅相等同從右旁門上，唱〕

【南吕宫正曲·一江風】儘盤旋(韻)，俯仰雲霞絢(韻)，靉靆如飛電(韻)。〔衆山神作見科，白〕衆位善人駕臨，我等奉閻君法諭，在此恭迎衆位，同登寶山觀翫。〔傅相等白〕有勞相待，就煩引道。〔衆山神引傅相等作過山科，衆同唱〕步山巔(韻)，高處清泠(句)，心與孤雲遠(韻)。〔合〕今番非破錢(韻)，今番非破錢(疊)，身心俱暢然(韻)，總賴佛天垂庇恩非淺(韻)。〔衆作過山科，場上設祥雲帳幔，隱撤金錢山，隨撤祥雲帳幔科。衆山神白〕今已過卻寶山，我等就此回覆閻君去也。〔傅相等白〕相煩多多致謝閻君，説我等多承盛意，感佩實深。容當叩謝佛恩之後，再爲面謝。〔衆山神應科，傅相等唱〕

【慶餘】天堂地獄只在心頭現(韻)，這就裏也不難分辨(韻)，算只有一念肫純修善緣(韻)。〔金童、玉女引傅相等同從左旁門下，衆山神遶場，亦從左旁門下〕

## 第十四齣　新中孤兒成父志（東鍾韻）

〔小生扮陳肇昌，生扮朱紫貴，小生扮曹文兆，雜扮顧汝梅，各戴紗帽，簪金花，穿圓領，束金帶，披紅，同從上場門上。雜扮二院子，各戴羅帽，穿屯絹道袍，繫鑾帶，隨上，侍立科。陳肇昌唱〕

【南呂宮引·天下樂】天書捧出紫泥封(韻)，〔朱紫貴唱〕姓字俄看達九重(韻)。〔曹文兆唱〕曲江赴宴杏園紅(韻)，〔顧汝梅唱〕烏帽宮花兩鬢籠(韻)。〔場上設椅，各坐科，分白〕天榜初開高唱名，瓊林宴賜濟時英。要知聖世人才盛，皆賴皇恩教養成。我等幸際文明，忝中鼎甲，適纔叩謝皇恩，隨奉聖旨，欽賜瓊林赴宴、跨馬遊街、賞翫皇州春色。似此恩榮隆茂，至此極矣。〔朱紫貴白〕陳年兄，你少年登第，文彩翩翩，敢問年兄，家中已曾婚配否？〔陳肇昌白〕小弟家貧幼孤，惟有孀居老母，教誨成人，並未婚娶。〔朱紫貴白〕既是如此，小弟願與年兄作伐。小弟昔年避亂王舍城中，在於劉賈家中處館。那劉賈有一族中姪女，四德兼全。因爲父母早亡，他父親將偌大家私托與劉賈照看此女，豈料劉賈頓起不仁之心，將他家財盡行吞占，趕逐此女住在花園中幾間破屋裏面。家岳母常與他往還，那女子就認家岳母爲義母，正與陳年兄年貌相當，可稱佳偶。〔陳肇昌白〕多謝年兄，待小弟稟過家母，方好行聘。〔衆同白〕這是好事，想年伯母無不樂從也。〔雜扮四手下，各戴鷹翎帽，穿箭袖，繫搭包，執「狀元及第」旗，同從上場門上，白〕我等禮部執事人是也。請新狀元等往曲江赴宴。這裏是公館了，有人麽？〔一院子作出門問科，隨引四手下進門相見科。四手下白〕稟爺，請往曲江赴宴，各位俱已齊到，禮部老爺差人來催了。〔陳肇昌等各起，四手下作引出門科，二院子從兩場門分下。雜扮四傘夫，各戴馬夫巾，穿箭袖，繫肚囊，執傘，從上場門上。衆遶場科，同唱〕

【中呂宮正曲・山花子】熙朝人物皆梁棟(韻)，桃花浪化魚龍(韻)。喜聲名上達帝聽(韻)，降恩綸共沐榮封(韻)，〔合〕醉瓊林扶上玉驄(韻)。明朝弭筆玉殿中(韻)，金蓮送歸花影重(韻)。無任瞻天(讀)，仰戴恩隆(韻)。

【慶餘】絲鞭緩拂黃金鞚(韻)，正十里香風輕送(韻)，看杏苑歸來一色紅(韻)。〔同從下場門下〕

## 第十五齣　刀山劍樹現金蓮(蕭豪韻)

〔場上設祥雲帳幔，隱設刀山，刀上各出金蓮科。雜扮九掌花使者，各戴花神帽，穿花神衣，執金蓮花，同從右旁門上，唱〕

【中呂宮正曲・駐馬聽】玉榦瓊條(韻)，異卉奇花鬬艷嬌(韻)。受幾許和風披拂(句)，培植工夫(讀)，雨露恩膏(韻)。移來地府種山坳(韻)，點綴刀峰劍嶺誠奇妙(韻)。〔白〕我等乃衆掌花使者，今奉花神法諭，蒙上帝勅旨，爲因大地寰區，是處皆成樂土；天堂地獄，上下遍布嘉祥，此皆聖化所及，咸成樂善，着我等到刀山之畔，在於刀頭現出五彩蓮花，以助繁華樂境。大家就此前去。〔唱合〕這蓮萼清標(韻)，當年羞比(讀)六郎容貌(韻)。〔同從左旁門下。雜扮五綽消丸，各戴遊戲神帽，穿遊戲神衣，同從右旁門上，唱〕

【南呂宮正曲・金錢花】超然物外逍遥(韻)、逍遥(格)，無拘無束歡饒(韻)、歡饒(格)。不分地府與靈霄(韻)，任容與(讀)，恣遊遨(韻)。〔合〕心坦坦(讀)，樂滔滔(韻)。〔分白〕小子生來伶俐，蹴踘尊我把勢。少年場裏馳名，歌舞行中得意。兒郎好耍好頑，落得無拘無制。不論往北來東，頃刻上天入地。人人喜我頑皮，箇箇笑我有趣。雅名綽號消丸，唤作半天遊戲。我等綽消丸是也，領衆遊戲兒郎，每在半天閒耍。大凡天上人間，所有奇文異事，無一不知，無一不曉。今有傅相一門，孝善雙修，超登仙界，欽奉佛旨帝勅，共赴天堂地獄、蓬萊仙島，各處遊翫。適纔又遇見掌花使者前向刀山之上，布現五彩連花，共添勝境，以助逍遥樂事。我等可吩咐衆兒郎，預先到彼，遊戲登眺，再當相迎傅氏一門衆善便了。隨處遊行生歡喜，逢場對景笑顔開。〔同從左旁門下。雜扮金童，戴紫金冠，穿氅，繫絲縧，執旛；雜扮玉女，戴過梁額、仙姑巾，穿氅，繫絲縧，執旛，引外扮傅相，戴紮紅紗帽，穿氅，帶數珠；生扮目連，戴僧帽，紮五佛冠，穿氅，帶數珠；末扮益利，戴紮紅紗帽，穿氅，帶數珠；旦扮劉氏，戴鳳冠，仙姑巾，穿氅，帶數珠；旦扮曹賽英，戴鳳冠、仙姑巾，穿氅，帶數珠；老旦扮張鍊師，戴僧帽，紮五佛冠，穿氅，帶數珠，同從右旁門上，唱〕

【南呂宮正曲・繡帶兒】遊行處花明景饒(韻)，見滿目晴空光耀(韻)。喜清風緩送香飄(韻)，〔劉氏滾白〕記得當時初到陰司，崎嶇路徑，苦楚難禁。〔唱〕到今朝穩步逍遥(韻)。同瞻眺(韻)，這清幽境界凝望好(韻)，聽隱隱鳥鳴聲巧(韻)。〔合〕一抹裏煙霞散繞(韻)，須緩步共登臨(讀)，細觀佳妙(韻)。〔衆同唱〕

【南呂宮集曲・梁州新郎】【梁州序】〔首至合〕滿懷中暢快心苗(韻)，羨風光可舒懷抱(韻)。〔傅相唱〕這陰司地府(讀)都做了蓬壺仙嶠(韻)。〔滾白〕今日裏登臨法界，樂善慈祥，所爲何來？〔唱〕欣賴我兒行孝(韻)，跋涉崎嶇(句)，向蓮座誠求告(韻)。〔目連滾白〕此乃是奉父之命，遵領囑咐遺言，爲子的刻苦清修，力行孝道，爲母辛勤。 我若是不遵父訓，兒心何忍。〔唱〕不辭途路遠(讀)，救母意堅牢(韻)，〔衆同唱〕孝善雙修天樣高(韻)。【賀新郎】〔合至末〕當子職(讀)，遵親教(韻)，堪羨挑經挑像忙馳道(韻)。 誰似得(句)，如伊恁全孝(韻)。〔五綽消丸同從右旁門上，白〕頃刻飛騰雲霧裏，半天遊戲遍馳名。〔各作相見科，五綽消丸白〕原來是勸善太師傅善長者。 好嗄！ 堪喜一門孝善雙修，老安人解脱諸般業境，得成正果。 可羨，可敬！〔傅相等白〕請問足下是何姓名，因甚廝認我等，又且知我們的善果因緣？〔五綽消丸白〕小子非别，乃是半天遊戲仙，雅號唤作綽消丸。 憑你上天入地，一應奇文事體，無不預先曉得。 今聞諸位衆善人遍遊天堂地府、仙苑蓬山，特爲迎迓而來。〔傅相等白〕原來如此。 只是有勞尊駕，盛情前來迎待，實切不當之至。〔五綽消丸白〕豈敢。 前面就是刀山地獄了，請衆善人到彼觀覽一番。〔劉氏作驚懼科，白〕呀，好古怪。 我當初諸般地獄都曾經過，惟有這刀山之苦，未曾親受。 今聞此言，好疑慮也。〔唱〕

【正宫正曲·昇平樂】聞聽心蕩摇(韻)，使我神昏意亂(讀)，魄散魂消(韻)。 此乃是無從行過(句)，惟愁這劍樹峰刀(韻)。〔目連、益利唱〕休焦(韻)，〔滚白〕今既遊翫而來，莫非天意有定，亦非人力所爲。〔唱〕那刀山非舊日堪度(韻)，〔張鍊師、曹賽英滚白〕要知前路遊觀處，再問緣由即便明。〔唱〕細相問一言便曉(韻)。〔傅相白〕安人，〔唱合〕你何須驚悼(韻)，待從頭問明(讀)就裏根苗(韻)。〔白〕請問遊戲仙，前面既是刀山，必定是箇險峻之所，有何景致，請道其詳。〔五綽消丸白〕奉告勸善太師，一切惟心所造。 諸位衆善，今成正果，自然是現作種種極樂佳境。〔劉氏白〕這便還好。〔五綽消丸白〕在下預爲察聽，所聞衆善之慈祥樂事。適纔又遇掌花使者，亦已先往此山，倍添奇化茂景，所以備悉其詳也。〔傅相白〕那掌花使者所添是何景致呢？〔五綽消丸白〕總是到彼便知，就請前往。小子先自告辭，亦在彼恭候便了。〔五綽消丸同從左旁門下。傅相等遶場科，同唱〕

【黄鐘宫正曲·降黄龍】名號(韻)，冥府陰曹(韻)，舊日的地獄重重(讀)盡教抹倒(韻)。〔同從左旁門下。場上撤祥雲帳幔，現出刀山科。五綽消丸引雜扮衆遊戲兒郎，各戴線髮，穿採蓮襖，從右旁門上，跳舞科。金童、玉女引傅相等同從右旁門上，唱〕那輪迴種種(句)，諸般罪業(讀)再無人造(韻)。〔目連、益利唱〕那善惡(韻)，陰陽果報(韻)，都付與一筆勾銷(韻)。〔劉氏滚白〕我當初發願花臺，悮聽讒言相勸，以致飲酒開葷，豈料罪名深重，惡報難當。天！我情願甘心受囹圄。〔唱合〕感佛恩赦罪還陽(讀)，蒙玉旨遨遊仙島(韻)。〔五綽消丸同立山上科，白〕諸位善人到來了，小子在此恭候已久。〔傅相等白〕遊戲仙勞待了。〔五綽消丸白〕好説。請諸善人觀覽景致。〔傅相等白〕妙嗄！你看嶙峋翠黛，五彩蓮花，果然好景致也。〔唱〕

【大石調正曲·賽觀音】又何須開芳沼(韻)，一般兒有露珠蕩摇(韻)。宛雲錦千端籠罩(韻)，〔合〕嬌嬈顔色偏稱日華高(韻)。〔衆遊戲兒郎各作跳舞科，五綽消丸唱〕

【大石調正曲·人月圓】半空裏(讀)遊戲同歡樂(韻)，箇箇争誇身輕巧(韻)。向鬼王窟裏能攛跳(韻)，也算咱(讀)生來手段高(韻)。〔合〕齊歡笑(韻)，看天堂地獄(讀)盡得逍遥(韻)。〔領衆遊戲兒郎同從左旁門下。場上設祥雲帳幔，隱撤刀山，隨撤祥雲帳幔科。金童、玉女白〕請衆善人再往前面遊觀，自然又有異妙奇觀也。〔傳相等遶場科，同唱〕

【又一體】身過處(讀)恣意閒凝眺(韻)，這風光那似黄泉道(韻)。喜清涼法界無熱惱(韻)，頓使我(讀)身心物外超(韻)。〔合〕齊歡笑(韻)，看天堂地獄(讀)盡得逍遥(韻)。〔同從左旁門下〕

# 第十六齣　苦海迷津登寶筏（庚青韻）

〔場上設祥雲帳幔，隱設金橋科。雜扮四寶筏長者，各戴仙巾，穿氅，繫絲縧，持拂塵，同從右旁門上，白〕閻浮世界盡春臺，聖化流行遍九垓。從此衆生齊向善，慈航穩駕見如來。我等寶筏長者是也，平日以爲善居心，常年以濟人爲務。今者聖化遍沾，佛光普照，凡是大地人民，盡皆行善修福。向有世間善男信女，於中元之夕所送蓮船，原爲廣修佛事，普度羣迷，今日俱從奈河岸邊經過，直卜西方，我等須當上前接引者。正是：得出迷津因轉念，欲登彼岸在回頭。〔同從左旁門下。雜扮八善男、八信女，各戴巾，穿道袍、衫氅，同從右旁門上，唱〕

【中呂宮正曲·駐馬聽】寶筏輕乘（韻），善信齊將覺路登（韻）。喜從今超昇六道（句），脱離三途（讀），度化羣生（韻）。〔分白〕我等乃善男信女是也。今當中元佳節，吾等得駕蓮船，竟往西方，好不快樂也。少刻必有寶筏長者在彼相候，我等須當速往。〔唱〕那愛河風浪自然平（韻），血池腥穢都教浄（韻）。〔合〕看一切生靈（韻），慈悲好善（讀），皆成佛性（韻）。〔同從左旁門下。雜扮金童，戴紫金冠，穿氅，繫絲縧，執旛；雜扮玉女，戴過梁額、仙姑巾，穿氅，繫絲縧，執旛，引外扮傅相，戴紫紅紗帽，穿氅，帶數珠；生扮目連，戴僧帽，紮五佛冠，穿氅，帶數珠；末扮益利，戴紮紅紗帽，穿氅，帶數珠；旦扮劉氏，戴鳳冠、仙姑巾，穿氅，帶數珠；旦扮曹賽英，戴鳳冠、仙姑巾，穿氅，帶數珠；老旦扮張鍊師，戴僧帽，紮五佛冠，穿氅，帶數珠，同從右旁門上，唱〕

【又一體】遊覽幽冥(韻)，緩步行來路逕平(韻)。處處裏人生歡喜(句)，物具慈祥(讀)，境現光明(韻)。〔劉氏白〕一路來，看了這些境界，與前迥不相同了。〔傅相等白〕以前那些境界，尚還記得麽？〔劉氏白〕怎麽不記得？只是不要提他罷！〔唱〕思量往事尚擔驚(韻)，逍遥此日還多幸(韻)。〔合〕便平步仙昇(韻)，撫今追昔(讀)，轉添悲哽(韻)。〔内奏樂科，場上撤祥雲帳幔，現出金橋科，金童、玉女白〕前面就是奈河了，我們一同過去。〔劉氏白〕記得當初，過那奈河橋時，上迷毒霧，下瞰愁波，且有蟲蛇盤踞其上，危險異常，艱苦萬狀。今番怎麽就如此平坦，更兼祥雲瑞靄，上下籠罩？〔傅相、目連白〕一切因緣，俱從心起；善惡之境，惟心所造。一念遷善，苦海便爲樂土；一念作惡，菩薩即成羅刹。又道是上等好善之人過金橋，我們今日昇仙，所以奈河橋化作金橋了。〔劉氏白〕原來如此。〔唱〕

【中吕宫正曲·好事近】此地舊曾經(韻)，重到寧堪追省(韻)。這眼前境界(句)，分善惡只争俄頃(韻)。心中暗驚(韻)，〔白〕太師，我兒，〔滚白〕想當初奈河險峻，受盡了許多惡業，苦楚伶仃。誰想今日，一家人皆成仙眷，平步金橋。這的是夫賢妻禍少，子孝母心寬了。〔唱〕虧我兒(讀)陰司救母擔驚恐(叶)。〔衆同唱合〕本來是幽暗程途(句)，都變做光華風景(韻)。〔金童、玉女引傅相等同上橋立科。四寶筏長者率衆善男信女分乘四法船，各奏樂科，同從佛門上，遶場科，仍同從佛門下。劉氏白〕那些俱係何等樣人，爲什麽乘船在此經過？〔金童、玉女白〕世間所稱善男信女，即此輩人也。所乘寶筏，乃人世中元之夕所送蓮船，普度羣迷。今者地獄既空，無煩接引，直上西方，永遠逍遥而去。〔傅相等白〕原來如此，兩間之内，俱成善世，這些人民好慶幸也。〔四寶筏長者、衆善男信女復乘船，各持金蓮花，同從佛門上，遶場科，仍同從佛門下。傅相等唱〕

【又一體】衆生韻，此日盡超登韻，菩提念人人同秉韻。福因善果句，並不是空花幻影韻。諸緣清淨韻，證圓通讀直上了靈山頂韻。〔劉氏唱合〕歎從前似覺還迷句，到今朝如夢方醒韻。〔傅相白〕多蒙金童、玉女引領我等，冥府之中，觀覽已遍，不勞遠送，相煩多多致意閻君。〔金童、玉女應科，仍從右旁門下。傅相白〕我等好隨着雲霞旋繞，再至海外各仙山遊翫一番。〔劉氏等白〕這等甚好。〔唱〕

【慶餘】送雲輧消幾陣天風勁韻，再去覽海外的風光佳勝韻，待遊遍仙鄉那時節方將法界登韻。〔同從左旁門下〕

## 第十七齣　遊杏苑初會同年（江陽韻）

〔雜扮四手下，各戴馬夫巾，穿箭袖、卒褂，執儀仗；雜扮四堂候官，各戴紗帽，穿圓領，束銀帶，引外扮馮盛世，戴紗帽，穿蟒，束玉帶，從上場門上，唱〕

【雙調引・醉落魄】芙蓉闕下恩綸降(韻)，曲江宴上(韻)，紛紛多士沾天貺(韻)。滿座簪裾(句)，盛典豈尋常(韻)。〔中場設椅，轉場，坐科，白〕禮闈新榜動長安，九陌人人走馬看。一日聲名遍天下，滿城桃李屬春官。下官禮部尚書馮盛世是也。舊例欽賜新進士赴宴瓊林，然後跨馬遊街。早上欽奉聖旨，特命下官前來陪宴。恭逢聖世，人才日盛。我看諸進士少年英俊，才品兼優，實乃青錢萬選，不負聖天子養士之隆也。堂候官，衆進士到時，即忙通報。〔四堂候官應科，馮盛世白〕筵前先醉瓊林酒，馬上欣看上苑花。〔衆引從下場門下。雜扮四手下，各戴鷹翎帽，穿箭袖，繫搭包，執「狀元及第」旗，引小生扮陳肇昌、生扮朱紫貴、小生扮曹文兆、雜扮顧汝梅，各戴紗帽，簪金花，穿圓領，束金帶，披紅；雜扮四傘夫，各戴鷹翎帽，穿箭袖，繫肚囊，執傘，隨從上場門上。陳肇昌唱〕

【仙呂宮引・似娘兒】雲路共翱翔(韻)，〔朱紫貴唱〕奮鵬程萬里飛揚(韻)。〔曹文兆唱〕臚傳金殿高聲唱(韻)，〔顧汝梅唱〕早身上瀛洲(句)，〔衆同唱〕名登龍虎(句)，衣染天香(韻)。〔作到科，内奏樂科，衆手下同從上場門下，四堂候官引馮盛世從下場門上，各作相見科。四進士白〕大人請上，待我等拜見。〔馮盛世白〕下官也有一拜。〔各作拜見科，分白〕旭日罘罳霽色開，鴻臚聲徹殿頭來。花須禁苑初聞詔，酒賜天廚共舉杯。〔場上設椅，各坐科，馮盛世白〕恭喜諸公，高才及第，附鳳攀龍，老夫不勝欽仰。〔四進士白〕我等恭逢聖代，作養人才，得以名填珠榜，金殿傳臚，自愧菲材，實深惶悚。〔馮盛世白〕深喜年來斯文日盛，還當勉力，做箇實學醇儒，以報聖天子養士之隆也。〔四進士白〕多蒙老大人期望，自當永佩嘉言。〔四堂候官白〕稟上老爺，宴已齊備，請上席。〔各起，隨撤椅科。場上設筵席，四堂候官作送酒科，衆作定席行禮畢，各坐科，同唱〕

【仙吕宫正曲·夜行船序】杏苑風光(韻)，羡筵開玳瑁(讀)，酒泛瓊漿(韻)。臨風奏(讀)，聒耳笙歌嘹喨(韻)。傳觴(韻)，拚得今朝(句)，酒淹衫袖(讀)，醉後扶歸馬上(韻)。〔合〕徜徉(韻)，任逍遥香塵紫陌(讀)，並轡遊韁(韻)。〔内奏樂科，衆起，隨撤筵席科，四進士同作謝恩科，唱〕

【仙吕宫正曲·黑麻序】相將(韻)，遥拜天閶(韻)。看朝朝染翰(讀)，侍奉君王(韻)。早身遊鼇禁(讀)，序列鵷行(韻)。恩光(韻)，咸沾霈澤長(韻)，同聲齊頌揚(韻)。〔合〕喜飛黄(韻)，似九苞鳴鳳(讀)，雲際迴翔(韻)。〔内奏樂科，二堂候官跪捧酒盤，四進士各作取杯飲科。衆手下仍從上場門上，四進士作拜别科，四堂候官引馮盛世仍從下場門下。衆手下引四進士遶場科，同唱〕

【仙呂宮正曲・錦衣香】驟康莊（句），身披絳（韻）。共騰驤（句），多歡暢（韻）。看帝里繁華（句），疑遊蓬閬（韻），過萬花深處興偏長（韻）。那紅樓十二（句），競奏笙簧（韻）。身遊佳麗場（韻），錦皇州無限風光（韻）。〔合〕不許遊韁放（韻），徐徐觀望（韻），把帝城春色（讀）儘教翫賞（韻）。

【慶餘】日華高照乾坤朗（韻），遍宇宙昇平景象（韻），從此後拜手賡歌齊祝頌帝道昌（韻）。〔同從下場門下〕

## 第十八齣　拜萱堂重題昔日（齊微韻）

〔旦扮張氏，穿老旦衣，從上場門上，唱〕

【仙呂宮引・紫蘇丸】思兒日夜啼痕積(韻)，喜如今錦衣歸里(韻)。見征塵起處玉驄嘶(韻)，悮幾回摩挲老眼門前立(韻)。〔中場設椅，轉場，坐科，白〕老身張氏，煢煢孤苦，教子讀書。幸邀天眷，我孩兒得中狀元。幾日前先有書來，報知榮歸信息，這時候一定到家也。〔雜扮四手下，各戴鷹翎帽，穿箭袖，繫搭包，執「狀元及第」旗，引小生扮陳肇昌，戴紗帽，簪金花，穿圓領，束金帶，披紅，作乘馬科；雜扮傘夫，戴馬夫巾，穿箭袖，繫肚囊，執傘，隨從上場門上，衆遶場科，同唱〕

【仙呂宮正曲・皂羅袍】紅杏花明十里(韻)，映珊鞭金勒(讀)，去馬如飛(韻)。宮袍風遞御香微(韻)，題詩猶是扶殘醉(韻)。〔合〕前程錦片(句)，蛟龍奮飛(韻)。功名壯志(句)，風雲遇奇(韻)。青年競羨登科第(韻)。〔作到科，陳肇昌作下馬科，白〕衆人迴避。〔衆應科，仍從上場門下。陳肇昌作進門科，張氏白〕我兒回來了。〔陳肇昌白〕久别慈顔，有違定省。母親請上，待孩兒拜見。〔張氏白〕一路風霜勞頓，不消拜罷。〔陳肇昌作拜見科，唱〕

【仙呂宮正曲・風入松】天涯魂夢繫慈幃(韻)，恕孩兒甘旨久虧(韻)。〔張氏作扶起科，白〕吾兒今日得中回來，也與你爹爹爭氣。〔作慘慽科，陳肇昌白〕呀，母親，今日合當歡喜，爲何悶悶不樂？〔唱〕因甚的愁痕黯淡眉峰際(韻)，語言裏暗藏悲慽(韻)？〔合〕莫非痛嚴父不及見榮歸(韻)，因此上淚珠垂(韻)？〔張氏唱〕

【又一體】今日裏堂開晝錦户生輝(韻)，你娘心喜轉增悲(韻)。〔白〕兒嗄！做娘的心事，一言難盡。〔唱〕若將往事重提起(韻)，猶恐怕兒添悲淚(韻)。〔合〕這冤恨填胸没盡期(韻)，今日裏告兒知(韻)。〔陳肇昌白〕望母親快説與孩兒知道。〔張氏白〕兒嗄！向因你年紀尚幼，兒孤婦寡，財勢俱無，説也没用，所以未曾提起。今喜兒已成名，你父親在九泉之下，纔有伸冤的日子了。〔唱〕

【又一體】吾兒忍讀《蓼莪》詩(叶)，你嚴親身喪堪悲(韻)。〔白〕兒嗄！當初你父親因年歲饑荒，欠了土豪張捷的利銀，將你賣在他家。那張捷，又使人誣告你父親是李希烈的奸細，把他陷在獄中。〔唱〕可憐一片無瑕璧(韻)，和瓦礫一般俱碎(韻)。〔合〕平白地災殃頓罹(韻)，鸞和鳳痛分飛(韻)。〔白〕你父親竟被張捷活活謀死在獄中的。〔陳肇昌白〕呀，爹爹原來被張捷那廝謀死獄中的，兀的不痛殺我也！〔作哭倒科，張氏作扶起科，白〕我兒甦醒。〔陳肇昌白〕我那爹爹嗄！〔唱〕

【又一體】你在囹圄冤魄九泉啼(韻)，恨奸謀屈害誰知(韻)？〔白〕母親，那張捷爲何事下這般毒手呢？〔張氏白〕他不過爲色起見，你爹爹死後，便寫下一張五十兩的假契，前來逼討。那時正值你祖母病危之際，做娘的無計可施。〔唱〕那鴟鶉便欲思鸞配韻，〔陳肇昌白〕其時便怎麽樣呢？〔張氏白〕其時我立意不從，你祖母見這種光景，懊恨身亡。可憐殯葬無資，做娘的只得含羞帶淚，往親戚人家求助。〔唱〕中途裏又遭奸計韻。〔陳肇昌白〕却又有什麽計呢？〔張氏白〕那廝帶領家人，追到中途，思量硬搶。那時你娘正要尋箇自盡，幸遇王舍城中傳長者相救，又蒙他代我出銀一百兩，償了那惡棍的假債，領你回來，又助棺木收殮你祖母。兒嗄！我和你纔有今日。〔唱合〕是千般苦教娘訴誰韻？恩和怨你須知韻。〔陳肇昌唱〕

【又一體】聞言轉令淚收頤韻，霎時問怒塞肝脾韻。〔白〕孩兒呵，〔唱〕讀書豈肯虧名義韻，親恩大如天如地韻。〔合〕一封奏跪陳玉墀韻，誅梟獍莫教遲韻。〔白〕孩兒即日上表陳情，辯白爹爹罪名，請旌母親節義，訪拿張捷那廝，斬首報讐。〔張氏白〕既然如此，也不枉你爹爹生你一場。〔陳肇昌作跪科，白〕有一事禀告母親。〔張氏白〕起來講。〔陳肇昌作起科，白〕孩兒在京之日，多蒙同年朱紫貴作伐，將王舍城劉廣淵之女許配孩兒。聞那劉氏也是孤女，不知母親意下何如？〔張氏白〕如此甚好。〔陳肇昌白〕孩兒明日就煩地方官，申奏朝廷便了。〔張氏唱〕

【慶餘】吾兒幸得身榮貴韻，〔陳肇昌唱〕共話一番悲喜韻，〔張氏白〕若得你成就劉氏婚姻，你父親一靈呵，〔唱〕道是虎口孤兒協唱隨韻。〔同從下場門下〕

# 第十九齣　帽簪花筵開東閣（江陽韻）

〔雜扮四手下，各戴馬夫巾，穿箭袖、卒褂，執儀仗，引生扮朱紫貴，戴紗帽，穿圓領，束金帶，捧聖旨，從上場門上。衆遶場科，同唱〕

【仙吕宫正曲・六幺令】丹書賜將㊇，鳳銜來五色輝煌㊇。草茅頓覺際恩光㊇，新雨露㊅喜汪洋㊇，〔合〕幸天今日伸冤枉㊇，幸天今日伸冤枉㊂。〔同從下場門下。小生扮陳肇昌，戴紗帽，穿圓領，束金帶，從上場門上，唱白〕

【小石調引・撻破歌】春風今日滿華堂㊇，籠成喜氣榮光㊇。〔雜扮四院子，各戴羅帽，穿道袍，從兩場門分上，侍立科。陳肇昌白〕下官陳肇昌，忝中魁元，蒙聖恩特授翰林院修撰之職。爲母陳情，表題節義，想指日必有聖旨到來。母親有請。〔旦扮張氏，戴鳳冠，穿圓領，束金帶，從上場門上。雜扮四梅香，各穿衫，繫汗巾，隨上。張氏唱〕

【仙吕宫正曲・六幺令】蛾眉搆殃㊇，一家裏零落參商㊇。今朝蓬户有輝光㊇，兒及第㊅姓名揚㊇，〔合〕幸天今日伸冤枉㊇，幸天今日伸冤枉㊂。〔雜扮院子，戴羅帽，穿屯絹道袍，繫鑾帶，從上場門上，白〕有事忙傳報，無事不亂傳。稟老爺，朝廷差朱老爺齎旨前來旌獎，滿門皆有封贈。〔陳肇昌白〕快排香案伺候。〔院子應科，從下場門下。内奏樂科，四手下引朱紫貴從上場門上，白〕一封丹鳳詔，飛下九重霄。〔四手下仍從上場門下。陳肇昌作出門跪迎，隨引朱紫貴進門科。朱紫貴白〕聖旨已到，跪聽宣讀。皇帝詔曰：朕惟天道昭昭，無不彰著。善惡之事，久則涇渭自分。陳榮祖身受不白之冤，死於獄底，可贈河南府刺史。其妻張氏，拒姦全節，教子成名，封爲恭人，着地方官建坊表異，以示褒贈。欽哉。謝恩！〔内奏樂科，張氏、陳肇昌同作謝恩科。陳肇昌按旨，隨付院子科。朱紫貴白〕年伯母拜揖。〔張氏白〕大人少禮。〔朱紫貴白〕年伯母苦守節操，令人仰慕不淺。小姪一來齎旨褒贈，二來送劉小姐到門完姻。〔張氏白〕多蒙如此厚恩，何以圖報？〔朱紫貴白〕好説。小姪就此告辭。〔張氏白〕再請少坐。〔朱紫貴白〕不消了。堪羡洞房花燭夜，不殊金榜掛名時。〔作出門科。四手下從上場門上，引朱紫貴仍從上場門下。張氏白〕可速備花燭迎婚。〔雜扮八六局人，各戴紅氊帽，穿窄袖，繫搭包，持燈籠、樂器；丑扮儐相，戴儐相帽，穿藍衫，披紅；雜扮二轎夫，各戴紅氊帽，穿窄袖、轎夫衣，引小旦扮劉巫雲，戴鳳冠，搭蓋頭，穿圓領，束金帶，坐轎内，從上場門上。衆遶場科，同唱〕

【商調引・逍遥樂】簇擁神仙仗（韻），一陣香風環珮響（韻），笙歌齊奏聲嘹喨（韻）。路人争羡（句），瓊枝連理（讀），錦翼鴛鴦（韻）。〔作到科，四梅香作出門迎接，隨扶劉巫雲下轎科。轎夫擡轎，仍從上場門下。衆同作進門，各分立科。衆樂人奏樂，儐相照常讚禮，陳肇昌、劉巫雲同作拜天地科。衆六局人、儐相虚白，作出門科，

仍同從上場門下。張氏白〕大家拜謝聖恩。〔衆同作謝恩科，唱〕

【羽調正曲·排歌】地下人間㊣均沾寵光㊎，天家惠澤汪洋㊎。喜荷衣新惹御爐香㊎，更花燭良宵啓洞房㊎。〔合〕紅葉句㊀，紫泥章㊎，還欣福至得成雙㊎。節和孝㊀，共一堂㊎，榮華苐禄永綿長㊎。

【慶餘】重重喜事從天降㊎，郎才女貌果相當㊎，可知道積善之家後嗣昌㊎。〔同從下場門下〕

# 第二十齣　盤獻果會赴西池（尤侯韻）

〔雜扮八仙童，各戴仙童巾，穿水田氅，繫絲縧，引雜扮八散仙，各戴仙巾，穿氅，從上場門上，同唱〕

【正宮正曲・普天樂】住蓬瀛逍遥久(韻)，覷雙丸如梭驟(韻)。數不盡運會遷流(韻)，笑塵寰大海浮漚(韻)。〔分白〕山上蟠桃一熟，人間甲子三千。碧雲紫府日如年，恰值昇平清宴。我等乃度索山仙子是也。昨日金母邀集十洲三島諸仙，蟠桃大會，觀音菩薩從南海來赴，你看祥雲縹緲，瑞氣氤氳，法駕將次來也。童子，今日蟠桃大會，可吩咐衆猿猴，摘取蟠桃供獻，不得有違。〔八仙童應科，八散仙唱合〕羡冰桃似斗(韻)，曾傳曼倩偷(韻)，今日裏瓊筵設宴(讀)，仙果争投(韻)。〔同從下場門下。八仙童白〕猿猴何在？〔雜扮十二猿猴，各穿猿猴切末，從兩場門分上，同唱〕

【正宮正曲・醜奴兒近】雲藏霧守(韻)，曾把天書研究(韻)。説甚麽巫峽淒涼(句)，三聲腸斷堪愁(韻)。越女偕遊(韻)，洞天清福同消受(韻)。〔合〕逐隊聯儔(韻)，嘯清風明月(讀)，别開世宙(韻)。〔八仙童白〕仙師有旨，着爾等摘取蟠桃，照數交明，毋得竊啖，有干降謫。〔衆猿猴白〕領法旨。〔唱〕

【又一體】何求(韻)，巖穴深棲(讀)，無災無咎(韻)。幾樹瑶林(句)，欣見實繁枝茂(韻)。職司監守(韻)，晝夜更番不暫休(韻)。〔合〕一聲輕溜(韻)，有傳旨仙官(讀)口勅宣授(韻)。〔同從下場門下。衆仙童白〕安排綺席好，祗候衆仙來。〔同從下場門下。小生扮善才，戴線髮，軟紥扮，執浄水瓶；小旦扮龍女，戴過梁額、仙姑巾，穿宫衣，臂鸚哥，引旦扮觀音菩薩，戴觀音兜，穿蟒，披袈裟，帶數珠，持拂塵，從上場門上，同唱〕

【正宫正曲·錦纏道】徧神州(韻)，燭毫光有三闕四流(韻)。浩劫法輪周(韻)，問津涂(讀)何人無礙行遊(韻)？〔白〕我乃觀音大士是也，渡杯南海，傳鉢西天，感應慈悲，法雲普蔭，靈通變化，神咒消災，度盡衆生，現身説法。昨日金母相邀，赴度索山蟠桃大會，不免前去走遭也。〔唱〕坐蓮臺早離海陬(韻)，望崑崙西去煙浮(韻)。早過玉溪頭(韻)，欣滿眼琪花蓬囿(韻)。〔雜扮八仙，各戴八仙巾，穿八仙衣，持八仙切末；生扮福星，戴福星帽，穿福星衣，束玉帶；末扮禄星，戴禄星帽，穿禄星衣，束玉帶；浄扮壽星，戴壽星套頭，穿壽星衣，繫絲縧，同從上場門上，唱〕餐霞洗伐求(韻)，〔合〕好把那金經同叩(韻)，特來到(讀)法苑會仙儔(韻)。〔白〕原來是菩薩，小仙等稽首。〔觀音菩薩白〕列位仙長何往？〔三星白〕因金母相召，往度索山蟠桃大會，故爾前來。〔觀音菩薩白〕妙嗄！我正欲到彼，恰好同行。〔三星白〕願隨法駕。〔衆遶場科，同唱〕

【正宫正曲·玉芙蓉】雲中控鶴遊(韻)，脇下聞獅吼(韻)。恰無生妙旨(讀)，仙佛同搜(韻)。香風一苑呈花柳(韻)，覺義三車辨鹿牛(韻)。〔合〕齊參究(韻)，向靈山座右(韻)，瞬息間(讀)相逢一笑共淹留(韻)。〔同從下場門下。外扮傅相，戴紥紅紗帽，穿蟒，束玉帶，帶數珠；生扮目連，戴僧帽，紥五佛冠，穿蟒，披袈裟，帶數珠；末扮益利，戴紮紅紗帽，穿蟒，束玉帶，帶數珠；旦扮劉氏，戴鳳冠、仙姑巾，穿蟒，束玉帶，帶數珠；旦扮曹賽英，戴鳳冠、仙姑巾，穿蟒，束玉帶，帶數珠；老旦扮張錬師，戴僧帽，紮五佛冠，穿蟒，披袈裟，帶數珠，同從上場門上，唱〕

【正宮正曲・傾盃序】夷猶㊚，向五城十二樓㊚，遐舉層霄九㊚。悟澈明鏡菩提㊒，水月空花㊒，昨非今是㊖無慮何憂㊚？〔劉氏白〕我們遊過天宮地府，又來到此。你看海外仙山，別有一番景致也。〔衆同唱〕但見奇葩異卉㊒，吐香争艷㊖，鹿遊麟走㊚。〔合〕展心神㊖，喜一家爲善盡成就㊚。〔同從下場門下。三星、八仙、善才、龍女引觀音菩薩從上場門上，同唱〕

【又一體】遨遊㊚，或乘鸞，或駕蚪㊚，天外時翹首㊚。覺雲氣彌漫㊒，日色曈曨㊒，遥山嵐起㊖，遠水光浮㊚。芳菲美景㊒，儘堪欣羡㊖領奇探秀㊚。〔合〕引霓旌㊖，看取前來若箇仙友㊚。〔傅相等從上場門上，同作參見觀音菩薩科。目連白〕不知大慈菩薩駕臨，弟子正欲恭詣南海蓮座，叩謝深恩，今日得接慈光，先申拜謝。〔觀音菩薩白〕羡爾孝善兼修，一門俱成正果。從此西天有路，極樂可登。正所謂苦海茫茫，回頭是岸。可喜，可喜。見了列位上仙。〔傅相等同作參見三星、八仙科。三星、八仙白〕恭喜善知識，超凡入聖。〔傅相等白〕多謝列位上仙福庇。〔觀音菩薩白〕目連，〔唱〕

【正宮正曲・醉太平】你心存孝友㊚，便先賢古聖㊖也稱希有㊚。千回百折㊒，一身歷盡重幽㊚。劉氏你知否㊚，非佳兒見佛相求㊚，怎能彀脱然無咎㊚？〔合〕今日裏仙班消受㊚，把從前惡因

（讀）一筆都勾（韻）。〔白〕今日我與列位上仙同赴大會。此去度索山不遠，爾等幸遇仙緣，可同前往。〔傳相等白〕多蒙菩薩挈引。〔衆同唱〕

【又一體】雲浮（韻），白衣蒼狗（韻），問虛空幻形（讀）一霎烏有（韻）。塵飛夢醒（句），不知幾度春秋（韻）。領受（韻），壺中日月最清幽（韻），更風送寶林鋪繡（韻）。〔合〕羽衣霞袖（韻），待長生共話（讀）赤水丹邱（韻）。

〔場上設度索山，衆作到山科。八散仙從兩場門分上，同白〕大慈法駕、各位上仙降臨，有失遠迎，望乞恕罪。〔觀音菩薩、三星、八仙、傳相等同虛白科，八散仙白〕請大慈陞座，容小仙等稽首。〔内奏樂科，白〕你聽法音嘹喨，想是金母來也。〔雜扮十二仙女，各戴魔女髮，穿宮衣，執寶花；雜扮十二仙童，各戴線髮，穿採蓮衣，繫絲縧，執靈芝；雜扮二仙女，各戴過梁額、仙姑巾，穿宮衣，捧爐，引老旦扮西池金母，戴鳳冠、仙姑巾，穿蟒，束玉帶，帶數珠，從上場門上。衆遶場科，同唱〕

【正宮正曲·小醉太平】層巒列岫（韻），鋤香擷秀（韻），幽棲度索萬千秋（韻），〔合〕一任烏飛兔走（韻）。

【又一體】煙霞片片籠輕袖（韻），無邊景色摩挲久（韻）。〔合〕採珠拾翠到瀛洲（韻），綺席將進酒（韻）。

〔作到山，與觀音菩薩相見科。觀音菩薩白〕貧僧與衆仙等候已久，金母爲何來遲？〔西池金母白〕因貪翫山水，不覺來遲，反勞等候。〔三星、衆仙同作參見科，白〕金母在上，容弟子等參見。〔西池金母白〕生受爾等。〔傳相等作參見科，白〕金母在上，容弟子等參見。〔西池金母白〕這就是目連大師家屬麽？〔觀音菩薩虛白科，西池金母白〕妙嗄！母子重逢，又值蟠桃佳會，真乃是仙緣輻輳也。〔八散仙白〕請

金母、菩薩、衆位仙長享宴蟠桃。〔山上設蟠桃筵席，衆各陞座科，同唱〕

【正宮集曲・錦庭芳】【錦纏道】（首至六）喜添籌(韻)，俯人寰駒光怎留(韻)？ 一醉睨千秋(韻)，聽仙韶(讀)泠泠響叶清謳(韻)，底須問鱠蓬池玉鯉蘭羞(韻)。〔十二猿猴從兩場門分上，獻蟠桃科，白〕小猿叩參金母、菩薩、各洞上仙。〔八散仙白〕爾等各捧蟠桃，舞跳一回，筵前侑酒。〔十二猿猴白〕領法旨。〔同作跳舞科，唱〕一顆顆進蟠桃甘美香浮(韻)，【滿庭芳】（合至末）結實三千年後(韻)，玉盤盛(讀)和露潤泛金甌(韻)。〔仍從兩場門分下，西池金母白〕敝山産有五色靈芝，採得幾種在此。仙童、仙女，舞獻筵前，少申微意。〔衆仙童、仙女應科，内奏樂科，十二猿猴復從兩場門分上，跳舞科，衆仙童、仙女各舞科，同唱〕

【仙吕宫正曲・鵝鴨滿渡船】採靈芝擎在手(韻)，採靈芝擎在手(疊)，五色光明耀十洲(韻)。人間曾未有(韻)，人間曾未有(疊)，好把舞場紅錦地衣鋪(句)，飄飄舞裙歌袖(韻)。金如意(句)，玉搔頭(韻)，絳節珠幢間綵斿(韻)。竦身迴望久(韻)，竦身迴望久(疊)，〔合〕則聽聲聲疊鼓(句)，頻頻催拍(句)，兀的不是(讀)鳳下秦樓(韻)？

【仙吕宫正曲・赤馬兒】瑞彩横流(讀)，迴環馳驟(韻)，瞬息簇成丹書字(句)，飛來鸞翅沉浮(韻)。垂手恰纔(句)，折腰還又(韻)。筵前稽首(韻)，〔合〕願增算如天久(韻)，願增算如天久(疊)。〔衆仙童、仙女舞畢，十二猿猴仍從兩場門分下。傅相等白〕妙嗄！ 六英三秀，珠葉翠莖，一齊昭現。我等見所未見，不勝慶幸之至。〔西池金母白〕再請菩薩、衆仙同至西池賞翫一番。〔觀音菩薩白〕如此更好，即當隨往。

〔目連白〕本當隨侍，因母子叩謝佛恩心切，先行告辭。〔八散仙白〕小仙等相送一程。〔內奏樂，衆下座科，衆同唱〕

【慶餘】蟠桃盛會稱奇遘（韻），看法雨慈雲垂宇宙（韻）。〔傳相等作拜別科，從下場門下，衆同唱〕這度索山萬載流傳仙佛藪（韻）。〔內奏樂，同從上場門下〕

# 第廿一齣　遊海島恰遇獻琛（江陽韻）

〔雜扮十六小番，各戴八蠻帽，穿八蠻衣，執八色標鎗；雜扮八捧寶小番，各戴八蠻帽，穿八蠻衣，捧八般寶物，引雜扮八蠻王，各戴八蠻王帽，穿八蠻王衣；雜扮八執纛小番，各戴八蠻帽，穿八蠻衣，執八色纛，同從上場門上。八蠻王唱〕

【中呂調套曲·粉蝶兒】帝道遐昌㊙，仁風被窮荒僻壤㊙，果然是治比陶唐㊙。獻共球㊙，陳玉帛㊙，一處處來王來享㊙。行過處喜見這錦繡風光㊙，衡一片太平景象㊙。〔分白〕德化流行遍八埏，不辭重譯遠朝天。金堦拜舞齊稱祝，聖主垂衣億萬年。俺乃朝鮮國王是也。俺乃安南國王是也。俺乃琉球國王是也。俺乃日本國王是也。俺乃西洋國王是也。俺乃哈蜜國王是也。俺乃紅毛國王是也。俺乃暹邏國王是也。〔同白〕今者恭逢聖皇御宇，我等遠沾至化，久沐仁風，感戴之心既深，瞻依之願更切，爲此相約各國，同往神州朝貢，以申敬仰之誠。一路行來，前面已近海濱，須索攢一程者。衆小番，帶馬。〔衆小番應科。外扮傅相，戴紮紅紗帽，穿氅，帶數珠；生扮目連，戴僧帽，紮五佛冠，穿氅，帶數珠；末扮益利，戴紮紅紗帽，穿氅，帶數珠；旦扮劉氏，帶鳳冠、仙姑巾，穿氅，帶數珠；

旦扮曹賽英，戴鳳冠、仙姑巾，穿氅，帶數珠；老旦扮張錬師，戴僧帽，紮五佛冠，穿氅，帶數珠，同從上場門上。場上設雲椅，傅相等同立椅上科。八蠻王、衆小番同遶場科。八蠻王唱〕

【中呂調套曲・醉春風】看迢迢途路長(韻)，漠漠川原廣(韻)。俺可也坐雕鞍挽定了紫遊韁(韻)，向周道往(韻)、往(韻)。喜睹這佳麗風光(韻)，昇平人物(句)，盈寧景況(韻)。〔衆小番擁護八蠻王，同從下場門下。傅相等各下雲椅，隨撤椅科。傅相等白〕妙哉，妙哉！我等適纔遊過海島，欲往西天叩謝佛恩，在此經過。恰見外國蠻王，遠沾德化，不辭萬里，共詣天朝，從約朝貢，果好昇平盛世也。〔唱〕

【中呂調套曲・石榴花】果然是一人有慶萬民康(韻)，只見那仁澤被遐荒(韻)。〔白〕那些國王，〔唱〕人殊服異諸般樣(韻)，獻珍寶來貢上俺這明聖君王(韻)。〔劉氏唱〕我如今離地獄䍃天堂(韻)，〔滾白〕都虧了目連和尚，〔唱〕把從前罪孽消償(韻)。〔傅相等白〕我等無掛無礙，果然逍遥自在也。〔唱〕遊遍許多名山佳壤(韻)，超正果任意樂徜徉(韻)。〔同從下場門下。雜扮嘉慶子、瑞鶴仙，各戴過梁額、仙姑巾，穿宮衣；雜扮吴綵鸞、麻姑，各戴鳳冠、仙姑巾，穿仙衣；雜扮祝鷄翁，外扮李厚德，各戴仙巾，穿氅，繫絲縧，持竹杖；丑扮寒山，副扮拾得，各戴頭陀髮，紮金箍，穿氅，繫絲縧，帶項圈，掛金錢，持拂塵，同從上場門上，唱〕

【中呂調套曲・鬬鵪鶉】你看那山水蒼茫(韻)，俺這裏尋芳浪蕩(韻)。閒誦着幾卷《黄庭》(句)，運神功心清氣爽(韻)。最好是壺裏乾坤日月長(韻)，有《肘後方》(韻)。不許那暑往寒來(句)，惟願我修真浩養(韻)。〔分白〕小仙寒山。小仙拾得。小仙李厚德。小仙祝鷄翁。我乃麻姑仙子。我乃吴綵鸞。我乃瑞鶴仙。我乃嘉慶子。吾等焚修洞府，絶跡塵凡，瞥見景星現，慶雲生，風調雨順，五穀豐登，天地清爽，日月光明，乃中華聖主仁德所感。爲此相聚各洞神仙，齊往神州，貢獻靈芝瑞草、異卉仙丹，頌祝昇平盛世，萬壽無疆。〔内奏樂科，衆仙白〕你看那邊，又有一簇人來也，不知往那裏去的？〔寒山、拾得白〕原來是目連和尚、傅氏一門，近日昇天，已成正果。〔李厚德白〕原來是我故人，這也可喜。〔寒山、拾得白〕我更與他有舊，做過生意哩。〔衆仙白〕那有此事？〔寒山、拾得白〕諸位不信，看我當面問他。〔傅相等同從上場門上，唱〕

【中吕調套曲・上小樓】遊遍了無窮仙壤（韻），周天四方（韻）。那壁廂羣仙一簇（句），雲水徜徉（韻），須向前詢問端詳（韻）。〔衆仙白〕來者莫非傅善人、目連長老、一家眷屬麼？〔傅相等白〕然也。列位上仙稽首。〔李厚德白〕傅翁別來無恙。〔傅相等白〕李長者如何也在此？〔李厚德白〕上帝以我好善，已登仙籍矣。〔劉氏白〕當日不聽公公好言相勸，幾致永沉地府。虧我孩兒孝善雙全，救拔沉淪，超昇天府。相見公公，實深慚愧。〔李厚德白〕老嫂當時執性，一旦回頭，靈山不遠。今見合府俱成正果，曷勝欣喜。〔傅相等白〕我等有何僥倖，得與諸位上仙相會。啓問諸仙長，今欲何往？〔衆仙白〕我等欲往神州，叩賀聖朝，以申敬仰之誠。〔寒山、拾得向目連白〕傅善人，可還相認我二人否？〔目連白〕貧僧從未與二位仙長識面嘎。〔寒山、拾得白〕你當初在蘇州，置賣緞疋，纔算得我們大主顧哩。〔目連白〕請仙長乞道其詳。〔寒山、拾得白〕俺二人呵，〔唱〕見你孝心腸（韻），善行藏（韻），霎時間幻將銀兩(韻),買恁這緞疋千箱(韻)。〔目連白〕原來上仙慈悲,點化愚凡。那時貧僧俗眼凡胎,如何認得?今日却理會了。〔傅相等白〕我等思欲一返故鄉,觀覽風景,然後再往西方,叩謝佛恩。〔衆仙白〕桑梓之鄉,自應關切,且往遊觀。那時同登極樂,拜謝佛恩,永享逍遥之境。〔内作水聲科,傅相等白〕你看那邊,水雲布合,不知是何神聖來也?我等迎上前去。〔衆仙同唱〕

【又一體】幸遇着故人相傍(韻),諸仙並行(韻)。擡頭見茫茫滄海(句),那裏家鄉(韻),憑空遥望(韻)。〔雜扮八水卒,各戴馬夫巾、水卒臉,穿蟒、箭袖、卒褂,執旗,引雜扮四海龍王,各戴龍王冠、臉,穿蟒,束玉帶,同從上場門上,唱〕俺可也分波浪(韻),出水鄉(韻),領一隊蝦兵蠏將(韻),早離了龍宫海藏(韻)。〔各作相見科,白〕列位大仙,我等有失遠迎,望乞恕罪。〔衆仙、傅相等白〕有勞龍神人駕,甚爲不當。〔四龍王白〕不敢。適間暗送外國諸王,所以來遲,今特迎迓。前面已近海濱,我等護送而行。〔傅相等白〕阿彌陀佛。遇此善緣,感激不盡。〔衆同唱〕

【煞尾】躡滄溟穩渡無波浪(韻),也抵得初祖東來一葦杭(韻)。喜得箇風和日暖天清朗(韻),一望裏萬頃汪洋平似掌(韻)。〔同從下場門下〕

# 第廿二齣　過田家尚思焚券（齊微韻）

〔雜扮三老，各戴巾，穿道袍，持拄杖，繫絲縧，同從上場門上，唱〕

【仙呂宮正曲·步步嬌】歲稔時清昇平世（韻），深夜門無閉（韻），途中不拾遺（韻）。〔分白〕我們乃王舍城外盈寧堡安樂村疎散閒叟，時當年豐物阜，家裕人和，各村中人皆稱我們是三老。值此春融日麗，農事盡興，大家閒步田間，遊覽一回，却不是好？說得有理，就此同往。〔同唱〕只見淡蕩春光（句），花攢錦綺（韻）。〔合〕轉過緑楊堤（韻），聽枝頭黄鳥聲流麗（韻）。〔同從下場門下。雜扮前村衆老少農民，各戴氊帽，穿各色衣，持農器，扶犂，同從上場門上，唱〕

【又一體】荷鍤如雲春耕矣（韻），雨足田家喜（韻），還欣沃土肥（韻）。有事西疇（句），黍秔咸藝（韻）。〔分白〕我等乃王舍城外慶豐集擊壤屯衆農民的便是。我們這裏地方，年來禾生九穗，麥秀兩岐，果然户裕家饒，人民樂業。今日天氣晴明，大家到田中去，各做生活便了。說得有理，就此前去。〔同唱合〕春日正遲遲（韻），休把田功廢（韻）。〔雜扮後村衆老少農民，各戴氊帽，穿各色衣，持農器，扶犂，同從上場門上，唱〕

【又一體】暖氣融和春明媚（韻），禹甸勤生計（韻），〔各作相見科，前村農民白〕原來是後村的衆位，也要到田中去做生活麽？〔後村農民白〕正是。恰好相遇諸位到此，大家同行。〔衆同唱〕官清無是非（韻）。真箇雨露桑麻（句），百姓歡喜（韻）。〔合〕柳外共扶犁（韻），閒話黄農世（韻）。〔白〕我們鋤的鋤，種的種，各各做起生活來。〔唱〕

【仙吕宫集曲・沉醉海棠】【沉醉東風】（首至合）四肢勤手胼足胝（韻），不敢告三時勞瘁（韻）。驅黄犢把鉏犁（韻），去南山蕪穢（韻），好望慶秋成與與翼翼（韻）。【月上海棠】（合至末）春郊麗（韻），緑畝青疇（讀），景物芳菲（韻）。〔雜扮衆農婦、村姑、孩童等，各穿道袍、衫，繫腰裙，持筐籃，作送飯科，同從上場門上，唱〕

【又一體】日中時隴頭定饑（韻），裹飯向南村遥饋（韻）。和童子共提攜（韻），過橋灣水際（韻），輟耰鋤早見他樹陰休憩（韻）。〔衆農民白〕午飯來了，你們拿來擺在這柳陰下，却不是好。〔衆農婦應科，唱合〕田家味（韻），麥飯青蔬（讀）别樣甘肥（韻）。〔衆農民共午飯科，衆農婦白〕我們就同到那邊採蠶葉去。〔虚白，同從下場門下。三老同從上場門上，唱〕

【仙吕宫正曲・豆葉黄】過深林僻路（讀），又轉向平堤（韻），看一帶緑陰初茂（句），融洽溪光山翠（韻）。〔白〕一逕行來，那些淑景暄妍、田家樂業，真是太平有象。〔衆農民白〕原來是三位老翁，到此課農遊樂，却也有興嗄。〔三老白〕你們須知耕鑿優遊、安居樂業，豈是易得的麽？〔唱〕追呼無吏（韻），飽食煖衣（韻）。皆聖德湛恩時布（句），〔衆農民唱〕感聖德湛恩時布（疊），〔合〕鼓腹含哺（讀），寰宇熙熙（韻）。〔雜扮二樵夫，各戴氈帽，穿喜鵲衣，繫腰裙，持靈芝，同從上場門上，白〕根移蓬島雲猶濕，斧借吴剛月尚粘。恰好遇見三位老翁與衆田家在此，我們在多寶山採樵，採得異物在此，特來請教。〔衆農民白〕妙嗄！　好看，好看，必是箇祥瑞之兆。　三位老翁自然曉得，是何寶物？〔三老白〕呀！　這是五色靈芝，當報知當道，奏達天聽，以賀昇平祥瑞。〔衆農民虚白科，衆農婦從兩場門分上，各作見靈芝喜躍科，衆同唱〕

【仙吕宫正曲・月上海棠】觀瑞芝(叶)，曾聞漢世甘泉麗(韻)。〔三老唱〕須當忙陳報(讀)當道官知(韻)，合將兹五色靈根(句)，謹獻上九重丹陛(韻)。〔雜扮二牧童，各戴草帽圈，穿喜鵲衣，繫腰裙，同從上場門上，唱合〕齊驚喜(韻)，見異鳥盤旋(讀)，羽彩騰輝(韻)。〔白〕好快活，好快活。〔三老、衆農民白〕牧童，你二人爲何這等歡喜？〔二牧童白〕我們在前面放牛，忽見一隻極大的異鳥，身備五色，在那雲端裏飛舞，快請三位老翁同衆位田家前去觀看。〔三老白〕又有這奇異的事，大家同去看來。〔衆同作遶場科，唱〕

【仙吕宫正曲・玉嬌枝】行來迤邐(韻)，去看他是何鳥飛(韻)。匆匆轉過溪流際(韻)，見半空中光彩神異(韻)。〔作到科，天井内下鳳凰一對，飛舞科，衆作仰看科，白〕妙嗄！　好看。　此鳥滿身錦麗，光騰五彩，其實好看。〔三老白〕此是鳳凰來儀。〔衆農民白〕呀！　原來是鳳凰，這也是難見的嗄。〔三老白〕鳳凰乃神鳥，出則爲太平之瑞，皆聖德高深所致。〔唱〕翱翔千仞覽德輝(韻)，簫韶奏處文明瑞(韻)。

〔天井內起鳳凰科，衆作仰看科，白〕妙嗄！鳳凰飛舞騰空而去，又現霞彩雲軿，上有衆仙降臨也。〔唱合〕駕雲旌(讀)翩翩彩霓(韻)，仰虛空齊心敬禮(韻)。〔外扮傅相，戴紮紅紗帽，穿氅，帶數珠；生扮目連，戴僧帽，紮五佛冠，穿氅，帶數珠；末扮益利，戴紮紅紗帽，穿氅，帶數珠；旦扮劉氏，戴鳳冠、仙姑巾，穿氅，帶數珠；旦扮曹賽英，戴鳳冠、仙姑巾，穿氅，帶數珠；老旦扮張鍊師，戴僧帽，紮五佛冠，穿氅，帶數珠，同從天井內乘五彩雲車下。傅相白〕諸位鄉黨，可認得我等麽？〔三老白〕請問列位仙長，高姓大名？〔傅相白〕我就是王舍城中的傅相。〔三老白〕嗄！記得歷代相傳下來，說我們這王舍城，有箇傅長者，一門孝善，早登仙府，今日幸得降臨，實深欣喜。〔衆農民白〕我等亦聞得祖上相傳，說向年負欠尊府的糧米，本利未還，反蒙一並勾消，焚了文券，此恩此德，使我等代代子孫感戴不朽。〔傅相白〕我身居勸善太師之位。我兒救母昇仙，重蒙帝恩，命我等遨遊天府陰曹、海外仙山，今因往西天拜佛，路從此過，因而暫駐雲軿，聊觀桑梓之景。今見世際昇平，人逢清泰，大不似我昔年在塵凡那些光景矣。爾等皆爲良善之人，何異登仙乎？〔劉氏等同唱〕

【仙呂宮正曲・川撥棹】欣相會(韻)，喜今朝來故里(韻)。享豐年樂歲恬熙(韻)，享豐年樂歲恬熙(疊)，遍鄉閭人人福綏(韻)。〔合〕到今日際清時(叶)，憶當年轉痛悲(韻)。〔一農民白〕傅善人，可念鄉黨之誼，攜帶我做箇掃花的仙童罷。〔傅相白〕諸位但能積善修福，當此太平時節，即是地行仙，何須覓蓬閬。我等去也。〔傅相等仍乘雲車，從天井內上。三老白〕我等將所見嘉祥之事，即當去報知當道，

以爲盛世之嘉談。〔衆農民白〕正該如此，就請同往。〔衆同唱〕

【慶餘】佛慈帝德鹹相庇㊀，普遍寰區聖澤垂㊀，〔白〕留此盛事呵，〔唱〕好做那億萬千年樂善資㊁。〔同從下場門下〕

## 第廿三齣　觀法會齊登寶地（齊微韻）

〔雜扮八護法神，各戴揭諦冠，穿門神鎧，持杵，同從上場門上，唱〕

【中呂宮正曲·尾犯序】善信證菩提（韻），極樂閻浮（讀）合轍同歸（韻），只爲因緣（讀）又去接引提攜（韻）。〔白〕我等衆護法神是也。我佛在舍衛城，率領諸菩薩、衆阿羅漢啓建祝聖佑民、吉祥如意道場，特命我等接引傅氏一門，往觀法會，就此前往。〔唱〕欣喜（韻），好接引琳宮寶殿（句），同瞻仰龍華法會（韻）。〔合〕祥雲裏（韻），見旛幢飄颺音樂響依稀（韻）。〔同從下場門下。外扮傅相，戴紮紅紗帽，穿蟒，束玉帶，帶數珠；生扮目連，戴僧帽，紮五佛冠，穿蟒，披袈裟，帶數珠；末扮益利，戴紮紅紗帽，穿蟒，束玉帶，帶數珠；旦扮劉氏，戴鳳冠、仙姑巾，穿蟒，束玉帶，帶數珠；旦扮曹賽英，戴鳳冠、仙姑巾，穿蟒，束玉帶，帶數珠；老旦扮張鍊師，戴僧帽，紮五佛冠，穿蟒，披袈裟，帶數珠，同從上場門上，唱〕

【又一體】慈悲（韻），佛力喜皈依（韻）。拯拔沉淪（讀），脱離輪迴（韻），在極樂逍遥（讀）一家眷屬追隨（韻）。〔白〕我們深感佛恩，遊觀極樂。〔目連白〕塵根已息，色相皆空。〔曹賽英、張鍊師白〕但見莊嚴寶地，具足圓成，不覺心目朗然也。〔益利白〕請再往前面遊覽一回。〔衆同唱〕徘徊（韻），隱隱見白毫散彩

(句)〔八護法神同從上場門上，唱〕閃閃的黃金鋪地(韻)。〔作相見科，白〕我佛在舍衛城，啓建祝聖道場，特命我等前來接引。〔傳相等白〕阿彌陀佛，果是佛恩廣大也。〔傳相白〕我等正要叩謝佛恩，就煩指引前往。〔衆同唱合〕天風細(韻)，薝蔔香靄拂拂襲人衣(韻)。〔同從下場門下。雜扮十六喇嘛，各戴喇嘛帽，穿喇嘛衣，同從上場門上，白〕脱離塵垢證無生，識得千江一月明。今日宣揚微妙法，道場嚴肅秉虔誠。我等欽遵佛旨，啓建道場，因此肅恭伺候。道言未了，掌壇大師來也。〔各分侍科。雜扮十吹打法器喇嘛，各戴喇嘛帽，穿喇嘛衣，持法器；雜扮四執旛喇嘛，各戴喇嘛帽，穿喇嘛衣，執旛；雜扮四捧爐喇嘛，各戴喇嘛帽，穿喇嘛衣，捧爐，引雜扮四大喇嘛，各戴大喇嘛帽，穿大喇嘛衣，帶數珠；雜扮四執幢旛喇嘛，各戴喇嘛帽，穿喇嘛衣，執幢旛，隨從上場門上。四大喇嘛唱〕

【正宫集曲·芙蓉紅】【玉芙蓉】〔首至合〕心蓮吐渌池(韻)，意樹開初地(韻)，列優婆法饌(讀)，龍象光輝(韻)。華嚴大會人天喜(韻)，秘密經文義理微(韻)。〔衆喇嘛吹打法器，各坐誦佛讚科，白〕佛身充滿於法界，普現一切衆生前。隨緣赴感靡不周，而恒處此菩提座。如來一一毛孔中，一切刹塵諸佛座。菩薩諸會共圍繞，演説普賢之勝行。如來安處菩提座，一毛示現多刹海。一一毛現悉亦然，如是普周於法界。一一刹中悉安坐，一切刹土皆周徧。十方菩薩如雲集，莫不咸來詣道場。一切刹土微塵數，功德光明菩薩海。普在如來衆會中，乃至法界咸充徧。法界微塵諸刹土，一切衆中皆出現。如是分身智境界，普賢行中能建立。一切諸佛衆會中，勝智菩薩僉然坐。各各聽法生歡喜，處處修行無量劫。已入普賢廣大願，各各出生衆佛法。毘盧遮那法海中，修行充證如來地。普賢菩薩所開覺，一切如來同讚喜。已護諸佛大神通，法界周流無不徧。一切刹土微塵數，常現身雲悉充滿。普爲衆生放大光，各雨法雨稱其心。〔四大喇嘛白〕你看天花散彩，頑石點頭，正是西天第一經壇、佛土無邊法會。道言未了，我佛來觀法事也。〔内奏樂科。雜扮八喇嘛，各戴喇嘛帽，穿喇嘛衣，捧爐；雜扮四侍者，各戴毘盧帽，穿道袍，披袈裟，帶數珠，引淨扮如來佛，戴佛膉腦，穿蟒，襲佛衣，從上場門上，白〕蓮花貝葉因心見，慧草禪枝到處生。〔場上設金蓮寶座，轉場，陞座科，衆喇嘛作參拜科。如來佛白〕今日建此無上莊嚴法會，所謂祝聖裕民，所以親臨法會。衆弟子，須各虔誠持誦者。〔衆喇嘛吹打法器，誦佛讚，天井散花科。八護法神引傅相等同從上場門上，唱〕【紅娘子】（合至末）來迦衛(韻)，早旛幢影移(韻)，齊合掌壇前跪(韻)。〔傅相等作見佛參拜科，劉氏白〕好箇莊嚴道場也。〔唱〕

【正宮集曲·朱奴剔銀燈】【朱奴兒】（首至合）鳴法鼓聲如隱雷(韻)，諷貝葉海潮初沸(韻)。好教我意氣和平心自怡(韻)，全不似泥犂生畏(韻)。〔傅相等唱〕【剔銀燈】（合至末）慈悲(韻)，賴法王指迷(韻)，這罪福在登時轉移(韻)。〔如來佛白〕目連，虧你一點孝心，虔誠救母，今日一家皆成仙眷，此皆你誠心所致。因緣法會，恰遇龍華。諸羅漢，可做種種法事，令目連一家觀覽。〔衆喇嘛應科，如來佛白〕爾等可陞至壇前者。〔傅相等白〕我佛慈悲，弟子等何幸也。〔各作陞壇坐科，内奏樂科，十六喇嘛作舞鈸科。如來佛白〕法事已畢，但佛土無邊，佛法甚廣，護法諸神，可引領目連一家，往前觀覽。俟其遊行已過，再昇天宫，永享逍遥之樂。〔八護法神白〕領佛旨。〔隨引傳相等從下場門卜，如來佛下座科，從下場門下，衆喇嘛遶場科，亦從下場門下。雜扮八雲師，各戴雲紥巾，穿雲衣，執雲旗，從兩場門分上。雜扮十六雲童，各戴綫髮，穿採蓮衣，持綵雲，同從佛門上，合舞科。中場設雲橋科，八護法神引傳相等同從上場門上，唱〕

【正宫集曲・普天紅】【普天樂】（首至四）恰纔箇辭佛地(韻)，又同去趨丹陛(韻)。享逍遥身在天宫(句)，除盡了夙孽塵迷(韻)。〔雜扮金童，戴紫金冠，穿氅，繫絲縧，執旛；雜扮玉女，戴過梁額、仙姑巾，穿氅，繫絲縧，執旛，同從佛門上，立雲橋上科，白〕欽奉玉旨，特命傳相等齊赴天宫賜宴。〔傳相等白〕聖壽無疆。〔八護法神白〕請赴天宫，我等回覆佛旨去也。〔傳相等白〕有勞諸位了。〔唱合〕見祥雲下垂(韻)，【紅娘子】（末）又接引天宫裏(韻)。〔八護法神同從下場門下。傳相、劉氏白〕在上有仁風善政，所以民皆遷善。今得遊遍仙山佛土，逍遥天闕，皆聖皇之德也。敬當同爲叩謝，以申感戴之誠。〔衆同白〕正當如此。〔内奏樂科，傳相等作謝恩科，金童、玉女白〕就請同上天闕。〔傳相等同作上雲橋科，唱〕

【中吕宫正曲・剔銀燈】步雲橋霎時迅飛(韻)，看冉冉身臨空際(韻)。隨風自覺登天易(韻)，可正是雲生足底(韻)。〔合〕輕馳(韻)，瞬息間轉移(韻)，望天閶又有祥雲四垂(韻)。〔作過雲橋科，隱從佛門下。隨撤雲橋科，衆雲師、雲童合舞科，從兩場門各分下〕

## 第廿四齣　勸善類永奉金科（庚青韻）

〔佛門上換「靈霄門」匾。雜扮馬帥，戴荷葉盔，紥靠，持鎗；雜扮趙帥，戴黑貂，紥靠，持鞭；雜扮温帥，戴瘟神帽，紥靠，持狼牙棒、金剛圈；雜扮劉帥，戴八角冠，紥靠，持刀，從昇天門上，跳舞科，仍從昇天門下。内奏樂科，馬、趙、温、劉四帥换蟒，束玉帶，執笏；雜扮三頭六臂、四頭八臂、千里眼、順風耳，各戴套頭，穿蟒，束玉帶，執笏；雜扮二十八宿，各戴本形像冠，穿蟒，束玉帶，執笏；雜扮四天師，各戴道冠，穿蟒，束玉帶，執笏；雜扮四天官，各戴朝冠，穿蟒，束玉帶，執笏；雜扮左輔右弼，各戴皮弁，穿蟒，束玉帶，執笏；雜扮四宫官，各戴宫官帽，穿蟒，繫絲縧，執符節、龍鳳扇；雜扮十大宫娥，各戴過梁額，仙姑巾，穿蟒，繫絲縧，執如意捧、爐盤；雜扮金童，戴紫金冠，穿蟒，繫絲縧，執符節；雜扮玉女，戴過梁額、仙姑巾，穿蟒，繫絲縧，執符節，引生扮玉皇大帝，戴冕旒，穿蟒，束珊瑚帶，執圭；浄扮靈官，戴紥巾額，紥靠，襲蟒，掛「赤心忠良」牌，執鞭；雜扮九曜，各戴套頭，穿蟒，束玉帶，隨從靈霄門上。衆同唱〕

【仙吕入雙角合曲·北新水令】則這九霄紫炁孕清寧（韻），駐紅雲衮龍輝映（韻）。坐芙蓉丹闕暝（句），看楊柳玉樓晴（韻）。泰運光亨（韻），喜銀霧香中静（韻）。〔場上設高臺、帳幔、桌椅，内奏樂科，玉皇大帝轉場，陞座，衆神各分侍科。玉皇大帝白〕〖清平樂〗金庭玉冕，帝德同乾健。瑞應河清兼海宴，更樂休徵普遍。深居昊闕靈霄，盤凝瑞靄祥標。天地長春不老，升恒日月光饒。吾神九天金闕玉皇上帝是也，位尊太上，握一元形氣之樞機；統御中天，掌四大部洲之品彙。垂昭昭之象，體物不遺；運赫赫之靈，無爲而化。遥觀八表，居鎮靈霄。正是：萬方民物心胸内，九有山河掌握中。〔雜扮四採訪使者，各戴嵌龍幞頭，穿蟒，束玉帶，執笏；末扮紫微，生扮三台北斗，净扮東嶽，外扮梓潼，各戴冕旒，穿蟒，束玉帶，執圭，同從上場門上，唱〕

【仙呂入雙角合曲·南步步嬌】碧瓦參差祥光迸(韻)，繚繞清虚境(韻)，氤氳白玉京(韻)。萬象壺中(句)，聿司其柄(韻)。〔白〕來此已到靈霄帝闕，就此肅恭朝賀。〔各作進門朝見科，白〕臣等恭同參叩，願上帝聖壽無疆。〔唱合〕笏搢更旒凝(韻)，山呼嵩祝長春聖(韻)。〔衆宫官白〕平身。〔玉皇大帝白〕你看熏風叶奏，化日舒長，普天率土，無非慶幸之聲；下際上蟠，皆是慈祥之氣。這等風光，真覺可愛也。〔唱〕

【仙呂入雙角合曲·北折桂令】遍乾坤善氣充盈(韻)。則見緑醉瓊田(句)，露裹金莖(韻)。若不是德沛蒼靈(韻)，功宣閭里(句)，化洽生成(韻)，却緣何一處處祥浮碧城(韻)，一層層瑞靄蓬瀛(韻)。還有那海屋籌增(韻)，海若波平(韻)，仙木駢羅(句)，仙樂韶韺(韻)。〔白〕爾等諸神，各將所司職事，並邇來下界太平景象，一一陳奏。〔三台北斗白〕臣三台北斗，〔東嶽白〕臣東嶽，〔三台北斗同白〕奏聞上帝。〔衆宫官白〕奏來。〔三台北斗白〕臣職司天帝四時之令，照得邇來下界，甘露頻降，醴泉屢生，和風甘雨，海宴河清，以致百穀用成，萬民時若，理合奏聞。〔東嶽白〕臣居五嶽之長，職司人間壽算，照得邇來下界，

物咸雍熙，民皆仁壽，因此瑞騰南極，光繞上台，合當陳奏。〔三台北斗同唱〕

【仙吕入雙角合曲・南江兒水】萬宇嘉祥事(句)，敷陳上帝庭(韻)。壺天玉燭金甌定(韻)，雨順風調隨時令(韻)。鼓腹含哺皆真性(韻)，更壽域丹霄鶴頂(韻)。〔合〕錦繡河山(句)，因此上擊壤長歌堪聽(韻)。〔衆宫官白〕平身。〔三台北斗、東嶽白〕聖壽。〔玉皇大帝白〕此乃天瑞地瑞，人瑞物瑞，無不洊臻，真好歡幸也。〔唱〕

【仙吕入雙角合曲・北鴈兒落帶得勝令】【鴈兒落】（全）喜的是湛露甘醴泉清(韻)，喜的是雷雨時風雲静(韻)。喜的是與日月共升恒(韻)，喜的是偕民物齊歡慶(韻)。【得勝令】（全）呀(格)，喜的是龜魚篆吐靈明(韻)，躋壽考更康寧(韻)。萬年枝春色非桃杏(韻)，萬壽觴騰騰沆瀣生(韻)。豐登(韻)，望緑野暗溝塍(韻)。盈寧(韻)，樂黄髮是長庚(叠)，樂黄髮是長庚(韻)。〔紫微白〕臣紫微，〔梓潼白〕臣梓潼，〔紫微同白〕奏聞上帝。〔衆宫官白〕奏來。〔紫微白〕臣職掌人間福命，照得下界，邇來化行俗美，講讓型仁，孝子順孫，忠貞節烈，所在皆有，和氣致祥，因此福深似海。謹據實指陳，伏惟鑒察。〔梓潼白〕臣職司文昌開化，主人間禄籍，照得下界，邇來文明日啓，多士思皇，因此氣貫斗牛，光聯奎壁。今遵旨披宣，謹將桂籍原由，敘明瀆奏，以彰右文之治。〔紫微同唱〕

【仙吕入雙角合曲・南僥僥令】寰區綿福命(韻)，泰宇耀文明(韻)。喜逢着聖主福齊文齊運(句)，〔合〕敢道是紫極共奎光兩德星(韻)。〔衆宫官白〕平身。〔紫微、梓潼白〕聖壽。〔玉皇大帝白〕此乃福源炳蔚，文運光昌，真箇熙皡之朝，無美不臻也。〔唱〕

【仙吕入雙角合曲・北收江南】呀(格)，聽堦前敷奏盡休徵(韻)，原來大如天堯德莫能名(韻)，致嵩生嶽降毓羣英(韻)。忠孝的著聲(韻)，文物又堪稱(韻)，這都是兩間正氣忒鍾靈(韻)。〔四採訪使者白〕臣等採訪使奏聞上帝。〔衆宫官白〕奏來。〔四採訪使者白〕臣職司採訪，時勤糾察，邇來閻浮衆生，同修善果，共濟慈航，比之唐季朱李搆亂之時，世界雖同，治亂迥異。這都是上帝以生物爲心，故爾默運鴻濛，幽贊熙皡也。〔唱〕

【仙吕入雙角合曲・南園林好】望菩提逍遥共登(韻)，諸業趣沉酣頓醒(韻)，一箇箇持求恭敬(韻)。〔合〕修善果結精誠(韻)，離塵俗萬緣輕(韻)。〔衆宫官白〕平身。〔四採訪使者白〕聖壽。〔玉皇大帝白〕善哉，善哉！聖天子德厚恩深，治隆化洽，以致負生含性，於變時雍。曰：正是：百世昇平人樂業，〔衆同白〕萬年聖壽與天齊。〔唱〕

【仙吕入雙角合曲・北沽美酒帶太平令】【沽美酒】（全）絳霞標護帝京(韻)，絳霞標護帝京(疊)，召天庥啓洞靈(韻)，物茂時和萬瑞呈(韻)。三台正泰階平(韻)，樂熙皡享遐齡(韻)。【太平令】（二至末）綿玉律調元金鼎(韻)，芬桂籍光摇斗柄(韻)，崇善行祥和敷映(韻)。俺呵(格)，端拱在上清(韻)，太清(韻)，一任他資生(韻)，化生(韻)，呀(格)，鞏皇圖無疆叶慶(韻)。〔内奏樂，玉皇大帝下座科。衆同唱〕

【南慶餘】霓旌霧轂簪裾盛(韻)，吹徹鈞天雅頌聲(韻)，億萬載天上人間祝聖清(韻)。〔衆擁護玉皇大帝仍從靈霄門下〕

**圖書在版編目(CIP)數據**

清代宮廷大戲叢刊初編. 全十册/詹怡萍主編.—北京：北京大學出版社，2016.7

ISBN 978-7-301-23933-9

Ⅰ.①清… Ⅱ.①詹… Ⅲ.①宫廷—古代戲曲—中國—清代—叢刊 Ⅳ.①I237-55

中國版本圖書館CIP數據核字（2014）第022668號

| | |
|---|---|
| **書　　名** | 清代宫廷大戲叢刊初編（全十册）：<br>勸善金科（上下册）昇平寶筏（上下册）鼎峙春秋（上下册）<br>昭代簫韶（上下册）忠義璇圖（上下册） |
| **著作責任者** | 詹怡萍　主編 |
| **責任編輯** | 王　應 |
| **標準書號** | ISBN 978-7-301-23933-9 |
| **出版發行** | 北京大學出版社 |
| **地　　址** | 北京市海淀區成府路205號　100871 |
| **網　　址** | http://www.pup.cn　　新浪微博：@北京大學出版社 |
| **電子信箱** | dianjiwenhua@126.com |
| **電　　話** | 郵購部62752015　發行部62750672　編輯部62756449 |
| **印 刷 者** | 北京大學印刷厂 |
| **經 銷 者** | 新華書店 |
| | 650毫米×980毫米　16開本　310印張　3060千字 |
| | 2016年7月第1版　2016年7月第1次印刷 |
| **定　　價** | 1200.00元（全十册） |


---